轩辕诀

2 大清刑名

茶弦 著

北京联合出版公司
Beijing United Publishing Co.,Ltd.

图书在版编目（CIP）数据

轩辕诀. 2，大清刑名 / 茶弦著. -- 北京 ： 北京联合出版公司，
2017.1

ISBN 978-7-5502-8905-5

Ⅰ. ①轩… Ⅱ. ①茶… Ⅲ. ①长篇小说－中国－当代
Ⅳ. ①I247.5

中国版本图书馆CIP数据核字(2016)第249180号

轩辕诀. 2，大清刑名

作　　者：茶　弦
出版统筹：新华先锋
出版策划：王　铭
责任编辑：徐秀琴
特约监制：黎　靖
策划编辑：黎　靖
ＩＰ运营：覃诗斯
封面设计：王　鑫
版式设计：刘　宽
封面绘图：吴　莹　唐自焕
营销统筹：章艳芬

北京联合出版公司出版
（北京市西城区德外大街83号楼9层　100088）
北京慧美印刷有限公司印刷　新华书店经销
字数234千字　787毫米×1092毫米　1/16　17印张
2017年1月第1版　2017年1月第1次印刷
ISBN 978-7-5502-8905-5
定价：39.80元

目 录
Contents

第一章 红粉骷髅

燕至河开，绿柳时来。群芳绽蕊，蜂蝶绕怀。弹指一挥间，已是仲春景致。暖光熹微，柔风拂漫，纵披件薄衫，也不甚觉寒。

白日里，文人雅士呼朋引伴，相邀着赏游踏青。倘使不尽兴，夜间少不得要遍访花衢柳陌，做些猜枚行令、听曲闹酒的风流勾当。

论起这冶艳之所，合四九城中，当属"八大胡同"为最。那里北起铁树斜街，南临西珠市口，大大小小，划分成八条巷子。每每入夜，檐牙上便挂出纱灯无计。绣户半掩，珠翠争芬。娇娥如云，目引横波。勾栏瓦舍中，笙歌达旦；秦楼楚馆内，纸醉金迷。就连阳沟里排出的浊水，都弥散着妆粉香气。

一首俗谣，单表这欢场之盛：

八大胡同自古名，陕西百顺石头城。

韩家潭畔弦歌杂，王广斜街灯火明。

万佛寺前车辐凑，二条营外路纵横。

貂裘豪客知多少，簇簇胭脂坡上行。

八条胡同里，数胭脂胡同最短。可这里，却尽是一等一的妓坊。尤其一座大宅，煞是惹眼。这宅子远瞧雾气昭昭，近观瓦窑四潲。前出廊、后出厦，三进二跨，占去了大半条弄堂。门口磨砖墁地，对过影壁照墙。门楣一丈六，高悬锍额匾。"莳花馆"三个描金大字，正端端镌题其上。

这莳花馆内，珠箔玉屏，绫幔牙床，陈列精奇，铺排考究。就连侍笑的娟伶，也多为"南班"。南班的粉头，皆出于江淮水乡。她们不单模样俊俏，而且还略通文墨，提得起纸笔，作得出诗章。至于吹拉弹唱，更是信手拈来。如此才色兼具，颇能招引些佻挞子弟。往往不及掌灯，莳花馆前便是香车络绎、华盖逶迤。

可说的再中听，莳花馆终归还是妓院。既是妓院，就不免办些眠花宿柳、假凤虚凰的营生。

天刚擦黑，莳花馆的一班姑娘便倚在门首，又是挥动帕子，又是抛眉弄眼。

"还扭啥啊？别费那身段了"，浓妆艳抹的鸨母端碟瓜子，边嗑着边朝外头瞅了一眼。"真是邪门儿了嘿！往常这钟点儿，客都排到胡同外了，今儿是怎么了？连个鬼影都瞧不见？"

众粉头一听，也都抱怨起来。

"可说是呢。亏人家还搽了香粉……早知道没人，就多躺会儿了……"

"嘻嘻，你是该躺会儿了。昨晚你与孙掌柜可快活的紧哪，那动静闹的……啧啧……好悬没震破了窗户纸儿！"

"小蹄子，瞧我不撕烂你的嘴！"

"哈哈，脸还红了？来啊来啊，来捉我啊……"

二妓伴嗔诈恚，嘻嘻哈哈地搅作一团。其他人闲着也无事，饶有兴趣地围在一边。

"哎哎！快别闹了！"突然，一个粉头指着胡同口叫道："来客了来客了！"

鸨母兴冲冲地向外一瞧，却大失所望。失望之余，不禁低声啐道："呸！盼着钓条鱼龙，却让泥鳅咬了钩！老娘当是谁呢，原来是皮顺那混混儿！"

鸨母没冤枉他。这皮顺，是打天津卫来的混星子。生得獐头鼠目、瘦小干枯。嘴角留着两撇髭须，活似耗子成了精。他满肚花花肠儿，一捻胡子，就能蹅摸出个歪算盘。

这人没正经营生，却偏好寻欢狎妓。一般的野窑下处还不肯去，专挑莳花馆这种讲究的院坊进。至于嫖资，自然是赊多付少。

莳花馆里的姑娘，不少都陪过皮顺，知道没啥油水可捞，所以都有些悻悻然。可说归说，粉头们却不敢甩脸子。烟花行里，有则不成文的规矩：管他高官巨贾，还是走卒贩夫，但凡敢踏进门槛的，就是大爷，就得笑脸相迎。

鸨母抹顺了头发，领着姑娘接出去招呼。"哟！皮大爷，今晚您可是头客呢！"

"是吗？我说这帮小娘们儿怎么都在这呢！"皮顺嘿嘿一笑，顺手掐了一把粉头的俏脸蛋儿。"小秋艳，想皮爷了没？"

"要死了！这么下作！"小秋艳脸一红，啐了一口，"谁会想你呀？好没个正经！"

"正经？"皮顺不以为忤，反笑道，"嘿嘿……正经就不上这来了！"

"好了好了"，鸨母赶紧上来打圆场，"伺候皮大爷厅里坐吧！三儿！沏茶！"

"得嘞！"屋里龟奴答应一声，拎着茶壶便奔将出来。

皮顺落座后，便色眯眯地盯着众粉头，看着那些杏眼流波的俏容颜，恨不得一股脑儿的全搂在怀中。

鸨母干咳两声，"皮爷，您老先听个曲儿？"

"成啊，"皮顺乐道，"就让小秋艳来上一段！"

小秋艳微微一笑，"皮爷您还真是抬举我，想听点啥呀？"

"荤素不论，咸淡都行！"皮顺淫笑道，"要不……唱段《十八摸》？"

"饶了我吧！"小秋艳扑哧乐了，掩口笑道，"那曲儿太酸，羞人答答的，我可不会唱！"

"不会唱不怕，来，皮爷教你！"说着，皮顺便觍起脸，摇头晃脑地唱道："半哪夜啊三哪更，睡呀么睡不着哇啊。摸头摸脚解心宽，叱吧隆咚哈咚唥。一呀伸手摸呀摸至在，姐姐的头发边哪，姐姐的头发桂花油鲜，叱吧隆咚哈咚唥。不让你摸，你偏要摸，哎哟喂，哎哟喂，哎哟喂呀……"

一番鬼哭狼嚎，惹得众粉头纷纷捂起了耳朵。"哎呀！快别唱了！难听死了……"

见太不像样，鸨母脸上也有些难看。"我说皮大爷，您这是来消遣我们？姑娘们还没开嘴，您自己个儿倒唱的欢！"

"管他呢！皮爷高兴！"皮顺喝了口茶，"今儿皮爷不走了，就在这睡上一宿！"

鸨母冷哼道："那得瞧皮爷揣着多少银子了。"

皮顺双手一摊，笑道："真巧了，爷我出门没带钱。"

"什么？"鸨母噌的站起。"我说皮爷，您可赊不少了！这次若没现银，就别指望叫局翻牌子！"

"先别忙着恼"，皮顺一把扶住鸨母，"这次呢，想跟你做笔生意抵账。若是成了，连之前的花酒钱，也一笔勾销如何？"

"好大口气！"鸨母奇道，"什么生意，能抵得上老娘白花花的银子？"

"瞧好喽！"皮顺说着，冲门外高喊一声，"进来吧！"

话音刚落，门口便缓缓走进来一名女子。那女子身披重孝，怀抱一只长匣子，冷不丁闯进来，把粉头们皆吓得花容失色。

"真晦气！"鸨母指着皮顺鼻子，气得大骂，"姓皮的你什么意思？这哭丧女打哪儿来的？哎？她怀里抱着什么？啊……怎么是口小棺材！？"

"啊？棺材！？"众粉头一听，纷纷尖叫起来。

"瞎嚷嚷什么？"皮顺不耐烦道，"都他娘的啥眼神？那是棺材吗？"

鸨母忙揉揉眼，这才放心地拍了拍胸口。"吓我一跳，原来是只筝匣。不过这筝匣子，倒比寻常宽大几分……"

"哼哼，别管什么匣子了"，皮顺得意地笑道，"去，走近点儿，好生瞧瞧人！"

鸨母依言，摇晃着胖身子，上前打量起那女子。

那女子年华桃李，一瀑乌云上绾根草标。虽满身缟素，却不甚悲戚。只见她凤眸含春，秀眉入鬓。许是刚垂过泪，看上去眼饧骨倦，颇有乏意。

见老鸨来瞧，那女子也不忸怩，轻轻抬起头，嘴角微噙，绽出一抹似有似无的浅笑。那不点而赤的朱唇，白皙姣嫩的玉面，一颦一笑，都娇滴滴地惹人生怜。

鸨母虽说开着窑馆，可似这般出挑的璧人，却是头回遇上。就连那班粉头，也忍不住心生羡妒，指手画脚，私语窃窃。

鸨母没作声，又看了两眼，这才回到桌案边，悄悄捅了捅皮顺。"皮大爷，咱当着明人不说暗话。您给我交个实底儿，这闺女是打什么路子来的？"

"这你甭管！"皮顺大咧咧说道，"先说瞧没瞧上眼？"

"瞧得上啊！那眉眼，活脱画里走出来的。有这般气度的，怕是那家道中落的大宅闺秀……"鸨母又道，"可看她那举止，又似见过世面，不像足不出户的小姐千金……皮大爷，您一定得交待明白，这不清不楚的，咱可不敢收。万一惹上官司，就吃罪不起了……"

"你放一百个心！"皮顺拍着胸脯道，"一不是拐，二不是骗，绝对正经来路！要知道，她没开过苞，还是个雏儿呢！"

"真的？"鸨母一喜，眉开眼笑。"我再瞅瞅去！"

说罢，鸨母顾不上什么，乐滋滋地又朝那女子奔去。到了跟前，鸨母绕看一圈，又是摸胯，又是捏腿。那女子也不避，直着身子，任由鸨母摸来捏去。

验了半天，鸨母回头斜一眼皮顺，冷笑道："皮大爷，我在这行也不是一两天了，真当我验不出吗？她已不是黄花闺女，早就破瓜了！"

"是吗？那是有点可惜"，皮顺不紧不慢道，"不过呢，单瞧那张俊脸蛋儿，那雏不雏的，又有什么打紧？寻思着与你相熟，这才把她领到这里。既然你不领情，皮爷也不自讨没趣。得！老子这就去陕西巷，问问上林仙馆收不收！"

说着，皮顺还真个起身，装模作样地要往外走。

"别别别！"鸨母一见，忙堆笑拦住。"皮大爷哟，您忒的性急！我多咱说不收了？叫好的是看客，挑货的才是买主。这老理儿，您又不是不懂。快坐下快坐下，咱们好商量。"

"你这滑鸨儿，比皮爷我还鸡贼！"皮顺笑骂一声，借坡下驴。

"三儿！三儿！"鸨母高唤龟奴道，"给皮大爷上壶好酒！"

龟奴应声，将酒壶送来。

鸨母替皮顺斟了杯酒，试探着问道："皮大爷，我多句嘴啊。既然那女的来路正，您怎么……不留着自己受用？"

听了这话，皮顺脸上猛地一僵。"你当老子不想！？"

鸨母怔道："那您还……"

"唉！"皮顺叹口气，沮丧道，"要真把她纳了，我家那只母大虫能消停？再者说了，皮爷也没那养小的闲钱……照实说了吧，这小娘们儿是我傍晚撞见的。当时，她就抱着那匣子，不住地朝胡同里打量。我见她生得俊，有心寻个乐子，便戏问她是不是要当窑姐儿。没承想她非但没恼，反而央我帮她引荐。我一琢磨，这可是天上掉馅儿饼的好事啊，索性就当个顺水人情，就把人领莳花馆来了。怎么样？够意思吧？"

"真没的说！"鸨母眼珠子转了几转，"皮爷您先喝着，我再去盘道两句？"

皮顺一挥手，"只管去。"

鸨母又来在切近，将那女子左右端详。

那女子微微屈膝，道了个万福。"妈妈好。"

"哎"，这声嘤嘤脆语，把鸨母乐了个喜笑颜开。"这小嘴甜的，真招人疼哟……叫什么名儿啊？"

那女子又道："回妈妈话，我叫绣娘。"

"嗯，叫着挺顺嘴儿"，鸨母满意地点点头，"家里头还有些什么人？这身孝，又是给谁戴的？"

绣娘低下头，言语中满是悲伤。"爹娘都已不在，亲戚也四散凋零。本与一个姐姐相依过活，可天有不测，年前因场变故，夺去了姐姐性命……这孝，便是给亡姐戴的……"

说完，绣娘泫然欲泣，忙抬袖拭掩。

"天可怜见的"，鸨母见状，也假惺惺擦了擦眼角。"这么说，你是要卖身葬姐了？"

"不是……"绣娘摇摇头，敛了悲声。"亡姐已殡下了，不需另外的葬送银子。"

鸨母一愣，"那你头上还插只草标？"

"妈妈容禀"，绣娘道，"打小我便弱不禁风，姐姐在时，一应吃穿用度，都由她照料……可眼下姐姐故去，我一副女儿身，肩不能担手不能提，做不来粗活笨什，无依无靠，断了生计。没奈何，便想找个轻快的落脚处，只盼有床暖被盖，有口热食吃，纵豁出名节不要……绣娘也认了……"

话刚落地，粉头堆里便有人搭茬儿："这年头可真是邪门儿，还有甘愿朝火坑里跳的？"

"浑说什么？"鸨母狠狠剜一眼说话那粉头，"再多嘴，割了你的烂舌头！"

那粉头自知失言，吓得不敢再吭声。

鸨母转过脸，又朝绣娘道："不过丑话可说在前头。咱们这里，从来不养闲人。我也不管你之前何种身份，只要来了咱这莳花馆，就得跟其他姑娘一样，该陪酒陪酒，该接客接客！"

绣娘点头道："这个自然。"

"那就没问题了！"鸨母又道，"咱这莳花馆，是寻欢卖笑的喜庆地方。赶紧把你那一身丧除了，看着都瘆得慌！"

"妈妈看不惯，我脱了便是，"绣娘作难道，"可我这丧服下面，仅有件单衣。那单衣又脏又旧，若露将出来，怕是更惹人耻笑……"

"好办！"鸨母回头扫了一圈，叫道，"小秋艳，绣娘身量跟你差不多。你领她去你屋里，找身好料衣裳给她换了！"

"我还不舍得穿呢……"小秋艳嘀咕一句，有些不乐意。可鸨母的话，又不敢违拗，只得冲绣娘噘噘嘴，道声，"算了，跟我来吧。"

"有劳姐姐了。"绣娘冲小秋艳施个礼，便随着去了。

一炷香的工夫，绣娘便捯饬一新，重新来在花厅。她这一亮相，四座皆惊。只见她双臂环胸，娇躯微倚。纤细的腰肢，不盈一握。浑身上下，散发着慵懒。隐约醉玉环，恍惚羞西施。金莲款动，便是袅袅婷婷。真好似风摆荷叶、雨润芭蕉。

皮顺骨头都酥了，嘴空张了半晌，这才费劲地喊一声好。

绣娘双眸半眯，报之一笑。清纯中，竟透着说不出的妖娆、道不明的妩媚。

来到鸨母前，绣娘翩翩下拜。举手投足，无不撩人心弦。

鸨母看了一圈，惊呼道："这闺女，天生的窑姐胚子啊！该不是狐媚子托生的吧？瞧那眉梢眼角，真真勾死个人啊！"

"妈妈取笑了，"绣娘腮间一红，问道，"那您是肯收我了？"

"收！肯定收！"鸨母急道，"说吧绣娘，想要多少典身银子？"

"妈妈误会了，"绣娘摆摆手，神情坚毅。"我分文不要！"

"分文不要？"鸨母瞪大了两眼，几乎不敢相信自己的耳朵。"我没听岔吧？你是说……不要钱？"

绣娘点点头，"是的，我不要钱。"

"瞧这事闹的……哈哈……"鸨母欢欣若狂，"那我这便去拿纸笔，抓紧将契据填了！"

"先不着急"，绣娘忙把鸨母拉住，"立契前，绣娘还有话要说。妈妈若答应，我便印指画押。妈妈若是不答应，绣娘调头就走！"

"还有条件？"鸨母不似方才那般热情。"你说说看吧！"

绣娘道："没别的，就是一点：行不行那鱼水之欢，得由我自己定！"

"这可不能由着你！"鸨母张嘴便回绝道，"客人们来这里，就是为了偷腥尝荤的。哎？头前你可是应下了啊，该陪酒就陪酒、该接客便接客。你若说个个都不肯，那还接的什么客！？"

绣娘道："我能奏筝，可以丝竹待客……"

"哼！"鸨母骂道，"你这小妮子，真是不知高低深浅！那'卖艺不卖身'，只是戏文里头说的好听。既然敢跳染缸，就别怕污了清白！"

"妈妈休恼，且听我一言"，绣娘赶忙道，"我若惜贞节，岂肯入这烟花柳巷？绣娘非是舍不得自己身子，而是想有的放矢。妈妈你想：那等腌臜散客，也无甚银钱。接得再多，怕也比不得豪门纨绔的一掷千金。孰轻孰重，应掂量清楚。绣娘之意，便是如此。"

"是有几分道理……"鸨母面色稍稍缓和，"但那等挥金似土的大爷，却是可遇不可求。"

"放心吧，我自有门路。"绣娘笑道，"咱这买卖，无非是要多赚银子。绣娘妄忖，应比其他姐妹赚得都多。一月为限，高下即判。妈妈若不信，咱们便立字为凭。若届时食言，任由妈妈驱处，绣娘绝无二话！"

鸨母还没作声，众粉头早已不服气。

"哼！说得好轻巧。银子那么容易赚？当是天上下的、地里长的啊？"

"就是啊，仗着有几分姿色，就敢红口白牙说大话？还没入馆呢，真把自己个儿当花魁了？"

绣娘不置可否，只是笑眯眯地望着鸨母。

合计了大半晌，鸨母终于拿定主意。一拍大腿，叫道："成！就依着你！"

定契后，绣娘便成了蒔花馆的人。鸨母收好契据，又着小秋艳带着绣娘去找榻处。

二人走后，鸨母接着招呼皮顺。众妓怎生吃酒调笑，便不一一俱表。

正闹着，小秋艳突然奔回厅来，捂着胸口，喘的上气不接下气。

鸨母一见，奇道："你怎么自己来了？绣娘安排好了？"

小秋艳脸色惨白，说话都颤着哭腔："妈妈……你另找人吧……我……我害怕她！"

"你害怕她？"鸨母怔道，"她有什么可怕？"

"你们是没瞧见她那样子啊！"，小秋艳惊魂未定，瑟瑟道，"简直是要……是要把我活吞了！"

"活吞了？"鸨母道，"究竟怎么回事，你慢些说。"

"是这样的……"小秋艳稳了稳心神，道，"她挑好屋后，就转身收拾床褥了。见她那个筝匣子横在桌上，我便想瞧瞧她那筝。可是我手刚伸过去，绣娘竟不知什么时候冲了过来。我只觉眼前一花，脖子就被她死死地掐在手里……"

"说胡话吧？"鸨母压根儿不信，"就她那弱不禁风的样子，能掐得了你小秋艳？"

"不信你们看哪！"小秋艳撩开衣领，"我脖子现在还疼着呢！"

众人凑上前一瞧，皆倒抽了一口凉气。小秋艳白皙的粉颈上，明显五道肿赤的掐痕。皮肉都有些抓破了，朝外渗着通红的血丝。

"这……这是绣娘掐的？"鸨母大惊，"就因为你要动她的筝匣？"

"是啊！"小秋艳委屈道，"亏我还没碰到……若要是碰了，没准儿她能掐死我呢！还有啊……那绣娘放着好好的大间不要，偏偏相中了西跨院靠槐树的那间！"

"靠槐树那间？"鸨母愈发不解，"那间可是连顶棚都没吊啊。一抬头，檩子、椽子都露着，怎么住人？"

"谁说不是呢！"小秋艳忐忑道，"妈妈，我怎么觉得……那绣娘浑身都透着股邪气啊？你瞧她那模样……人能长那么好看吗……"

"胡说八道！不是人，还能是妖精？"鸨母冲粉头们一招手，"走，多跟几个人，一块去绣娘那儿瞧瞧！"

言讫，鸨母留下几个粉头陪着皮顺，自己带了其余人，朝着西跨院而去。

来到那间屋前，小秋艳不敢往里进，鸨母拨开她，推门而入。

此时，屋内已收拾停当，绣娘正端坐在床上，冷眼瞧着众人。"妈妈还没歇着？如此兴师动众，却为哪般？"

鸨母从身后拉过小秋艳，指着她脖间掐痕质问道："绣娘，这可是你抓的？"

"确是我的不是"，绣娘站起身，冲着小秋艳歉笑道，"方才因场误会，冲撞了姐姐……待明白过来，姐姐已经跑远。当着众人面上，绣娘给姐姐赔罪了。若姐姐还不解气，即便打我几下，也是使得……"

说完，绣娘便笑吟吟的递手过去。小秋艳却惊慌失措，吓得步步倒退。

"先别急！"鸨母将身子一横，拦在二人之间。"绣娘，你说是场误会？"

"是的"，绣娘点点头，面有疚色。"说来惭愧……那时候我一回头，却见秋艳姐姐在翻我筝匣……"

"你……你瞎说！"小秋艳嚷道，"那会儿我连匣子边都还没碰到呢！"

鸨母沉着脸孔，止住了小秋艳。"绣娘，你接着说！"

绣娘继续道："的确。那时候，秋艳姐姐尚未动到我那筝匣，只赖我心眼窄、性子急，误以为姐姐要昧吞我匣中之物……"

鸨母又问："那匣里不就一张筝吗？有甚好昧？"

"不然"，绣娘道，"亡姐生前，曾积攒下些许首饰，我也一并收入匣中了。"

见众人仍是猜忌，绣娘索性手一伸，打开了筝匣。果然，匣中除一张大筝外，还有几支铜簪子，散落于匣底。

小秋艳看了看，不屑道："哼，谁会偷这种粗钗劣簪？白送我都不要！"

"姐姐穿金戴银惯了，自然瞧不上这些，"绣娘取出那几支簪，紧紧地贴在胸前。"可这些，都是亡姐留下的……就算拿座金山来，我也不舍得换！"

单凭这几支铜簪，绣娘登时就性情大变？鸨母咂咂嘴，感觉还是有点不对劲儿。她俯下身，却嗅到匣子中，隐隐传出一股霉味。

鸨母一皱眉，"什么味儿？这么难闻？"

绣娘脸上闪过一丝惊慌，"有吗？我却不曾闻见……"

"怎么没有？说酸不酸、说臭不臭的，"鸨母招呼其他人道，"你们都过来闻闻。"

粉头们一闻，纷纷掩起鼻子，"哎呀！难闻死了，这是什么鬼味道啊？"

绣娘微微蹙眉，说道："近几日都是南风天，许是匣里受了潮。"

鸨母使个心眼儿，"那你快取出来瞧瞧，别让潮气把筝板子蚀了！"

鸨母这话，醉翁之意不在酒。她借个幌子，想探探匣中是否另藏它物。

绣娘没点破，反而顺从地将筝抱出。一边抚着雁柱，一边自言自语："这筝板，由上佳的硬桐木所制，料想应该无碍……"

趁此机会，鸨母连忙偷眼去瞧。可匣子中，除去那几支铜簪，确无别的东西。

鸨母狐疑地看了绣娘一眼，不得不罢休。"既是受潮，赶明儿就去把匣子晒了。"

"好，"绣娘应道，"明个儿就晒。"

鸨母干咳两声，又道："绣娘，念你初来乍到，抓掐小秋艳这事，我便先不追究。你要没事，就多听多瞧，跟你这帮姐妹们，好好学学规矩。若再没轻没重的，我定不饶你！"

"谢妈妈不罚，"绣娘诺诺连声，"绣娘再不敢了。"

"记下就好！"鸨母刚想转身，突然又想起一件事。"哎？差点忘问你了！绣娘，咱这里空厢房可是不少啊，你咋就单挑了这间破屋？"

"这间屋子很好啊"，绣娘笑道，"又通风、又清静。等得天热时候，窗外那棵大槐树，恰好能纳凉……不瞒妈妈说，绣娘吃过苦楚，能有片瓦遮身，已是心满意足了。"

"随你！爱住就住吧，我不管了！"鸨母有些不耐烦，小声嘀咕了一句，"有福也不会享，真是贱皮子……"

绣娘扭过脸，只当是没听见。

鸨母想了想，又道："铺盖什么的，都弄干净点啊。别等着客人来了，再寒碜着人家。要是缺什么、短什么，就来问我讨！"

"嗯"，绣娘道，"赶明儿我再仔细归置下，若缺短了物什，少不得要叨扰妈妈。"

"那你先歇着吧。养足了精神，好好给我赚银子！"鸨母说完，便朝其他粉头一招手。"走吧！都别傻愣着了，该干吗干吗去！"

送众人离开后，绣娘便将房门紧紧反掩。望着屋顶上一根根鱼骨似的桁条，绣娘嘴角一翻，竟笑得分外诡异。"这屋子……是该归置一下了！"

自打绣娘来了，这荨花馆的生意，比以往又热闹了几番。整片胡同里，都知道那荨花馆中，新纳了一个叫绣娘的美娇娥。常往来的恩客，自是不必说，几乎是逢夜必至。就连那外地偏郊的，也都慕着名头远道而来，撒下银钱无计，只为一睹绣娘容颜。

恩客之中，不乏那种风度翩翩的富家公子。可任凭他们出价几何，绣娘也只肯应酬着陪酒弹筝。别说那求爱央欢，就是连一亲芳泽，都比登天还难。

见绣娘守身如玉，鸨母私底下也劝过几次。无奈每劝一回，绣娘都以这样那样的理由推脱。念在绣娘赚下不少银子，鸨母也不多强求，任由着她去。

沾着绣娘的光，莳花馆挣了个钵满盆盈。没事的时候，鸨母常爱朝柜台里钻。一面拨拉着小算盘，一面喜得合不拢嘴儿。

同样笑逐颜开的，还有那冯家大院里的冯慎。这一天，冯慎正于厅上端坐，突然冯全跑上堂，说是老府尹沈瑜庆，托人捎了封书信来。

冯慎大喜，赶紧拆函观瞧。只见那信中说道：因肃亲王联合一帮大臣上疏，朝廷已对袁世凯心生戒惕。迫于压力，袁世凯将各项兼差辞去，并交出北洋一、三、五、六镇的兵权。此外，朝廷还颁下旨意，擢沈瑜庆为江西布政使，督募一省钱粮要务。

看毕书信，冯慎吐气横眉。布政使一职，为那从二品的封疆大吏，比之前那三品的顺天府尹，还高出一级。忠良擢升，佞臣受惩，这着实令人痛快。

冯慎抻了抻腰身，感觉阴霾尽扫、心旷神怡。他索性出了院门，来到护城河畔，隔岸观柳。

放眼望去，只见那习波拂水，碧翠妆成。娉婷摇曳，氤氲临风。袅丝染露，万绿垂池。烟尘未惹，飞絮纵横……

正看着，冯慎忽觉肩头一紧。身背后，一只大手搭了上来。

冯慎回头一瞧，原来是肃亲王善耆。

肃亲王立在后头，笑嘻嘻地冲冯慎道："从后面瞅着就像你，果然没认错！"

"见过王爷。"冯慎剪袖，便要请安。

"罢了吧！"肃亲王抬手一托，"本王这次出来，就为图个清静。别再搞些虚礼，让本王头疼了！哦，对了冯慎，那袁世凯的事，听说了吗？"

冯慎点了点头，道："沈大人在来信中，俱已细表。卑职替沈大人，拜谢王爷了！"

"谢什么谢？"肃亲王一摆手，"惩佞扶忠，为臣工者之本分。行了，不说这些了。冯慎，你是来此看柳的？"

"是"，冯慎道，"得知佳讯，卑职便欢欣不已。索性出了家门，想借此美景，聊藉胸臆……"

"你呀，就是沉不住气！"肃亲王笑着摇摇头，"得，咱俩儿既然撞上面，就一块走走吧。"

说罢，肃亲王便迈开步子，朝前走去。冯慎见状，也快步随上。

二人闲庭信步，悠然踱行。没用多久，便沿河走出了好长一截。

柳芽初抽，虽不甚葳蕤，可隔河眺去，亦是郁郁葱葱。突然间，肃亲王停住脚步，望着对岸，怔怔地吟道："折柳歌中得翠条，远移金殿种青霄。上阳宫女含声送，不忿先归舞细腰……"

吟罢，肃亲王居然向柳兴嗟，长吁短叹。

见肃亲王喟然唏嘘，冯慎不由得暗暗诧异，权衡良久，这才试探着问道："王爷，因何陡然怏怏？莫非……您有心事？"

"唉……不光有，还不小呢！"肃亲王苦笑一声，道，"不瞒你说，这数月来，有件事就一直压在心上，令本王寝食难安啊！"

冯慎一拱手，"若王爷见信，还盼以实情相告。卑职不才，愿效绵薄。或许，能替王爷分忧一二……"

"本王思来想去，也只能找你商量了"，肃亲王四下一顾，道，"这里人多耳杂，不是说话的地方。走！找个小酒馆，咱们边喝边说！"

冯慎依言，便与肃亲王一起，在附近寻处酒馆，找雅间坐了。

酒菜上齐，肃亲王便打发酒保去了。

冯慎将门反掩后，替肃亲王斟满酒。"王爷，已没了闲杂人等，您可以说了。"

肃亲王一仰头，喝干了杯中酒。"说之前，本王得先问你个事儿！"

冯慎又替他满上，"王爷问便是了。"

"冯慎"，肃亲王神情一敛，压低了声音，"你说……这世上……真有鬼吗？"

"鬼？"冯慎怔了一下，摇头道，"回王爷，卑职窃以为：那怪力乱神之事，无非是愚夫昧妇见异象而怯惧，以讹传讹的耳食之言。这世上，哪里会存在什么鬼魅？"

"子非不语，盖有未易语者耳"，肃亲王叹道，"较之茫茫大千，人生若须臾，渺如沧海一粟。正可谓井蛙不可语海，夏虫不可语冰。或因拘虚笃时，才未晓那幽冥之事啊……"

冯慎眉额稍蹙，面带讶然。"王爷竟相信那些不经之谈？"

"只因有些感触，便随口一说"，肃王爷摆摆手，又问道，"冯慎，你经手不少凶案，就没有一桩，与邪祟妖法有关？"

"没有"，冯慎道，"许多奇案，看似鬼径，却尽是人为。鬼胎噬人如此，驭咒走尸亦是如此，不过是借妖幌，掩人耳目罢了。"

"你说的倒也对……"，肃亲王咂咂嘴，道，"得，不绕弯子了！本王说说那桩怪事，你帮着剖析下吧！"

冯慎正襟危坐，"卑职洗耳恭听！"

肃亲王呷口酒，"说来惭愧……这事吧，缘于一段风月……"

冯慎一惊，这种桑间濮上、瓜田李下的情事，最易引来嫌忌。"王爷，您老的私务，卑职不便涉探……还请王爷略去详情，单道其怪吧。"

"若略去始末，就没法说了，"肃亲王笑笑，拍了拍冯慎肩膀，"既然找你商量，本王就没打算藏着掖着。不必顾虑，你的为人，本王信得过！"

"谢王爷信任！"冯慎一揖，"卑职定会守口如瓶！"

肃亲王点点头，缓缓说道："说起来，是开春时候的事了。那会儿乍暖还寒，本王忙里偷闲，便独自骑了马，出京畅游。因贪赏景致，不知不觉地驰出很远。待回过味来，已是日近西山。见天色已晚，本王忙拨马回奔。却因道路不熟，误入了岔道。"

冯慎道："京郊岔路纵横交杂，稍有个不慎，便会越驰越偏。"

"谁说不是呢，"肃亲王又道，"眼瞅着天黑了，本王还在岔道上晕头转向。最后没法儿了，便松了缰绳，任马驮行。又行了一会儿，发觉前面竟有个女子。那女子抱只筝匣，看上去十分疲惫。本王见她不易，便驱马上前。才瞧了一眼，本王便不由得愣了。那女子貌若天仙，美艳异常，就连后宫那些个妃嫔，也没几个能及上她。说是倾国倾城，亦不为过。"

冯慎奇道："她一个俊俏女子，居然夜行于荒野？就不怕遇上歹人吗？"

"本王也曾这般顾虑，"肃亲王接着道，"当时一问才知，那女子从外地而来，因错过宿头，不得已才走了夜路。本王见状，便欲捎她一程。她见本王并无歹意，也就欣然答应。于是乎，本王下马牵缰，换作那女子乘坐。又走出一阵，遇上一处荒郊野店。向店家一打听，才知道离京已有百里之遥。没奈何，我二人只得住下。岂料那店屋陋房简，除店家自住外，仅有一间客房。本王正作难，那女子却道无妨，催促店家把房开了。待店家离去，本王便与那女子独处一室。见屋内有张破桌，本王打算伏桌而眠，没想到那女子不允，甚至邀本王共榻，竟要委身于我！"

冯慎目瞪口呆，"这女子……竟不避男女大防？"

"是啊"，肃亲王道，"当时本王也大吃一惊。问她缘由，她只道本王看着牢靠，值得托付……本王再欲问，那女子已偎身过来。怀中突然软玉温香，竟让本王心猿意马、情难自禁。终究把持不住，色令智昏……"

冯慎尴尬地笑了笑，没有作声。

肃亲王话锋一转，"可良宵过后，却发生了咄咄怪事！"

"怪事？"冯慎神情一凛，追问道，"是何怪异？"

想起那天情形，肃亲王心有余悸。"次日醒来，本王揭被而起。哪想到身边卧着的……竟然是一具枯骨！"

第二章 厉鬼索命

夜拥美人入榻，醒来却见一副骷髅。这般耸人听闻的怪事，若非肃王亲口说出，冯慎还真是不敢相信。

“变成了枯骨？”见肃亲王一脸凝重，冯慎知其所言不虚。“会不会是王爷那时刚醒，睡眼蒙眬的看花了？”

“睡眼蒙眬是不假”，肃亲王道，“可当时本王，断然不会看花眼！”

“哦？”冯慎怔道，“王爷如此笃定？”

“是的！”肃亲王又道，“惊骇之下，本王触到了那具枯骨，那硬邦邦、阴飕飕的感觉……令本王思之犹惧啊……”

“如此说来，确有枯骨了，”冯慎又疑道，“或许是那女子别有用心，趁着王爷熟睡，偷偷放了副骷髅在床上……”

“若是那样就好了……”肃亲王拭了拭额头细汗，伈惶道：“当时本王吃那一吓，正自失魂。没承想那骷髅突然动了几动，竟‘唰’一声坐起，张牙舞爪地扑向本王！”

“什么！？那骷髅居然动了？”冯慎悚然汗下，赶紧问道，“接下来又如何？”

“那骷髅扑来时，本王只觉银光缭乱、腐气逼袭……颅内轰鸣一声，便人事不省了，”肃亲王愧道，“唉……想想真是丢脸……亏本王还是戎马出身，竟会让一具枯骨吓晕过去……”

“王爷无须自责，”冯慎道，“陡逢这般诡谲异事，任谁也会胆颤股栗。万幸王爷吉人天相，有惊无险，没生出什么意外！”

“这倒是……”肃亲王点了点头，说道，“再醒来时，本王还是躺在床上。身上没伤没创，所携银两也不曾丢，只是不见了那女子与骷髅……恍惚间，就像是做了场噩梦啊……”

“的确”，冯慎叹道，“若非梦中虚妄，倒真似鬼魅作祟了。”

肃亲王道：“可那枕上余有淡香。铺身的褥单上，也洇着斑斑血迹，分明是那女子的落红！”

“哦？”冯慎眉头紧拧，“这亦实亦幻，端的令人费解啊！”

“还有更邪乎的！”肃亲王又道，“之后本王便去找那店家，想问他是否留意到那女子去向。岂料那店家听后，竟然傻了眼，说是昨夜投宿的，就本王一人，未见着有什么女子！”

冯慎惑道："榻中落红余香，都是有女子宿留的铁证……该不是店家在扯谎吧？"

肃亲王道："当时，本王也这般寻思，便向他描述那女子样貌。可那店家却言辞凿凿、矢口不移，说当真没见有女子进门。最后，被逼问的急了，那店家居然指天赌誓，说他若有半点欺瞒，必会妻离子散、不得善终！"

冯慎长息一声，道："那店家既敢发下如此毒誓，看来之前所说，并非妄言啊……"

"是啊，"肃亲王道，"他不知本王身份，无瓜无葛的，犯不着为素不相识的人，就这般咒自个儿……再说了，那店家看上去老实木讷，也不似虞诈之徒。盘问再三，见也打听不出什么来，本王便付了宿资，匆匆离开了那家野店。"

"对了，"冯慎又问道，"王爷可知那女子芳名？"

"不知道，"肃亲王摇头道，"那夜本王也曾问过，可她一不肯提姓甚名谁，二不肯说身家来历。从那之后，便杳无音信了……冯慎啊，你说本王真是遇到艳鬼了吗？"

冯慎犹豫半天，才道："到现在卑职虽不解，却不愿相信是妖鬼作怪……起初，王爷说那女子求欢床笫，卑职还以为是'仙人跳'的圈套……"

肃亲王道："若是'仙人跳'，总得来勒索要挟吧？再者说了，那当色引子的，多是些残花败柳，处子哪里肯做这种勾当？"

"也是，"冯慎扶额嗫道，"卑职无能，已然茫无头绪了……"

"这不怪你，怪只怪本王鬼迷了心窍啊……"肃亲王惘然若失，"没想到本王一把年纪，却似豫女痴男一般，尽行些荒唐事……"

冯慎听出了肃王的弦外之音，"王爷……那女子就那么好看？"

"沉鱼落雁，闭月羞花！"肃亲王道，"你看看就知道了！"

"看？"冯慎愣了，"怎么看？"

"画像，"肃亲王说着，便从怀里摸出一轴绢卷。"回京之后，本王便找了丹青妙手，依那女子的模样，绘制成图。"

说完，肃亲王便将画卷展开，轻轻铺在桌上。

冯慎一瞧，不由得惊叹道："果似天人之貌啊！"

"唉……"肃亲王抚画神驰，竟有些魂不守舍。"她就算真是鬼，本王也盼着能再见上一面啊……"

又看了一会儿，肃亲王这才将画轴卷好，小心翼翼地掖在怀中。

见肃亲王如痴如醉，冯慎也不好多舌，将话头引过一边，频频劝酒献酬。肃亲王心中快快，只是默默地饮酒。几杯急酒落肚，已然是泛酡微醺。

冯慎见状，便去柜上会了钞，而后扶起肃亲王，出了酒馆。

此时街上，夕晕弥漫、暮色低垂。屋宇房舍间，也渐渐亮起数盏华灯。

疏星迢迢，晚风习习。肃亲王打了个哈欠，消却了几分酒意。

冯慎抬头看看天色，道："王爷，时辰不早了，卑职送您回府。"

"也好，"肃亲王点点头，"有你相陪，也省得归途无趣。"

二人一边走，一边闲聊。走着走着，经遇一处夜市。篝灯熙攘，伞揭高标，土产满担，贸迁有无。闲客往来络绎，商贩叫嚷起伏，亚肩叠背、张袂成帷，议价还讨，好不热闹。

肃亲王不喜嘈杂，便欲绕开。没承想才转身，人群里却爆出一阵喝骂。紧接着，四下登时喑缄，只听得"啪啪"数声脆响，似乎有人正被掴脸。

"走！去看看！"肃亲王冲冯慎一招呼，便当先冲入人群。

冯慎怕出了差池，忙纵步追上，护在肃王周围。

二人拨开众人，挤了前面。只见一个卖糖墩儿的老汉，正被两个恶奴模样的人扭架着。地上，横着根拗断的垛束。滚撒的红果甜串，也被踩的稀烂。一个黑脸胖子，立在老汉面前，每骂一句，便朝老汉狠扇一巴掌。老汉口角流血，双颊肿赤，一面哀号流涕，一面苦苦求饶。

那胖子脸上横肉一拧，竟照老汉当胸踹去。"哭的真他娘难听！"

"混账东西！"肃亲王按捺不住，一个箭步抢上前，照那黑胖子眼眶就是一拳。

"什么人！？"那黑胖子吃痛，捂着眼滚在一边。"什么人敢动老子？杠头、栓子！快他娘把那人给我废了！"

那俩恶奴一听，忙撒下老汉，朝着肃亲王挥拳打来。冯慎眼疾手快，不等恶奴近前，便一手一个，钳住了二奴肩头，再运劲儿一扭，卸下了恶奴膀子。

"为虎作伥，打死也不多！"肃亲王瞥一眼恶奴，径直来在黑胖子面前。"杜老六，你好大狗胆！"

"啊？"那黑胖子闻言一怔，狠命搓了搓眼。"啊呀！您老是肃……"

肃亲王抬腿就是一脚。"闭嘴！"

"是是是……"见肃亲王不愿暴露身份，黑胖子赶忙改口。"肃……肃大爷……您老怎么来了？"

"少废话！"肃亲王一指那老汉，"这是怎么回事？"

"您老有所不知，"黑胖子恨道，"这老棺材瓤子……"

"灌粪汤了？"肃亲王又是一脚，"嘴里放干净些！"

"是是，"黑胖子唯唯诺诺，"这老头瞎迷糊眼的不看道，蹭了我一身的糖稀……我见这老东西欺人太甚，就想教训教训他……"

"放屁！"肃亲王怒道，"欺人太甚的是你！衣裳脏了，回去洗净便是。分明是你凌弱暴寡、霸道横行！"

见肃王动了真火，那黑胖子忙"扑通"跪下。"肃大爷……小的知错了！您老大人大量，饶了我这回吧！"

"饶你？"肃亲王冷笑一声，"饶你也行。去，赔那老汉十两银子！"

"使得使得！"黑胖子掏出一把银子，在手里掂了掂。"这些只多不少，我都给那老头儿！"

说着，那黑胖子便爬起来，要给老汉送去。

"且慢！"肃亲王道，"赔完银子，你再朝老汉磕三个响头！"

"什么？"黑胖子吃了一惊。"您老让我……给那老东西磕头？"

肃亲王剑眉含威，目透凌厉。"怎么？你不肯？"

黑胖子一下子蔫了，恣恣道："就依肃大爷……我磕就是！"

说罢，便来在那老汉面前，将银子抛在地上。

那老汉吓得慌了，"大爷……这钱可不敢拿啊……只要您别再打，老头子就千恩万谢了……"

冯慎将地上银钱捡起，塞入老汉手中。"老丈不必害怕，拿去买些伤药。"

老汉还是不敢接，"那也用不了这些许啊……"

"只管拿着"，冯慎笑了笑，"哦……老丈快快站好，有人要磕头赔罪了。"

黑胖子狠狠瞪了冯慎一眼，便气呼呼地冲老汉磕起头来。磕完，黑胖子朝肃亲王一拱手。"肃大爷，您老的吩咐……我都做完了！"

肃亲王厌恶地挥了挥手，"滚吧！"

黑胖子再一拱，便灰溜溜地钻出人群。那俩恶奴一见，也忙耷拉着一面胳膊，狼狈地跟在后头。

人群里静了半晌，忽然掌声雷动。喝彩如山呼海唤，经久不绝。趁众人额手称快，冯慎赶紧拉起肃亲王，从夜市上悄然离开。

待走出一程，肃亲王停下脚步，大笑道："痛快！真是痛快啊！哈哈哈……"

"确是大快人心！"冯慎也道，"王爷为民撑腰，实为黎庶之幸。"

"那种泼皮恶霸，本王就是看不惯！"肃亲王两手叉腰，凛然道，"下回遇上了，还得收拾收拾他！"

"王爷"，冯慎问道，"听您唤他'杜老六'，莫非与那恶霸相识？"

"嗯，本王认得他！"肃亲王点头道，"那小子排在行六，全名叫什么'杜奎绍'。"

"杜奎绍？"冯慎惑道，"此人是何身份？"

"何种身份？哼，是个溜须拍马的无赖！"肃亲王道，"这小子听说是贩私盐发的家，后来捐纳了一个虚衔道台。哦……他还有个族兄，当着都察院的左都御史。借着这层关系，杜奎绍巴结上不少朝中大员。每逢年节，杜奎绍都会遍访重臣私第，行些苞苴之贿。有一次，竟然还送到了本王府上……"

冯慎笑笑，"不消说，那杜奎绍，定是被王爷骂了个狗血淋头！"

"不错，"肃亲王也笑道，"本王差他那仨瓜俩枣？将他狠斥一通后，便连人带东西轰了出去。"

冯慎道："此人并无实授，却要贿赂公行，图的是什么？"

"还不是为了敛财？"肃亲王道："杜奎绍上拢关节，下拢沆瀣，与一些税员胥吏朋比为奸。在京师的大小榷场货所，盘诘商民、刁难行旅，借端勒索，中饱私肥！"

"城狐社鼠之流，尤为可恨！"冯慎恚道，"王爷，卑职若没记错，您老还兼任崇文总税关的监督，就容着那干奸蠹胡作非为？"

"唉……奈何掣肘啊……"肃亲王叹息道，"杜奎绍上下打点，就连李连英那儿头也搭上了线。有人暗中庇护，本王也拿不住什么把柄，只能有事没事寻他点小麻烦，过过干瘾了……行了，不说了！别让那小子败了兴致！"

知是有心无力，冯慎也不再多言，将肃王送至王府，便闷闷不乐地返回家中。

且不说冯慎怎生郁郁，单道那杜奎绍吃了憋屈，正东一头西一头地在街上乱撞。

"六爷，您慢点儿……"一个恶奴苦着脸道，"我们哥俩儿还带着伤呢……"

"还有脸说！？"杜奎绍停住脚，骂道，"看着五大三粗的，遇事全他娘的不顶用！"

"这也不赖我们啊，"恶奴委屈道，"那可是王爷……"

杜奎绍摸着眼眶，恨道："王爷自然不能碰……不过另外那小子吗……哼哼……"

恶奴会意，上前谄媚道："六爷放心，回头我多叫几个人，把他手脚都给撅折了！"

"这才像句人话"，杜奎绍道，"动手前，先查清那小子底细，把活儿做的干净些！"

"您就瞧好吧，这种事又不是头一遭，"恶奴又道，"六爷，您眼眶子没事吧？要不找个大夫瞧瞧？"

"瞧个屁！"杜奎绍大手一摆，"哎？前边是胭脂胡同吧？正好！老子去莳花馆泻泻火！"

"那行吧，"两恶奴对望一眼，"我们跟您去就是。"

"滚滚滚！"杜奎绍厌恶地挥挥手，"瞅你俩那埋汰样，还不够丢人现眼的！哪儿凉快哪儿待着去！"

打发走恶奴，杜奎绍便抖抖衣襟，大摇大摆地进了胭脂胡同。来在莳花馆门前，杜奎绍干咳两声，拿捏起架子。

"哎呀！这不是杜六爷吗？"鸨母眼尖，赶紧扭腰迎出来。"怪不得今儿早晨，树上喜鹊冲我直叫，果真来了贵人！真别说，您老可有日子没来了，我正巴巴盼着呢！"

"少来这套！"杜奎绍摸出个银锞子，笑骂道，"你是盼着这个吧？"

"瞧您这话说的，"鸨母朝杜奎绍虚捶一下，顺手抓过银锞子。"嘿嘿……银子也盼，人我更盼。哟六爷？您这脸怎么了？眼眶子都肿了！"

杜奎绍扬扬手，恨道："他娘的！出门没看皇历，撞柱子上了！行了，屁大点事，别老提这茬儿！"

"走走走，赶紧进屋，"鸨母装出殷切的模样，"我叫三儿烧壶开水，泡条热手巾给您敷敷。"

说完，便拉起杜奎绍进了馆。

杜奎绍一踏进门槛，原本闹哄哄的莳花馆里，顿时噤若寒蝉。杜奎绍欺男霸女，哪个不晓得他的恶名？所以那些恩客、粉头，齐刷刷闭了嘴，生怕一个不留神，惹恼了这位活阎王。

鸨母不自然地笑笑，指着厅上一张空桌。"六爷，您老这边请……"

杜奎绍没作声，打量了一圈，来在当中一张桌前。

那桌已坐了人，见杜奎绍黑着脸走来，陪酒的粉头已吓的跑开，只留一个恩客，在那战战兢兢。

杜奎绍不由分说，一把拎起那人。"这座头老子要了！你换个地儿吧！"

"行行行！"那恩客脸色蜡黄，忙答应不迭。"我……我这就给六爷腾地儿……"

"快滚！"杜奎绍猛推一把，将那恩客掼倒在地。"别他娘的磨磨叽叽！"

那恩客屁滚尿流，爬将起来没头便跑。杜奎绍粗腿一跨，大模大样地坐了下去。见盘里烧鸡没动开，便伸手抓来，撕下一条腿，塞在口中大嚼。

四下鸦雀无声，杜奎绍反倒有些不自在。闷坐半天，他一拍桌子，噌的站起来。"都他妈哑了？接着玩你们的！哎？弹琵琶的，赶紧弹个喜庆曲儿，让六爷乐呵乐呵！"

抱琵琶那粉头一听，哪敢违拗？忙哆嗦着架起琵琶，胡乱地拨起弦来。音儿也走了，调儿也破了，可还浑然不觉。

万幸杜奎绍不通音律，听得有了些动静，便摇头晃脑的，跟着哼起来。

见他总算消停了，鸨母这才凑过来。"六爷……您老这脾气也太急了……再怎么着，也不该把我客人打跑啊。我这一馆子姑娘，可指着赏银吃饭呢……"

"就刚才那小子？"杜奎绍鼻子里嗤一声，"那副穷酸样能趁几个钱？六爷我的家底儿，你也不是不知道。只要伺候好老子一个，保准儿你赚得钵满盆肥！"

"那就多仰仗六爷了，"鸨母赔着笑，又高唤龟奴。"三儿，开水烧得了没？六爷还等着敷脸呢！"

"来喽，"龟奴左手抱盆，右手拎壶，急匆匆赶过来，"现燎的水，滚烫着呢！"

"仔细着点儿"，鸨母嘱咐道，"留神别溅着六爷。"

龟奴点点头，小心翼翼地将水壶放下。不料一抬头，瞥见杜奎绍顶着块乌眼青，一个没憋住，扑哧笑出声来。笑一出口，龟奴便知闯下大祸，他赶紧去捂嘴，无奈为时已晚。

被肃王一通修理，杜奎绍早窝了满肚子邪火。龟奴这一声笑，无异是往熊熊烈火上，浇了一瓢热油。

见杜奎绍脸都绿了，龟奴吓得趴地求饶。"六爷……小的真不是成心的！您老千万别拿怪啊……"

"闭上眼！"杜奎绍喝道。

"啊？"龟奴好悬没尿了裤子。"闭眼……闭眼干吗啊？"

杜奎绍冷笑一声，"老子赏你点东西！快他娘的闭上！"

龟奴哪敢不从？只得乖乖合上了眼皮。

杜奎绍二话不说，抄起地上那壶热水，劈头盖脸地浇上了龟奴头顶。

"啊！"龟奴一声凄啼，疼的在地上直打滚儿。那撕心裂肺的惨叫，听得人心里头一阵阵发毛。

杜奎绍还不解恨，又将剩下的沸水，全淋在龟奴身上。那龟奴嗓子都号哑了，脸上、手上，烫起无数个血燎疱。半死不活的抽搐着，浑身上下，没剩一丝好皮肉。

"他娘的！"杜奎绍把空壶朝龟奴狠狠一砸，对着吓傻的众人吼道，"都看到没？惹了老子，就是这个下场！"

乍见这等惨状，眼前花酒，哪里还能咽的下？一个恩客哆哩哆嗦的摸到门边，撒开脚丫子，便落荒而逃。剩下的一瞧，也都跟着炸了锅，没头苍蝇似的，奔挤撞窜起来。

桌子翻，凳子倒；女人哭，男人叫。一时间，莳花馆里搅翻了天，乱哄哄闹作一团。推搡夺路，颠倒踩踏，杯盘凌乱，遍地狼藉……眨眼工夫儿，恩客们逃个干干净净。

看着碗碟摔的稀巴烂，鸨母肝儿都疼抽了，一腚蹶在地上，拍腿号啕："哎哟喂……活不了喽！没法子开了……这莳花馆没法子开了哇……"

鸨母扯开嗓儿，那干粉头也都抽抽噎噎，哭天抹泪。

被她们号的心烦，杜奎绍抓起个花瓶，又砸个粉碎。"号什么丧？死娘老子了！？"

"六爷啊，您是我亲祖宗！"鸨母扑上来，死死抱住杜奎绍大腿，"可不敢砸了……可不敢再砸了啊……"

杜奎绍掏出一沓银票，扬手甩在鸨母脸上。"这些钱，把你这馆子砸上两回都富余！"

鸨母一怔，扒拉下来一瞧，嘴角一挑，破涕为笑。"瞧这事闹的！嘿嘿……六爷，您老接着砸、接着砸……"

"少他妈废话！"杜奎绍指着一地的乱七八糟，"麻溜儿拾掇利索了，老子还得听曲吃酒呢！"

"哎！"鸨母赶忙答应一声，招呼粉头收拾起来。

这一归置，才记起地上还躺着一个。看着奄奄一息的龟奴，鸨母又作难道："六爷……您老打也打了，骂也骂了……您看这三儿……"

"赶紧拖走！"杜奎绍一脸厌恶，"瞧着都脏眼！"

得赦后，鸨母忙唤来人手，七手八脚抬了龟奴，送去医馆治伤。

收拾完花厅，灶下又送来桌酒菜。鸨母带着众粉头，伺候着杜奎绍吃酒。杜奎绍刚大闹一通，正口干舌燥，抓过酒壶揭了盖，仰脖灌个不停。

烈酒一浇，欲火登时高炽。杜奎绍打着酒嗝儿，眯起淫邪的眼睛，将粉头挨个儿打量。

可方才粉头们又哭又吓，一个个钗斜鬓乱、蓬头垢面。纵勉强挤出一丝笑，也是唇垂嘴咧，比哭强不了多少。

杜奎绍顿时索然，"再没别的了？"

鸨母心下一怔，急忙满脸讪笑，"差不多……都在这儿了。六爷，您老要翻哪个姑娘的牌儿？"

"算了"，杜奎绍寡淡无味，气呼呼说道，"他娘的，眼泡子都肿成那样……能提起什么劲儿？"

粉头里面，不少曾接过他的客，故晓得内情。这杜奎绍虽然打赏阔绰，可却有个要人命的毛病。每每完事后，他还不肯消停，非把粉头手脚绑了，再踢打作践。

粉头被折腾狠了，半个月都下不来炕，钱给的再多，也打心眼里不愿接。听杜奎绍不叫局，全都长舒一口气。

"那行，"鸨母斟满酒，递上前去。"我们服侍六爷喝痛快了。"

杜奎绍接来，闷然喝光。

趁着杜奎绍喝酒，鸨母抽身离席，走到后头悄悄拉起一个粉头，小声问道："见着绣娘没？"

那粉头一张望，也悄声道："没呀，刚才还在这的……一扭脸就瞧不见了。"

鸨母暗念声佛，直喊菩萨保佑。倒不是多心疼绣娘，而是怕杜奎绍手黑，再把绣娘糟蹋坏了，耽误赚银子。

"谢天谢地，"鸨母赶紧嘱咐道，"你去她屋里找找，要是在，就叫她先躲躲，千万别往前厅来。"

"行，我去跟她说。"那粉头点点头，抬脚便走。

可谁知一回头，竟与翩翩而至的绣娘，撞了个满怀！

"哎呀，"绣娘揉了揉肩，嗔道，"火急火燎的做什么呀？"

那粉头未待答话，鸨母抢先一步，挡住了绣娘。"这节骨眼儿上，你怎么跑出来了？

先别问这么多，赶紧走！"

"为啥要走？"绣娘怔道，"那杜六爷财大气粗，倒是挺入我的眼……为了陪他，我特意回屋补了妆呢。"

"我的个小姑奶奶！"鸨母急得直跺脚，"你早不转性儿晚不转性儿，这时候却抽哪门子的风呀？放着多少风流阔少不要，偏偏就挑中了他！？"

"他怎么了？"绣娘不解。

"一时半会儿跟你讲不清楚，"鸨母心焦如焚，"这么说吧，那杜奎绍可是个活兽哇……把你吃了都不带吐骨头的！"

绣娘乜斜起秀目，隔人瞧一眼杜奎绍。"哼，不是活兽，我还不肯接呢！"

"这死妮子，端的不知深浅！"见绣娘不听劝，鸨母不由分说地催赶。"叫你走你就走，啰唆什么？"

二人正纠缠，却被杜奎绍听见了动静。"老鸨子！躲在后头嘀咕些什么？"

"啊？"鸨母连忙转头，掩在绣娘身前。"没什么、没什么……"

"鬼鬼祟祟的肯定有事！"杜奎绍将酒杯一扔，"身后那人是谁？起开！别他娘挡着！"

鸨母没奈何，只得把身子闪在一边。

一看到绣娘，杜奎绍眼里登时放了光。"你这死鸨儿，竟然糊弄老子！有这么俊的妞儿，还敢藏着掖着！？"

"六爷，这怪不得妈妈，"绣娘娇笑一声，走上前去，"我入馆不久，多是陪酒陪笑，还没正经伺候过客呢。妈妈是怕我没甚经验，再败了六爷的兴致。"

杜奎绍瞪一眼鸨母，"是这样吗？"

"是是……"鸨母脸色煞白，擦着涔涔冷汗。

"这还差不多，"杜奎绍朝绣娘一招手，"走近些，让六爷端详端详。"

"这便来，"绣娘纤腰轻扭，粉臂环搭，竟坐在了杜奎绍的大腿上。

这一下，把个杜奎绍乐的心花怒放。他揽过绣娘，捧起香腮便是一通狠亲。

绣娘面若桃花，半推半就。咭咭笑着，任由着杜奎绍放肆。众粉头全看傻了，大张着嘴巴，半天也没合拢。

杜奎绍亲得兴起，手便要朝绣娘怀里探。

绣娘一闪，倏地跃开，嗔笑道："猴急什么？还当着人呢……"

"顾不得那些了！"杜奎绍淫笑着，张臂欲扑。绣娘又是一纵，避得更远。

见绣娘秋波微转、美目流盼，杜奎绍馋的抓心挠肝，他屡番扑抓，都被绣娘笑着逃开。

"小东西，躲得倒挺快……"杜奎绍扶桌喘了两口气，突然怔道，"哎？我怎么觉着……你有点眼熟？"

"是吗？"绣娘一抿嘴儿，"见了漂亮姑娘，六爷都会说眼熟吧？"

"不是不是！"杜奎绍拍了拍脑袋，"真是眼熟……在哪见过？他娘的，记不起来了！"

"那就别想呗，"绣娘往前凑了凑，垂下了眼帘。"我听人说：丑有不同丑，俊似一般俊。许是六爷瞧着我，便想起了哪个美人吧？唉……真眼红那位姐姐，还能叫六爷时时惦记着。不像我这般……缺人疼少人爱的……"

杜奎绍哈哈一笑，将绣娘打横抱起。"那今晚，六爷就来疼疼你！"

说完，杜奎绍便问明了路径，抱着绣娘，便朝她屋里走。

鸨母放心不下，在身后撵了几步，"六爷，绣娘没怎么经过人事……您老在意点玩儿……"

"用不着你嘱咐！滚一边去！"杜奎绍喝斥一声，头也不回。

待二人离开，粉头们议论纷纷。

"绣娘这是怎么了？要钱不要命啊？"

"就是呀……杜奎绍折磨起人来，真叫一个狠啊。我后脊梁上那道疤，就是他给抽的。一到阴天下雨，疼得都钻心……"

小秋艳摇摇头，斜着脸冷笑道："这回绣娘可有罪受喽。等见识到杜奎绍的手段，怕连肠子都得悔青了……"

"闭上乌鸦嘴！都回房去！"鸨母正没好气，将众粉头骂散后，呆仰在椅子上，兀自提心吊胆、忧心忡忡。

此时的杜奎绍，已将绣娘抱入西跨院。刚进屋，杜奎绍便将绣娘扔在床上，迫不及待地撩衣压去，好似蚊蝇趋血，更如饿虎扑羊。

绣娘将身子一滚，俏皮地避开。"六爷别急，且稍待片刻。"

"又怎么了？"杜奎绍老大不乐意。"刚才在外头，你嫌人多。现在没人了，又他娘的推三阻四！？"

"六爷休恼，"绣娘抬起纤指，放在杜奎绍耳根，一面轻抚，一面呵气如兰，"如此春宵良辰，怎可匆匆辜负？不若饮些美酒，聊助阑兴。待喝得酣畅，才好耳鬓厮磨、入帐缱绻……"

杜奎绍挥手打断，"还喝什么？老子早灌下一肚子闷酒了！"

"六爷……"绣娘娇媚无骨，入艳三分。两颊融融，欲语还羞。"人家……人家想与你叠臂偎肩……再饮杯合卺酒吗……"

杜奎绍怔了怔，转即明白了。"你这小东西，花活儿还真是不少！行吧，既然你开了口，六爷就陪你喝个交杯！"

"谢六爷赏脸，"黛眉微蹙，"只是……我这屋里不曾备着酒浆，得去厅上取些过来……"

"真是麻烦！"杜奎绍双额一拧，面露不悦。"紧着点儿，快去快回！"

"嗯。"绣娘敛裙收摆，施个万福。轻移莲步，旖旎而去。

绣娘走后，杜奎绍便朝床上一仰。抓过绣娘枕头，使劲儿闻了两下。"还香扑扑的？这小浪蹄子，嘿嘿……一会儿可得好好玩玩儿！"

黯然的屋内，只燃着一梃白蜡。风从窗漏，烛影摇曳，晃的四下里幽光明灭、残驳陆离。

可左等右等，绣娘却不见回来，杜奎绍不免心焦意躁。他噌的坐起，自语道："那小贱人哪儿去了？别是借口取酒，把老子干晾在这儿吧？哼哼……要她敢诓老子，还真不能饶了她！"

正骂着，屋门"吱呀"开了。一个身影，慢慢地踅了进来。

屋里太暗，杜奎绍瞧不真切。隐约见是绣娘装扮，便起身去迎。"怎么才回来？啊？老子问你话呢！"

来人以袖遮面，只是不言不语。

"挡着脸做什么？放下来！"杜奎一急，便要扯那袖子。

岂料那人一抖，身上衣衫登时卸去。一副白森森的骷髅，陡然出现在杜奎绍眼前！

杜奎绍脑中嗡鸣一声，头发全乍煞开来。脚底蹿上一股恶寒，身子也是阵阵麻怵。趑趄倒退两步，一屁股蹲在地上。

那骷髅架子咯咯一通乱响，居然也迈开腿脚，慢慢地逼来。那硬趾骨磨在地砖上，发出沙沙的动静，别提有多瘆人。

杜奎绍的喉咙，像被人死死扼住，想开口喊，却发不出声来。他寒毛倒竖、魂不附体，手脚一并使劲儿，拼命的朝后挪蹭。待缩至床角，杜奎绍已是鼻塌嘴歪、涕涎交流，面相十分狼狈，全无昔日那般跋扈暴戾。

那骷髅下颚一咧，龇出两排参差的枯牙。颚齿翕张，便传出桀桀怪声，凄楚可怖，不知是啼还是笑。紧接着，那骷髅右臂一甩，几点冰凉的水珠，便飞溅在杜奎绍脸上。

杜奎绍骇眼一抬，发觉那骷髅掌骨中，竟握着一支粗笔。笔锋湿渍透白，不似蘸了墨汁。未及杜奎绍思量，那骷髅又弓下腰，在地上唰唰挥毫。转瞬间，地面上受涢变深，显出了"石碑店"三个扭如蚓蛇的大字。

"石碑店！？难道你是……"杜奎绍胸口上，似被猛击了一拳。指着那骷髅，胆肝俱裂。脚边斑斑水迹，仿佛化成淋淋黑血，稍稍扫上一眼，都觉触目惊心。

那骷髅将笔一扔，噌的立起，呼拉展开两臂，便扑掐过来。十根尖利的指骨，缭张舞动。眼睖着，就要在杜奎绍脖间，抓出几孔血窟窿！

死到临头，杜奎绍却还想做困兽之挣。也不知哪来的力气，矮身一滚，险险避过了骷髅。

那骷髅岂肯甘休？见一抓不中，调头复又扑来。杜奎绍嗷的一嗓子，爬蹿到门口，一把推开门，便想夺路而逃。

刚跑出几步，杜奎绍脚下便如同扎了根，胫绵足软，再也迈不出半分。他仰头望着前方，双睛暴血，战战欲死。

只见对面槐树旁，正悬飘着一个女鬼！那女鬼离地十尺多高，披头散发，遍体血污。一双狰狞的毒目，直勾勾地盯住杜奎绍。怪嘴一张，便是鬼哭厉叫。

吃这一吓，杜奎绍寒毛倒竖，两股剧烈地哆嗦起来。一个禁不住，屎尿齐下，秽不可闻。

突然，西跨院传来窸窸窣窣的脚步声。原来鸨母察觉动静不对，忙带着几个粉头赶来。

见杜奎绍呆立在门口，鸨母不免诧异。"六爷……您老咋还跑出来了？"

说着，鸨母便想靠前。小秋艳眼尖，一把将鸨母拉住，指着那槐树旁，颤声叫道："那半悬空……飘着个什么？"

鸨母一抬头，吓了个魂飞魄散。"妈呀！鬼……鬼啊！"

没等她们喊完，半空那女鬼便怪号一声，唰的飘至杜奎绍身前。

杜奎绍只觉血气扑面，腥风撞脑。喉头咕噜两下，便白眼一翻，直挺挺地仰在地上。

"女鬼索命了……女鬼索命了！"众粉头吓破了胆，尖叫着四散奔逃。

转眼，西跨院便成一片沉寂。只有那槐树枝叶，还在娑娑作响。女鬼瞥一眼僵在脚边的杜奎绍，仰月凄鸣，纵声嘶号。那动静破摧胸臆、泣血椎心，哀苦惨绝、闻之欲死。

第三章 钎针透颅

凄厉的哭号声，惊起了夜栖的枭鸟。一只只扑棱着翅子，发出沉郁的啼鸣。

鸨母这会儿，已奔出莳花馆，来在街上高声嚷叫。一队值夜的兵丁恰巧巡至附近，听着了声响，忙调头转伍，急匆匆地赶将过来。

来至莳花馆前，打头那吏目见是一群娼流，不由得眉头一皱。"大半夜的号什么？"

"官老爷啊"，鸨母一把拉住那吏目，"可了不得了……"

"松开！"那吏目胳膊一挣，将鸨母甩在一边。"先跟你挑明白了，若是嫖客短你银子，老子可是不管！"

"不是啊，"鸨母急得捶胸顿足，"死人了……有人被害了啊！"

"什么！？"兵丁们呼啦全亮出了家伙。"凶手拿住了没？"

"还拿凶呢，"鸨母后怕道，"我们几个还能活着，就算阿弥陀佛了。那害人的……是个女鬼啊！"

"胡扯！"那吏目一瞪眼，"哪会有嘛女鬼！？"

"真的真的！"见吏目不信，众粉头都急道，"我们都亲眼瞧着了！那女鬼就飘在半悬空，一下子就把杜六爷给扑死了……"

"杜六爷？"吏目一怔，"哪个杜六爷？"

鸨母赶紧回道："是杜奎绍杜六爷……"

"是他死了？这事儿倒不算小……"那吏目低语两句，又冲鸨母一挥手，"走！里边瞧瞧去！"

"哎，"鸨母慌不迭地转过身，将一干兵丁，引入了莳花馆。

来在西跨院，众粉头便开始逡巡缩脚、畏葸不前。兵丁们哪里管这些？连推带攘的，将她们统统赶入院中。

"弟兄们，把好了各路出口！"那吏目朝兵丁号令完，又一推鸨母。"赶紧的，人死在哪了？"

鸨母纵是害怕，也只得头前领路。"就……就在那边了……"

吏目听罢，忙唤上几个兵丁，同着鸨母快步上前。

转过甬道，便是绣娘寝闺。值时，月色朦胧，星斗寥落，屋前景物依稀可辨。杜奎绍的死尸，如同一条死狗般，横在那里。

众人正欲上前，突然听得老槐树后，传出阵阵抽泣。

"啊呀！"鸨母惊呼一声，险些扑在地上。"那女鬼……那女鬼还没走啊！"

兵丁们齐喝一声，壮起胆子围上前去。才待举刀砍杀，树后却发出一声娇啼："救命啊……别……别杀我！"

"绣娘？"鸨母辨出了声音，慌跑去阻拦。"别伤着她！她是人不是鬼！"

听得这句，众兵丁都松了口气，忙收了刀，将绣娘从树后拎了出来。

"我的儿哟……你还活着哪？"鸨母赶紧上前去搀，"我真怕那鬼也把你害了啊……"

绣娘脸色惨白，浑身哆嗦不止，一头扎进鸨母怀里，放声大哭。"妈妈……我要吓死了……"

那吏目一指绣娘，问鸨母道："这女的是什么人？"

鸨母回道："她叫绣娘，今晚上杜六爷点名要的……"

"是她陪的杜奎绍？"吏目神情一凛，转朝绣娘道，"先别哭了，你见着害人的凶手没？"

鸨母插嘴道："害人的是女鬼……"

吏目哼了一声，没理会鸨母，只是向绣娘不住追问。

绣娘拭了拭眼泪，缓缓抬起头，"回官爷话……我什么也没见着……先前杜六爷要吃酒，我见房里没了，便去厅上取。没承想等取酒回来，却遇到这般惨象……我吓得脚软，跌在树下便动弹不得……你们过来时，我还当是来杀我的呢……"

说着，绣娘悲从中来，伏在鸨母身上，又低声呜咽。

见绣娘那怜楚模样，吏目倒先信了几分。又瞥见那槐树下散落着壶盅酒具，心中越发的确凿。

"看来这女子确不知情。"吏目一面思量，一面转到死尸旁边。

那尸身上并无伤创，衣衫也算完好。脑后的辫子散乱开来，毿毿地覆住了头脸。

吏目用刀尖拨开乱发，不禁骇的倒退一步。只见杜奎绍两目凸鼓，眼白里全是血色。鼻头塌斜，嘴巴大张，满脸横肉全打着拧，扭曲得都没了人样。两条胳膊蜷僵着，手指如鸡爪般抠在地上。砖面上，竟被生生抓出几道浅痕。

一个兵丁探过来，也被死尸的模样唬了一愣。"真够吓人的……他就是那个杜奎绍？"

吏目点点头，定了定心神。"没错，我见过他几回。他尸身上没什么伤口血痕，莫非是中毒而亡？"

"不像，"那兵丁摇头道，"听说中毒的人嘴唇发紫，肤色变深，这死尸也没那样啊。我觉着吧，他像被吓死的……该不会真是什么女鬼索命吧？"

吏目一嗌牙花子，"我也正犯含糊呢……先不说做这案的是人是鬼，单任杜奎绍这身份，就十分棘手啊。这人手眼通天，他这一死，少不得要闹出些风风雨雨……"

"可说是呢，"兵丁道，"上头最烦这等麻烦，若知道是咱们揽下了这桩案子，指不定要发多大火呢。出力不讨好的差事，何苦做来？头儿……要不咱撤吧？就当没瞧见！"

吏目叹道："来都来了，这么撤了铁定不行。"

兵丁问道："那怎么办？"

"好办，"吏目眼珠子一转，"这种案子，又不止咱们能管。移交给顺天府不就行了？"

"对啊！"那兵丁一乐，"那顺天府有个姓冯的，专好断这类案子！头儿，您这一手真高！"

"别啰唆了，"吏目吩咐道，"你们把这里封住，别乱动尸身物什，我亲自去趟顺天府。等他们的人一到，咱们就赶紧撤！"

吏目说完，便马不停蹄地奔往顺天府。来到府衙前，将名刺递与值夜差役，就候在一旁等信。

接到通传，新任府尹李希杰有些不悦。他揉了揉惺忪睡眼，将拜帖随手一丢。"那人找本府做什么？"

差役回道："他只道有桩人命要案，来请大人定夺。"

"人命案？那去瞧瞧吧。"李府尹无奈，只得更衣入堂。

见了府尹，那吏目忙施礼参拜，后将莳花馆的事，大致一说。

李府尹听罢，拈着颔下短须，冷笑道："既然你们发现了凶案，为何不去兵马司上报，反跑到我这顺天府来？"

"这……"被问中心事，吏目不免言语吞吐。"卑职……卑职也没考虑那么多……"

"哼"，李府尹道，"是怕破不了案，这才想着推诿塞责吧？"

吏目慌得直擦汗，"卑职不敢，卑职不敢……"

李府尹没理会，暗自思忖：自打接任了顺天府尹，还没正经施展过。不若就借这桩奇案，在僚属面前立立威风。

想毕，李府尹便道："罢了，这案子本府接了！"

"谢大人成全。"吏目大喜过望，忙叩首不迭。

李府尹着人唤过鲁班头，让他与冯慎一同，接查此案。鲁班头领命，点起几名衙役，与那吏目一伴，又赶至冯宅。

打赶尸案后，鲁班头对冯慎，不似之前那般倨肆。故来在冯宅，他特意轻声叩门，免得冲撞了冯家人。

冯全闻声开门，得知有紧要公事，连忙唤醒了冯慎。冯慎一听，赶紧穿戴整齐，来到门外。

"冯经历，"鲁班头一拱手，"出人命案了，大人叫咱俩过去验验。"

"哦？"冯慎一蹙额，"案发何处？"

吏目接茬道："是在莳花馆里。"

话音未落，冯慎身后忽然传来一声细语："莳花馆？那是啥地方啊？"

众人回头一看，原来是香瓜听得动静，也起床跟来。

"不要乱打听，"冯慎将她一拦，"快回自己屋去。"

"俺就是问问"，香瓜小嘴一噘，"那莳花馆到底是啥好玩的地方哪？"

鲁班头心粗肠直，脱口回道："能是啥地方？窑子！"

"啊？"香瓜登时傻了眼，"冯大哥，你们要去逛窑子啊？那可不成！"

冯慎苦笑不得，也无暇理论，让冯全看住了香瓜，便与鲁班头一行，赶往莳花馆。

待来到莳花馆，已是晨曦微露，天光欲晓。刚踏入西跨院，众粉头便围住那吏目，纷纷诉起苦来：

"官爷，人又不是我们害的，你叫人看住我们干吗啊？"

"是呀，都折腾一宿了，腰都快站断了……"

听得众粉头罗唣，冯慎本不想理会。他将身侧避，欲绕过人群。可这一闪身，眼梢便瞥到了绣娘。

冯慎心里"咯噔"一下，顿时停住脚。这副容貌，竟与肃王画中女子如出一辙！

绣娘见冯慎正瞧着自己，忙将头脸低下。

冯慎不动声色，慢慢地走向了绣娘。"敢问姑娘芳名？"

绣娘粉颊红浥、泪迹犹湿，往后怯退了几步，嗫嚅不言。

吏目见状，便指着冯慎对绣娘道："这位是顺天府冯经历，特意赶来查案的。问你什么，便要老实回答。"

"是"，绣娘喏喏，转朝冯慎道，"官爷唤我绣娘便好……"

吏目又插口道："冯经历，那杜奎绍死前，就是由这绣娘陪侍。"

冯慎怔道："那死者是杜奎绍？"

"是啊，您不知道？"吏目一愣，继而恍然道，"哦，这都怨我。光顾着赶路了，没把案子讲清楚。"

"不打紧"，冯慎摆摆手，"去看看再说。"

说着，几人也不顾粉头抱怨，转朝杜奎绍尸身围去。

来到跟前，鲁班头一耸鼻子，踢了踢尸首。"死的真是难看！"

"班头不可莽撞，"冯慎赶紧阻拦道，"若破坏了端倪线索，就无法查得其死因了！"

"还查什么啊？"鲁班头满脸的不在乎。"一瞅就知道是吓死的！"

"现在定论，还为时尚早，"冯慎问向吏目道，"尸身没被翻动过吧？"

"没有"，吏目道，"我吩咐过手下，让他们不得乱碰。不过……据那些娼流所言，这杜奎绍是遇上了恶鬼！"

冯慎一怔，"恶鬼？"

"不错，"吏目点点头，指着远处众粉头。"她们都见着了，说的有鼻子有眼的。"

冯慎没作声，径自走到死尸旁，俯身验查起来。

"冯经历，"那吏目喋喋不休，"倒不是我轻信鬼神之说。这杜奎绍身上没伤没血，还真像是看到什么，给活活地吓死了……"

"没血吗？"冯慎一抬手，打断了吏目。"仔细看看那领口。"

听冯慎如是说，吏目与鲁班头连忙探头去瞧。那死尸衣领处，果然洇着一点圆圆的血迹。那血迹小如蝇头，若非冯慎指出，众人皆未曾留意。

"确是疏忽了"，吏目道，"可这又能说明什么？"

冯慎轻轻翻开尸身衣领，发觉下面的皮肉，并没有破损的迹象。"还不好说……这血斑呈圆状，想必不是蹭染……"

鲁班头瓮声瓮气道："那就是溅上、滴上的了！"

吏目也道："我听老鸨说，杜奎绍还在荇花馆打砸了一通。会不会逞凶时，溅上了别人的血？"

想起杜奎绍曾当街掴得老汉嘴角出血，冯慎不禁点了点头，"是有这种可能。"

吏目推测道："八成是那样吧。"

冯慎伸手捻了下领口血迹，又将指肚置于鼻底一嗅。"不对！时辰上对不起来。这血斑，并未完全干透。"

"还真怪了，"鲁班头挠了挠头，"这小子到底是不是吓死的？"

"恐怕不是！"冯慎道，"常人乍遭巨骇，往往抱首捂胸。即便是惊惧过激引发骤亡，也不该出现如此死状。"

鲁班头不解道："死状？死状又怎么了？"

冯慎指了指尸体手边，"此人死时，定是痛苦异常。那砖面上的抓痕，便证实了这点！"

鲁班头一拍脑袋，"也对啊！要是当场就吓死了，手脚登时僵直，哪里还能动弹？"

冯慎看了眼地上死尸，叹道："这案子……蹊跷啊！"

见案情扑朔迷离，那吏目便欲早些抽身，他干咳两下，抱拳拱手。"冯经历、鲁班头，这里就劳烦二位。我与手下弟兄们还得巡夜，咱们就此别过？"

鲁班头虎眼一瞪，"天都亮了，还巡什么夜？"

吏目讪笑一声，颜面上有些不好看。

冯慎见状，连忙接过话来。"右堂慢走，在下公事缠身，就不送了。"

"冯经历少礼，后会有期！"吏目瞥了鲁班头一眼，气呼呼地带着手下离开。

鲁班头颇有些不忿，"这小子还挺横，有能耐自个儿查啊！"

"好了，不必与他计较，"冯慎劝道，"鲁班头，咱们先将尸身收厝，分派几个弟兄运回衙中。等问完了话，我想再细验一番。"

"成！"鲁班头一招手，几名衙役走上前来。"你们几个，把那死尸弄回去！"

"是"，衙役得令，四散忙活开来。

趁这工夫儿，冯慎又来在众粉头面前，询问起她们夜间所遇。粉头们见问，少不得添油加醋。一个个七嘴八舌，连说带比画。讲到怕处，自个儿都吓的毛骨悚然。

冯慎耐心听完，问道："这么说，你们最初赶来时，那杜奎绍还活着？"

"是啊"，鸨母道，"当时他就站在屋檐下，我还叫他来着。结果吃那女鬼一扑，他立马便倒地死了……"

冯慎又问道："那'女鬼'当真悬在半空？兴许是站在了树杈上？"

"不会不会！"粉头们异口同声，"绝对是飘着的！脚底离地老高呢，我们这么些人，难道还都看岔了？"

"也是"，冯慎揉了揉太阳穴，"众目睽睽下，应不是虚象……"

小秋艳走上前，拉了拉冯慎衣角。"还有呢官爷，我瞧见屋里头……立着具干尸！"

"不是干尸，"另一个粉头急道，"那像是个骷髅架子……"

"对对对，"小秋艳点头道，"没皮没肉的，是副骷髅架子！"

经她俩一提醒，又有不少人附和：

"哎？被你们一说，我也有点印象……"

"那骷髅在屋里，还一挣一跳的，可吓人了！"

"扯淡！"鲁班头听了半天，终于沉不住气。"那种烂骨架子，一脚就踹散了！再说那也不是活人，怎么又蹦又蹿！？"

粉头们一仰脸，信誓旦旦。"我们没扯谎，真是那样！"

鲁班头再要说，却被冯慎阻住。"无须多言，去屋里探探便是。"

二人正要往绣娘屋里走，院外却突然传来一阵喧嚷。

鲁班头停住脚，唤过一名衙役。"去看看！外头闹什么？"

那衙役抬腿出院。不多会儿，便匆匆折回来。"头儿，不好了！外边打起来了！"

"打起来了？"鲁班头一按刀柄，"怎么回事！？"

"是这样，"衙役道，"弟兄们正抬了死尸，结果出门便撞上一伙家丁。那伙家丁自称是杜奎绍护院，闹着要抢尸……"

"他奶奶的！"鲁班头勃然变色，骂咧咧地朝外走去。恐另生枝节，冯慎也抬脚追上。

来到馆外，几个家丁正与衙役争持倾轧。那伙家丁十分猖獗，全然不惧衙役的驱喝。当中唆使挑头的，正是杜奎绍那两个贴身恶奴。

鲁班头火冒三丈，喤唧抽出刀来。"众衙役听了！胆敢再阻碍公差者，皆以忤逆官府论处，不问情由，就地格杀！"

"是！"众衙役早已按捺不住，听鲁班头放了狠话，都拔刀取剑，虎视眈眈。

那伙家丁，本就是群乌合的泼皮，一看官差动了真章，全打起了退堂鼓。别说是动手抢尸，就连大气也不敢喘上一口。

鲁班头提着刀，杀气腾腾。拖过一个家丁，甩手便是一巴掌。"我看你们是活腻歪了！"

冯慎冷着脸，走向那两个恶奴。二奴这会也认出了冯慎，都瞪大了眼睛。"是……是你？"

冯慎哼道："昨晚没吃够苦头，又跑来滋是生非？"

恶奴辩道："我们是来接六爷的，没承想……"

"多行不义必自毙"，冯慎喝道，"杜奎绍已食恶报，若你们不知悔悟，还恃势凌人，少不得落个同等下场！"

被冯慎一通奚落，恶奴有些不服。"你们当差的不去拿凶，倒反来消遣苦主？有本事把凶手找出来！"

冯慎蔑道："查案之事，还轮不到你们插嘴。等将尸首剖验后，自会给你们个说法！"

"那不成！"恶奴叫嚣道，"六爷何种身份，岂能让人开腔破肚？不行！我们定要给六爷保个全尸！"

"皮痒了是吧？"鲁班头阴下脸，又要发作。

恶奴后退两步，硬着头皮道："别以为……披件官皮就能唬人！当官的我们见多了！我们家二老爷，还是左都御史呢！"

"他奶奶的！还敢狗仗人势？"鲁班头不由分说，照着恶奴抢拳便打。

俩恶奴扑滚在地上，被揍的哭爹喊娘。才接好的膀子，顿时又脱撅了。

打了好一阵，鲁班头这才解气。他大手一挥，唤过衙役。"给老子绑了！"

衙役闻言，拖起鼻青脸肿的恶奴，三下五除二，便捆了个结结实实。

鲁班头扑着手，问冯慎道："冯经历，怎么处置这些泼皮？"

冯慎思量片刻，道："依我看，将肇事二人押下，其余驱散了便可。那二奴为杜奎绍作恶帮凶，应晓得些内情。仔细鞫审一番，或许能套出什么线索。"

"成！就这么干！"鲁班头转命衙役道，"把那俩狗腿子也押回府衙，路上若不老实，就照死里打！"

众衙役遵从，调头离去。鲁班头瞧了瞧冯慎，催道："咱进馆接着审去！"

"鲁班头，要不你也先行回衙吧，"冯慎缓缓说道，"我斟酌了良久，这案子……恐怕得密审！"

"密审？"鲁班头愣道，"你打算一个人查？冯经历，你是嫌我碍事吧？"

"班头哪里话！"冯慎道，"实因此案牵连太广，我不想令班头枉担干系。"

"嘻，你是说这个啊，"鲁班头道，"冯经历，咱俩也不是头天相识，你见我啥时候怕过事？别说那杜奎绍死了，就算他活着，老子该查还是得查！"

想到绣娘那可疑的身份，冯慎叹了口气。"若只是杜奎绍，那还好办些……鲁班头，个中隐情，此刻我不便明说。待我悉查之后，定会给你个交待。"

"那行吧，我信你！"见冯慎言辞恳切，鲁班头不再坚持。"剩下的衙役，就随你调遣。我这便回衙，等你消息！"

"有劳。"冯慎一揖，目送鲁班头远去。

打发走鲁班头，冯慎回到西跨院中。众娼半宿没合眼，这会儿都耗不住了，体痛筋软，交瘁欲跌。

见粉头不堪咨诹，冯慎也便作罢。唤衙役一一录了名字，放她们各自歇憩。

绣娘瞧一眼冯慎，绵言道："官爷……劳您撤去我屋前守卫，我好进去息偃……"

"傻闺女，你那屋还能去得？"鸨母拉起绣娘，"走吧，到我那眯会儿。"

"不忙！"冯慎止住鸨母，"在下还有事，要与绣娘姑娘单独聊聊！"

"还得审啊？"鸨母急道，"官爷你通融些，让绣娘缓口气吧，看她都吓成啥样了……"

"只是闲谈几句，不费什么心神，"冯慎冲绣娘一撒手。"恕在下唐突，欲至姑娘房中一叙。请吧！"

绣娘望了望鸨母，踟蹰不前。叵耐冯慎敦促连连，这才矜矜顺从。

来到绣娘屋前，冯慎对两名守门衙役道："这里我看着就行，你们转守他处吧。都提起精神来，留意馆中动静。"

"冯经历放心吧！"衙役一拱手，转头离开。

冯慎推门而入，抬眼便看到了头顶的檩桷。"没想到屋中竟如此简陋，连个天花顶棚都不曾吊？"

"是寒酸了些，让官爷见笑了……"绣娘赶紧拖过一条杌子，"官爷快请坐吧。"

"不必客套。"冯慎摆走到床榻边，将衾枕翻了翻。"绣娘姑娘，昨夜那杜奎绍就睡在这里？"

"他在这暂歇了一会儿，之后便出了事，"绣娘上前软语，"官爷……我只是个以色悦人的娼伶，不需叫什么姑娘，直唤绣娘便好……"

冯慎正欲作答，突觉脑后膏馥袭绕。一回头，竟见绣娘凑身贴至。

绣娘倦眼惺忪，慵散中，却带着几分娇娆。双眸蓦地一睁，宛若夜星熠熠。"官爷牒讼倥偬，想来也应乏了。官爷若不嫌弃，绣娘便替你捏捏肩……养足了精神，才有力气查案……"

说着，绣娘玉腕徐抬，向冯慎盈然搭来。

冯慎面上一红，赧颜避开。"不……不用……"

绣娘掩嘴笑笑，不似方才那般慌恐。"官爷瞧着威仪肃凛，不想竟是好薄的面皮儿……"

冯慎撇过脸，颇有些不自在。他尴尬地咳嗽两下，岔开话头。"屋里倒没见有什么骨殖……绣娘姑娘，这桌上匣盒内所盛何物？"

"是一张筝。"绣娘移步桌前，将匣子打开。

见筝匣十分宽大，冯慎又道："劳烦姑娘将筝取出吧。"

绣娘依言，把筝抱出来，轻轻架在桌上。冯慎朝匣内探去，见还散落着些簪花、甲片。一簿封无贴笺的包背册子，亦平置于匣底。

冯慎拾起那册子，翻了几页。见是本记韵的工尺谱，又随手放下，转而去瞧那张大筝。

绣娘纤指微划，弦间便骤鸣起一阵珠玉。"官爷尔雅翩逸，想来也是个懂筝的。不若绣娘奏一曲《出水莲》，权为官爷解解倦意……"

绣娘殷勤承侍，已扰的冯慎神思涣散。既无法潜心涤虑，倒不如顺其自然。于是，冯慎点点头，坐在杌子上。"也好，在下洗耳聆听。"

绣娘莞尔，凭案坐定。素手轻抚几下，音色却稍稍有些缓滞。

冯慎道："姑娘有些心不在焉？"

"不是，"绣娘欠身道，"搁置久了，筝弦有些松动……"

绣娘说着，便旋动弦轸，紧柄调音。待绷栓实了，这才绑上玳瑁义甲，络络弹弄起来。

绣娘那筝弦，并非丝筋缠糅，而是由铜线轧制。前前后后，系足了一十六根。甲尖拨撩，便如流莺巧啭。绣娘顾盻流睐，勾挑揉滑，俄而长摇剔打，俄而走吟重颤，将平双大食、黄钟盘涉，演绎的动宕沉蓄，荡气回折。一时间，屋内韵气滂沛，商徵浑然。令人恍惚之中，如亲见那莲叶团团如盖，菡萏袅袅临风……

一曲终了，余音绕梁。冯慎意犹未尽，不由得抚掌大赞。"好！好一首中州古调！好一阕汉皋旧谱！绣娘姑娘所承，莫非是那外江弦？"

"正是！"绣娘欣喜道，"官爷您怎么知道？"

"也是误打误撞，"冯慎笑道，"闽粤之地，多用铜弦。并且观姑娘奏筝时，惯以中指滑颤。再加上那曲悠扬深长的《出水莲》，在下便妄测出，此派为客家汉乐。"

"官爷闻识真是鸿博，"绣娘嫣然笑道，"我原籍便是广东嘉应州……"

冯慎奇道："那姑娘却未带粤峤口音。"

绣娘叹道："我幼时家道中落，随姐姐闯荡漂泊，渐渐的，便模糊了乡音土腔，转学了官话……"

冯慎冷不防追问道："这么说来，绣娘姑娘还走过江湖卖过艺？"

绣娘心里一突，忙摆手不迭。"没有没有……我只能弹个曲儿……不会什么糊口的硬本事……"

冯慎没出声，仅是伺隙睢盱。绣娘扬起的掌心内，明显数道紫红的拉痕。

"借姑娘柔荑一观，无状勿怪！"说着，冯慎便抬手抓去。

绣娘猝不及防，慌得掩臂藏手，步步倒退。

冯慎哪由她躲闪？一个纵跃，握住了绣娘素腕。

"官爷做什么？"绣娘挣了几挣，含嗔带怒道，"你弄疼我了！"

冯慎也不答话，只顾着将袖观瞧。

二人正在缠搅，身后屋门竟被一脚踢开。冯慎一回头，却见香瓜气呼呼地站在檐下。

"好哇冯大哥！"香瓜眼中噙着泪，腮庞鼓的老高。"你……你果然是来逛窑子的！"

"香瓜？你怎么来了？"冯慎板起脸，叱道："查案刑缉，岂是要处？不要胡闹，赶紧回家去！"

"你就糊弄俺吧！"香瓜一抹脸，柳眉倒竖，"查案子你还摸人家手啊？哼，怪不得你把人全支走了！"

冯慎一怔，方记起还抓着绣娘。窘涩局促，仓促将手松开。"浑说什么……我正欲查验绣娘姑娘掌中伤口。"

"原来是为这个？"绣娘浅怪道，"官爷怎不说明白呀，刚才拴弦时不小心，把手心割了几道……只是皮肉伤，官爷不必挂怀……"

"是吗？"冯慎作疑道，"在下倒不觉的是新伤，姑娘若不介意，还请递与我瞧瞧。"

"我倒无所谓，"绣娘笑笑，看了看香瓜。"只怕那位俏丫头不肯吧？"

"嗯！"香瓜点点头，瞪了绣娘一眼。"俺不答应！"

被香瓜一搅，冯慎脑中越发的梦乱。他暗忖一阵，这才将香瓜拉在僻静处，悄声道："香瓜，我有事与你商量……"

"俺不听，"香瓜使性儿道，"你肯定是想撵俺走！"

"恰恰相反，"冯慎偷指了下绣娘，低语道，"我打算让你留下来，替我看住了她。"

"啊？"香瓜问道，"俺留下来，那你去哪啊？"

"自然是回衙门验尸，"冯慎道，"方才我思量过了，这孤男寡女，实不便私处一室，由你看守倒适宜些……香瓜，那女子是紧要之人，你可得盯牢了！"

"放心吧冯大哥"，香瓜擦了擦眼角，郑重道，"只要你别胡来……俺就听你的……"

二人正嘀咕着，绣娘走上前来。"官爷，你们在说什么呢？"

"也没什么，"冯慎指指香瓜，笑道，"在下要回府衙一趟，怕姑娘留在这里害怕，便让这丫头相伴。哦，别瞧她年纪不大，身手倒是了得。有她陪着，也好多个照应。"

绣娘急道："我一个人也是不怕的……去找妈妈跟其他姊妹也成……"

"就这样吧，这里清静些！"说完，冯慎转身便走。

"官爷……"绣娘还欲分说，忙追到冯慎身后。不料才赶几步，便觉耳边一寒。一枚袖箭贴着鬓角掠过，"砰"一声钉在了门框上！

"快回来！"香瓜扬了扬腕间甩手弩，"敢出这个门，俺就使弩射你！"

冯慎转头，冲着惊魂不定的绣娘笑笑，"姑娘留步吧，那丫头性子野，手底下没个轻重。"

绣娘怔怔地点点头，"知道了……官爷慢走……"

出了蒔花馆，冯慎便快马加鞭，直奔顺天府衙。来到衙门口，恰巧碰见了鲁班头。

鲁班头一见冯慎，便一把拉住。"怎么样？查出啥来了？"

冯慎摇摇头，"多少有些进展，可仍不能定论……"

"紧着点吧"，鲁班头指指正堂方向，"上头急着破案邀功，刚还在催呢！"

冯慎一皱眉，"这李大人，也太性急……人命关天，岂可草率行事？"

"谁说不是？"鲁班头一拍胸脯，"冯经历你甭管那么多，只管按部就班地查。上头那边，自有哥几个周旋！"

"多谢班头！"冯慎心中一暖，"那我先去查验尸首。"

"验去吧"，鲁班头道，"有用得着我老鲁的地方，只管开口！"

冯慎又是一揖，转至后署殓房。那杜奎绍的死尸，正停放在当中。

殓房内本无窗，掩上门后，更觉阴晦。燃起了灯蜡，屋里这才亮堂些许。

冯慎取出验具，撬开了死尸嘴巴。移烛一看，发觉牙膛、舌窍未呈异色，与那中毒的迹象，并不吻合。冯慎又换上小剪，将尸首所着衣物铰开。可那裸露出的表皮上，亦无显著的外伤。

"难道……他真是惊吓致死？"冯慎犯起了犹豫，可瞥见死尸那弯蜷的手指时，又自语道，"不对！定是哪里疏忽了。莫非伤口隐藏在发间？"

说着，冯慎便抬起尸首头颅，打算扒开毛发，细察一番。岂料一抬之下，那死尸的鼻腔里，竟掉出了簌簌的血痂！

冯慎眼明心细，顿时彻悟。他用力按了按死尸鼻梁，果然察觉出不对劲儿。冯慎二话没说，拿细镊插进尸首鼻孔，反复拨探。

突然，那镊头一顿，传来异样的触感。冯慎心中一喜，赶忙使劲儿夹取。没多会儿，居然抽出一根尖锐的长针！

那长针血迹斑斑、寒光四射，针身长约四寸，从鼻腔插入，刚好能刺抵颅髓。冯慎倒吸口凉气，明白了杜奎绍，为何会是那般死状。这扦脑的剧痛，不亚于任何一种酷刑。那杜奎绍，是被活活疼死的！

第四章 悬丝傀儡

立在死尸前，冯慎陷入了沉思。权衡再三，这才把尸身上的血污拭净，将那长针也包掩收起。

从殓房出来，冯慎不露声色，转去西司刑室，找到了鲁班头。

见冯慎过来，鲁班头奇道："这么快就验完了？有什么眉目？"

"还是老样子"，冯慎避实而言虚，"鲁班头，那两个恶奴现羁在何处？我想先审审他们。"

"好说，"鲁班头唤来手下，"把那俩狗腿子押到这里来！"

衙役奉令，着手去办。咄嗟间，便将二奴提来。二奴脸上青一块、紫一块，身上也是少皮没毛，看来没少挨揍。

还没等衙役吩咐，二奴便双双跪倒，掇臀捧脚，奴颜婢膝。那副摇尾乞怜的嘴脸，令人观之欲呕。

冯慎皱皱眉，冲二奴道："报上名来。"

恶奴蠖屈鼠伏、应承连连，"小的叫杠头，他是栓子……"

冯慎又道："你二人既是杜奎绍长随，相必知道些内情。那杜奎绍有无仇家对头？"

"应该……没有吧，"杠头道，"六爷他……"

"什么狗屁六爷！"鲁班头喝道，"杜老六！"

"是是"，杠头赶紧改口，"杜……杜老六有钱有势，只有他欺负别人，别人哪敢找他寻仇？"

"这倒是句实话，"冯慎冷哼一声，道，"杜奎绍为非作歹，你俩儿也没少助纣为虐吧？"

"都是被逼的啊，"栓子也道，"我们当下人的，主子发了话，哪里敢不听啊？"

"闲话休提！"冯慎斥道，"杜奎绍肆意逞凶，有没有伤过人命？"

杠头与栓子对视一眼，没甚底气地说道："最多是打个半死……不曾害命……"

"还敢扯谎？"鲁班头怒道，"来人！将他俩儿拖下去，先上道夹棍！"

"别别别！"听说要用刑，恶奴吓破了胆。"我们照实说！照实说！"

"快讲！"鲁班头咬着牙，厉喝道，"若有半句虚言，老子轻饶不了你们！"

"不敢不敢"，杠头抹着冷汗，怯缩道，"的确曾害死过一个女子……可那都是杜奎绍做的啊！真不干我俩儿的事啊！"

"啰唆什么！？"鲁班头一拍桌子，"接着说！"

"是是"，杠头继续说道，"那是去年的事了……那天我与栓子，跟着杜奎绍去打野兔。回来时，路经了京郊石碑店。见林子里搭着个破草棚，我们就想借火烤点兔子肉吃。谁承想那棚子里，只有个标致的小娘子。杜奎绍一见她，便起了色心。让我俩儿把着风，自己硬拖了那小娘子，就要扒衣奸污……"

"该杀！"冯慎恨道，"后来呢？"

杠头慌忙道："那小娘子颇有些血性，拼命反抗，宁死不屈。后来在撕扯中，那小娘子咬了杜奎绍一口。杜奎绍火气上来，竟将那小娘子生生的扼死了。"

"他奶奶的！"鲁班头气得七窍生烟，操起刀就要朝外走。"老子把他的臭尸砍个稀巴烂去！"

"班头息怒！"冯慎与众衙役赶紧拦住，劝了好一阵，鲁班头才肯作罢。

冯慎瞥一眼杠头，"杀人之后，你们又是怎么做的？"

"当时我与栓子慌的不行，"杠头又道，"看那小娘子打扮，像是个闯江湖的。杜奎绍说，这种人贱命一条，死在林子里没人会知道。于是，他将那尸首与破棚子一起点了，领着我们逃回了京城……"

冯慎问道："那棚里除了那女子，再无旁人了吗？"

"应该是没了，"杠头道，"当时哪里想那么多？点了火后就急急跑了。"

鲁班头突然大喊道："我知道是谁弄死了杜奎绍！"

众人一惊，忙看向鲁班头。

"还用问吗？肯定是那被害的女子！"鲁班头道，"那女子死后不甘心，化成厉鬼索了杜奎绍狗命。那些粉头不也瞧见了吗？冯经历，你说呢？"

冯慎淡然一笑，不置可否。挥了挥手，让衙役又将二奴押下去。

趁着无人，冯慎走到刑房书案前，写了张字条封好，交到鲁班头手上。

看着缄好的书信，鲁班头问道："这里面写的什么？"

"这是给肃王爷的密信，"冯慎道，"劳烦班头，亲自送到王爷手中！"

鲁班头一愣，"给肃王的？"

冯慎点头，正色道："此事关系重大，班头多多上心。"

鲁班头抓抓头皮，为难道："肃王爷是皇亲国戚、朝中重臣，我贸然闯去，别说见肃王一面，在门口估计就被拦下了。"

"不打紧，"冯慎笑道，"只管让门房去禀。我教你三个字，肃王爷听了，保准儿立马出来见班头！"

"有那么灵？"鲁班头将信将疑道，"是哪三个字？"

冯慎道："画中人！"

"画中人？"鲁班头惑道，"我都被你弄糊涂了，这是打的什么哑谜？"

"班头先别问这么多，反正肃王爷心知肚明"，冯慎又道，"书信一事，就拜托班头，我折回莳花馆，再去探探消息。"

"那好吧，"鲁班头将书信掩入怀中，"我一会儿就去找肃王。"

"有劳"，冯慎一拱手，与鲁班头作别。

返往莳花馆的路上，冯慎边走边忖度。不知不觉，便到了西跨院中。

来到绣娘房前，见屋门大开，冯慎打个激灵儿，暗道不妙。待跨进屋中，果然不见了绣娘踪影。

见香瓜低着头蹲在椅上，冯慎急急问道："香瓜！绣娘人呢！？"

"她出去了"，香瓜咧嘴一笑，从椅下拎出个物什。"冯大哥……你看这个好玩不？"

听说绣娘离去，冯慎哪还顾上看别的？一把抓住香瓜，大声质问："她去哪儿了！？"

"她说要小解"，香瓜道，"本来俺是要跟着的，可她却嫌难为情……还说她的金银细软都在这儿，外头还有衙役守着门，她没必要跑。俺想想也是，就让她去了……冯大哥，俺看她人挺好的，她还教俺玩偶人呢。"

说着，香瓜手掌一举，牵出个提线的关节木人。手指在相应线上一勾，那木人的手脚，便能转上几转，展臂蹬腿，活动自如。

冯慎心焦如焚，无暇细看。"先别玩了！绣娘出去多久了！？"

"哎？时候挺长了呀，"香瓜朝外望了一眼，"她咋还没回来啊？"

"你呀！"冯慎含愤带怒，转身奔出屋子。

一出屋，冯慎便召集起把守莳花馆的衙役。一问之下，衙役们都说没见有人外出。冯慎命衙役于馆内搜寻，可翻遍了犄角旮旯，还是没找到绣娘。莳花馆的围墙，近一丈高矮。若无梯绳辅助，一个女子应该翻不出去。

正当这时，一名衙役来报，说是后院墙壁上，发现了一副奇怪的钢架。冯慎闻听，连忙朝后院赶去。

来到后院，墙脊上果然挂搭着一副钢架。冯慎取下一试，发觉竟十分轻便。那钢骨中空，接口处削旋着螺纹。整副钢架，皆可拆分套扣，只要稍加组合，便能随意拼出想要的形状。

眼下这钢架，显然被接成一条梯械。有它借力，就连孩童都能轻松地逾墙攀爬。

"弟兄们"，冯慎冲众衙役道，"应是那绣娘逃了出去，你们速速将她寻回。哦，若是找到了，千万不可打骂，莫要惊吓了她！"

"是！"众衙役齐应一声，纷纷出馆寻人。

衙役走后，冯慎愧恨交加。若能寻回绣娘，还则罢了。可要是寻不见，一会儿肃王赶来，该如何向他交待？怪只怪自己虑事不周，所托非人了。

冯慎一面自责，一面郁郁寡欢地回到了绣娘房中。见冯慎皱眉不展，香瓜也知自己捅了娄子，慌忙将提线人偶藏在身后，低着头不敢作声。

瞥见那小木人，冯慎心中突然一触。"香瓜，把那人偶给我！"

"冯大哥……"香瓜苦着脸，后退了两步。"俺知道错了，你别给俺摔了……"

"我不给你摔！"冯慎催促道，"快拿来让我看看！"

"哦……"香瓜解下指间栓扣，小心翼翼地把木人递给冯慎。

冯慎接来，扯了扯那几根牵线，若有所悟。摆弄了许久，冯慎下意识仰起头。当屋顶檩桄映入眼际，冯慎不由得茅塞顿开。"原来是这样！"

"是哪样啊？"香瓜好奇问道。

冯慎摆摆手，示意她不要作声。照着房梁步量一阵，又瞧了瞧横在桌上的筝。走到筝前，冯慎二指用力，将一对固弦的尾钉，轻轻抽出。解开钉上码缠后，发觉弦丝的两头，皆有可以咬合的扣钩。

"怪不得那筝弦会松……"冯慎放下筝弦，对香瓜道，"绣娘离开时，可曾携带着什么？"

"没有啊"，香瓜道，"俺记得她是空手出去的。"

冯慎叹口气，又问道："这人偶，是绣娘送你的？"

"嗯，"香瓜点点头，说道，"你走之后，她就找俺说话。开始时，她要给俺弹筝，俺不想听。后来她就翻出这只偶人，提在手上抖弄。偶人被她一控，又是作揖，又是跳舞的……俺看的眼热，就央她教俺玩。可俺学来学去，也没学出她那些花样来……"

冯慎方欲说话，忽闻室外脚步登然。原来，是鲁班头引着肃亲王到了。

一进门，肃亲王便急冲冲问道："那女子在哪儿！？"

冯慎面露疚色，"绣娘姑娘……已经逃了。"

"什么！？"肃亲王顿足搓手，"哎呀，这如何是好？"

冯慎请罪道："卑职看护不周，请王爷责罚。"

"说哪里话？这不干你事，"肃亲王又道，"派人去找了吗？"

冯慎回道："已有数名衙役赶去搜寻了。"

"这点人手怎么够？"肃亲王汲汲心切道，"本王去提调几营兵弁来！"

见肃王当局者迷，冯慎赶紧冲他使眼色。"王爷，卑职以为，此事不宜张扬。"

"是啊"，鲁班头不知就里，"找个人不用那么些兵。哎不对啊，那绣娘为啥要逃？"

"或许……被这鬼案吓着了，"冯慎支吾一声，又冲肃王道，"不知王爷意下？"

"理当如此，本王真是急糊涂了"，肃亲王道，"冯慎，咱们俩儿悄悄去找找！"

"卑职义不容辞！"冯慎转身道，"鲁班头，这里便劳你接管，若有了消息，还请速速知会。"

"成"，鲁班头答应道，"你们放心去吧！"

肃王与冯慎点点头，抬脚便出了门。

香瓜一看，几步跟上来。"冯大哥，俺也要去……"

冯慎回头一瞪，喝道："还嫌闯祸不够吗？"

香瓜吐了吐舌头，不敢再胡缠，只得眼巴巴地看着二人，疾疾离了西跨院。

"哎？"鲁班头走上来，奇道，"你说那个绣娘是啥来路？连肃王爷都这般急赤白脸地找她。"

香瓜摇摇头，"俺咋知道？"

出了莳花馆，肃亲王也不带随从，与冯慎跨上马，便在城中疾驰追索。

可京城街巷成千上万，加上对绣娘行踪茫无头绪，纵使二人东寻西觅，也无异于大海捞针。寻了大半日，二人坐骑渐疲。没奈何，只得松减缰绳，让马匹慢行，稍事歇蹄。

正当这时，打照面走来了一对男女。那男子四十上下，摇扇阔步，俨然文士装扮。而女子头顶青丝束拢，高扎着法螺盘髻。一袭缝袖海青，倒似个带发修行的女尼。

这一儒一释，甚是惹眼。可肃王与冯慎急着寻人，却并未在意，只是驭马侧避，欲将两人让过。

见马移开，那中年文士也不客气，仰头负手，大摇大摆地当街而行。那女尼淄衣飘逸，款姗轻盈。虽着细步，但亦紧随那文士，丝毫不落下风。

行至马旁，那中年文士突然摇头晃脑、吟哦讽诵起来："落魄江湖载酒行，楚腰纤细掌中轻。十年一觉扬州梦，赢得青楼薄幸名……哈哈哈，聚欢别苦，教人生死相许啊……"

听到这里，冯慎与肃王皆是一惊。这分明是话中有话！

"先生请了！"冯慎赶忙下马，冲那中年文士一揖到地。

"嗯，还算是知礼，孺子可教也，"那中年文士停住脚，打量眼冯慎。"说吧，什么事？"

"适方才闻听先生之言，似有所指……"冯慎又看了看那女尼，道，"不瞒先生、师太，我们正在寻人，若二位知晓些……"

"不知！不知！"那中年文士一瞪眼，喝道，"你小子不光偷听我说话，还敢偷瞧我这俏师妹！？怎么读的圣贤书！？不知道'非礼勿听'、'非礼勿视'吗！？"

"阿弥陀佛"，那女尼宣声佛号，嗔道，"师兄，你莫要妄造口业了！"

"也是，非礼勿言！"中年文士一捂嘴，"那我不说话了！"

这文士举止虽怪诞，却不似那类酸腐狂生。并且他言语间带着弦外之音，肃王听了，怎能不心急？

于是，肃王翻身下马，拱手道："在下寻人心切，恳请先生指点迷津！"

冯慎也道："望先生成全！"

"唉，君子成人之美"，中年文士道，"算了，给你们点拨下也是无妨……"

肃亲王执礼至恭，逊身道："先生请讲。"

文士道："出南门候着，留意返程车驾。"

"就这些？"冯慎追问道。

"这些还少？"中年文士不悦道，"你是嫌我词不达意吗？"

"不敢"，冯慎赔笑道，"后学愚钝，劳先生详细告之……"

"得寸进尺，贪猥无厌！"文士怫然变色，朝女尼道，"师妹，咱们走！"

"先生留步！"冯慎急了，忙阻在文士身前。

那文士冷笑一声，"别纠缠我们了，若再不动身往南门赶，只怕要误事了！"

冯慎还欲问，肃王却拦道："先生不肯明言，只怕有他的难处。"

"这便对了，"那文士哂道，"强人所难，非君子行径。"

肃王朝文士与女尼一揖，"初识尊范，还未请教二位高姓大名？"

文士将折扇一敛，"我二人野鹤闲云，不通名号也罢。"

"交浅言深，是我冒昧了"，见他们不肯透漏，肃王便不多问。取了只沉甸甸的元宝，面呈二人眼前。"些许酬资，聊表谢忱……"

"哼，好阔的手笔！"文士正眼也没瞧那元宝，转而来到冯慎身前。

冯慎怔道："先生还有何见教？"

那文士将冯慎打量一番，摇头叹道："小子，还差得远呢……"

冯慎不明所以，问道："先生之意是？"

"多长进吧！"文士拿扇骨拍拍冯慎肩膀，遂与那女尼头也不回地离开。

"先生，这点敬意……"肃王还想追上，却被冯慎一把拖住。

"王爷"，冯慎沉着脸道，"我们赶紧走！"

看冯慎模样不对，肃王奇道，"你脸色怎突然变这么差？不舒服吗？"

"卑职没事"，冯慎急道："还是速去南门，寻绣娘姑娘要紧！"

"好，那走吧！"肃王点头，与冯慎双双上马。

骑在马上，冯慎心有余悸，背心已全然让冷汗打湿。临别前，那文士曾以竹扇轻拍冯慎肩头。冯慎当时，并未察觉出异样。可一抬腿，却见足底的硬砖道上，居然陷下两只脚印！

那文士锋芒内敛，却身负绝技。硬砖道上压出的足迹，显然是那文士透力打出。更可怕的是，受此巨力传导，冯慎竟全然无知。

万幸那文士没怀敌意，若他欲下杀手，此刻的自己与肃王，必是横遭非命！冯慎越想，越觉后怕。一面挥鞭驱马，一面不住回望。确定见不到那两人了，这才长长地舒出一口气。

见冯慎频频回头，肃王不解道："你在瞧什么？打方才便见你不太对劲儿。"

"没什么，"冯慎瞒去实情，回道，"只是觉得那二人有些奇怪。"

"是怪"，肃王点头道，"他二人似乎对咱们所行了如指掌……还有他们之间，以师兄妹相称，这僧俗又怎会是同门？"

冯慎道："卑职也参不透他们身份。"

"算了，参不透就不想了，先办正事！"肃王一夹马腹，向前冲去。

"驾"，冯慎猛抖丝缰，纵马奔随。

二骑朝南飞驰，经哈德、左安，来到城外。因那文士提醒要留神返程车驾，于是二人便驻马官道旁，仔细瞧着路面上的动静。

这会儿日已西移，眼瞅着便要天黑。盯了一阵，倒是有几辆货车经过。可上前打听后，皆是一无所获。

半天都未有进展，肃王不免心焦。"这么干耗着也不是办法啊！再空等下去，绣娘岂不越跑越远？"

"王爷勿躁"，冯慎劝道，"再等等看吧。"

话音刚落，官道上又传来轮毂之声。一辆大车，慢慢地由远处驶来。二人心中一凛，忙策马迎上。

乍见二人奔来，那赶车的把式吃惊不小，赶紧停住车，小心问道："二位……何故将我拦下？"

"冒昧了"，冯慎赔礼道，"车把式，向你打听个人。哦，她是位女子，不知是否见过？"

"没……没见过"，把式连连摆手，言语有些吞吐。"这一路过来，光是些挑脚汉子，没见有什么女子……"

"是吗？"冯慎一指那挂帘车篷，"里面是什么？"

"空的"，把式一下挑开帘子，将篷厢亮出。

"唉"，肃王叹息一声，沮丧地挥挥手。"放他过去吧。"

听到这话，那把式大喜。重新跳上车，便要赶着走。

"慢！"冯慎一拽马嚼子，拦下大车。"别急着走！"

"你……你还有什么事啊？"把式大惊，慌道，"我不骗你！你说的那个漂亮姑娘，我真是没见过！"

"哼哼"，冯慎冷笑道，"你若真没见过，又怎知那是位漂亮姑娘！？"

吃冯慎这一问，车把式张口结舌。嘴里噎了半天，才语无伦次地说道："我猜的……你们一看就是富贵人……富贵人要寻的姑娘……肯定不会丑……"

"别编了！"冯慎压根儿不信，伸手照把式怀里一摸，掏出了一只钗。"你瞧这是什么？"

"还我！"车把式顿时急眼了，跳着脚便奔来抢夺。"快还我的钗！"

冯慎避过把式，将那钗递与肃王观瞧。

肃王接来一看，发觉那钗果然不寻常。那两股钗针，皆是足金锻制，钗顶上，还缀嵌着一颗珍珠。"把式！这真是你的钗！？"

"怎么不是？"车把式分辩道，"这是给我闺女捎带的首饰。别以为我们小户人家……就使不起金！"

"金不金的先不提"，肃王指着钗上珍珠道，"这颗珠子的大小，都快赶上东珠了，你做多少营生，能买得起这等名贵珍珠！？"

"这……这……"车把式垮在原地，哑口无言。

冯慎走上前，冲肃王悄声道："王爷，卑职若没记错，这支珠钗，正是绣娘姑娘所佩。"

"是绣娘的！？"肃王大惊失色，一把攥住了把式衣领。"那姑娘哪儿去了！？是不是你见财起意，将她谋害了！？说！快说啊！"

"不不！"车把式吓蒙了，"我哪敢害人啊……这钗是那姑娘给我的，说是抵车资……"

"总算肯说实话了"，冯慎劝住肃王，对把式道，"说吧，你将她送往何处了？"

"我……我不能说啊"，把式惴栗道，"我答应过那姑娘……不能将她的行踪透给外人。"

冯慎灵机一动，指着肃王道："这是艾老爷。那位姑娘，正是他的妹子，因跟家里闹了别扭，这才赌气出走……把式，你若知道她在哪儿，便速速说了，别让我们担惊受急。"

"原来你们是一家人啊"，车把式如释重负，"那姑娘抱着个包，急匆匆地雇了车，是像个离家出走的……你们别急，我这便告诉你们。"

肃王催促道："快说！快说！"

"那地方很是偏远，我也叫不出名来，"把式说着，俯身捡了块小石子。"这样吧，我给你们画个线路。"

"有劳了。"冯慎点头道。

车把式蹲在地上，边说边画，"从这里往南……看到这个岗子就左拐，沿着山脚小道一直走……再朝西……再朝南……最后便能见着一个小店。那姑娘，就投在那家店里！"

"这么远？"看着地上纵横交错的图路，肃王不禁皱起眉头。

冯慎将图反复看了几遍，道："不要紧，我已大致记在心里了！"

"那行，咱们赶紧过去！"肃王说着，便要上马。

"艾老爷！"车把式欲言又止，"你看那钗……"

"哦，把你这茬儿忘了"，肃王掏出个元宝，连同那珠钗一并扔于把式。"都赏你了！"

把式接在手里，乐不可支。"谢谢艾老爷！谢谢艾老爷！"

肃王一打马，便与冯慎向南骑去。

待二人骑出很远，那把式还喜的合不拢嘴。"今儿真是撞大运了，净遇财神爷啊！"

按那把式所给的路线，二人一路南驰。一连奔波了几个时辰，赶到一处幽僻的荒郊。此时，夜色已浓，二人仓促间，也没备着火种，只得借着月光，摸黑赶路。

"王爷"，冯慎问道，"您老还吃得消吗？"

"没事"，肃王擦了擦额上热汗，"这一路上也歇过好几回了，接着赶吧。"

冯慎朝四下里环顾，又道："按说……也差不多该到了，怎么就是不见那小店？"

"细找找吧，留神别看漏了"，肃王说着，又犯起了愁，"你说……那把式送的真是绣娘？她怎么有如此贵重的珠钗？"

"错不了，卑职亲眼见过她戴着，"冯慎道，"那珠钗想必是钦慕她的恩客所馈赠……或许绣娘姑娘走的匆忙，随身未携银两，这才以钗抵了车钱。"

"不对呀"，肃王又道，"那把式不说她还抱着个包裹吗？"

"关于这点，卑职也在纳闷儿"，冯慎道，"可据香瓜所说，她却是空手离开的……哎？王爷！前面有间屋舍，应该就是那家小店了！"

肃王扬鞭催马，直奔小店而去。"快！过去瞧瞧！"

来到小店院门前，肃王不由得一怔。退后几步看了看，愣在原地，舌挢不下。

"王爷"，冯慎问道，"怎么了？"

肃王指着小店道："这里……这里就是本王初识绣娘的那家客栈啊！"

"什么？"冯慎吃惊不小，"这便是那家野店？"

"错不了，"肃亲王笃定道，"这土坯墙，还有门口这株歪脖柳树……没错，就是那家客栈！"

"这其中定有蹊跷，"冯慎转即道，"王爷您先退后，由卑职上前叫门。"

肃王点了点头，让到一旁。冯慎抓起院门上染锈的铺首衔环，用力地敲打起来。

叩了半天，里面有了动静。没一会儿，便传出一个苍老的声音："是什么人啊？"

肃王刚要开口，冯慎赶忙摆手止住。"店家，我们是投宿的。"

院内那人咳嗽几声，仍是没有开门。"客官对不住，小店已满客了，要不……你们去别地儿转转？"

"这附近皆无人家，叫我们去哪里转呀？"冯慎央道，"店家，我二人又累又饿，实在是赶不动了。您通融通融，让我们随便在哪儿歇歇脚也好。"

院门吱呀开了道缝，探出一个须发皤白的老汉。那老汉提着灯笼，朝外照了一眼。"你们两个……真是住店的？"

"正是，"冯慎赶紧道，"万望店家周全方便。"

老者还是死把着门，警惕地问道，"就住一晚，天亮就走？"

"就住一晚，"冯慎道，"房金也会如数拜纳！"

"那倒不用"，老者见二人满脸风尘，多少也放了心。"你们若不嫌弃，就在厅上对付一宿吧。"

"多谢店家"，冯慎大喜，忙与肃王进了门。

老者关了门，引着二人往里走。"我这店小，没甚酒菜……后面灶房里，倒有些咸菜、冷馒头，二位要是饿了，自取便好……唉，不瞒客官说，我这几天呀，暂不打算做生意了……"

"不做生意了？"肃亲王好奇，忍不住插嘴道，"又是为何？"

老者方欲说话，突然觉着肃王声音有点耳熟，将灯笼移近了细眼打量，惊得倒退了好几步。"是你？居然是你这个恶……"

"店家，你总算认出我了？"肃王笑道，"不错，之前我曾在这里住过一晚……哦，你刚才说'恶'什么？"

"没什么！"老者性情大变，用力推搡着二人，就要往外撵。"快走！快走！这里不做你们的生意！"

被老者一推，肃王与冯慎全糊涂了，"店家，你这是做什么？"

见推不动二人，老者索性跑去抽了顶门杠，握在手中，颤巍巍冲肃王骂道："没想到你还追到这里来了！老汉就算拼上这条老命，也不会叫你这恶人得逞！"

吃这一喝，肃王如同那丈二和尚，摸不着头脑。"恶人？这话从何说起？"

"别装了！"老者愤然道，"你掳拐良家妇女，不是恶人又是什么！？"

"店家！"肃王正色道，"说话可得讲凭据，你我间并无过节，怎可平白诬陷！？"

"诬陷？哼！"老者瞋目切齿道，"上回你来这里，不就搛着一个姑娘嘛！"

"你误会了！上次那姑娘，是我途中偶遇……"肃王说着，突然回过味来。"哎？店家，你之前不是口口声声，说我是独自一人来投店的吗？"

"这……这……"老者期艾一阵，又道，"老汉记不清了！再不走，就报官抓你们！"

"不必了！"冯慎掏出自己腰牌，亮到老者眼前。"我便是公门中人！"

"啊？"老者一惊，手里顶门杠掉在地上。"顺天府……你真是衙门里当差的？"

"不错"，冯慎道，"店家，若我所料不差，那绣娘姑娘此时，应该就在你这店中吧？"

"她……"老者稍加思索，反问道，"你们做公的……寻她干什么？难道她犯了案？不会，决计不会！她一个弱女子，怎可能……"

"她果然在这里！"肃王喜道，"店家不必多虑，绣娘是我旧相识，我们只想寻她回去！"

老者又将二人重新打量，半信半疑道，"你们……真不是恶人？"

冯慎苦笑道："你瞅我们像吗？"

"那恶人头顶上，也没刻着记号……"老者嘟囔一句，"好吧，老汉就信你们一回……那姑娘呀，正在客房里睡着呢……"

"是吗？"肃王抬脚便要往屋里闯，"还是上回那间吧？我这就找她去！"

冯慎拦住肃王，低声道："王爷且慢，容卑职再盘道两句。"

见冯慎神情庄重，肃王只好点头。"那……你就先问吧……"

"店家"，冯慎指着肃王，转冲那老者道，"数月前你见他与绣娘，双双来投宿。可第二天，又何故谎称只见着一人？"

"对啊！"肃王也奇道，"当时你这店家，还指天指地的起誓……难道你与绣娘，在那之前便认识？"

"嘻，认识什么啊"，老者道，"在那之前，老汉压根儿就没见过她。是这样，第二天一大早，那姑娘便来找我。说你是个人贩子，把她从家里诓拐出来，胁迫到了这里……"

肃王皱眉道："那次我们也是初次相识……她为何要那么说？"

"那就不知了"，老者继续说道，"她当时说，趁着你熟睡，然后便准备逃跑……走时还求我说，等你醒来查问时，就一口咬死了没见过她……我见她姑娘家可怜巴巴的，便应下了……"

"唉……"，肃王感慨道："为一个素不相识的女子，你不惜发下那般毒咒，此举实在让人佩服，真是难为你了……"

"那倒没什么"，老者凄凉地笑笑："老汉我本就是个鳏夫，光棍儿打了一辈子，又何来的妻小？膝下既无儿女，也便没人养老。到动弹不了的时候，只得瘫在炕上等死……照样落个'不得善终'啊……"

"老人家"，听了这番话，肃王为之动容。"单冲着那份扶危济困的侠义，本王也不会让你老无所依！"

老者一怔，"客官……您刚才说了'本王'？"

肃王笑而不答，冯慎上前道："老丈，您眼前的这位，正是本朝和硕肃亲王！"

"什么？这位是……王爷？"老者浑身一颤，哆嗦着便要跪下。"老汉……老汉给王爷磕头……"

"快快起来"，肃王赶紧去搀，"老人家，本王得好好谢你啊！"

"不敢不敢"，老者道，"刚才不知是王爷驾到……又推又骂……王爷千万别治老汉的罪啊……"

"不知者不怪"，肃王摆手道，"再者说，也仅是场误会，又谈什么治罪不治罪？这样吧老人家，你回头收拾下细软，随本王去京城吧。"

"去京城？"老者不解道，"去京城做啥？"

冯慎笑道："老丈，王爷的意思，是请您去王府中安享天年！"

"哎呀，这是真的？"老者喜极而泣，"王爷，您老可真是菩萨心肠啊……王爷放心，老汉多少还剩些力气，能给府上打个更、值个夜，绝不吃闲饭……"

"哈哈哈"，肃王扶住老者肩膀，"老人家，你都这把年纪了，就只顾着安心颐养吧。王府那么大，还能差你一双筷子？"

"你看这……你看这……"老者边说，边在自己大腿上掐了一把。"这种好事……老汉从没敢想过……就跟做梦似的……"

"那就当是福报吧"，冯慎笑笑，"我们匆匆而来，水米未曾沾牙，劳烦老丈弄些吃食来充饥。"

老者犯起了愁，"可这里没酒没肉，只有些糙米腌菜，就怕你们咽不下……"

"没事"，肃王道，"那就熬些米粥，只要热乎就行！"

"那成，你们不嫌弃，老汉这便去熬。"说完，老者便抱柴填灶，去后厨忙活开来。

待支走了老者，肃王便急不可耐，要转去客房找绣娘。

"王爷"，冯慎劝道，"还有个疑点未明！"

肃王一顿，回头问道："什么疑点？"

冯慎道："绣娘姑娘自愿委身王爷，而对店家，却称是被王爷拐骗而来……"

"用不着费神想，直接去问她不就成了？"肃王说着，又要迈步朝前走。

冯慎一纵身，挡在肃王面前。"王爷，还是由卑职先去查探吧。"

肃王惑道："这又是为何？"

冯慎道："绣娘姑娘的身份与意图，尚不能明朗。在查明之前，卑职不敢让王爷涉险！"

肃王满不在意，"就为这个？"

"还有"，冯慎压低声音，道，"王爷别忘了，绣娘姑娘还牵扯着一桩命案……按着朝廷法度，理应先公后私！"

"你说的……也在理"，见冯慎言辞恳切，肃王只得强按下心内急迫。"那本王先在门外候着便是……"

"王爷克己奉公、度量非凡，那卑职便当仁不让了！"冯慎说完，便穿堂过屋，来到绣娘下榻的那间房前。

肃王放心不下，远远地跟在后面瞧着。冯慎稳了稳心神，屈指叩门。

此时绣娘，确在房中。只是她又累又倦，早已睡得入熟，未曾听到院里动静。迷糊中，乍闻门扉骤响，绣娘吓的惊坐而起。"谁！？是谁在外面！？"

冯慎不答话，只是将门敲个不停。

"是店家老伯吗？"绣娘额角见汗，试探着又道："我已睡下了……有事等天亮再说吧……"

冯慎高声道："绣娘姑娘，在下顺天府冯慎。夤夜搅扰，多有冒犯，先向姑娘赔罪了！"

"啊！？"绣娘骇然变色，脱口道，"你……你来这里做什么！？"

"这也是在下要问的。姑娘来这里，又是要做什么？"冯慎道，"绣娘姑娘，你还是先将门打开。若再不开门，在下便要硬闯了！"

"别别……你稍等片刻，我开门就是……"绣娘慌不迭地穿衣下床，点亮灯烛后，打开了房门。

门一开，冯慎便踏入屋来。"姑娘别来无恙啊？"

绣娘脸色惨白，勉强挤出一丝笑意。"托官爷福……绣娘一切安好……"

"姑娘不好好在莳花馆待着，却偷跑到这种荒村野店，意欲何为啊？"冯慎一面说着，一面在屋内负手打量。

绣娘怔了怔，才吞吞吐吐道："是由于……馆里出了血案……我心里害怕的紧……就……就……就索性想趁乱……逃出火坑，寻个好人家嫁了……官爷，求您别抓我回去！若妈妈知道了，肯定会打死我的！"

冯慎冷笑一声，"姑娘这出戏，演的倒还真像！"

绣娘头一低，"官爷的话……我有些听不明白……"

冯慎才待接腔，突然发觉榻间被衾，微微隆起了一块。冯慎心细如发，知道被子下面，必定是藏着什么。当下一掀被子，里面果然有个包裹。

"这里面是什么？"冯慎说着，便伸手去解。

绣娘尖叫一声，猛得扑来抢夺。"不要啊！"

第五章 法外施仁

见冯慎要解那包裹，绣娘狂扑上前，拼了命地横遮竖挡。冯慎将身子一让，左手护住包裹，右手疾探绣娘脑后，在她左右风池穴上，轻轻一掠。

绣娘只觉眼前一暗，浑身酥软，无力地瘫坐在床上。

"得罪了！"冯慎置包于案，三下两下，便将那扣结解开。只听"哗啦"一阵碎响，包裹里露出一副骇人的骸骨。

冯慎吃此一惊，不禁倒退一步。过了半晌，这才喘匀了气息。冯慎定住心神，又回到案边，将那骨架提起观瞧。

那副骸骨十分全整，从头到脚，一块没缺。每段骨节上，都钻着小孔，皆以细铁丝穿系，使彼此尽数相连。骸骨悬展，便做人立之态。骷髅头上那对空洞的眼窟，在烛光映耀下，散发出幽幽的寒光，简直要勾魂摄魄一般！

纵是冯慎见惯了尸骨，此刻也已后心发凉。欲把骸骨摆回原处，没承想手里没拿稳，将那头骨，在案角重重磕了一下。

"啊！"绣娘一声惊呼，紧捂着胸口，痛如刀绞。

冯慎察觉出不对，转冲绣娘道："关于这副枯骨，姑娘就没什么要解释的？"

绣娘指着那骨架，哽颤着哭腔，几近哀求："还我……官爷求你了……还给我……"

听绣娘悲语凄绝，冯慎于心不忍，犹豫了一下，便将那骸骨递还给她。

绣娘一把接来，紧紧地揽抱在怀中，眼泪如断线的珠子，簌簌而下。

冯慎轻咳两下，道："绣娘姑娘……你现在该说了吧？"

绣娘哭着摇了摇头，死咬住嘴唇，不肯吐露半字。

"唉……"冯慎长息一声，也不好催她。想等绣娘情绪稍稳，再图打算。

见桌案旁有张条凳，冯慎便拉来欲坐。没想到一撩后裾，衣角却碰带到案上裹布。"啪啦"一声，从里面滚落下一件东西。

原来冯慎之前，只顾着摆弄那副骸骨，却忽略了包裹中另藏它物。冯慎一弯腰，将脚边物什拾起。

那是一截竹板，板面上立根倒钩，后尾接续长柄。板身两侧，细孔列布，密密麻麻，有十余处之多；而长柄上，又缠缚着厚厚一圈韧线。观那韧线的粗细长短，恰好能贯进板身的线位之中。

别看这玩意儿造型古怪，可常看杂耍的人，却都认得它。这不是旁的，正是那操纵木偶的提线钩牌！

在京城天桥附近，各色江湖艺人汇聚，八仙过海，各显神通。其中叫座的绝活儿里，便有那彩门的傀儡戏法。

这种悬丝傀儡，有大有小。由巧手工匠按着真人模样，雕刻成型后，再配上各式衣冠。偶人内部，设有运转关节，故嘴眼四肢，皆可活动自如。而后以钩牌提线控引，偶人或舞枪弄棒，或把盏挥扇，惟妙惟肖，栩栩如生。天桥那边冯慎没少去，又岂会不识此物？

"这便对上了！"冯慎握着那钩牌，冲绣娘道，"怪不得那些粉头说看见骷髅自行，原来果是姑娘的好手段！"

绣娘缩在床角，秀目紧闭，任凭冯慎盘诘，只是默然不答。

"就算姑娘不说，在下多少也能揣测出一二"，冯慎道，"之前在下发觉杜奎绍死因可疑，但并未怀疑到姑娘身上。可从香瓜口中，竟得知姑娘还是个纵偶高手。再后来，在下在姑娘寝处细探，见到那屋顶的檩梁上，钉着几排滑轨，想来，应该是牵引钩牌，控制那副骸骨之用。"

冯慎顿了顿，偷眼去瞧绣娘神色，见她悲滞依旧，只得接着说道："在下也验过姑娘那筝，发觉那条条筝弦，首尾皆可扣合相接，连在一处的长度，足以由屋外伸至房中。再借助梁上滑轨，只需在外操纵着丝线，便可上演一出骷髅'推门而入'的诡象。由于线长骨重，操纵起来多有不便。为求逼真，你自然是拼力为之。姑娘掌中那几道勒痕，想必就是那时所割出的吧？当然，单凭这点，并不能断定姑娘就是真凶……只是在下经过排查，得知那杜奎绍，曾害死过一名江湖女子……不知那女子，与姑娘是否相识？"

"官爷！别问了！我求求你……别再问了！"绣娘"扑通"一声，哭跪在地。"求官爷再宽限我几个月……几个月就好……到时候，绣娘定将实言相告……官府要砍要杀，绣娘绝无异议！"

"要等几个月？"冯慎疑惑不解，"这又是为何？"

绣娘拭了拭眼角，轻抚自己腹间。"因为我已身怀六甲，想让腹中这孩子……存活下来！"

乍闻此语，冯慎不由得大吃一惊。"姑娘当真有孕在身？"

"是的"，绣娘点了点头，泪眼婆娑。"绣娘初有娠兆，尚不及三月，再加上身单体孱，故未能显怀……"

这等妊媵之事，令冯慎颇有些尴尬，他赶紧干咳几声，掩饰下自己的赧态。"在下听馆中老鸨说……姑娘虽寄寓那烟花娟寮，却一直守身如玉……啊！？难不成是……"

冯慎话未说完，屋门便"砰"的一声。原来肃王心中牵挂，早就俟在门外。听得绣娘有了身孕，哪里还按捺得住？一把推开门，矍矍张张地闯将进来。"难不成……那是本王的骨肉！？"

"啊？"肃王冷不丁闯入，令绣娘着实吃了一惊。可她当看清了来人，脸上的诧异之情，愈加的浓深。"竟然……竟然是你！？"

肃王快步上前，从地上搀起绣娘，动情道："绣娘……你让本王找的好苦啊！"

此刻，绣娘脑中一片空白，懵里懵懂地抓住肃王，再也不肯松开。"真的是你吗？绣娘万没想到……你我还会有再见的一天……"

见绣娘泪容凄楚，肃王心如刀割，摸着绣娘那清癯的脸颊，哽咽难言。

冯慎见状，只得近前宽慰："重逢是喜事，王爷应当辗笑欢颜……"

可时下肃王情至浓处，不能自已，哪还听得进去？只是惜悯地望着绣娘，热泪盈眶。

"王爷……"绣娘痴怔看着肃王，嘴里如呓语般呢喃，"你居然是王爷……你居然是王爷……"

绣娘说完，便扑入肃王怀中，失声哀泣，怆泪滂沱。

"苦了你了"，肃王紧揽着绣娘，仰面长息道，"怪只怪本王无能……叫你平白受了这些苦楚啊……"

绣娘听罢，双膝跪倒。"王爷言重了，绣娘还有个不情之请。"

"你这是做什么？"肃王赶忙去扶。"快起来！"

绣娘声泪俱下，说什么也不肯起身。"绣娘腹中的孩子……确是王爷的至亲骨肉！请王爷答应绣娘，之后将这孩子抚养成人！就算在九泉之下，绣娘亦可以瞑目了……"

"不要这么说！"肃王道，"绣娘你究竟有何委屈？哪怕天大的事，本王都替你担下来！"

"绣娘死不足惜……"绣娘摇头道，"只求王爷看在那夜的情分上，让官府再宽限我几个月……待生产之后，我便了无牵挂，自会去认罪伏法……"

"认罪……伏法！？"肃王惊的打了个哆嗦，"那杜奎绍……当真……当真是你杀的！？"

绣娘扭头看了眼冯慎，狠心点点头。"是……是的！"

肃王摇摇欲倒，扶住了一旁的桌子，这才勉力支撑。"为什么……你为什么要杀那杜奎绍？"

绣娘抬起脸，咬牙切齿道："因为他该死！我恨不能将他碎尸万段！"

冯慎走上前，扶着肃王在凳上坐下。"若卑职所料不差……绣娘姑娘与杜奎绍，有那杀姐深仇！"

"什么？"肃王身子一颤，"你是说……那杜奎绍把绣娘的姐姐给害死了？冯慎，你又是从何得知？"

"卑职审过杜奎绍的两个长随"，冯慎道，"据他们所供：杜奎绍曾在石碑店遇上一名女子，因逼奸不遂，便将其活活掐死。而后又纵火焚尸，企图掩盖罪愆……当然这也仅是推测，究竟事因如何，还是请绣娘姑娘自己来说吧。"

"不错"，绣娘轻叹道，"这位官爷，真是慧眼如炬啊……绣娘本以为，这事做的天衣无缝，能将一切，全推在鬼怪的头上……可自打官爷经手勘察后，我便感觉瞒你不过……越想，这心里面越是慌张，这才趁人不备，从莳花馆逃出来……按说大仇已报，绣娘也无意苟活，本想一死了之，可一来舍不得腹中孩儿，二来也未将亡姐入土为安……"

冯慎皱眉道："令姐的尸身……并未被焚化吗？"

绣娘摇摇头，泪如雨下。"榻上那具骷髅……便是亡姐的遗骸！"

冯慎怔了半晌，方才说道："将骸骨制成傀儡……对逝者那可是不敬啊！"

"不！"绣娘执拗道。"姐姐不会怪我的！姐姐绝不会怪我的……"

"绣娘你不要着急"，肃王悯伤道，"到底是怎番因果，你慢慢说来。"

见肃王满脸关切，绣娘心中一暖，缓了缓心绪，这才将详情诉出：

绣娘的故里，在那广东长乐县。这长乐县内，皆承客家一脉。当地民艺众多，杂耍盛行。尤其那"傀儡线剧"，更是个中翘楚。光长乐一地，大小傀儡班子就不下数十个。每每出演，便是万人空巷。时日一久，名头自然大了起来。

绣娘打小便没了双亲，只与姐姐相依为命。二人年幼，世道多艰，实在没了活路，便投在一家傀儡班子里，一同跟师学艺。姊妹俩这一学，便是十来年过去。戏班子走南闯北，辗转搭台，姊妹俩也随着长了不少见识。巡演的途中，总能遇上各色手艺人。姐姐性子烈，跟着武把式学了几招花拳绣腿。绣娘性子静，所学不过些筝琴丝弦。

后来老班主死了，新班主接了手。见这姊妹俩儿出落的水灵，那新班主便动起了歪心眼。时不时地借着酒劲儿，硬拉着二人求欢。万幸有姐姐拼命护着，绣娘才不至于受辱。

可那新班主忒不知耻，伺机便来揩油调戏。屡遭轻薄，使得姊妹俩苦不堪言。思来想去，二人索性脱了班，背井离乡，一路北上，打算凭借着手艺，到京城里闯闯码头。

经一番颠沛跋涉，姊妹俩总算到了京畿地界。不承想绣娘身子弱，受了凉风，染上了伤寒。当天夜里，绣娘的额头便烧的烫手，闭着眼直说胡话。病成这样，自然走不动道。姐姐衣不解带，喂汤喂水，一连伺候了三天，绣娘这才好转了些。

姊妹俩没甚盘缠，一路过来，皆是靠卖艺维持。所剩那点钱，还得给绣娘看病抓药。所以姐姐也不住店，带着绣娘在京郊一处林子里，伐木搭了个小草棚子，暂供二人容身。

眼见着绣娘天天好转，姐姐也是喜不自胜。原打算再养几天，让绣娘好利索了，姊妹二人便动身进京。可谁承想，偏偏那天杜奎绍误打误撞，鬼使神差地寻到了林中。

见来者不善，姐姐便把绣娘藏进水缸中。刚藏好绣娘，那杜奎绍便闯入了棚内。果不其然，杜奎绍一见姐姐貌美，登时兽性大发。趁着林野深蔽，便要为所欲为。

姐姐性情刚烈，又学过几式拳脚，自然是殊死反抗。可她终归一个女子，又如何敌得过一身蛮力的杜奎绍？眼瞅着就要受辱，姐姐豁出命去，照着杜奎绍耳朵上，便是狠狠一口。

杜奎绍吃疼，不由得大怒勃然。当下也不管不顾，一把扼住姐姐的脖子。杜奎绍出手极重，姐姐被他一掐，顿时闭过气去。杜奎绍只当是失手掐死了人，慌的与恶奴匆匆点了火，便逃了个无影无踪。

草棚子易燃，转眼便烧的漠天炽地。被浓烟一呛，被吓蒙的绣娘也回过神来。她猛地掀起缸盖，冲向烈焰中，拖起焦头烂额的姐姐，发了疯的朝外跑。

绣娘全身上下，已被缸中贮水浸透。可姐姐的头发、衣裳上，却全是火苗子，一边燃着，一边"噼里啪啦"地响个不停。

二人刚出门口，身后草棚子便轰一声塌了。绣娘扑在姐姐身上，拼命压灭了火。可纵然如此，姐姐也还是被烧的肉糊皮烂，面目全非。

当草棚子烧成灰烬时，姐姐也咽下了最后一口气。趴在姐姐的尸身上，绣娘也不知道哭昏了多少次，肝肠寸断，悲痛欲绝。

姐姐含冤惨死，此等血仇，不可不报。于是，绣娘决定找出那恶人下落，为姐姐鸣冤雪恨。动身前，绣娘先选了处隐秘的岩洞，将姐姐尸首暂停在里面。而后她独自入京，暗地寻凶。

对仇家的模样，绣娘记得死死的。虽不知其姓名来历，可也能按着相貌，东一头西一头地打听。几经周折，绣娘终于查出那人正是杜奎绍。

"这杜奎绍草菅人命，着实该杀！"肃王道，"可是绣娘，你为何不诉之以官，让衙门替你们惩治那恶贼？"

"王爷，您说的轻巧……那衙门中，又有几个好官啊？"绣娘轻叹一声，心中无比酸楚。"当时，我也想让官家为我做主。可京城衙门那么多，我也不知去哪打这场官司……没办法，我便去街上跪着，看见有官轿过来，便去拦住喊冤。可那些官员，要么说这事不归他管，要么就忌讳着杜奎绍财大势大，干脆装聋作哑……我苦苦哀求，他们就说我在闹市上哭涕撒泼，有碍观瞻……我与他们理论，他们便恼羞成怒，唤来兵丁护卫，对我拳脚相加……"

"可恨！真是可恨！"肃王怒发冲冠，"这帮子昏官蠹吏，朝廷养他们有何用！？"

绣娘苦笑道："所以我对官府也不报指望，彻底的死了心……他们不管，我便自己复仇！"

"姑娘还是性急了，"冯慎叹道，"并非每位官员，都似那般徇私舞弊。姑娘当初应耐心打探，若能将诉状递到顺天府，府尹大人必会为你伸冤……"

"我能等得，可我姐姐却等不得！"绣娘道，"被官府一拖再拖，姐姐的尸身早已烂成了骨头。就算最后有衙门肯接我的诉状，可那时对着一副白骨，又能验出什么来！？"

"唉"，冯慎摇头息道，"这倒也是啊……"

绣娘望着榻上骷髅，垂泪道："姐姐临死时，曾发下血誓，说死后要化为厉鬼，亲手索了那恶人性命……于是，我便开始想报仇的法子，无论如何，也要达成姐姐的遗愿！"

冯慎喟然道："而后，姑娘便想出了那般计谋……"

"不错！"绣娘道，"那杜奎绍住在深宅大院，进出又有家丁随护。我若贸然行事，只怕报仇不成反遭其害。我暗中尾随他数次，发现他颇好寻花问柳。出入最多的，正是那家莳花馆。于是，我便打算投在馆中，伺机杀掉杜奎绍！"

肃王悯恻道："绣娘，你这何苦来啊……"

"姐姐为了保全我，连命都豁上了，我又岂能苟且偷生，不舍名节？"绣娘目光坚毅，神色凛然。"打定主意后，我便央匠人，按着我们客家的制式，造了一架汉乐筝。连同姐姐的尸骨，一起装在筝匣中。"

"的确"，冯慎道，"尸骨太过扎眼。稍有不慎，就会惹人注目。而将其匿入筝匣，便能掩蔽实情，减少不必要的麻烦。"

"是的"，绣娘点点头，又道，"我回到石碑店，收拾好姐姐尸骸后，便往京中赶。可由于天黑路也不熟，慌里慌张的走错了道，正焦急着，却遇上了驰马而来的王爷……"

"原来是这样！"肃王道，"本王那天……恰巧也是迷了路。"

绣娘接着道："当时，我也不知王爷身份，怕是歹人，还兀自担心不已……可王爷不欺暗室，待我以礼，没有丝毫轻薄的意思。念我劳累，王爷还将马让与我骑，自己却不辞辛苦、徒步而行……"

肃王摆摆手，"丈夫行事，理当如此！"

"王爷虽觉分内，可我却是感激不尽"，绣娘继续道，"再后来，我们找到了这家小店投宿，可发觉仅有一间客房。王爷至诚君子，怕坏我名节，就要滞留厅上。我担心夜里风凉，将他冻坏了，便左右不允。"

想起那夜之事，肃王不由得面色微红。"惭愧啊……"

"王爷，绣娘无憾"，绣娘轻拭眼角，报之一笑。"当时我便想，若日后投在莳花馆，自己这清白身子，恐被恶人玷污……所以……所以我才厚着颜面，主动委身、甘愿托付……"

"姑娘情深义重，在下佩服，"冯慎插口道，"可次日一早，为何要置骨床上？又为何对店家说出那番谎言？"

"官爷容禀"，绣娘双颊泛红，"经那一夜缱绻，绣娘这颗心……便都倾在了王爷身上……可我身负血海深仇，自然不敢将形迹暴露。思量了整晚，这才编排出那套谎言。王爷真情待我，绣娘岂会不知？要是见我不辞而别，定会寻找我的下落。怕将他卷进来，我只得狠心吓他一吓……于是，趁着王爷熟睡，我悄悄攀到架子床顶，操纵着提线，扮作是骷髅自动……"

"怪不得！"肃亲王一拍脑袋，恍然道，"怪不得当时本王眼前银光缭乱，原来那些都是傀儡的提线啊！"

"是的，"绣娘点头道，"绣娘心想：寻常人乍见骷髅，皆会心惊胆慑，应无暇留意那些细细的丝线……"

"想起来……真是措颜无地啊！"肃王愧道，"本王见那骷髅迎面扑来，便当场骇得晕厥过去，哪还顾上看别的？绣娘啊，你这可谓是一石二鸟。既使本王误认为是鬼怪幻象，又能以此试手，好去对付那杜奎绍……哦，绣娘你接着说，之后又如何？"

"离开这客栈后，我便去了八大胡同"，绣娘轻声道，"可为求万全，我没急着入馆，而是暗中观察那些粉头，学她们怎生以色相取悦恩客……再后来，我感觉身子有些异样，去找大夫一把脉，竟是有了身孕。得知这个消息后，我忧喜参半。怕夜长梦多，只得匆匆进了莳花馆，趁着肚腹未高、行动方便，先图报仇之计。说来也是苍天眷顾，那莳花馆中，有间没设承尘的小屋，恰能供我操控傀儡……至于如何布置，便与冯官爷所推无二了。"

"倒让在下猜着了"，冯慎又问道，"可那杜奎绍穷凶极恶，万一那骷髅吓他不住……姑娘岂不要失手？"

"官爷所言极是，"绣娘道，"我原本也没指望能吓死他，让他方寸大乱，就已够了。为求稳妥，我又在傀儡指骨上，粘了一管毛笔，当着杜奎绍的面，写下'石碑店'三字。那杜奎绍心藏暗鬼，又怎会不怕？"

冯慎叹道："姑娘能控傀而书，真乃神乎其技啊！可在下查访时，却未在屋中发现有什么字迹。"

绣娘回道："是蘸着水写在地上的，干后自然没有痕迹。"

"原来是这样……"冯慎点了点头，又道，"在下还有一事不明！"

绣娘问道："官爷还想问什么？"

"屋外女鬼！"冯慎道，"众目睽睽下，那女鬼是如何飘悬在半空中的？难道也是一架傀儡？”

“不是”，绣娘摇头道，“那‘女鬼’，是我假扮的……”

“哦？莫非是用绳线吊在了树上？”冯慎一怔，随即改口，“不会……若是那样，身子便固定住了，又怎能朝杜奎绍飞扑过去？”

绣娘见状，反问道：“不知官爷可听说过‘飘色’？”

“飘色？”冯慎目光一转，发觉肃王亦是一脸茫然。“在下孤陋寡闻……还请姑娘明示。”

“官爷自谦了”，绣娘忆道，“想当年，我随傀儡班巡演至吴川县，恰巧撞上了当地的‘游神赛会’。在那场赛会上，我见人们抬着一朵木制的大莲花，莲花边上，还有一个手提乾坤圈、足踩风火轮的小童子……”

“这便是‘飘色’？”肃王接口道，“想那童子所扮，定是哪吒了……可这类扮相，京城庙会上也是屡见不鲜，又有什么稀奇？”

绣娘道：“扮相确不稀奇。稀奇的是，那童子双脚凌空，悬在那莲花上飘然欲翔！”

“这便奇了！”肃王愕然道，“那童子又没长翅膀，怎么还会飞？”

“是啊”，绣娘又道，“那时，我也纳闷儿的紧，便找当地人相询。人家告诉我，那正是‘吴川三绝’中的飘色。那木莲花，唤作‘色板’。色板上，暗藏了一根‘色梗’。色梗为铁枝打造，将那童子支撑。童子身上，垂下一条‘混天绫’，刚好能把色梗包裹遮掩。所以看上去，好似那童子飞悬在半空一般。”

听到这儿，冯慎豁然大悟。“在下于莳花馆后院，发现一副螺纹钢架，想来那便是‘悬空’是所用的色梗吧？”

“不错”，绣娘道，“那钢架可拆分拼接，架头上有尖钉，能牢牢地锲入木头里。那夜，我提前在门口槐树上架好色梗，只待时机一到，便攀爬上去。由于衣裙宽大，旁人自然会以为我悬在空中。”

冯慎又问道：“那姑娘是如何飞至杜奎绍身边的？”

“这也不难”，绣娘道，“我用接起的筝弦，把槐树与门檐连了起来。那弦上，穿着个铁环。树高檐低，我只需拉住铁环，便可从空中，滑到杜奎绍身边。”

“确实”，冯慎道，“在那种情形下，无怪众粉头误认是‘女鬼扑人’……不过经在下查验，那杜奎绍却并非死于惊骇！”

“看来……官爷都知道了……”绣娘凄惨地笑了笑，“不错，当时杜奎绍只是吓得昏死，并没有毙命。我趁着那会儿院中无人，便用长针从他鼻孔刺入……可刚刺下几分，杜奎绍竟疼的转醒。我一见，赶忙踏住他两只手腕，加劲儿把长针钎进他颅中。没一会儿，杜奎绍便死透了。我怕血流的太多，也没敢拔出那根长针，匆忙抹去表皮上的血迹，就赶紧回屋收拾……等巡夜差人赶来时，我已经将筝弦取下拴好又把骸骨等物，一并藏在院中花丛里了……"

"姑娘真是猷深计远啊"，冯慎不禁赞叹道，"难怪香瓜说你是空手出门，原来已将所携之物，提前藏于院中了。"

绣娘缓缓起身，冲肃王与冯慎各施一礼。"王爷、官爷……该说的，绣娘都已说完了……要如何发落，悉听尊便吧！"

肃王看着冯慎，有心替绣娘开脱。可话到了嘴边，却迟迟吐不出口。只是搓着两手，急得满头大汗。

冯慎一言不发，负手来回踱着。半晌，冯慎突然停住脚。"王爷，您说那杜奎绍该死吗！？"

肃王一愣，随即道："该死！他恶贯满盈，当然该死！"

"卑职也是这般想，"冯慎点头道，"杜奎绍鱼肉乡里、为害一方，实乃穷凶极恶！况且，他屡屡犯下血案，罪不容诛。绣娘姑娘此番举动，着实替衙门省了些刑审的力气……以卑职愚见，为民除害者，不能算凶手，而是英雄！"

绣娘痴怔道："英……英雄？"

"不错！"冯慎笑道，"姑娘正可谓是巾帼英雄！"

"哎呀冯慎，"肃王紧紧抱住冯慎肩头，激动道，"叫本王如何谢你啊！？"

"王爷不必如此，"冯慎道，"上苍有好生之德，既然恶人已伏法受戮，又何苦徒搭上一条性命？"

"官爷……"绣娘如梦初醒，"您的意思是……是肯放我一马？"

"法不外乎人情，"冯慎正色道，"然姑娘此后，应放下仇恨，勿再轻言生杀。该如何惩治暴徒，自有官府论断，切忌刚愎自用、任性而行！"

绣娘点了点头，"官爷教训的是，绣娘定当牢记于心！"

"太好了！"肃王喜滋滋地拉住绣娘，"等回得京城，本王便给你抬旗，奏请宗人府，封你为侧福晋！"

"王爷好意，绣娘心领了！"绣娘说着，痛哭跪倒，"可绣娘曾倚门卖笑，已为残花败柳，岂敢过分奢图，令王爷清誉蒙尘……待腹中孩儿出世后，绣娘便去削发出家，从此布衣粗食，了却余生！"

"绣娘！你说的这叫什么话！？"肃王拉起绣娘，动情道，"自打与你一别，本王当真是苦念成疾啊……倚门卖笑也好，沦落风尘也罢，本王全不在意！此生，定要与你厮守不弃！"

绣娘掩面摇头，泪水顺着指缝，不停地滑落。"王爷虽不嫌我脏……可我那窑姐的出身，终究是不好听……"

"姑娘此言差矣！"冯慎慷慨道，"出身青楼又如何？古有梁红玉擂鼓战金山，今有姑娘你巧计除暴恶，哪桩不是响当当的义举？更何况姑娘出淤泥不染、濯清涟未妖……王爷赤眷优渥，姑娘就别再妄自菲薄了！"

"冯慎说得对！"肃王又劝道，"绣娘，你莫要推辞了！难道你就忍心……见本王受那相思煎熬吗？"

冯慎也道："姑娘你便应下吧。你与王爷两情相悦，该当结为连理。到时候，在下也好借着由头，讨上一杯喜酒喝……"

"不止不止！"肃王摆了摆手，"那喜酒，至少得摆上两回！"

"哦？"听肃王忽出此语，冯慎与绣娘皆是一愣。

"本王迎娶绣娘时，你肯定得来，"肃王一指绣娘腹间，朝冯慎笑道，"待这孩儿满月时，你那份子钱，也是逃不掉啊！"

肃王这通戏谑，惹得绣娘"扑哧"笑了。她脸上一红，忙掩口垂头，含羞带臊地扯了扯肃王衣角。那副神情模样，显然是已暗应了。

"哈哈哈，确是卑职虑事不周。"冯慎冲肃王摇手一拱，"那预贺王爷弄璋之喜了！"

"谁说定是个小子？"肃王爽朗一笑，"添个丫头也不错！管他什么弄璋、弄瓦，在本王眼里，都一样宝贝！"

绣娘听了，满心欢喜，抬眼向肃王一瞧，却发觉肃王也正含情脉脉地望着自己，不禁又羞得低下头。嘴角，仍挂着甜蜜的浅笑。

"官爷"，绣娘敛衽，冲冯慎飘飘下拜，"全仗官爷高义，我母子才得以保全……请受绣娘一拜！"

"不敢不敢，"冯慎见状，赶紧还礼。"姑娘现已贵为福晋，如此大礼，岂不折杀在下？还有，姑娘莫要提什么'官爷'，叫我冯慎便可！"

"官爷大恩，绣娘衔草难报，"绣娘道，"不过总叫'官爷'却也觉着生分……不如，我改称'冯相公'吧……"

"好！"肃王抚掌笑道，"叫冯相公也不错！绣娘啊，论道起来，冯慎可算得上是咱俩儿的大媒。依本王之见，咱们这未出世的孩儿，便央他取名如何？"

绣娘莞尔道："王爷所言极是，我也正有此意。"

"使不得，"冯慎赶忙谦道，"在下才疏学浅，焉可担此厚托？"

"别文绉绉的了，就这么定了，"肃王笑道："依照宗族定制，本王之子，应为'宪'字辈；若是女娃，当是'显'字辈……反正不论男女，这取名之事，都得着落在你这大媒身上，哈哈哈……"

见推托不过，冯慎只得笑着应下。"那卑职定当绞尽脑汁，届时，王爷别嫌取得难听就好。"

"你看看，"肃王朝绣娘打趣道，"这冯相公哪哪都好，就是这个瞎客套，着实叫人受不了啊，哈哈哈……"

一时间，屋内笑语晏晏，将之前的阴霾，悉数尽扫。没一会儿，老店家煮好了米粥，连锅带碗的端过来，让众人喝了个饱。

吃罢了米粥，众人也全然没有睡意。约莫着已有四更了，索性让店家连夜收拾行囊，等天色稍明，便直接动身。

待到雄鸡唱晓，一行人也准备停当。店家牵过一驾骡车，将行李捆好，又将绣娘搀进车中。肃王与冯慎跨上马，行在骡车前。二马一车，缓缓朝京城赶去。

值时东方即白，晨露未晞，行走在乡野的荒道上，不时有清风拂面，令人心旷神怡。

肃王骑在马上，心中舒畅。兴至盎时，忍不住挂鞭击节，亮嗓高歌："千层浪里翻身转，百尺高竿得命还，站在殿角用目看，那旁站定王宝钏……"

肃王嗜迷京剧，虽比不得成名的戏角儿，但唱的也是有板有眼、字正腔圆。冯慎听了，不由得喝一声彩。

"哦？"肃王一顿，喜道，"怎么冯慎？你也懂戏？"

"谈不上懂，"冯慎回道，"听过几回，略知一二。"

"哈哈，难得难得！"肃王兴高采烈道，"那你可知本王唱的是哪一折？"

冯慎道："王爷所唱，应是《大登殿》中王允之流板腔……然此情此景，王爷不如改唱'薛平贵驾坐金銮殿、册封宝钏执掌昭阳院'！"

"说得好！"肃王笑道，"不过那王允也好，薛平贵也罢，横竖咱们乐一晌就得了！"

冯慎才欲回话，突觉眼前人影疾闪。定睛看去，方知是三人挡在马前。

那三人来的太快，竟将马匹吓的惊嘶扬蹄。冯慎与肃王勒紧了丝缰，这才没被掀下马去。后面老店家见状，手忙脚乱地止住骡车。绣娘不知发生何事，也挑起篷帘，慌不迭地探头出来。

四人八眼，齐刷刷地朝前惊望。只见当头，立着一个丑脸道人。那道人头冠九梁巾，脚履十方鞋，左脸似被灼毁，焚疤纵横，面目可怖。仅余的一只右眼，倒是精光烁烁、炯炯有神。丑脸道人身后，跟着一男一女，却是冯慎与肃王之前相遇的那对儒释。

认出了来人，肃王转惊为喜，忙下了马，匆匆迎上。"先生、师太，想不到在这里不期而遇。多亏了二位指引……"

未等说完，冯慎已飞身护在肃王身前，严守门户，如临大敌。

"咦？"那中年文士笑道，"小子，还亮上架式了？那丁字步站的不赖吗。来来来，既然你有兴致，那我便陪你耍两圈！"

说着，中年文士轻轻一纵，将手搭至冯慎肩头。冯慎只觉肩上一紧，好似压来千钧巨力，大惊之下，忙运气抵御。

"错了错了！"中年文士摇摇头，掌中内劲一吐。冯慎再也抗不住，登时单膝跪地。

"无声！"丑脸道人突然喝道，"点到为止！"

"是，"中年文士闻言，便收掌撤招，望着地上的冯慎，叹然说道，"小子，知道错在哪吗？"

冯慎见他如此，也知他无有恶意，缓缓站直了身子，冲中年文士一拱。"还请……先生指教……"

"这样粗浅的道理都不懂？"中年文士愤然道，"物极则变，变则化，化则通达。适方才我施以强力，若你能相拒，还则罢了。可明知不敌，却硬要抵御，岂不是螳臂挡车、蚍蜉撼树？"

"先生神技，在下望尘莫及……"冯慎作难道，"然情急之下，纵知不敌，也只得硬着头皮招架……"

"冥顽不化，愚钝无知！"中年文士气得摇扇自扇，"过刚者易折，善柔者不败。与劲敌拆招，更应当避其锋锐、击其惰归！"

经这一点，冯慎茅塞顿开，心中骤然豁亮。"先生是说，方才只可一卸，而不可一御？"

"哈哈，"中年文士回嗔作喜道，"总算还没笨到家！"

"哎呀，先生还精于武技？"肃王赞叹不已，"真乃是深藏不露啊！佩服佩服！"

中年文士微微一笑，"好说。"

见那丑脸道人面生，肃王又问道："不知这位仙长是？"

那女尼抢先道："这位是我们掌门师兄！"

肃王油然起敬，"原来是掌门人，失敬了！"

"无量寿福"，丑脸道人虽形容蚩陋，言语中却满是和蔼。"阁下不必多礼。所寻之人，想必已找到了吧？"

"找到了，"肃王回身道，"绣娘，快快上前见礼！"

绣娘急忙下车，冲三人各道了万福。

待看清了绣娘，丑脸道人面上一滞。"令阃腹有紫光，此乃兰梦之征兆！"

"哦？"肃王奇道，"内子确有了身孕，仙长是如何看出来的？"

中年文士插言道："我师兄精于相占，凿龟数策，无一不准。又岂会瞧不出？"

丑脸道人摆摆手，示意文士不得多嘴，自己掐算一番，才对肃王道："令阃所怀，是个女娃娃。"

肃王将信将疑，"仙长所言当真？"

丑脸道人叹道："信与不信，敬请自便。然据贫道所推，此女凤胎虎象。他日长成后，必有骇世之举！"

"骇世之举？"肃王欢欣道，"这么说我这孩儿……或可成就一番俊功伟绩？"

"倒也未必，"丑脸道人面露忧虑，"有道是阴阳互演，触极辄反。由此循环相生，不息不灭。祸生不德，福有慎机。性不善则弊显，行不端则恶彰……纵有那通天的才能，也终为患害啊！"

肃王茫然道："这话里玄机，着实是听不懂……还请仙长明示。"

丑脸道人摇了摇头，"天机不可道破，贫道言止于斯……最后，再提醒阁下一句吧！"

肃王拱手道："仙长请讲。"

丑脸道人独目一眯，朗声道："令爱此后，莫让她离了中土，更不可渡海东寄！"

"这是自然，"肃王道，"为人父母者，皆盼着儿女承欢膝下，哪会舍得送出洋去？"

"那样最好，"丑脸道人转过身，又冲冯慎道："这位小友，台甫如何称呼？"

"回仙长，"冯慎祛衣相拜，"晚辈冯慎，草字惕之！"

"冯慎……冯惕之……"丑脸道人自念几遍，笑道，"好，好名字！君子终日乾乾，夕惕若厉，无咎！无咎啊！"

那中年文士与女尼听了，亦是点头称赞："确是好名字，足见用心之良苦！"

"好了，"丑脸道人笑容一敛，冲前做了个四方揖。"诸位，贫道一行尚有要事，咱们就此别过吧！"

说罢，便与儒释飞身齐纵。待肃王等反应过来，三人已远在百步之外。

冯慎在后面赶了几步，高声叫道："未请教仙长尊号！"

三人置若罔闻，脚下未停。不消片刻，便无影无踪。

"高人啊……"肃王看一眼绣娘，"想不到这世间，竟还有如此人物……看来咱这孩儿，十之八九是个丫头了。"

绣娘怔怔道："那道长所说……未必就是真……"

见绣娘模样，肃王反乐道："丫头好！正遂了本王的心！你这般貌美，咱们的小郡君定当也光艳照人。冯慎，冯慎！"

冯慎心念方才之事，正入神思忖，听得肃王急唤，这才回过神来。"王爷，您叫我？"

"想什么呢？"肃王笑道，"择日不如撞日。既然那道长说是个丫头，那你这便赐个名吧！"

冯慎原觉太急，无奈肃王催促连连，只得去想。陡然间，路旁青光一现。冯慎定眼瞧去，原来是块晶莹的小石砾。

"有了！"冯慎喜道，"美石似玉者，谓之'玗'。不若就叫'显玗'如何？"

"显玗？"肃王一拍大腿，"嗯！不错！就这么定了！"

第六章 天下熙攘

日上三竿，照入了顺天府衙门。大堂之上，府尹李希杰面色铁青，焦躁地走来走去。众衙差皆不作声，封唇垂手，寂然候在堂下。

踱了一阵，李府尹突然站定，高喝道："鲁班头何在！？"

鲁班头听后，赶紧闪身上前。"卑职在此，大人有什么吩咐？"

"有什么吩咐？哼！"李府尹忿道："我来问你，那杜奎绍一案可有进展？"

"大人，"鲁班头浓眉一皱，"冯经历已在查了，想来不日便会侦破……"

"推三宕四，拖拖拉拉！"李府尹一拍桌子，"你可知那都察院杜大人，已着人来催过几次了！？"

听府尹如是说，鲁班头颇有些不服气。"这两天冯经历东奔西走，也并未闲着！"

"哼哼，真是笑话！"李府尹冷笑一声，"没了他张屠户，就得吃连毛猪？你们这些捕快衙役，又是当什么用的！？"

吃这一噎，鲁班头大嘴空张了几下，没对上话来。

"还有那个冯慎！"李府尹又道，"也不知是仗了谁的势，借着有点小聪明，便恃才傲物、散漫不羁，哪还有半点官体？他一个司职经历，不专心打理文书出纳，却总在缉案上指手画脚。他自己胡闹也便罢了，偏偏还有一干人顺着他！哼哼……莫非是那沈瑜庆治下不严，这才惯得你们这般的没规没矩！？"

听得他指桑骂槐、冷嘲热讽，鲁班头脸上青一阵紫一阵，有心辩白几句，叵耐秩低衔卑，纵气得腮帮子暴鼓，却也敢怒不敢言。

李府尹越说，声调便抬得越高，到了最后，几近喝责叱骂。正当这时，堂外忽然闯入两人。

"李大人，你当真威风的紧哪！"

李府尹一抬头，见是肃王与冯慎，慌得一撩官袍，当下跪倒。"下官李希杰……叩见肃王爷……"

"起来吧！犯不上行此大礼！"肃王挥手道，"刚刚在外头，就听到你呼三喝四。当着本王的面，李大人把适才的话，再说上一遍？"

李府尹爬起来，冷汗涔涔。"下官信口胡言，作不得真……作不得真……"

"既然作不得真，之后还是少说为妙！"肃王又道，"沈瑜庆在任时，宽待僚属、以德治下，又岂是李大人这般颐指气使！？"

"是是是，"李府尹忙道，"下官口无遮拦，过甚其辞……"

冯慎见状，赶紧将话头一转。"李大人，莳花馆之命案，卑职已查清原委。"

"哦？"李府尹一喜，"凶手拿到了？"

"此案并无元凶，"冯慎摇头道，"卑职经剖验、排查，确定那杜奎绍实为猝死，与他人毫无干系！"

"这便是你验出的结果？"李府尹方欲发作，忽记起肃王还在一旁，"那……那杜奎绍正当壮年，没病没疾……又怎会无故暴毙？"

"这个……卑职倒不敢妄断，"冯慎道，"不过，据杜家奴仆所供，杜奎绍生前曾虐杀一女子……而事发当晚，莳花馆的一干粉头，也目睹了种种怪异……至于是女鬼索命、遭了天谴，还是他自己杯弓蛇影、惊吓而亡，那便不得而知了……"

"天谴！肯定是天谴！"鲁班头突然嚷道，"我早说什么来着？你们还不信，杜奎绍作恶多端，活该有此一报！"

冯慎与肃王相视一笑，会心不语。

李府尹"嘿嘿"两声，冲冯慎道，"冯经历，你找不出真凶却也罢了，可不应拿这种鬼话，来搪塞本府！"

"大人何出此言？"冯慎道："卑职皆是依据剖析……若大人还不信，大可着人另验。"

"还验什么？"肃王轻咳两下，唱起了红脸。"依本王看，这案子现在就结了吧！那杜奎绍的行径，大伙儿心知肚明……越往下深查，对他们杜家便越是不利……落个猝死的下场，已算是便宜他了！"

"这……这不妥吧？"李府尹面露难色，"若是杜大人追问起来……"

"杜大人？"肃王一怔，立马反应过来。"哦，是杜奎绍那个当左都御史的族兄？不打紧！你去告诉他，若有什么异议，只管来找本王！"

李府尹无奈，只得唯唯诺诺。"既然王爷发了话，下官……下官自当遵从……"

肃王点点头，来到冯慎身边。"冯慎啊，你这顺天府的经历……还是别做了吧！"

"啊？"冯慎着实吃了一惊，"王爷……这话怎讲？"

"人家又不待见你，何必赖着讨人嫌？"肃王说着，瞥了李府尹一眼。"本王给你另谋个差事！"

肃王说完，也不管李府尹如何诧异，硬拉着冯慎，径直出了顺天府。

府衙外，早候了王府的两乘小轿。一见两人出来，众轿夫忙哈腰请安，齐齐掀起了轿帘。

冯慎愣道："王爷……您这是？"

"别问那么多，"肃王笑着，钻入打头小轿，"只管跟着来吧！"

"是……"冯慎依言，只得怀着满腔疑惑，乘上后面轿子。

二人刚坐稳，众轿夫便甩开腿脚，飞也似地往前抬去。

也不知过了多久，冯慎只觉轿身一沉。他知是到了地方，等轿子落定，便揭帘而出。

映入眼前的，是一条热闹的街道，两侧旗幌招摇，四处货声迭响。街道尽头，立着一座土夯的城楼，正是那南路崇文门。

老北京话说："内九外七皇城四，九个内门走九车"。九门中，各有各的司职。正阳门，走龙车；安定门，走粪车；德胜门，走兵车；宣武门，走囚车；阜城门，走煤车；朝阳门，走粮车；东直门，走瓦车；西直门，走水车；而这崇文门所走的，正是那酒车。

崇文门下，铺一条"酒道"。大小商贩推车挑担，将成坛的佳酿，连珠价地运入城中。所经之处，糟醇沁脾、酒香扑鼻。

此处不光有美酒，各色货物，亦是琳琅满目。只因这里还设着税务衙门，总征入京榷税。衙署外，张贴有应税货项的榜文，不论行商坐贾，还是走卒贩夫，只要所携货物榜上有名，一律就地征税纳钱。

然天下熙熙，皆为利来；天下攘攘，皆为利往。京畿皇城，门路自要比别处多些。故一干商旅，纵愿缴了高税，也要入城贸易。因这个缘故，才使得崇文内外，车马骈阗、百业辐辏。

见冯慎还在张望，肃王拍了拍他的肩膀。"走，咱们去城门楼子上瞧瞧！"

冯慎闻言，便与肃王弃轿，双双来至城根。

此时的崇文门，已在版筑外，包砌了一层砖石。然几遭兵燹，城墙上不免坑痕凹陷、参差不整。

二人沿着坡道，拾阶而上。不多会儿，便登上了城楼。扶住了雉堞，肃王极目远眺。累累棚肆间，栈货高叠。汗牛川息络绎，市聒纷遝嘈杂。

肃王叹口气，手指城耳一侧。"每每瞧见那里，本王这胸中，便是积愤难平！"

冯慎顺势望去，只见城侧耳岗，塌圮着一座箭楼。庚子国变时，此楼为洋兵火炮崩毁。待祸乱弭消，朝廷却因割赔战款，而致国库虚匮，无力将其重葺，任由它荒废至今。

这坍坮的箭楼，仿佛是道疮疤，硬生生烙记在破败的城墙上。遥忆起昔时国耻，冯慎伤恚填膺，不由得双拳紧握，将指节捏得咯咯作响。

突然，肃王亢声诵道："祸惊霄汉，缟素殷染，九州狼烟横遍。太阿倒悬，塞外夷曲，竟索咱面自弹。黔首涂炭，绝情雨，摧得鬓斑。泪溅，誓长驱千里，饮马胡川！"

闻听肃王倾愤成词，冯慎不禁大为喝彩："王爷这半阕《宴山亭》，啸然激越，气概磅礴，颇怀岳武穆之豪壮！"

"靖康耻，犹未雪；臣子恨，何时灭啊……"肃王苦笑道，"放眼当今庙堂，多是些昏庸之吏。文官婪财，武将畏死，一见洋人船坚炮利，便闻风丧胆、颤瑟求全……那饥餐胡虏肉、渴饮匈奴血，也无非是镜花水月。至于重拾旧山河……也怕是要白头等闲，空余悲切了……"

"王爷不必意懒心灰。卑职斗胆，也以拙词言志，来和王爷上阕！"冯慎说着，便低头沉思。踱了一阵，昂声吟道，"莫道少不经年，深哀尚有报，家国那堪？愿持钩剑，一举平蕃，何惧裹尸还？同袍砺兵，夜郎属，安敢妄言？当关，引长弓，羌雁尽穿！"

"好一个'羌雁尽穿'！畅快啊畅快！"肃王叫绝道，"你这番激昂壮志，着实让本王欣慰。后生可信，后生可托啊！"

情挚之下，冯慎字字铿锵。"王爷倚界之重、期望之殷，卑职愧不敢当！然我辈正值韶华，理应发愤图强。终有一日，定将那干番邦外寇，尽驱出我华夏国门！"

听了这话，肃王脸上倏地一僵。"不对啊！只顾着慷慨陈抒……本王竟不知不觉的，把自个儿也绕进去了……冯慎啊，在你们汉人眼中，我们旗人，不也正是那鞑子吗！？"

"王爷明鉴！"冯慎自觉失言，怔骇道，"卑职万无此意！"

"哈哈哈……"肃王大笑道，"本王与你逗个趣儿，怎还慌成这个样子？想当年顺治爷入关后，便教谕百官：'文教是先，经术为本。满汉子民，一视之仁。'此后又令满人尊儒圣、习汉学，弄得我们这群'鞑子'，也张口之乎、闭口者也了……唉……本王也知道，颇多汉人不服满治，视我们为外族蛮夷……可再不济，咱满汉也是黄肤同种，总比那红发碧眼的洋毛子亲上几分吧？毕竟我大清入关近三百年，吃惯了汉家粮米，早已将这里当成自个儿家园……再要离开，却是舍不得喽！更何况外敌当前，理应抛却畛域之见。满汉齐心，不分彼此！"

冯慎拱手道："王爷见教的是……"

肃王点点头，又道："哦……本王还得啰唆一句：冯慎你心意拳拳，其情可表。然当着外人面上，方才那番言语，却休也再提。留神佞徒别有用心，告你个影射之罪！"

"也就是当着王爷面，卑职才敢这般无状……"冯慎拭了拭额头细汗，笑道，"再者说了，卑职口出孟浪，实因王爷那番忧国之情，这才有感而发啊。"

"你这小子啊，"肃王摇头笑道，"竟还赖在了本王头上？哈哈哈……"

正笑着，城楼下忽然传来喧嚷之声。二人齐怔，忙探头下望。只见守城兵丁围着个村汉，在不住地吆喝驱赶。

那村汉挑了两只笸箩，笸箩里盛满了紫黢黢的小果。他骨瘦如柴，不想却是好大嗓门儿："我卖些自采的桑葚，给婆娘换些针线，你们凭什么不让！？"

兵丁们齐上前推搡，"要卖就交了税钱去城里，在这官道上铺地支摊算什么鸟事儿？快走快走！"

村汉怒道："卖这桑葚，原也只挣点薄头小利。我挑了二十多里地，连口干粮都没舍得吃！若再交那税钱，还能剩几个子儿？"

"嘿！脾气还不小！"兵丁们脸一板，皆撸起了袖管。"要不是上头颁了新章程，爷爷们非赏你顿好打！快滚！再不滚，缴了你这担破桑葚！"

纵是那村汉颟顸，这会儿也瞧出要吃亏，跺脚狠啐了一口，扛起扁担便飞跑。

"他奶奶的！"兵丁们也不去追，骂骂咧咧的，又陆续回到了岗哨上。"真算便宜这小子了！要是在往常……哼哼……"

站在城楼上，二人恰好瞧个满眼。那村汉衣衫破旧，显然是贫苦之人。冯慎嘴上虽不说，心下却怀了恻隐。

肃王鉴颜辨色，已猜到冯慎心意。"税者，国家支度所依。不能因一人之悯，便失于稽查啊。"

冯慎微微点头，喟叹道："只可怜民生多艰……"

"是啊，"肃王道，"战乱频仍，百业凋敝，朝廷尚主张轻徭薄赋……然偏有一干蠹吏，嗜财贪利，胃大难填！"

冯慎愤道："这等赃官仗着职务之便，就借端盘削、勒掯苛索……简直是附骨之疽！"

"谁说不是呢？"肃王道，"这崇文监督一职，号称'大清第一肥缺'。想那巨贪和珅，连任税关监督八载，不单自个儿敛聚成首恶，就连门下的管家，也因帮办权务，搜刮到白银二十万两！早在康熙朝，翰林院有个叫查嗣瑮的待讲学士，感喟于税务弊滥，慨然诗道：九门征课一门专，马迹车尘互接连。内使自取花担税，朝朝插鬓掠双钱！"

冯慎问道："双钱插鬓却是为何？"

"那时候的监督，是由宫里太监充任。商贩们进城，必要挑担推车。两手不得空，便提前在耳侧鬓角，各掖上两枚大子儿，任由守城税监取掠，权当是额外孝敬。"肃王说着，压低了声音，"其实到现在，那'花担税'依然还有……咱们老佛爷的'梳妆费'，便着落在这'花担税'上！"

冯慎长息道："经了这层层盘剥……那小本的生意人，也只挣些路费与功夫钱了……"

"这已经算好的了"，肃王道，"总比那背私酒的强！"

冯慎惑道："背私酒的？"

肃王缓缓说道："这崇文门既称'酒门'，那酒水自是少不了。然酒一多，市价便会涨跌无序。故朝廷严令：京城中不得私开'烧锅'。指定了一十八家大酒铺，统一纳税收售。这样一来，酒税自然加重，那些酿酒的小作坊，便承受不住。为了生计，唯有铤而走险，他们将酒灌入猪尿脬中，趁着天黑，偷偷逾城避税……这便是背私酒了……"

冯慎惊道："城墙如此高陡，即便有坑洼勉强着力，亦是凶险无比啊！"

"岂止是凶险？简直是送命一般！"肃王痛心疾首道，"一年下来，那摔死的尸首，也不知抬了多少具……百姓暗地里，已将这崇文门，称作是鬼门关了！"

言讫，肃王唏嘘兴叹，冯慎也是心下凄凄。阵风吹掠城楼，呜呜作响。好似有无数亡魂，正在低低哽咽。

"王爷"，冯慎恺切道，"眼下您老兼任税局总监督，正好能将这税务，彻底整饬上一番！"

"冯慎啊，"肃王反问道，"依你之见，这税务又应如何整饬呢？"

冯慎正色道："卑职以为，应从缮肃吏治上着眼！"

"不错！这话切中了肯綮！"肃王道，"不是往自个儿脸上贴金，本王接手税局后，首举便是查调涉税胥役。凡经查曾舞弊者，尽数革裁褫职。同时在各大关口街市，颁刊税则章程，严禁税丁吃拿卡要，若胆敢殴索商贩，一律拿获议罪。方才城下那幕你也瞧见了，要不是有章程严令拘着，那几个兵丁还顾那些？早就掀挑子打人了！"

"王爷英明！"冯慎道，"是应杀杀这股歪风邪气了！"

"小丁小役倒还好说，"肃王道，"只是越往上整治，却越是艰难。这崇文税关征纳百货，通兑银款无计无数。朝中大员个个都要借个由头，过来掺上一脚、硬分一杯羹！"

冯慎惊道："他们也未免太明目张胆了吧？"

"本王自然不会让他们得逞！"肃王道，"以往商民入关，得由行头包揽上税。现在本王发下新法，直接由官家验货纳钱。这样一来，便没了中间环节，其他人再想从中抽厘饱私，却是万万不能！"

冯慎赞道："王爷此计甚妙！"

肃王苦笑一声，"不过因此，本王也被推上了风口浪尖啊……你也知道，本王之前那府邸，原在东交民巷，庚子年被洋鬼子一把火烧了……本王领了崇文监督的差事后，那帮子大臣便纷纷上表，建议本王从税款里抽成，用以重建肃王府。没承想，朝廷居然还准了！"

冯慎皱眉道："这帮人是何用意？"

"哼，他们想拉本王下水！"肃王道，"本王怎敢领这个'情'？因此固辞不受。索性从荣禄手上买套旧宅，改成新王府，断了他们那点儿念想！"

重建的肃王府，坐落在北新桥南船板胡同里。规模不大，仅由几个四合院拼成。虽有房间过百，但远不及"铁帽子王"规制。

想到此节，冯慎不禁感而起敬。"王爷如此苦心，足令那帮贪臣汗颜自愧。想来，朝廷也应对王爷大彰其表吧？"

"哈哈哈……"肃王气极反笑，"你恰恰说反了！"

冯慎愣道："说反了？"

"是啊"，肃王叹道，"本王整治纳课，一来让税吏无法徒滋勒索，二来也充实了国库。可这么一搞，却断了不少人的财路。于是乎，本王就成了那众矢之的喽。后来老佛爷听说了这事，便将本王传到仁寿殿上。本王把税局新章一奏，老佛爷顿时不悦，最后冷冷地撂下句：'若都照肃王这么办，将来还有谁肯做这崇文门监督'？"

冯慎胸口起伏，"王爷……您老受委屈了！"

"这倒不算什么"，肃王道，"该怎么着还是怎么着。不过，本王身兼数职，无法样样亲彻……冯慎啊，你来帮着分担些如何？"

"帮？"冯慎问道，"卑职怎个帮法？"

"是这样"，肃王笑道："崇文税署中，正缺个帮办委员；还有稽查税务的海巡司里，恰巧也少个巡检使……这两个职位，不需朝廷奏派，本王自可委命。嘿嘿……冯慎你也学学本王，把这二职一并兼了吧！"

冯慎慌忙辞道："卑职对榷务一窍不通，不堪当此二任啊！"

"慢慢就会了，"肃王拍拍冯慎肩膀，"你文武双全、处事缜密，这两要职，舍你其谁啊？哈哈哈……"

"可是……"冯慎急得额头见汗，"可是卑职……"

"哈哈，"肃王笑道，"你那点儿心思，本王岂会不知？是放不下缉捕审案吧？"

冯慎赧然笑了笑，"王爷慧眼如炬……"

肃王道："刑审诸事，亦归在统领衙门司职之中。若日后有什么要案，本王允许你同巡捕营一并协查就是。然相较于断案，民生才是大计。对待涉贸税课，更应悉心办理。不可因私人偏好，就厚此薄彼！"

冯慎神情一凛，"卑职定当兢兢业业，不负王爷厚望！"

自打接了崇文门的差事，冯慎便革除流弊，维正清源。稽税核员等诸务，无不躬亲而为。胥吏不敢狎故牵掣，商户亦无避税偷课。使得那涣散的榷务，大有起色。贸易交通，货额盈余，崇文门下，又呈欣荣一片。

时光荏苒，一晃数月。赤日炎炎，已为夏至。芳菲歇去，暑气渐盛。池畔间蛙鸣阵阵，荫木中蝉噪不歇。

这天午后，气闷若蒸。冯慎批阅完公事，颇感憋躁，索性离了署衙，出城关巡视。

刚到崇文门下，便刮起了一阵大风。霎时间，枝摇叶动，尘沙飞散。见空中铅云密布，冯慎知暴雨将至，忙一闪身，钻入了城门洞中。

冯慎方立稳脚，便觉头顶一暗。眨眼之间，电光烁烁，雷声隆隆。没过多久，豆大的雨珠噼里啪啦地砸将下来。顷刻便骤雨覆盆，滂沱如注。

城洞中，挤了不少躲雨的行人。雨水淅淅，携来丝丝凉爽，将之前的酷热，尽扫而去。

突然，从雨幕中钻进几个官差。他们从头湿到脚，公服全漤在身上，衣梢袍角，不住渗下水来。打头那个一进来，便连打了好几个喷嚏。"这鬼天气！日头原还老大，转眼竟下起雨来！啊啾……啊……啊啾！"

听着说话声耳熟，冯慎忙转眼瞧去。见是鲁班头与几个衙役，赶忙抬手招呼。"鲁班头，诸位兄弟！不想在这儿碰上了。"

"哈哈，是冯经历！"衙役们见是冯慎，纷纷围了过来。

"还叫什么经历？"鲁班头笑骂道，"得叫巡检或是帮委……算了！太拗嘴，我一时也改不过口来！"

"哈哈哈，那就照旧，"冯慎笑道，"你们这是打哪儿回来？竟淋得如此狼狈。"

"别提了"，鲁班头拧着衣裳上的水，道，"去宛平跑了趟差事，刚回到城下，便赶上了这场急雨……啊啾！"

冯慎忙递上块帕子，"先擦干头脸，留神伤风。"

鲁班头接来，又挑了处人少的地方，众人聚着叙旧。

一个衙役羡慕道："冯经历，你现在身兼两职，可比在顺天府威风得多了。"

"兄弟哪里话，"冯慎一笑，"都是给朝廷当差，尽自己本分罢了。"

"唉"，鲁班头叹道，"总比我们强！跟在李希杰手底下，成天受些个鸟气！"

"谁说不是？"众衙役也都抱怨起来，"李大人那脾气不是一般大，动辄就横挑鼻子竖挑眼……冯经历，你们海巡汛弁还招人吗？要不你去跟肃王爷说说，我们跟着你干得了！"

"这我可做不了主啊，"冯慎摇头苦笑，只得将众人好言劝慰一番。

又聊了一会儿，外面乌云推散，雨势稍歇。稀稀拉拉的，只飘着些雨星儿。躲雨的人，皆三三两两的去了。众衙役见状，便也欲作别。

知他们要回衙复命，冯慎也不多留，刚送出几步，耳边却听得城外传来一声哭号。

冯慎心下一紧，忙快步抢出城门。鲁班头见事出有异，也领着衙役折了回来。"有人在哭？出什么事了？"

冯慎摆摆手，只是竖起耳朵，凭声辨位。"是妇人在哭，只是离得太远，听不真切……像是在护城河那边！我去看看！"

说着，冯慎也不顾脚下泥泞，纵身奔出。众衙役放心不下，也深一脚浅一脚地跟在后面。

崇文门外，掘沟成河。两侧堤岸，也为土夯。年深日久，河堤受雨水冲刷，土石积沉，渐渐淤塞了渠道。加上朝廷失于疏浚，使得河床越抬越高。然这护城河，毗接通惠河的漕运码头，临近码头的河段，却时常有漕工挖淤护渠。积泥来不及倾散，便索性压在另一端。因此这护城河分作两段。一段浅可见底，一段深似潭渊。

出事的，正是那水深的河段。当众人奔至那里时，却见一个妇人哭倒在岸边泥浆里，手里还死死地攥着一只小花鞋。

那妇人泣涕俱下，活似泪人一般，眼望着护城河，几乎要难受的背过气去。

冯慎生怕她失足落水，忙过去搀扶。"大嫂，你这是怎么了？"

那妇人哭得狠了，腿脚虚软无力。鲁班头大手帮搭，与冯慎一左一右，将她拉起。"先别哭了！到底出了什么事？抽抽搭搭的好不急人！"

见诸人官差打扮，那妇人摇晃几下，勉强立稳。"官爷……我……我那苦命的闺女掉在河里了！"

"什么！？怎么不早说！从哪掉下去的？"众人大惊，皆拥至河边。雨后河面暴涨，快漫过了堤岸。浊流滔滔，污浑难辨，除了些漂浮的草梗断木，其他什么也瞧不见。

"救人要紧！"冯慎急道，"哪位弟兄水性好？快随我下水！"

两名衙役闻言，站身出来，几下扒下衣袍，赤着膀子便要往水里探。

"下不得！"那妇人扑上来，发疯般拦住三人。"这护城河下不得啊，要是再连累官差送命……我们吃罪不起啊！"

"嘿？"鲁班头喝道，"那闺女是不是你亲生的！？"

"没用的……没用的……"妇人捂着脸，慢慢瘫在地上。"我闺女……死了……她活不成了……我亲眼看着她被水鬼拖下去的……"

"水鬼？"冯慎一怔，赶紧止住另外两个衙役。"大嫂，究竟怎么回事？"

妇人哭诉道："我……我带着闺女给男人送饭……半道下起雨来……我只顾着往前躲雨，却把闺女落在了后边……等我发觉时，闺女正趴在岸边朝河里看……我调头跑去拉她，她却大叫说河里有东西，话还没说完，河里竟真跳出个绿毛怪物，一把就将我闺女拽下去了！可怜她才五岁，就叫水鬼拉去当替身了……"

鲁班头一嘬牙花子："你这婆娘……是在说疯话吧？这大白天的，什么鬼敢出来？"

正说着，一个汉子闯了过来。那汉子套了件汗褟子，光脚穿双草鞋，看模样像是运河上的漕工。见妇人蹲在地上哭，那汉子张嘴便骂："老子饿的前胸贴后背，也不见送饭来！原来你在这里号丧！"

听骂的不入耳，鲁班头将那汉子一推，"你是干吗的？跑这添什么乱？"

"他是我男人"，那妇人忙抢上前，冲那汉子哭道，"当家的……二丫她……被水鬼拉下河了！"

那汉子摇晃两下，"二丫……淹死了？你……你个死老娘们儿，连个孩子也看不好！？我……我打死你！"

说着，那汉子扬起手来，踉踉跄跄便要来打。

那妇人抱住汉子大腿，号啕道："当家的你打死我吧……我也不想活了！"

众人一看，赶紧架住那汉子。鲁班头喝道："你这汉子好不晓事！打死你老婆，你闺女就活过来了？"

冯慎怕鲁班头话太冲，忙又劝道："人死不能复生……你二位多节哀吧。"

"该着报应啊！"那汉子哀叫一声，抱着头蹲了下去。泪水顺着眼窝子，吧嗒吧嗒往下滴。"没想到二丫她……终究没能躲过去……"

鲁班头本就信些鬼神之说，被汉子这么一讲，心里顿觉发毛。可他碍于脸面，兀自提高了嗓门，想壮壮胆气。"你们……你们可真不愧是两口子……一个说水鬼，一个喊报应……你们闺女才那么小，能得罪着哪路神仙！？"

那汉子抹了抹脸，叹道："若是神仙，也就不会与我们计较了。二丫她得罪的……正是这护城河中的水鬼啊！"

听夫妇俩儿屡番言及水鬼，冯慎颇为不解。"为何你们认准了是水鬼？这位大嫂，事发时正逢暴雨，想必泥水淋面、双目艰张……难保你没有看花眼。"

"那水鬼……我确是见着了"，妇人摇摇头，抽泣着举起了手中小花鞋，"之前怕二丫出事，我还特地在她鞋头缝上了红布辟邪……不承想……不承想还是……"

说到这里，妇人已是泣不成声。众人望向她手里绣鞋，发现鞋头之上，果然钉着一块小红布。

鲁班头抓抓头顶，疑惑道："你们怎知她会出事？"

那汉子接言道："因为二丫她……偷吃了祭祀水鬼的供品！"

"真是奇哉怪也！"鲁班头叫道，"只听说有拜河神和龙王爷的……这祭祀水鬼，倒还真是头回听说！"

那汉子长吁短叹了好一阵，这才道出内情。

他们运河上的漕户，不在大江大洋里讨食，所以也不怎么拜龙神。每逢开河，大伙由把头领着，宰只肥鸡、烧几炷高香就算是把河给祭了。

然运河大了，吞噬的人命自然不少。抛开失足溺毙的不谈，光是那寻短见投水的，每年没个二五，也得近一十。

人死的一多，诸般忌讳也随之而来。运河边，流传着一句话："欺山不欺水，欺水便遇鬼。"皆说水里阴气重，溺亡者的魂魄被水拘着，化成水鬼。只有拉到了垫背的，才能投胎转世。故漕户们不畏神，反而害怕枉死在河中的亡灵。生恐落了单，被水鬼拉去坏了性命。

护城河一头靠近运河，是漕户们往返大通桥码头的必经之路。也不知打何时起，这护城河深渠段，便开始出了邪性。经常有人被河中跃出的怪物拖下水，尸首也不知所踪。这种事发过几回，周围住户都传是闹了水鬼。一入夜，河堤上人迹罕至。就算身壮力不亏的漕工，也得是三两结伴，才敢于晚间通行。

闹的一凶，漕户们心里都发怵。于是各家自发买了猪头羊首，投入河中飨水鬼。一年三祭，祈求家宅平安。

三月初三，为年初首祭。那汉子提早去肉摊割了扇猪头，拎回家让婆娘煮了，准备着隔日往河里扔。那妇人将猪头燎毛洗净，焖在灶上，便转手忙活别的去了。闺女二丫嘴馋，循着肉味揭开锅，偷偷撕了几条半生不熟的猪肉吃了。等夫妇二人发觉后，那飨鬼的猪头，早已"破了相"。

偷嘴的二丫，少不得挨顿打。可打完闺女后，夫妇俩却犯起愁。漕户做的是苦力营生，活重钱少，吃食上难得沾几次荤腥。不然，二丫也不至于馋成那样。若要另买个猪头吧，一家人不免又得从牙缝里抠搜。商量了一宿，夫妇俩还是没舍得。转天清早，俩口子悄悄将破猪头投入河中，多搭了些纸草，算是交了差。

而后一家人提心吊胆，总感觉糊弄了水鬼。怕招来麻烦，妇人又是烧香念佛，又是给闺女红布钉鞋。过了好一阵，都平安无事。原以为这事过去了，没想到今天大白日的，那水鬼竟跳上岸，把二丫拉去淹死了。

"他奶奶的！"鲁班头朝着河中骂道，"这鬼东西心眼比他娘针眼还细！不就吃你口肉吗？至于跟个孩子一般计较？"

对水鬼拉人一说，冯慎并不尽信。总觉得是妇人情急中昏了头脑，眼生了错觉。不过据妇人所言，众衙役赶来时，那二丫已然溺毙，绝无生还之理。但她一个小姑娘，冯慎不忍她的尸身泡在河中，让鱼虾争食，所以冲那夫妇道："事已至此，无力回天。那我们帮着二位，将令爱尸身捞上来吧。"

"还捞什么……"那汉子痛苦地摇摇头，"被水鬼拉去替死的……哪还能找到尸首？"

"怎么找不到？"鲁班头嚷道，"这段水虽然深，但与江河比起来，也就是块巴掌大的地界……不过也怪，按说这么久，那尸首也该泡得浮头了……是不是被水草缠住了？"

"各位官爷"，那汉子红着眼圈，朝众衙役抱拳道，"摊上这倒霉事，我们认了！闺女的尸身……铁定是找不到了……各位不听劝，我们也拦不住……横竖我们都不管了！"

说完，汉子一抹脸，拉着那妇人便跌跌撞撞地去了。

鲁班头这一愣，半晌都没回过味来。"怎么……都一个臭德性儿？是不是亲生的？冯经历，你说那闺女……是不是他俩儿亲生的？"

冯慎叹口气，道："别管他们了。咱们兄弟费些力，将那女童尸首打捞上来埋了吧……"

这会儿，堤岸上已围来几个瞧热闹的人。听得官差要下河捞尸，脸上的神情，满是惊诧。

冯慎不加理会，便欲带头下水。刚撩起袍子，却被鲁班头阻住。"冯经历，你就别下去了！这水瞧着挺深，保不齐真有点邪乎……"

冯慎摆手道："我不信那些……"

"冯经历你待着吧！"那俩水性好的衙役也劝道，"我们哥俩儿衣裳都脱了！捞具小孩尸首，哪用那么多人？"

冯慎心道也是，便不再坚持。"多加小心！"

二衙役应了一声，跳入河中。岸上一干人见状，也纷纷上前，眼睛紧盯着河面。

那两名衙役水性当真了得，长闭住一口气，便猛地潜到河底。可来回摸索半天，却只扔上来几块猪羊头骨。

河中畜骨，倒证实那夫妇俩所言不虚。看来祭祀水鬼的猪头羊首，着实是投了不少。眼见着岸上头骨越来越多，那女童尸首，却仍未发现。

又等了一阵，一个衙役浮上身来，游回了岸边。"呼……先歇口气再捞……真是奇了，河底快筛遍了，愣是没找到……哎？铁锁还没上来吗？这小子以往憋气没我久啊……几天不见长能耐了？"

冯慎心里一颤，隐隐感觉事态有些不对。他焦急地往河中一探，却见不远处的水面上，竟漂上来一摊殷红的血水！

第七章 崇文海眼

望着漂浮的那摊血水，众人不由得齐打个冷战。正慌不迭地要救人，河面上却好似开了锅，咕嘟咕嘟的往上冒泡。

鲁班头唰的抽出刀来，手心里全是冷汗。冯慎与其他衙役也死盯着河心，紧张得如临大敌。

气泡越泛越多，血水也越泅越红。只听得"哗啦"一声响，破水透出个人来。那人一出水，便猛喘了几口气，一扬胳膊，腕间鲜血淋漓。"快……快来拉我一把……"

"是铁锁！"衙役们皆冲河里叫道，"铁锁！水下面出什么事了？怎么伤得这么厉害！？"

"没留神……摸着个破陶罐……手上被划了道口子……"铁锁呛了两口水，脸色惨白。"快……快他娘的搭把手……老子快没劲儿啦！"

见不是水鬼，鲁班头大松口气，他还刀入鞘，指挥道："赶紧把他弄上来！"

水里那衙役一听，急忙凫到河心，架起铁锁游回了岸边。铁锁一上岸，便将一个碎陶罐扔在地上。众人七手八脚地给他裹伤，扶他坐着歇息。所幸铁锁伤势不重，包扎了没一会儿，血便止住了。

看铁锁并无大碍，冯慎心中稍安。目光一斜，瞥见了那只破陶罐。

那罐子窄口阔腹，颈环四耳。耳孔中，穿着一截麻绳。罐嘴处，也封有软木塞。罐身上破个大洞，破口边缘，皆是锋利的陶碴儿。铁锁定是误探了进去，才将手腕割成了那个样子。

"冯经历"，鲁班头走上前问道，"一个破罐子，有啥好瞧的？"

冯慎道："这罐子入水不久啊。"

"哦？"鲁班头怔道，"何以见得？"

"你看"，冯慎一指那些猪羊头骨。"这些骨头浸水已久，不但骨呈暗黄，而且表层上还附有水藻绿苔……可这罐子周身光滑、破口很新……"

说话间，冯慎将那罐口的木塞一拔，放在鼻底嗅了嗅。"果然，这塞子上还残存着股酒味！若是浸得时间一长，这味早就泡掉了，哪里还闻得到？"

鲁班头提鼻子一闻，道："还真是！或许是酒贩子不小心磕了，随手把破酒罐子扔在了河里！"

瞧着那罐子，冯慎总感觉不对劲儿。可究竟是哪里有问题，一时倒也说不上来。

正思量着，鲁班头又叫道："铁锁，你也没寻见那女孩尸首吗？"

铁锁摇摇头，"没寻着……"

"真是邪了！"鲁班头纳闷儿道，"那尸首比骨头、罐子大的多……没理由寻不到啊！"

见官差陷入了踌躇，围观人堆里挤出个老妪。"别白费力气了……被水鬼拉去替死的，根本存不下尸首！"

"老人家"，冯慎道，"这活要见人、死得见尸，为何你断准了寻不到？"

老妪掰着指头数了数，才道："加上这桩，今年已是第四条人命喽……我也不知为啥，反正以往那些个尸首，是一具也没捞上来过！"

鲁班头奇道："都没捞着尸首？"

"可不是吗，"老妪道，"跟你们说啊，先前那三条人命，都是同一天上断送的……先是个小媳妇儿，不知怎么就掉下去溺死了。尸首没浮起来，她男人和她小叔子便要下水捞。当时呀，岸上人都知道闹水鬼，死命地拦着。可那兄弟俩偏不信邪，说啥也得下。结果俩人刚凫到河心，身子突然像坠了铅。一眨眼的工夫，两个大活人就沉的没影了！才半天光景，一家里就死了仁儿……唉，造孽哟……"

鲁班头道："我们这不也下去了嘛，咋就没事？"

"还想出多大事啊？"老妪指了指铁锁，"刚才那不就挺悬？得亏你们拿刀吃皇粮的，身上带着股炱气，就算是水鬼，也不敢太造次……若换作我们小老百姓，八成就没命啦。唉，以后啊宁可多绕上几里道，轻易也别打这里过喽……"

听到这里，鲁班头心中打起了小鼓。他暗忖道：那女童尸身找不到不说，偏偏铁锁还莫名其妙地划伤了手腕。莫非……还真有水鬼作祟？越想，鲁班头心里越慌。一干衙役受他影响，也是惴惴不安，后背不免阵阵发凉。

冯慎虽不信有鬼，但却想不通为何尸首沉水后便无影无踪。眼下人心惶惶，冯慎也无心细想，对于捞尸一事，只得暂罢。"鲁班头、诸位兄弟，时候不早了，要不你们先回吧。这桩怪事，就由我慢慢再查。"

"行吧，"鲁班头纠起众衙役，"冯经历，那我们先告辞了。日后有用得着弟兄们的地方，只管捎个话来！"

"好。"冯慎拱手，与诸人作别。

鲁班头刚迈出几步，又匆匆折了回来。"对了冯经历，不行就去找俩道士来瞧瞧……你自个儿可别逞强下水啊！"

见鲁班头一脸恳切，冯慎不禁失笑道："班头放心，我自会小心！"

送走了一干衙役，冯慎也不多待，快步赶回海巡司。来在署厅上，冯慎唤来一名汛兵，吩咐他叫上几个兄弟，搜罗些渔网、绳索、长竹竿之属。

那汛兵领命，忙着手去做。没过多久，便与几名兵弁扛着一应之物回到厅前。"冯巡检，东西备齐了，人也叫来几个，您看人手够不够？"

"差不多了，"冯慎点点头，"劳烦众兄弟跟我去趟护城河！"

众兵弁齐应，由冯慎引着，浩浩荡荡地出了城。来至深渠段，冯慎便指挥众人把渔网接好，将两端四角分别捆系在竹竿上。

一个汛兵心中好奇，忍不住问道："冯巡检，您这是要捞啥？"

"水鬼"之事尚未弄清，冯慎不欲闹的谣诼纷起，故而笑道："没什么，只是见这城渠太浑，打算清清淤。"

"清淤得找河工，"汛兵又道，"咱这样捞不起效啊。"

冯慎仍旧笑着，"且试试吧，将网拼得牢一些！"

汛兵们依言，又继续忙活。待到网竿接好套牢，汛兵便分列于河堤两岸，将长竹竿探至水下，刮底赶筛起来。

竿网一动，水中被搅得更加污浊。冯慎紧紧随视，生怕错过了浮起之物。

如此筛拉，无异于在河中下了把笊篱。可来回赶足了两趟，网中除了泥沙杂物，便是些河鱼沼虾大蛤蟆。别说是那女童尸首，就连剩下的猪羊头骨，都没多捞上几块。

冯慎暗暗心惊：那女童从溺亡到现在，也就约莫一个时辰，为何像被水泡化一般，消失的无影无踪？尸首若在河里，按这种捞法也该找到了，莫非真出了什么妖异？

正想着，汛兵们突然叫嚷起来。冯慎心头一紧，赶紧转头看去。

等到看清了，才知是虚惊一场。原来，那渔网被淤泥河藻糊住了洞眼，裹水骤沉，将竹竿子都拖折了。

"巡检"，兵弁们擎着半截竹竿问道，"现在要怎么办？"

"算了"，冯慎叹口气，道，"收拾了断竿破网，回城去吧！唉……让兄弟们白白辛苦一趟……"

"巡检说哪里话来？都是应当的！只是没趁手的家伙什，比不得掏泥河工，"一个汛兵笑着，指了指倾积在岸上胡乱跳蹦的鱼虾。"再者说也没白跑。捞上来这些小鲜，抬回去剖干洗净了，正好能打打牙祭。是不是啊哥几个？"

其他人纷纷响应道："对啊！之前咋没想到？老崔手艺好，叫他给咱一锅炖了！"

"哈哈，晚上多打点酒。这么些个鱼虾，够下好几壶啦！"

"冯巡检，收差后也一起喝点吧？"

冯慎笑着摇摇头，"今天还有别的事，就不凑热闹了。等闲下来，再与兄弟们喝个痛快吧。"

众汛兵齐应，便四散收拾。几个人淘涮了网，兜了鱼虾，又捉了几只肥大的蛤蟆扔进去，一并抬了走。

刚回到城中，打对过儿便停来一乘官轿。轿帘一撩，里面钻出了肃亲王。

冯慎连忙请安，"参见王爷！"

肃王摆摆手，扭头一瞧，奇道："冯慎啊，是不是嫌给你的俸禄低了？"

"没有啊，"冯慎怔道，"王爷何出此言？"

"哈哈哈"，肃王指着鼓鼓的渔网道，"若嫌薪饷少，本王给你涨涨。何苦倒腾这些小鱼小虾，捞那点外块呢？哈哈哈哈……"

肃王玩笑惯了，冯慎习以为常。会心笑了笑，让众汛兵先行返往署衙。

待汛兵走后，冯慎笑容一收。"王爷，请借一步说话。卑职有要事相禀！"

见冯慎满脸庄重，肃王忙避开轿夫随从，同冯慎转到一边。"怎么了？又有税员贪赃？"

"不是榷务上的事"，冯慎摇了摇头，将护城河所出的怪事，悉数跟肃王讲了。

肃王听罢，奇得连连咂嘴。"尸骨无存？果真邪乎啊！难道那护城河还吞尸不成？"

冯慎道："卑职也是百思不解啊。附近百姓以讹传讹，皆言是水鬼作祟……"

肃王问道："这么说刚才你带着那干汛兵，是去捞尸了？"

"是，"冯慎点点头，"不过怕引起谣传，卑职只说是去浚淤。"

"做得对！"肃王道，"没查明之前就透出风去，只会徒增不必要的麻烦。"

冯慎道："可那些受害的百姓，又该如何交待？"

肃王搓了搓手，沉吟道："是巧合意外，还是人扮鬼祸，眼下都不好说……再者，这种事民不举官不究。据你所讲，那女童的爹娘对'水鬼'十分忌惮，宁可撇了闺女尸首不要，也不欲下河捞尸。就算官府要替他们出头，也得本家苦主愿意吧？"

"王爷！"冯慎急道，"一连数条人命，难道就这样袖手旁观？"

肃王笑道："没说不管，只是得换个法儿！"

"哦？"冯慎喜道，"王爷已有良策了？"

"暂治不了本，就先试着治治标吧，"肃王道："这事出在崇文门，也属本王之辖责。这样吧，本王以重金聘几个法师来，将那'水鬼'镇它一镇！"

冯慎眉头一皱，"那种术士，多半是些江湖骗子，岂可托信？"

"哈哈，就知道你会这么说！"肃王道，"冯慎啊，不光你不信，本王也没信过啊！"

冯慎不解，"那您为什么……"

"为什么？"肃王神秘一笑，"因为老百姓信！所以啊，那场镇鬼的法事不但要办，还得办的风光、办的热闹，办的让十里八村都知道！"

"卑职懂了，"冯慎琢磨出肃王用意，"王爷此举，是让附近百姓安心。"

"对喽，"肃王又道，"明着咱请道士作法，暗地里再加派人手，在护城河一带日夜巡哨。一来可以警戒防范；二来再有失足落水者，也好迅速救援。放心吧，是疖子总会鼓头，若真是恶徒作歹，必会露出马脚！"

冯慎试探道："王爷，您看这巡查之事，该遣何人统办？"

"哈哈哈，"肃王大笑道，"谁招揽的就由谁办，用不着绕圈子请缨！你那副摩拳擦掌的急样，当本王瞧不出吗？"

冯慎亦笑道："谢王爷委信！"

肃王点头道："回头本王就知会下去，让海巡兵役，任你抽调用遣。尽心去办！莫再让无辜百姓，枉死在那护城河中！"

冯慎腰板一挺，"卑职领命！"

转天午时，护城河岸上便法乐大作。幡旗高挑，香烛遍插。焚烟缭绕中，几个身披杏黄道袍的术士憋足了劲儿，左舞右摆、上蹿下跳。法台四面，皆有海巡汛弁围守。一个号子兵"咣咣"敲着响锣，扯着嗓子高叫着："天师祭渠，百无禁忌！天师祭渠，百无禁忌……"

附近百姓闻听到动静，纷纷赶来瞧看，没一会儿，堤沿上便聚起黑压压一片。听说是官家祭渠，百姓们欢欣过望。那信佛笃道的，不免跟着暗祷默祝。再有那好事的，直接取了几挂鞭，拿竿挑了，噼里啪啦地燃放。把守汛兵见状，呼啦散开列成一道人墙，将百姓与城渠拦隔开来。

见人来的一多，台上术士愈发的卖力。木剑疾挥，银铃乱摇。舞至兴处，竟似打起了摆子，披头散发、如癫似狂……

术士们各显神通，忙活的大汗淋漓。中途虽歇了好几回，但也硬撑着，将法事做到了日头西斜。随着几声"急急如律令"，大批炸馓面果，连同三牲供肉便一股脑儿地倾在河中。

法事一毕，来了几乘凉轿，抬起精疲力竭的术士，各自送回观中。瞧了一下午，百姓们亦是又热又累，没等汛兵驱赶，也都陆续散了。

站在城楼上的冯慎，慢慢放下手中筒镜，摇头轻叹道："这场戏，总算是演完了……百姓多少能安心了吧？"

正想着，冯慎突听得有人在唤。

"冯大哥！"

冯慎一扭头，见是香瓜跑上城来。香瓜手捧个荷叶裹，气喘吁吁。"俺打听了好几处，才知道你在这儿！"

冯慎笑道："瞧你那一头汗，怎么了？"

"嘿嘿"，香瓜将脸一抹，晃了晃手中荷叶裹，"常妈蒸了包子，俺从头屉里挑了几个大个儿的，特地给你送来。"

冯慎心中一暖，"香瓜，以后不必这样，等我回家吃也是一样……"

"俺咋知道你啥时候回啊？晌午吃饭也没见你人影，"香瓜把荷叶裹一塞，"冯大哥，这包子馅是俺调的，你赶紧尝尝，一会儿不热乎啦！"

"好。"冯慎接来一尝，微微皱起眉头。

"好吃不？"香瓜斜起头问道，"香不香啊？"

冯慎粗嚼两口，使劲咽下。"香……倒是挺香……"

"哈哈，"香瓜乐道，"那快都吃了吧！"

"不用了，一个就够！"冯慎忙摆手，想了想又道，"下回再调馅……少放点盐……"

"咸啦？那你多喝点水嘛……"香瓜一瞥，见冯慎手中还握着一只短筒。"冯大哥，你拿着个啥？给俺看看呗。"

"这个吗？"冯慎笑着将短筒拉开一截，递给香瓜。"这叫'千里镜'，用它可以看清极远的物什，行军打仗少不了它！"

"听你这一说，俺想起来了，"香瓜道，"当年那些洋鬼子军官，也有这种玩意儿……有一个筒的，还有俩筒的……冯大哥，这千里镜很贵吧？你哪里来的啊？"

"肃王爷给的。这阵子要巡防布哨，离了它不行……"见香瓜在摆弄，冯慎急忙纠正道："拿反了，调过头来看。"

"哦"，香瓜依言，持着千里镜四下去望。"冯大哥，真的能看很远啊！城底下那些人的眉眼，俺都瞧的一清二楚！"

冯慎笑而不语。香瓜又转在女墙边，兴冲冲地朝城内看去。看着看着，香瓜忽然揉着眼睛道："咦？俺眼花了？"

冯慎问道："怎么？"

香瓜道："俺看见有个人影，可打眼一晃就没了。"

"大惊小怪，"冯慎道，"偌大个城中若见不着人影，那才叫奇呢！"

"可那里破破烂烂的，不像是住人的地方啊……"香瓜又对着千里镜看了看，叫道，"哎！那人又出来了！"

"我瞧瞧。"冯慎要回千里镜，也放眼望去。

香瓜所言不假。那地方虽在城中，却远离市廛。浓荫垂盖，断壁坍塌，像是一处废弃的庙宇。旧院垣隅下，蹲伏着一个男子，半张身子都掩在墙后，看上去有些鬼鬼祟祟。

冯慎不动声色，唤过个城哨问道："那是什么所在？"

城哨打个眼罩，顺指望了望。"回冯巡检，那地方我知道。听说过去是座什么寺，现在早荒了不知多少年了。"

"荒寺？"冯慎又问道，"周围可有人居？"

城哨道："哪有人啊？有传闻说，那边不太干净……连没地儿去的叫花子，都不敢在那里'挂窝'。我曾打那附近路过，离着老远，就觉着草稞里面，藏着好几双眼，盯得后脊梁都发寒……"

"快别说了！"香瓜埋怨道，"看把俺吓的这身鸡皮疙瘩！"

冯慎想了想，打定主意。"那人行迹可疑，得去查探一下……香瓜，你先回吧！"

香瓜道："冯大哥，俺也要去。"

冯慎笑问道："怎么？这会儿不怕了？"

"反正有你在，"香瓜道，"俺也好奇那人在干啥呢……"

"那行吧，"冯慎又嘱道，"不过待会儿过去，你得安分些。虽不是查案，也不可掉以轻心！"

冯慎吩咐完毕，便与香瓜下了城楼，点起几名汛弁，朝着破庙方向寻去。

夏日天长，虽入了酉时，但亦不缺光亮。众人一路赶去，不消多久，便到了地方。

这破庙当真偏僻。夹道两旁，尽是茏苁的虮柏，偃蹇欹曲，莫辨岁年。横枝苍黛间，隐约露出一角山檐，若非在高处望见，等闲难觅这般旧迹。崩颓的院落中，蒿草齐腰。蛰蛰野雀，叽喳嘤鸣。

"冯大哥"，香瓜左顾右盼，"那人走了吗？咋就寻他不见？"

"我也不知，"冯慎道，"四下找找看！"

庙中奉殿已塌，仅存一块破匾，还摇摇坠悬在檊栌上。那匾额朽如枯木，残驳不堪。所镌字迹，已无法辨认。见瞧不出什么，众人便绕过庑基，朝后面寻去。

刚来在后舍，一口古井便映入眼帘。那井栏为凿石砌就，上面压着一只蚀锈斑斑的铸铁龟。

那铁龟大如车轮，肚腹与井栏贴合处，新抹了层泥灰浆。井边地上，还扔着瓦刀、托板等物。

冯慎走上前，在栏缝间揩了一下。"这泥灰尚且湿软，是刚涂的！"

"是啊"，众汛兵也道，"看这样才抹了一半，还没完活儿呢。"

香瓜看一眼冯慎，道："冯大哥，是之前看到的那人干的吧？他这是要干啥啊？"

"无非是在掩饰些什么"，冯慎道，"那人发觉咱们过来，便仓促停手遁去，定是有不可告人的勾当！"

"那怎么办？"香瓜道，"这周围都是树林子，肯定逮不到他了……"

"跑得了和尚跑不了庙，"冯慎冲汛兵道，"弟兄们，趁着泥灰未固，咱把铁龟挪开，瞧瞧这井底下，究竟藏了什么！"

"好！"几个汛兵围定了井口，在掌心里吐口唾沫，便动手撼那铁龟。

铁龟分量挺足，可在数名壮丁的发劲齐推下，也慢慢移向一边。不多会儿，井口便露出一道月牙缝来。

汛兵们大喜，正要蓄力再推，却听到身后一声大叫："动不得！"

众人吃了一惊，齐齐住了手。与此同时，岩后藜蔓中急急钻出个人来。那人衣角上溅着几星白浆，一条辫子在头顶上盘个圈。腰间微鼓，似掖着什么。

冯慎目光一抬，质问道："你是何人？"

那人忙道："我……我是这里的庙祝……"

"庙祝？"冯慎冷笑道，"据我所知，这庙可是荒了不少年头儿。香火都绝了，还会有庙祝？"

"这……"那人眼中闪过一丝慌乱，"我之前是……自打这庙废了，我就重操旧业当瓦匠了。"

冯慎又道："这么说，那井缝是你砌的？"

那瓦匠点了点头，"是……"

"冯大哥，"香瓜道，"他就是咱在城楼上看到的那个人吧？"

"想来是了，"冯慎又问瓦匠道，"这里人迹罕至，你为何要将井口砌死？"

"是啊！"众汛兵皆喝："还有，刚才你躲什么？干了啥伤天害理的事？"

"几位军爷真是抬举了，"那瓦匠道，"我就是个和泥削砖的，能干什么伤天害理的事？方才不知是军爷过来，我寻思这里太偏，怕遇上歹人……"

香瓜嗔道："俺还瞅着你像歹人呢！"

冯慎朝香瓜摆摆手，又转头问道："那井为何动不得？"

"是动不得啊！"那瓦匠走到井边，说道，"这可不是寻常水井，这是口'海眼'啊！"

"海眼？"众人大奇，追问道，"什么海眼？"

"唉……索性与诸军爷实说吧"，那瓦匠叹道，"这口井深不可测，底下一直通到老洋里啊。不光如此，这井中还锁着一条恶龙，所以上面才压了只铁龟镇着。若是移走铁龟，那恶龙便会逃出来。到时候咱这四九城，非遭殃不可啊！"

冯慎哂道："传说岂可作准？皆云世间有龙，可又有哪个见过？"

"官爷，您还别不信！"那瓦匠道，"咱这崇文门，是不是也叫海岱门？"

冯慎点了点头，"这不假。"

瓦匠接着道："之所以称作'海岱'，正是因为有这口海眼在啊。这座破庙，原唤作'镇海寺'，自前明时候就有了。你们瞧瞧这里！"

说着，瓦匠指了指铁龟壳盖。只见那龟盖上，依稀刻着一行小字。

一名汛兵出声念道："大明天启辛酉七月敕建镇海寺自用……哎呀，还真是前明的东西！"

另一名也道："这么一提，我倒想起来了。之前听说书的讲《英烈传》，好像就有段说'锁龙井'的事。说是大军师刘伯温保着朱洪武坐了江山后，就大修北京城。没承想动土时，得罪了一条恶龙。那恶龙嫌皇城占了它老巢，便闹着要水淹京师。结果刘伯温恼了，请下三道神符，就把那恶龙打在一口井里……没准儿还真是这口井！"

"胡扯，你肯定记岔啦。朱洪武是在南京定的都，成祖时才迁到北京的！还有那擒龙的不是刘伯温，而是那国师姚广孝。姚广孝擒龙后，还将这京师改成了'八臂哪吒城'，把那恶龙压得永世不能翻身……"

"是刘伯温！"

"不对！是姚广孝！"

"别管是谁啦，"香瓜听得正起劲，直在一旁撺掇，"倒是说说那恶龙怎么镇住的啊。"

见两个汛兵争得脸红耳赤，那瓦匠面露喜色。冯慎装作没瞧见，只是使劲咳嗽几声。几人自觉失态，也都齐齐闭了嘴。

"瓦匠，"冯慎道，"旁的先不论，我只问你一句：这口井你早不封、晚不封，为何偏在这时候封？"

"这个嘛……"瓦匠吞吐道，"听说护城河那边刚闹了水怪……我怕与这井底恶龙有关联……就……就想过来看看，顺道把井口砌死，绝了后患……"

冯慎冷笑道："你倒是忧国忧民。"

"不敢当不敢当，"瓦匠讪笑几下，问道："那我接着封吧？"

"不必了！"冯慎道，"那龙是怎么个模样，我倒想见识下。弟兄们，继续移！"

"别！"那瓦匠急了眼，猛地扑了过来。一个汛兵要阻拦，却被他随手一拨，倒退了好几步。

"你他娘的活腻了？"那汛兵大怒，一把攥住瓦匠衣领。

"不要动气，"冯慎拍拍汛兵肩膀，对瓦匠道，"练过功夫？"

"啊？"瓦匠一怔，"没没……没学过拳脚，光有把傻力气……官爷，那海眼不能动啊！"

"恐怕由不得你，"冯慎道，"这口井非开不可！香瓜！"

香瓜答应道："冯大哥，俺在。"

冯慎使个眼色，"你陪着这位师傅。这里草深路杂，可别让他走丢了。"

"好嘞！"香瓜会意地笑笑，紧了紧腕间暗弩。

瓦匠突然提高了嗓门儿，"你们真要开海眼？肯定会有报应啊！"

"瞎叫唤啥？"香瓜骂道，"吓俺一大跳……"

"要出了什么事，我一力承担！"冯慎朝汛兵一挥手，"开！"

有冯慎打头，汛兵们不再有顾虑，三下两下，便将那铁龟掀在一边。

铁龟刚挪开，便听得"哗啦"一声。众人定睛看去，只见龟腹之下，还连着一道大铁链子。那铁链一直垂到井下，一端沉在水中，坠坠悠悠的，也不知有多长。

有汛兵往井中探了探，有些慌神。

"这老粗的大链子……该不是真锁着龙吧？哎？我瞧着水面上……漂着一摊红啊！"

"是吗？我瞧瞧……妈呀，还真是！冯巡检，你快来看看吧！"

冯慎心里"咯噔"一下，赶紧分开众人，眯起眼便往下望。

落日的余晖，斜照进井中。那涟漪微荡的水面上，赫然写着五个如血大字——动海眼者死！

众汛兵瞠目结舌，不由自主地后退两步，生怕惹了诅咒上身。那血字锥心刺目，叫人胆颤心惊。

饶是冯慎不信邪，这会儿也失了头绪。那水面不似绢纸，任它再浓再厚的朱漆墨料，遇水也定即刻洇散，岂当会像那般笔痕凝浮、经久不沉？

冯慎心头一动，暗忖道："物浮于水，必是有形有质。用红色纸、布裁出字样，却也能漂在水上。"

想罢，冯慎扯起拖入井中的铁链，使劲地晃摆起来。被链身一搅带，井中激起无数水花。水面上五个红字，顿时荡碎支离。有如缕缕血线，转眼便散化无迹。

"奇怪，"冯慎自语道，"非纸非布……这字是如何写在水中的？又怎么会凭空出现？"

"官爷"，那瓦匠上前道，"这下你该信了吧？海眼中的血字，正是神明警示啊。快收手吧，莫要逆天行事，会招来横祸啊！"

任凭瓦匠如何劝阻，冯慎只是不理。见那铁链直直垂在水中，他总疑心下面挂着什么，索性和几个汛兵一起，拽住了铁链往上拉。

铁链一抽，井底竟传出"呜呜"的响声，宛若真有只怪兽，潜在水下吞吐。黄泥汤子上下翻滚，泛起阵阵腥潮。

见了这般骇人阵势，汛兵们有些不太争气，颤声问道："冯巡检……咱还接着拉吗？"

"拉！"冯慎斩钉截铁。

众汛兵无法，只得硬着头皮继续。链子上生着层绿苔，滑不溜手。汛兵们战战兢兢，仿佛手中握的不是铁链，而是一条腥腻的黑蛇。

拉出来的铁链，在井边盘成好大一堆，可另一端，依然瞧不见边。突然，链身猛的一顿，众人只觉虎口发麻。再要拉，那铁链却好似生了根，使出吃奶的力气，也无法扯动半分。

"坏了坏了！"瓦匠又嚷道，"快把链子降回去吧，别把那锁着的恶龙惊醒啊！"

众汛兵心里没底，都紧张地看着冯慎。

"大伙莫慌，"冯慎道，"链子拖拽不动，无非是那端连接着重物。那'恶龙'、'海眼'之说，未免太牵强附会！"

"怎么不是海眼？"瓦匠争辩道，"那拖出来的链子多长一截啊，寻常水井哪这么深啊？"

"这铁链紧贴井壁，或许井底是另通暗水……"冯慎忽然道，"瓦匠，这其中玄妙，你应该清楚吧？"

"我？"瓦匠一怔，手情不自禁地摸向腰间。"我怎么会知道？"

冯慎步步相逼。"你真不知？"

"当然不知，"瓦匠慌道，"官爷……现在想旁的都没用啊，之前那血字已写的分明，动海眼者死啊！这种邪乎事，宁可信其有，也不可信其无……"

"哈哈哈，"冯慎大笑道，"瓦匠，你这就叫作'言多必失'啊！"

那瓦匠脸色猝然一变，"你什么意思？"

"什么意思？"冯慎道，"实话告诉你吧，方才我只是诈你一诈，却没想到，你这么快就露出了狐狸尾巴。"

"官爷，你该不是在怀疑我吧？"瓦匠申辩道，"我可是一直都站在这里，未近那井边半步啊！"

"毛病就出在这儿！"冯慎道："既然你没往井里探，又怎知'动海眼者死'？若我没记错，刚刚我们只是提及血字，可并未说写了什么！"

"好哇"，香瓜叫道，"原来是你搞的鬼！"

瓦匠避实就虚，冷冷回道："可那血字却不是假的！我又不会分身法术，怎么在井下做手脚？再说了，凡人有在水上写字的本事吗？"

"那血字是如何写的，我尚不清楚，"冯慎道，"可当我们开井时，你却遽然高叫一声。想必是给附近的同伙报信吧？"

"什么？"众汛兵紧张起来，"这小子还有帮手？"

冯慎瞧一眼冷汗直流的瓦匠，继续说道："你言辞闪烁，漏洞百出。与其讲是好心规劝，倒不如说是危言耸听。破绽般般，诡辩猖猖，想不让人疑心都难！"

第八章 水影墨池

夜色渐浓，那瓦匠的脸上，也有些阴晴不定。众汛兵警戒森严，死死地盯住瓦匠。

冯慎冷着脸，逼问道："你究竟是什么人？还是老实招了吧！"

瓦匠又退一步道："官爷，你们可不能凭空捏造，没来由地诬陷良民……"

"良民？"冯慎哼道："你这良民腰藏利器，想来也不是善茬儿吧？弟兄们，将他擒下！"

众汛兵得令，齐涌上前。香瓜离瓦匠最近，想也不想，当下便抽腿蹬去。

见香瓜踢来，那瓦匠急急后纵，顺手在腰里一摸，扯出一件兵器。刚站定脚步，瓦匠便将胳膊一抖。手里那兵器如银龙般，"呼啦"展开。

冯慎失口道："十三连环鞭！"

"算你有眼力！"瓦匠凶态毕露，扬鞭叫嚣道："就凭你们这几块料，也想拿住老子？既然瞒不住，索性就拼个你死我活吧！"

见瓦匠要孤注一掷，冯慎暗叫棘手。有言道："巧打流星顺打鞭"。但凡用这等软械的，手头上的功夫定然不俗。况且这连环鞭软中带硬，每节皆为钢骨。鞭头锋锐，鞭身坚沉，绕身挥舞起来，鞭花交错、亦攻亦守，着实不好对付。

"不要命的就来啊！"瓦匠一面狂喊着，一面将连环鞭甩得虎虎生风，紧抽慢拐，横扫竖抢。

一个汛兵不晓厉害，叫骂着便欲上前。"耍把戏吗？"

"来得好！"瓦匠大喝一声，翻肘挂缠，再一摆一送，那连环鞭竟似杆长枪，朝着那汛兵直捌而去。

"当心！"情急中，冯慎夺过一口腰刀，向那鞭头格去。

鞭刀相击，撞出一溜子火星。连环鞭疾缩回去，冯慎也觉虎口酸麻。

冯慎将刀一横，不禁赞道："好本事！"

"嘿嘿，你也不赖！"瓦匠躺地一滚，连环鞭陡然甩成个大圈。

汛兵们眼花缭乱，见钢鞭打来，也想学冯慎挺刀去接。

"不可！"冯慎高声叫阻，无奈还是迟了一步。只听得铮铮几声大响，数名汛兵手中的兵刃，被齐齐震飞出去。

"想捉老子，先拿稳了刀吧！"瓦匠嘴角扬起一抹蔑笑，又挥鞭击来。

失了腰刀的汛兵，不异于肉靶子，除了狼狈躲闪，再无对策。

"都退后！"冯慎执刀一纵，避过横扫来的连环鞭。脚底猛蹬几步，直取瓦匠前胸。

使这连环鞭的，讲究个先发而制。要趁敌手未觉，先将鞭子舞开，借势挥抢，放击一片。越是靠近外梢，威力也就越大。而最为忌惮的，便是被黏身缠打。一旦让人切入内围，鞭身便周转不及，不光打出的力道骤减，而且极易失鞭。

瓦匠行家里手，岂不明冯慎意图？他朝旁边疾闪数下，又拉开峙距。

"别做梦了！"瓦匠扬腕一抻，将连环鞭抛甩至半空。再忽地一压，那鞭头便向着冯慎狠狠抽去。

冯慎等的就是这刻。见连环鞭抽来，他持刀迅速朝下一点，借力弹开。"香瓜！快射他下盘！"

"瞧俺的！"香瓜袖管一矮，一枚钉箭脱手斜飞，"噗"的一声，在瓦匠腿边擦出道血口。

"哎呀！"香瓜懊恼不止，"有点射偏了！"

"那恶贼已经伤了！"观战的汛兵却欢呼雀跃，"再射！再射！把他射趴下！"

瓦匠腿上吃痛，这才反应过来：原来之前冯慎的频攻，只是些骗招幌式。为的就是让自己露出罩门，好让那香瓜施箭突袭。发觉那香瓜又瞄向这边，瓦匠顾不得腿上鲜血直流，发狠抢起连环鞭，死死护住了周身上下。

一时间，鞭影翻飞，寒光骤闪。疾舞的连环鞭罩在瓦匠身前，挡得密不透风。香瓜又连发几枚钉箭，却均被尽数撞开。

见香瓜巧跃着找空子，瓦匠也知她是劲敌，故不敢大意，目光不离她左右。

瓦匠严守门户，战况登时胶着。久攻未果，冯慎却不甚忧虑。己众敌寡，士气上本已胜了一筹。只要再耗的瓦匠虚疲，手里鞭速一减，香瓜便有了可乘之机。

瓦匠也意识到这点，不免暗暗心慌。思来想去，唯有棋行险招。与其力竭被擒，倒不如大胆一搏。这节骨眼儿上，瓦匠也无暇犹豫，臂腕环翻，使招“白蛇吐信”击向香瓜。

“啊呀！”见鞭头旋拧着刺来，香瓜不及施箭，急急避开。

殊不知这一避，正遂了瓦匠的心。原来这“白蛇吐信”，还藏着两个后招，或递或收，伺机转换。方才那一鞭，却是虚手佯攻，没等前招使老，瓦匠便抽鞭急撤。连环鞭凌空甩个半圆，就近缠挂上一段粗长的树枝。那枝干忽承拉坠，顿时绷成一张弯弓。

“不好！”冯慎大叫道，“他要逃！”

话音方落，瓦匠便顺势一弹，身子如一只大鸟般，直直冲外飞去。

香瓜急赶几步，“嗖嗖”又是两箭。那瓦匠腰马一沉，险险让过，再一个“鹞子翻身”，纵向更远。

见瓦匠落荒而逃，汛兵们士气大振，拾起兵刃，纷纷欲撵。“抓住那小子！别叫他跑了！”

“你们都守在这儿”，冯慎伸手一拦，“或许还有同党隐在附近，不可擅自离开。我去追那恶徒！”

“冯大哥，”香瓜道，“俺跟你去！”

“好，咱们快走！”冯慎足下生风，与香瓜腾蹑奔逐。

清幽的月光，如碎银般洒泻下来，照得那口古井里，愈发的深邃。众汛兵不敢懈怠，紧张兮兮地围在井边。

候了半晌，周围也没发现有异动。一个年长的汛兵松了口气，冲其他人道：“行了，都别绷着了，我瞅着没多大动静。”

“老崔”，另一个汛兵道，“冯巡检临走时可是说了，那歹人八成有同伙，咱们还是别大意……”

“大德子，你把心放肚里，指定没事！”老崔笑道，“我琢磨啊，要是真有同伙，刚才干架时怎么不出来？”

“他倒是敢”，大德子冷哼道，“咱这么多号人呢！”

“人多不定管用吧？”老崔掏了掏耳朵眼儿，“拿刚才那使鞭的说吧，单他一个，就打得咱们屁滚尿流……要不是冯巡检和香瓜姑娘在，那场面……嘿嘿……可就‘好看’喽！”

“老崔你胡说啥呢？”大德子不悦道，“啥叫屁滚尿流？你愿意往自己身上揽我管不着，可别说‘咱’！”

“哟嗬？还冲我横上了？”老崔也沉下脸，“我老崔再不济，也没被人家一鞭子震飞了刀！”

大德子被揭了短，脸上当时就挂不住。"那……那是你怕死躲得远！"

见二人突然急了眼，其他人忙上来劝。

"大德子你喊什么？这当口置的哪门子气啊？"

"老崔你也是，别一棒子打死一大群。被震掉刀的，又不止大德子一个……行了行了，都少说两句吧。"

可大德子与老崔犟劲儿都上来，早瞪成了一对乌眼鸡，众人一番苦口婆心，愣是半点没往耳朵里进。二人冷嘲热讽，你一句我一句，谁也不肯让谁。

正闹哄哄吵着，身后那口古井中，却突然"扑通"一声。众人皆大骇，赶紧回头去看。

只见那井边，站着个小汛兵，手里掂着几块石头，嬉皮笑脸地说道："让你们吵得头大，砸个响儿来听听！"

大德子抹一把冷汗，冲那小汛兵张嘴便骂："臭小子，想吓死你亲哥啊！"

往井里扔石头的，正是二德子。这兄弟两人，年纪虽差着十岁，却同在海巡司里当差。

"哥，瞧你吓得那样，"二德子笑道，"平常在家里，跟我吹胡子瞪眼的威风劲儿哪去了？"

"你小子欠揍是吧？"大德子脸一红，骂道，"不帮着你哥说话，胳膊肘还朝外拐！等回家再收拾你！"

"哼，"二德子撇撇嘴，往井里又丢了块石头。"你就是有能耐欺负我！"

"你离那远点儿！"大德子急喝道，"那口井太邪乎！"

"能有啥啊？"二德子满不在乎地说道，"冯巡检不是说了吗，井里那血字，应该是有人捣的鬼……"

"嘿！老子还说不听你了？"大德子怒气冲冲，上前一把揪住了二德子的耳朵。"给我过来！"

"哎呀！哎呀！"二德子疼得直咧嘴，"松手！你快松手！不然我……"

"不然怎么着？"大德子哼道，"还想打我啊？"

"是！"二德子赌气道，"别以为我干不过你！你要不是我哥……我早就揍你了！"

"瞧瞧，连你兄弟都看不过眼了。赶紧松手吧，别把孩子拧坏了！"老崔推开大德子，冲二德子一挑大拇哥儿。"二德子，你是好样的，比你哥强多了！"

"那是"，二德子挑衅地瞅了大德子一眼，"咱可不像某些人，叫一口破井，就吓的腿肚子转筋！"

"老子会怕？那是担心你掉下去！"大德子恼道，"小子，这么着跟你说吧，就算下井探上一圈，你哥我都不带打怵的！"

"别光说嘴，口头上讨便宜谁不会？"老崔起哄道，"要来就来真格的！"

"老崔你闭嘴！"大德子怒道，"你怎么不下去？"

"咱窝囊呗"，老崔打个哈哈，酸里酸气地说道："明明就不敢，硬充好汉也没用啊！"

"你们不敢我敢！"二德子不屑道，"不就下个井吗，有啥大不了的？要真有同党藏里边，小爷全给你们逮上来！"

说完，竟要奔着井边去。

"小兔崽子！"大德子一把扯住，大骂道，"你瞎逞什么能？毛还没长齐呢！"

"二德子，听你哥的！"老崔见状，也赶紧劝道，"斗嘴说几句气话，咋还能当真？"

"别！"二德子拧性子上来，使劲儿挣扎道："这是我自个儿事儿，谁也别管！"

"能不管吗？我是你哥！"大德子攥着二德子不放，"万一有个三长两短，回去怎么跟娘交代？"

"我就烦你这样！"二德子膀子一挥，打开大德子的手。"要不这样，咱俩儿以后就换一换，你叫我哥算了……"

"混账！"大德子动了真火，抬手就是一嘴巴。"没大没小的玩意儿！"

"哎哎……别打别打！"其他人也都急忙来劝，"二德子，你也别闹了，快回来吧！"

"都别拦着！"二德子恼羞成怒，"唰"一下抽出刀来。"这个井，小爷我还就下定了！谁拦我我砍了谁！"

见事闹成这样，其余汛兵也没辙儿了，都茫然无措地看着大德子。

"好小子，还敢冲兄弟们亮刀子了？"大德子勃然怒道，"大伙甭劝了！让他下！"

"这哪成啊？"老崔急道，"二德子，你整的是哪出啊？我与你哥打牙拌嘴，你犯不上较真儿啊。得，老崔叔服个软，给你们哥俩儿赔个不是成不成？快回来吧，那井还不知多深，黑灯瞎火的容易出事……"

说着，老崔就要去拉。

二德子发了狠，猛退一步，扬刀挥了两下。"老崔叔，你可得离我远点。刀子没长眼，留神伤着你！"

"兔崽子你瞎比划啥！？逮谁咬谁啊？"大德子铁青着脸，气呼呼道，"老崔，咱别管他！就算真掉井里也好，灌上一肚子凉水，看他以后还敢不敢犯浑！"

二德子"哼"了一声，鼓着腮帮子走到井栏边。众人哪里放心？也都紧跟在后头。

"二德子"，老崔又道，"你非要下去，我也拦不住……可总得先找条长绳子，拴在腰上吧？"

"用不着费那个劲！"二德子一扯铁龟上的链子，"有它就够了！"

"那铁链上都是滑苔，"老崔忧道，"能把得牢吗？"

二德子却没再理会，将刀背一横，往嘴里一叼，抓着铁链子，半个身子已降入了井中。

二德子手脚还算利索，双臂环夹，两腿盘绕，顺着大铁链子，便"刺溜刺溜"地往下降。

毕竟是亲兄弟，打断骨头连着筋。大德子虽嘴上放着狠话，可见到二德子真下了井，心立马就悬了起来。他几步扑到井口，扒着井栏朝下望。

铁链上坠了个人，陡增了不少分量，链条磨着井沿，轧轧作响。听着这股动静，大德子心里更是没着没落。"我说小兔崽子……你那么急干吗？悠着点儿啊！"

二德子一抬头，冲上呜噜两声。他齿间咬着刀，吐字含糊不清。大德子伏了伏前身，急忙问道："你说什么？我听不清！"

二德子单臂在铁链上一固，腾出只手来取下了嘴里腰刀。"我说让你起开！别堵着井口，给我遮了月明儿！"

"行行行！"大德子赶紧直起腰，"我不给你挡光，你快用两手，好好抓牢了链子！"

"知道了！"二德子重新叨好了刀，又继续朝井底降去。没一会儿，便沉到了井下蟾光不至之处。

见井里黑咕隆咚的瞧不见人影，大德子突然反应过来，一拍脑袋，懊恼不已。"哎呀！瞧我这马虎劲儿！该让我兄弟带个亮子下去啊！哎，你们谁带着生火的家什了？"

"我身上倒是有火镰……"老催压低了嗓音，将大德子拽到一边。"不过大德子，你真由着他折腾啊？还弄什么亮子，赶紧让二德子上来吧！"

其他汛兵也道："老崔说的没错，快叫他上来吧。大晚上的下深井……不怕一万，还怕个万一呢！"

"当我不着急啊？"大德子苦脸道，"可刚才你们不也瞧见了？那小兔崽子，比我还犟劲儿……"

"嗐，他也就是个小孩心气儿"，老崔摆手道，"等那股子劲儿过去就成了，那井里比锅底还黑，备不住二德子现在已后悔，只是抹不开面，自个儿不好意思上来……"

"也是，"大德子点点头，"那我再去劝劝？"

"快去吧！"老崔道，"还有啊，等他上来你也好声好气地说，别动不动就打，伐鬃骡子，得顺着毛捋……当着众人面上，别叫孩子下不来台……"

"你个死老崔"，大德子笑骂道，"好赖人全叫你做了，之前你怎么不让我一步啊？得了，我听你的！当着大伙绝不难为他，等回了家，哼哼，老子再正儿八经的，杀杀他这野性儿……"

正说着，井下突然"嗷"的一嗓子。紧接着，又传来重物坠水的声音。

"不好！"众人脸色骤变，呼一下围在了井栏上。可井下一团漆黑，什么也看不见。

"二德子！"大德子狂叫道，"你怎么了！？快说话啊！"

"还问什么？肯定是落水了！"老崔一急，就要往井里下。"我去救他！"

"老崔你别添乱了！"大德子推开老崔，一把拽住了铁链。"就你那胳膊腿儿下去也是耽误事！我自个儿兄弟自个儿捞！"

大德子说的是实情，老崔也只好道："那行，你赶紧去吧。待会儿捞起二德子，你就晃三下链子，我们一齐使劲儿，把你们哥俩儿拉上来！"

"嗯！"

大德子下井后，一干汛兵心急如焚。齐齐朝井里探着，时不时地发问：

"找着没啊？"

"还没降到底呢！"大德子在深井回道，声音听上去沉闷无比。

"现在呢？"

"潮气越来越重，应该是快了……哎？我好像看见我兄弟了！二德子！二德子！"

上头诸人心头一宽，一块石头落了地。只要能找着人，剩下的都就好办了。谁知汛兵们刚想松口气，井下竟又传来大德子的惨叫！

"啊……"

惨叫声撕心裂肺，令人不由得胆颤。汛兵们挤在井口，齐声向下呼唤。可嗓子都喊哑了，下头也没半点回应。只有那条粗大的铁链子，还在贴着井壁来回荡悠着，那刺耳的摩擦声，经久不绝。

老崔彻底的傻了眼，"这……这叫怎么个事啊？井里……井里还真镇着什么邪物？"

其他人没吭声，却不约而同地倒退几步。仿佛那井口是一张怪嘴，一个不留神，便会被它吞噬。接连两个大活人下去，瞬间都没了影，遇上这种怪事，哪个心里不得发毛？

眼下该怎么办，汛兵们全拿不准主意。急惶惶的绕着井边，慌得跟没头苍蝇一般。可有一点，任谁也没敢再提下井救人的茬儿。最后实在没法了，众汛兵只能找了处离井口稍远的空地，拾柴点了堆篝火，等着冯慎回来定夺。

月上中天，转眼便过了小半个时辰。众汛兵正耷拉着脑袋干坐着，远远的过来两个人影。冯慎一言不发地走在前面，香瓜随后，看上去也有些垂头丧气。

"冯巡检他们回来了！"

也不知谁叫了一声，众汛兵全都站起来迎上。

"怎么？让那小子逃了？"

"嗯"，香瓜气得咬着牙道，"那恶贼使诈！扒了衣裳做了个假人诓俺去寻，那假人身上还藏了颗麻雷子，若不是冯大哥及时拉住俺，那麻雷子当场就炸了……就这么一耽误，那恶贼便不知躲哪儿去了，俺和冯大哥找了半天也没找到……"

冯慎正欲开口，突然察觉气氛有些异样。他朝眼前疾扫一圈，点出人数不对。"怎么少了两个人？"

"冯巡检"，老崔"扑通"跪倒，浊泪纵横。"我……我该死啊！"

冯慎一惊，忙道："你这是做什么？出什么事了？快起来说！"

"是……是大德子他们……"老崔哭道，"他们哥俩儿下了井，结果都掉进水里……现在连死活，都还不知道啊！"

"什么！？"冯慎急忙朝井边奔去，"掉下去多久了？"

老崔跟在后面道："得半个时辰了……"

听了这话，冯慎猛的停住脚，心里凉了大半截。"他俩……为什么要下井？"

"这事怨我啊……"被冯慎一问，老崔泪又哗的下来了。"最先是我跟大德子一言不和，话赶话的戗了起来，然后二德子又……"

老崔哭哭啼啼地说完大概，又自己朝着脸上掴起了耳光。"都赖我！要不是我嘴贱，也就没后头这些事了！冯巡检……我后悔啊！"

"别太自责了，"冯慎赶紧止住老崔，"这事儿不全怪你。唉……走吧，去那边看看……"

冯慎说完，又和众人赶了几步，齐来在井边。

刚靠近井口，香瓜便一缩脖子。"可冻死俺了！咋突然这么冷？"

不少人也道："是啊，我也觉着凉飕飕的！"

冯慎忙朝井中一探，一阵彻骨的寒气，竟扑面而来。再仔细一瞅，那井沿之上，居然还结了一层隐约的白霜！

见此异象，众人大惊失色。此时正值盛夏，如何会结霜？

"快！"冯慎急叫道，"取几块燃着的火炭，扔入井中！"

汛兵们忙从火堆里扒拉出几块，用刀托着往井里投去。借着那明灭的火光，冯慎几乎不敢相信自己所见：

井底的水面，居然结成了一片森然的寒冰，两具尸首蜷缩着，被生生地冻在了冰层之中！

众汛兵头皮一下子全炸了，望着井底目瞪口呆，脚底顿生出一股恶寒，有如三九天，掉进了冰窟窿里。

老崔摇晃两下，脸色白得吓人。"大德子他们……都死了吗？"

冯慎轻叹一声，默默地点了点头。

"我都做了些什么孽啊！"老崔懊悔流涕道，"是我害了他们兄弟两个啊……"

"冯大哥"，香瓜瑟瑟道，"那两个人都是冻死的嘛……可这大夏天的，怎么还能结冰啊？"

"冯巡检"，一汛兵也苦着脸道，"要不咱们先撤吧？等天亮了再说……不怕您笑话，我都快吓得尿裤子了……"

冯慎沉吟半晌，缓缓道："这事不单是邪了……本来我还怀疑是那假瓦匠做的手脚，可眼下看来，并非如此。能使井水炎夏成冰，实非人力可为啊！"

汛兵们急问道："那咱们……"

冯慎将头一点，"就依兄弟们，撤！"

"冯巡检"，老崔抹把泪，忙问道，"那大德子他们的尸首怎么办？总得捞上来啊……"

"不捞了！"冯慎把心一横，"先顾活人吧……这里邪气太重，多待片刻都可能有凶险，我们赶紧离开！"

话音一落地，冯慎便催着众汛兵走。汛兵们早就生了惧意，哪里还会迟疑？急忙压灭了篝火，匆匆退出了荒寺。

刚踏出庙门，冯慎突然低声道："诸位兄弟且住，我有话要说！"

众汛兵脚下一顿，也都悄悄问道："冯巡检……还有什么事啊？"

"是这样，"冯慎道，"那井中古怪，我疑心是人为。"

"啊？"众汛兵皆怔，"您不也说那是口邪井吗？"

"大伙小点声！"冯慎忙道，"方才那番言语，是我有意那样说的。我打算把躲在暗处的'毒蛇'，给它引出洞来！"

"冯大哥，"香瓜忧心道，"虽然俺也不大信什么鬼呀神的，可那井里的冰……"

"井水是如何结冰的，我现在也想不通。"冯慎说着，将话锋一转，"不过那井底下，定然藏着恶徒。我朝那井中看时，发觉大德子兄弟俩的死因，既非溺亡亦非冻毙，而是被人用利器，双双刺穿了喉咙！"

众汛兵惊愤道："竟……竟是这样！？"

"是的"，冯慎又道，"当下敌暗我明，一不留神便会着了恶徒的道。这样吧，待会我与香瓜折回去察探，兄弟们先行离去吧！"

"那怎么行啊？"众汛兵急道，"冯巡检，我们要是真撇下你们逃了，那还叫人吗？"

"大伙听我说，"冯慎道，"想必你们也看到了，这伙歹人功夫不弱，又藏在暗处使些诡异招数，与他们硬拼，恐怕讨不到什么便宜。所以，兄弟们回去报个信，请肃王爷调来兵马作后援！"

众汛兵齐道："要是报信的话，单派个人去就行啊！"

"不，"冯慎摆手道，"人留下的越多，越容易打草惊蛇。有香瓜在这里帮衬，也便足够了！"

汛兵们还是放心不下，"冯巡检，你们这样做还是太冒险了。万一那歹人同伙不止一个两个，你与香瓜姑娘功夫再好，也难以对付啊！"

"这倒不必担心，"冯慎道，"若面对群敌，我与香瓜即便是无法与之抗衡，也会有全身而退的把握。况且我估计，那躲在暗处的同伙，应该不会多。"

众汛兵奇道："这又是为什么啊？"

"原因很简单"，冯慎道，"你们想想看，假如双方都势均力敌，他们方才为何不与那假瓦匠一起，与咱们合力拼斗？又何苦冒着暴露的风险，频频对咱们要下那些花招？"

"也是，"汛兵们道，"看来那些歹人，对咱们也有几分忌惮……"

"好了，"冯慎又道，"兄弟们不要在里耽搁了，速回衙门报信去吧。我得赶紧回到那井旁，想来这时候，同党也该露出马脚了！"

"那行吧，我们这就去找肃王爷。"众汛兵道，"冯巡检，那歹人不是善茬儿，你们多提防着点啊！"

冯慎点头道："兄弟们放心，我有分寸！"

一干汛兵离开后，冯慎与香瓜又蹑回了破庙中。等远远地能望见那口井了，二人便蹑起手脚，就近伏在一堵残墙之下。

透过稀疏的砖缝，冯慎悄悄朝井边打量。香瓜挨在一旁，大气也不敢出。

丛篁横柯，幽阒沉寂，精怪般的树影投在地面上，显得斑驳陆离。香瓜打个哆嗦，又往冯慎身边挤了挤。

察觉到香瓜在微微颤抖，冯慎低声问道："怎么了香瓜？你害怕吗？"

"有点……"香瓜老实地点了点头，"要是歹人，俺倒不害怕，俺就怕那井里，真锁着什么妖精。"

"不用乱想，"冯慎道，"那诸般怪异，无非是歹人的诡诈伎俩。"

"嗯，"香瓜道，"冯大哥，俺信你。等那同伙出来，俺保准儿能射中他！"

冯慎待要再说，突然听到一阵轻微的窸窣声，他忙将香瓜身子一按，"别出声，好像来了！"

二人连忙屏住呼吸，齐齐冲外看去。只见井栏边铁链摇绷，分明是有什么东西正在朝外爬。

冯慎死死盯住古井，眼皮也不眨一下。不消片刻，井口处便探出个鬼头鬼脑的人来。那人一手搭住井沿，一手握着柄长杆兵器，四下张望了好一会儿，这才将身子完全从井里提出。踏上地面后，那人又东瞧西踔，看上去极为谨慎。

那人阔嘴塌鼻，一双疤瘌眼中闪着两道凶光。冯慎看清他手中兵刃后，暗自怒火中烧。那疤瘌眼所持，是柄"麻紮枪"。这麻紮枪，又唤作"钩镰"。八寸枪尖上，侧伸出一只内曲的扁钩。枪头挺利似刺，扁钩有刃如刀。那寒光烁烁的钩端，与大德子兄弟俩颈间的致命伤，无不贴合。

疤瘌眼转了一圈，只道官兵都跑光了，哪防备圮墙后还伏着人？没待冯慎吩咐，香瓜取弩便瞄。一搂机栝，钉箭便不偏不斜的，射中了疤痾眼的脚踝。疤痾眼怪叫一声，一头扎倒在地。

"干得好！"冯慎大喜，随即从墙后跃出。

听得有人扑来，疤痾眼顾不得足腕剧痛，掫起枪尾铁鐏，贴地强抡疾扫。这麻絮枪，可在阵前截锯马腿，若被它钩刃扫到，双踝必将齐断。冯慎足尖一点，险险越过钩锋，再一个滑纵，堪堪跃至疤痾眼身前。

若放在平时，疤痾眼定要抽枪回挂，可眼下他受伤倒地，手臂伸缩不便，还没等再攻，就觉腕上一震。手里麻絮枪，被冯慎一脚踢开老远。

疤痾眼撑起上身，正欲徒手反抗，斜刺里突然冲出香瓜，将腕间甩手弩，牢牢抵住疤痾眼脖颈。"别动弹，你给俺老实点！"

受制于人，疤痾眼立马就范，乖乖躺在地上，不敢再动。"好商量，都好商量……"

冯慎喝道："说！你是什么人？"

疤痾眼迟疑一下，"我……"

"你什么你？"香瓜把弩尖又顶了顶，"快点说！"

"好好"，疤痾眼眨巴几下眼，"我们其实……其实是私酒贩子。"

"哼"，见疤痾眼目露黠色，冯慎压根儿不信。"好一伙武艺高强的私酒贩子！有这般本事，保镖、护院等诸多行当都能任意挑，还用得着去贩酒害命？"

"你这小哥说的是，"疤痾眼道，"我们就是受雇于人。只要雇主给得银子多，啥事也能干得……"

冯慎又道："那雇主又是何人？"

"这谁知道啊？"疤痾眼道，"我就是个底下干事的，别说是雇主身份，就连模样也不曾见过！"

疤痾眼虽有问必答，可冯慎已然瞧出，他是一句实底儿也没交。望着横在不远的麻絮枪，冯慎暗忖道：这人与那假瓦匠所使的兵刃，皆非庸手可用。并且他二人行事诡谲、言辞狡诈，要牵出幕后黑手，只恐不太容易。

想到这儿，冯慎索性转问道："之前井中异象，是你做的手脚？"

"没错，"疤痾眼张嘴便道，"什么水现血字啊、盛夏结冰啊全是我干的！"

虽已猜到大概，可疤痾眼招认的如此痛快，倒也出乎冯慎所料。

"还真是你们耍的花招啊？"香瓜追问道，"你到底咋弄的？俺差点就信了……"

"想知道啊？那我就给你们说说。"疤痾眼笑笑，眼角余光有意无意的，朝香瓜腕上瞥了瞥。"不过小姑娘，你把那弩拿开些，我脚都伤成这样了，还怕我跑了？"

"你倒是敢跑"，香瓜哼道，"你跑个试试？俺把你那只脚也给射穿了！快说你是怎么弄的！"

"得得，我惹不起你，"疤瘌眼又道，"那些就是看着邪乎，拆破了也没什么大不了。拿那'血字'来说吧，用的是'墨池法'！"

"墨池法？"冯慎也起了兴致，问道，"何为墨池法？"

疤瘌眼道："这墨池法嘛，也叫水影画。将朱砂研成细末，加'石漆油'调匀了。一份朱砂配上三份石漆油，这样调出来的颜料才遇水不洇散，拿细竹管装了备好，用时拔下塞子，慢慢倾在水面上，想怎么写怎么画，那还不是随心所欲？"

"原来如此，"冯慎恍然悟道，"油质轻于水，再混入赤红的朱砂浮在水面上，确似血字无二。你们这番谋划，真可谓是处心积虑啊！"

"嘿嘿，"疤瘌眼听得出讥讽，可偏要油腔滑调。"这才哪儿到哪儿呀？更厉害的手段多了去了！"

"俺呸！"香瓜啐了一口，鄙夷道："这么多鬼心眼子，你们干点啥不行？伤人害命的还有脸了？"

"脸面值几个钱？"疤瘌眼嘿道，"能有大把银子来的实在？"

冯慎眉额紧蹙，越发断定他们并非寻常歹人。且不说那般邪法轻易未闻，光是疤瘌眼屡屡插科打诨，也着实让人生疑。若单纯是贩卖私酒，用不着如此的大费周章，他们此举除了牟利外，背后应该有个更大的图谋。

见冯慎沉凝不语，疤瘌眼又哂道："我说小哥，你寻思什么呢？"

"没什么！"冯慎冷冷道，"你接着说，那井水成冰又是何故？"

疤瘌眼神秘一笑，"这个嘛，倒也算是秘药了，只需加上一丁点儿，那井水便可骤然结冰……"

"哦？"冯慎问道"竟有这种奇药？"

"当然了，我让你们瞧瞧！"疤瘌眼说着，便想起身。

"别动！"香瓜娇喝一声，"你要干啥？"

"拿药啊，"疤瘌眼道，"那药在我怀里揣着呢！"

"那也不成，"香瓜执拗道，"你老实待着，俺来取！"

怕疤瘌眼要诈，冯慎赶紧上前。"香瓜，还是我来！"

"嘿嘿，"疤瘌眼阴阳怪气道，"你们还挺慎重。"

"与诡诈之徒打交道，不得不防！"冯慎蹲下身，探向疤瘌眼胸口。"药在这里吗？"

"在左边揣着，"疤瘌眼道，"朝左边摸。"

果不其然，才摸了两下，一个小纸包便被掏了出来。冯慎打开纸包，发觉是些灰白色的粉面。"这就是那秘药？看上去也平淡无奇……"

"直接撒肯定不成，"疤瘌眼伸出手来，"还得这样搅……"

冯慎与香瓜的目光，全盯在那包药粉上，一时松了警惕。疤瘌眼瞅准空隙，托着冯慎掌背猛地一扬，整包药粉登时飞撒开来。

二人躲避不及，被扬了个满头满脸。香瓜一面咳着，一面扣下了甩手弩。

疤瘌眼身子疾滚，直直撞向香瓜足胫。香瓜手腕一抖，钉箭便生生放偏。待要转身再射，却只闻机栝空响。香瓜低头一瞧，钉箭竟已射罄。

"哈哈，"疤瘌眼狂笑道："死丫头，刚才我就瞧见你那破弩上，只露着一根箭头了！"

冯慎抹了把脸，赶紧上前去捉。疤瘌眼又是几滚，已到了井栏跟前。

"想捉我？那就下井吧！"疤瘌眼说完，单腿一蹬，整个人便急急跃入井中。

第九章 李代桃僵

趁着二人不备，疤瘌眼奸计得逞，手足并用，逃入了井中。

轻易便上了这般恶当，冯慎懊恼不迭，连忙追至井口，扶栏下望。井中十分昏晦，底下黢黑幽暗，模糊不可辨物。

正看着，井底又传来疤瘌眼的怪笑声："下来啊！快下来捉我啊！顺便把这两具'冰疙瘩'也捞上去啊……哈哈哈……"

听着那些极尽挖苦的言语，冯慎气得咬牙切齿。他一把拽住铁链，翻身跳入井中。

"冯大哥你别去！"香瓜急道，"那恶人肯定想害你，别上了他的当啊！"

"我心中有数，"冯慎动作未停，攀着铁链又往下降了好一截。"香瓜你留在上面，等后援到了再来接应！"

"俺不！你一个人俺不放心！"香瓜一跺脚，竟也把着铁链跟下井来。"冯大哥，这回俺可不听你的！你非要下去，俺就陪你一块！"

此刻冯慎也无暇再劝，只得道句多加小心。冯慎入井追凶，倒不全因那一时的血气之勇。那疤瘌眼腿脚已伤，兵刃也失在外面，想来应不足为患。眼下冯慎所要提防的，是暗处可能另伏有机关或是帮手。

越往下去，冯慎越是如履薄冰，每降一段，都要竖起耳朵听风辨位，生怕疤瘌眼在暗中偷袭。

可降了半天，井下却变得杳然无声，方才叫嚣的疤瘌眼，似是消失一般，再没了动静。

渐渐的，一片微弱的冷光泛上来，冯慎低头一看，原来那结成冰的水面，已然就在脚底下。两具半冻在冰层中的尸体圆睁着眼，双手空抓，那副僵死的模样，惨不忍睹。

冯慎强忍住悲愤，转向别处打量。那冰面虽不是很厚，可表层上却未破损。

香瓜颤声道："冯人哥……那恶人呢？"

冯慎摇摇头，心里也是纳闷儿之至。冰层未损，那疤痢眼显然不可能藏在其下。可四周皆为光秃的井壁，若非在冰下，他又能躲到何处？

"莫非井壁上有暗门？"想到这儿，冯慎急忙再瞧。仅瞧了两下，便察觉出了异样。

冰井相接的一侧，露出几级石阶。那些石阶都呈墨绿色，下端通在冰层中。

冯慎抬头道："香瓜，你先抓牢了铁链，我下到石阶上瞧瞧。"

说完，冯慎估算下距离，身子一荡，轻轻落在了石阶上。刚站稳脚，冯慎就朝那井壁急急摸去。片刻光景，便摸到一个内凹的凿槽。

冯慎先推了几下，井壁却纹丝未动。又试着往侧面一拉，那井壁上竟透出一道光缝。

果然有暗门！

冯慎再一使劲儿，那暗门便全被拉开，一个狭长的洞道，赫然露了出来。

香瓜见状，也赶紧荡了下来，跟在冯慎身后，慢慢踅进了洞道里。

洞道两壁上，挂着几盏捻信小油灯，借着那如豆的火光，隐约可以看出两丈左右。再往远处，便有些模糊不辨。那逃进来的疤痢眼，虽已不知去向，可沿着他滴在地面上的血迹，早晚也能寻到。

这洞道多长、通往哪里，眼下还不得而知。是否有埋伏，也尚未弄清楚。身处这密道之中，本就失了地利，若再大意，后果不堪设想。冯慎拭了拭额角冷汗，嘱咐香瓜多加留神。

二人又走出几步，香瓜突然拉住冯慎衣角，"冯大哥，墙上好像挂着一排东西！"

冯慎没作声，快步走到近前，发觉是些蓑衣、水靠之类。

看到那几张水靠，香瓜骇得倒退两步。"这……这是啥啊？怎么跟些人皮似的？"

冯慎道："这叫水靠，是以整块鲨皮缝制。穿着它不仅保暖，而且可使游速增快，能潜入极深的水下。"

香瓜又问道："潜那么深，能憋得住气吗？"

"只需随身备几个猪尿脬换气便可，"冯慎道，"像那种入海采珠的珠户，听说能在水底待上半个时辰。"

"半个时辰？"香瓜咋舌道，"那还不成了水鬼了？"

"水鬼？"冯慎心中一动，不禁往水靠上多看了几眼。鲨皮上满是细小的肉鳞，通身泛着墨青色，若包头裹脸地穿在人身上，确实显得颇为诡异。在护城河边，那妇人曾说亲眼见到一个绿毛怪物……难道那害人的"水鬼"，就是穿着水靠的恶人？

见冯慎低头不语，香瓜又问道："冯大哥，你在想啥？"

冯慎捏紧了拳头，有些答非所问。"这井……还真是下对了！"

香瓜正欲再问，脑中竟一阵晕眩，身子斜了斜，忙扶住了洞壁。

冯慎急道："香瓜，你怎么了？"

"俺也不知道……"香瓜蹙眉道，"胸口突然憋的厉害……"

"这里浊气太重，使得呼吸不畅。"冯慎屈起手指，在香瓜迎香穴上揉刮几下，"现在好些了吗？"

"多少能喘过气了，就是头还有些晕乎"，见洞道边还扔着几只压盖的柳条筐，香瓜挤出一丝笑意，"冯大哥你别担心，俺没啥大事……坐在这些大筐子上歇歇就行了……"

"别急"，冯慎拦道，"这筐子里还不知装着什么，先不要乱碰！"

说完，冯慎轻轻一踢，把就近的一只筐子的压盖踢掉。

香瓜勉强探了探脑袋，"是……是只空筐子吗？"

冯慎点点头，却发觉那空筐的缝条之中，还残留着不少白色晶粒。

"这是何物？"冯慎刚要移近细瞧，没想到香瓜身子一软，竟瘫倒在地。

"香瓜！香瓜！"冯慎调头扑去，赶紧托起她脖颈。"你怎么了？快醒醒啊！"

"冯……冯大哥……"香瓜微微睁开眼，音弱喃喃，"俺眼皮儿沉……好想睡觉……"

"难道是哪里受伤了？"冯慎心里打了个突，急忙在香瓜身上查验。

可没等冯慎验完，香瓜便眼角一垂，脑袋也慢慢耷拉下来。

冯慎慌了手脚，疾声摇唤起来，可香瓜嘴唇紧抿，始终再未醒来。

"嘿嘿嘿……"

忽然间，身背后传来一声冷笑，冯慎心中一颤，当即扭头看去。

最里面的一只柳条筐上，盖板啪的被顶开，钻出了皮笑肉不笑的疤痢眼。"没事，那臭丫头还死不了，嘿嘿……"

冯慎噌的立起身，"你居然躲在这儿？胆子倒是不小！"

"想不到吧？"疤痢眼得意道，"这就叫'灯下黑'！"

冯慎恨道："多说无益，现在擒你也不迟！"

"是啊，我失了兵刃，脚又受伤……打也没法打，逃也不能逃，该如何是好呢？"疤痢眼虽这么说，可面上却没丝毫慌张。

冯慎惦记着香瓜，无心与他口舌，只想出招制胜，速战速决。岂料刚运起内气，冯慎眼前居然一花。

"是不是觉着天旋地转？"疤痢眼狂笑道，"不过你小子也算有点能耐，竟硬抗了这么久。"

"迷药嘛，"冯慎半边身子开始僵麻，眼中也尽是模糊的叠影。"是……是什么时候……"

"这可不赖我！"疤痢眼道，"那迷药是你亲手掏出来的，我只不过帮着扬了扬……嘿嘿，这种迷药起效虽慢，后劲儿却足得很，吸入一星半点儿，就算是头牯牛，也能给它麻翻了！"

"奸……奸贼！"

冯慎脚下越来越软，意识也越来越散，最后双眼一抹黑，如截朽木般，一头栽倒在地上。

疤痢眼跨过昏迷的二人，一瘸一拐地挪到洞道入口，掏出支鸭嘴短鸣镝，用力地抛出井外。

鸣镝打着急旋，直直飞向半空，受风而响，铮铮之音大作。

弄完这些，疤痢眼又折回挂水靠的地方，踢了冯慎一脚，骂咧咧地倚壁而坐。

约莫一盏茶的光景，入口处降下一个人来。探头探脑的，正是之前那假瓦匠。

那假瓦匠长舒口气，冲疤痢眼赞道："你的本事，我算是真服了！井里扔着俩儿，这里还栽着俩硬茬儿……哎？你没事吧？"

"没事个屁！"疤痢眼大为光火，"这满脚血你瞧不见啊？你他娘的就顾着自个儿躲！若不是他俩儿中了迷药，老子这条命都得交代了！"

"别急眼啊，"假瓦匠赶忙道，"我那不是权宜之计吗……"

"唉，"疤痢眼叹道，"反正这事算是办砸了，剩下那些兵，估计回去叫帮手了……这密道，怕是要藏不住了……"

假瓦匠一惊，"那咱得赶紧撤啊！"

"你也甭太慌，"疤痢眼道，"大半夜的调兵没那么快，况且官军又不晓得另外出口，就算来了千军万马，一时半会也攻不进这窄小的井道！"

"说的也是"，假瓦匠点点头，一指冯慎与香瓜，又在自己脖子底下一比划。"这俩儿留着是祸害，要不要做了？"

"不忙！"疤痢眼摆手道，"那小子大小是个官，先别把动静闹得太大，将他们掳回庄院，让统领定夺！"

"还得弄回去？"假瓦匠愣道，"你现在伤了脚，我一个人又不好扛他俩儿，这么长的道，要他娘的怎么弄？"

"说你笨你还真就是缺根弦"，疤痢眼努了努嘴，"平时运酒怎么运的？"

"运酒？"假瓦匠恍然大悟，"哦！你是说地排车？"

"那还能是旁的？"疤痢眼笑道，"装在地排车上，别说就他俩儿，就是再来俩儿，也照样能推着走！"

"成"，假瓦匠抬脚便走，"那我上前面推车去！"

疤痢眼又嘱咐道："别忘了拿捆麻绳！有布袋也取两个，以防万一，先给他俩儿套住头脸……"

假瓦匠答应着往前去了，没一会儿，便拖着辆地排车过来。

车子一停，假瓦匠又拿出绳、袋，将冯慎与香瓜绑好套实，双双扔在了车上。

待假瓦匠弄好，疤痢眼也一屁股坐上了车板。"哈哈，我脚伤了没法走，就跟你沾点光吧！"

假瓦匠点点头，扶稳了地排车，朝着洞道深处推去。

洞道里曲折蜿蜒，假瓦匠却驾轻就熟，一面前行，一面与疤痢眼有一搭没一搭地说几句话。

行出很远，疤痢眼突然一拍脑门儿，"坏了！老子那杆麻絮枪还在外头扔着呢！"

"扔着就扔着吧，以后另打一杆就是了，"假瓦匠忧心忡忡道，"我现在犯愁的是，咱把这事办成这样，一会见了统领怎么说啊？"

"能怎么说？照实说呗！"疤痢眼漫不经心道："好歹咱俩儿也是'四魔使'，统领多少也得留点余地吧？再说了，这不还掳到个当官的吗？"

"唉"，假瓦匠还是愁眉不展，"这密道一暴露，就生生断了条大财路……统领能轻易饶了咱？"

"瞅你那熊样！"疤痢眼哼道，"不饶又能怎样？现在'四魔使'中，青魅死了，白魍又不在，真正能倚仗的，也就你我二人！财路没了可以再辟，左膀右臂要是断了，可没那么好接！放心吧，统领是办大事的人，眼窝子没你那么浅！"

"但愿吧，"假瓦匠苦笑一声，继续埋头赶路。

一顿饭的工夫，地排车行至洞道后段。再往前，是个缓缓上升的斜坡，假瓦匠力贯双臂，将车子越推越高。

坡道尽头，筑着个大土台，疤痢眼仰脸高唤几声，洞顶便啪的打开条缝隙。

缝隙之中，探下一只脑袋。"什么人？"

"是老子我！"疤痢眼喝道，"少他娘废话！赶紧把悬梯放下来！"

听出是疤痢眼的动静，上面人不敢怠慢。洞顶一开，出口豁然变大。再听绞盘声辘辘，一架木制悬梯，慢慢降到了土台上。

悬梯才支稳，便跳下来几名劲装汉子。那些汉子身手矫捷，冲疤痢眼与假瓦匠见礼后，扛起冯慎和香瓜，匆匆上了悬梯。

密道这端，连通着一座大宅。出入的洞口，便掩在侧院花丛中的太湖石后。宅子很旧，周遭无有人居，廊院内外，只挂着寥寥数盏灯笼，借着黯淡光亮，一些家丁打扮的汉子，正抱着酒坛，堆码的井然有序。

一到了外头，疤痢眼便扯过身边一名汉子。"快说！统领现在何处？"

那汉子怔了下，忙答道："刚领着我们转出批米酒，这会儿八成在西厅上看账吧。"

"你！还有你！扛着这俩点子随我们过去！"疤痢眼又道，"其他人都先停下手上活计，备好了家伙原地待命。对了，找人守着密道口，一有异动，立马来报！"

听着话头不对，那汉子小声道："敢问二位魔使……是出什么事了吗？"

"瞎打听什么？"假瓦匠眼珠一瞪，喝道："赶紧走！"

见魔使急了眼，那些汉子没敢再吱声，皆依着疤痢眼的吩咐，各安其位。

西厅之中，烛光摇曳。临窗一把官帽椅上，斜坐着一名胖大的男子，正捧着只三才盖碗，滋滋啜茶。

进厅后，两名汉子将冯慎、香瓜放下，便悄然离开。疤痢眼与假瓦匠对视一眼，轻声上前问安。"见过统领……"

统领又呷口茶水，将盖碗搁在桌上。"事办妥了？"

假瓦匠额头见汗，慌张道："属下无能，被官军发现了……"

统领眉头一拧，却没有作声。

疤痢眼直了直腰，假意道："我二人办事不力，请统领责罚吧。"

"责罚？"统领二目似刀，嘴角扬起一抹冷笑。"四魔使我尚虞备用处，好比那耳目股肱，岂能因这点小事，就苟责滥罚？金魈，你的脚不要紧吧？"

"不……不要紧。"统领不怒反褒，疤痢眼反倒有些没了底气。

"真不要紧？"统领身形一突，陡然立了疤痢眼面前。"我瞧那血可流了不少！金魈使，你劳苦功高啊！来，到我这位子上歇歇？"

望着统领眼中森然的寒意，疤痢眼顿时矮了半截。顾不得脚痛钻心，"扑通"跪倒在地。"统……统领息怒……属下不敢，属下知错了……"

假瓦匠也慌忙求情，"统领开恩啊……"

"哈哈哈，"统领面色一缓，杀气转瞬即逝。"金魈、紫魈，你俩儿何出此言啊？一条密道、一所旧宅而已，我何苦为难出生入死的老伙计呢？钱财身外物，再赚就行。只是这秘点儿一失，倒让众多兄弟，暂时无处存身了。"

"统领，"假瓦匠又道，"我与金魈逃离时，那些差人就已回去报信……想来这个时候，应该有大队官军朝这边赶来……咱们怎么办？"

"别慌，"统领轻描淡写道，"你俩迟迟未归，我便预感到不妙，已在暗中设下套，只等着官军自己来钻！"

"统领真是神了！"疤痢眼赞道，"只是如何设套，还请统领示下。"

"他们有张良计，咱也有过墙梯！"统领得意道，"你们想，这庄院极其隐蔽，官军不可能从地面上找来。等他们发现了古井下的入口，必然要进密道。那密道狭长，大队人马只得一字前行，等后援的官军全下到密道里，咱们就点上几桶火药，将这密道炸塌。管他来多少，一律都裹了粽子！"

"高！实在是高！"假瓦匠也喜道："这样一来，就算炸他们不死，也能将出口封住，咱们一干兄弟，便可从容不迫地转到别处。"

"不错"，统领点点头，"不过这也是没办法中的办法，若非事态紧急，我也不想与官府闹成这种地步。毕竟咱羽翼未丰，过早亮翅，于己不利啊……"

假瓦匠越想越恨，走到冯慎身边，死命就是一脚。"从根上算起来，事全坏在了这小子身上！"

"哦？"统领看了看地上二人，不动声色道，"说说看，他是怎么坏的事？"

假瓦匠闻言，忙一五一十地讲了起来。假瓦匠只顾着飞唾沫星子，殊不知刚才那一脚，恰巧踢中了冯慎胁下章门穴。

章门脾募脏会，纳肝气息驻。受此重击，陡然生出一股剧痛。冯慎吸入的迷药本就不多，再经这急痛冲激，脑中一凛，竟缓缓醒了过来。

微微一动，冯慎便觉四体受缚，眼前一团乌黑，目不能视物。猛然间，冯慎反应过来：自己与香瓜追凶时，误中了歹人迷药，眼下不消说，八成已沦为阶下之囚。

然越是危急之境，越应沉着应对。冯慎强敛住内心焦躁，依旧未动分毫。

听得有说话声音，冯慎忙侧耳去辨。在滔滔不绝的，应是那假瓦匠；而时不时帮衬两句的，似为疤痢眼。这二人一搭一档，像是给另一个人说着什么。

只听假瓦匠又道："大致就这样了……统领，你说这事，也不全埋怨我跟金魈吧？"

冯慎暗暗纳闷儿，"难道是朝廷将官与匪类勾结？"

不及冯慎细想，那统领也道："看来那公门之中，还是有点像样的人物啊……"

听了这句话，冯慎猛打个激灵儿。

这声音……耳熟！

正惊诧间，冯慎又听那疤痢眼道："不得不承认，这小子有勇有谋，确是块材料……像他这种人，想必在衙门中颇为上司赏识，所以我们将他擒住后，也没着急害他性命，挟以为质，到时候也好与官军交涉……"

"做得对！"那统领道，"被你俩儿一说，我倒对他起了兴致，若这小子肯反水……咱们尚虞备用处，又能添上一员虎将啊！"

冯慎身子又是一颤。这尚虞备用处……不正是那粘杆处嘛！？想起"鬼胎案"中，那青魈所做下的残暴恶行，冯慎便积恨难平。怪不得这伙歹人心狠手辣，原来竟是粘杆余孽！

"金魈"，统领又道，"这小子现在还昏迷着吧？"

"统领放心，"疤痢眼道，"中了我那迷药，若不使冰水去激，轻易醒不过来！"

"那就好。"统领说着，便走近了冯慎。"你把布套除了，我来瞧瞧他是怎生个模样！"

金魆答应一声，一把扯去冯慎头上布套。

布套一除，冯慎二目大睁。那统领不想他竟醒来，骇得倒退了好几步。

统领狠狠瞪了金魆一眼，面上满是愠怒。

冯慎盯着统领，一字一顿道："曾三爷，果然是你！"

疤痢眼本已冷汗涔涔，听了冯慎这句更是傻了眼。"统领……你认得这小子？"

统领不置可否，阴沉着脸孔没吭声。

"士别三日真当刮目相看啊，"冯慎冷笑道："曾三爷，几天未见，您就放着大好家业不要，倒跑这儿贩起私酒来了？"

"放肆！"假瓦匠喝道，"活得不耐烦了？敢这样跟我们统领说话！"

"统领？"冯慎哼道，"不过一介杀人越货的匪首罢了！"

假瓦匠大怒，抢拳就要打。可未等拳头落下，厅外便闯进一名汉子。

那汉子满脑袋急汗，有些六神无主。"统领、二位魔使……不好了……大事不好了！"

"别一惊一乍的！"疤痢眼骂道，"密道那边有动静？"

"是"，那汉子忙道，"密道里面，像是进来了不少人……应该都操着家伙，拿耳朵贴在地上，都能听见铁叶子唰唰响！"

"肯定是官军！"假瓦匠莫名亢奋道，"统领，那几桶火药埋哪儿了？我这便去点！"

"不！"统领突然拦道，"我刚才想了想，若是炸了密道、封了官军，咱们与朝廷这梁子，可就结得太大了！这样吧，先撤去入口悬梯，然后收拾细软，带着兄弟们速速离开庄院！"

"什么？"疤痢眼道，"统领，咱们就这么不声不响地走？"

"是啊统领，"假瓦匠也满心不愿，"好歹也干它一票啊！"

"少啰唆！"统领脸一板，不由分说，"照我说的办！"

疤痢眼指了指冯慎，"那……他们怎么处置？"

统领挥了挥手，"你们先去归置，我在这儿问他几句。一会准备好了，就过来唤我一声！"

疤痢眼与假瓦匠无奈，只得言听计从，与那报信汉子一起，退出了西厅。

待几人走后，统领轻轻掩上厅门，回身冲冯慎道："小兄弟……你认得我？你究竟是何人？"

"曾三爷果真是贵人多忘事"，冯慎反唇讥道，"之前我冯慎，可没少与您一块遛鸟品茶啊。"

"难怪"，统领恍然道，"原来是曾三的相识……你就是冯慎？这名头倒是如雷贯耳啊，只不过我没想到，那大名鼎鼎的冯慎，竟会是这般的年少！"

听了这话，冯慎不由得将眼前之人，重新打量了一番。"难道……你不是曾三爷？"

"可以说是，也可以说不是，"统领神秘地笑了几声，面容却显得有些僵硬。"好了，我是不是曾三爷，这点无关紧要。眼下事态急迫，还是长话短说吧！"

冯慎淡淡道："想劝我入伙吗？"

"响鼓不用重锤敲"，统领笑道，"冯兄弟果然是聪明人！"

冯慎头一仰，"若我不答应呢？"

"那就别怪我心狠了！"统领笑容一敛，目露凶光。"我们底细全被你听去，岂能留下活口？"

冯慎眉宇紧锁，"容我考虑一下……"

"你最好快点决定，"统领道，"官军眼瞅着就要攻来，我没太多工夫与你耗费！"

冯慎暗忖：粘杆处的党羽，皆杀人不眨眼的恶徒。自己若不假意应下，必将连累香瓜白白送命。权衡了一阵儿，冯慎才开口道："加入你们，我能得什么好处？"

听冯慎口风松动，统领大喜道："我直接升你为四魔使之首！至于富贵金银，自然不在话下！"

"那好！"冯慎又道，"先给我解了绳索，我帮你们对付官军！"

"好好好！你若沾上了官兵的血，就算是纳了'投名状'了！"统领喜不自胜，从靴内抽出一柄匕首，当即便将捆住冯慎双脚的麻绳挑断。

冯慎原本是信口拖延，没想到那统领竟真的会割开绳索。双脚一松，冯慎便活动几下关节，慢慢站了起来。"劳烦把我腕中捆缚也解开吧！"

"成，"统领递刀欲割，突然狐疑地盯着冯慎。"哎？你该不是在诓我吧？若将绳子全解了，万一你……"

"你猜对了！"迟则生变，冯慎等不及双臂解脱，便暴喝一声，抬腿飞踹。

那统领冷不防，被冯慎一脚蹬在了胸膛。胖大的身子重重仰跌在地，摔了个四脚朝天。

从地上爬起，统领已是气极败坏，他挥舞着匕首，嗷嗷怪叫着冲冯慎扑来。

未等他近身，冯慎便腰马摆甩，足尖借势弹出，点中了统领手腕。那统领只觉腕上一麻，匕首脱手而飞。

若论功夫，似乎那统领略逊一筹。可毕竟冯慎双手被缚，一时也讨不到什么便宜。

二人你来我往，过了数招，竟堪堪战成平手。轩轾难分间，厅门哐的被砸开，假瓦匠慌头慌脑地闯将进来。"统领，赶紧走！官军已到了侧院入口下，现在正往上抛钩子索呢！"

统领瞪着冯慎，气喘如牛。"等我先宰了这小子！"

"顾不得了！"假瓦匠急催道，"官军转眼便能攻到地面上，先走啊！再不走一切都迟了！"

"小子你记住！咱俩这笔账，还没完！"统领红着眼，疾疾冲出西厅。"兄弟们，我们走！"

众歹人一声呼啸，各自争车夺马，做鸟兽散。

片刻工夫后，大队官军从入口涌上，兵不血刃，团团把住了庄院内外。

冯慎刚出西厅，迎面居然走来了风尘仆仆的肃王。

"哈哈！"肃王朝着冯慎，当胸便是一拳，"就知道你小子命硬！快，赶紧给冯巡检解去手上绳子！"

一名官兵忙上前，几下便将绳索松开。

见冯慎手腕都勒得发紫，肃王关切道："没再伤着哪里吧？"

"王爷放心，卑职无恙"，冯慎道，"王爷，您老怎么还亲自来了？"

"本王一接着信，哪还能坐得住？"肃王笑笑，"不瞒你说，在那古井边没寻到你的踪影，本王可着实慌了。后来在附近搜了搜，发觉地面上有打斗痕迹，本王便猜测你被人掳走。找来找去，在井下探到密道，顺着密道一路摸来，果然就找到了你！没事就好，没事就好啊！"

想起歹人曾打算炸毁密道，冯慎心中便是一阵后怕。他眼眶一红，动容道："王爷千金之躯，竟为卑职身涉险地……若有个一星半点的差池，卑职就算是万死，也难赎其咎啊！"

"行了行了，说这些没用的干吗？"肃王四下环顾，"哎？那些个乱匪呢？"

冯慎回道："大军攻来时，那伙歹人便四散而逃了。"

"不能让他们逍遥法外！"肃王一回头，"来啊！"

一名将官闻声赶来。"请王爷吩咐！"

"是这样"，肃王下令道，"那伙恶贼刚逃不久，你留下一队人手守着庄院，剩下的兵力分作几路，速去追匪，务必要尽数捉拿！"

"是"，将官应道，"末将这便着手调度！"

发下军令后，肃王便携着冯慎坐镇西厅。香瓜昏迷未醒，早有随行郎中赶来，将其抬到偏室调理。

冯慎方欲开口，一名浑身湿透的兵弁却进得厅来。"启禀王爷，已探明白了！那井下，还暗通着别处！"

肃王追问道："还通着哪里？"

兵弁回道："护城河。"

"果然不出所料！"肃王冲那兵弁道，"做的不错，回头来找本王讨赏。好了，你先下去吧！"

兵弁一揖，转身退下。冯慎看着肃王，有点不明所以。"王爷，您这是……"

肃王微微一笑，先卖个关子。"冯慎啊，在那密道之中，你就没发觉有什么蹊跷？"

经肃王提醒，冯慎猛然记起，"对了，卑职曾在那密道里，见到蓑衣、水靠等物，怀疑那护城河中的'水鬼'，与这伙歹人有关。"

"不必怀疑了"，肃王笃定道，"就是他们耍的花招儿！"

冯慎道："还请王爷明示。"

肃王点点头，道："那口诡异的古井，想必你已见识到了吧？由于那井水中，封着两具汛兵的尸首。大队人马下井前，定要先将尸首捞出。为了捞尸，几名兵士破冰潜到水下，无意之中，竟发现那井底石壁上，还凿着另外一条密道！"

冯慎奇道："还有另外一条？"

"对"，肃王继续说道，"那密道隐在水下，跟露出水面的那条正好高低相对。而连着铁龟腹下的那根铁链，就通入那水下的密道中！"

冯慎皱了皱眉，"密道开在水下……这不合常理啊。"

"本王当时也纳闷儿"，肃王又道，"这人又不是鱼鳖，如何在那注满井水的密道里通行？可当见了那些水靠后，本王突然反应过来……"

冯慎心头一亮，"他们凿设那条密道，是为了暗中潜游！"

"正是！"肃王接着道："想通了这层，本王便派人潜入水下密道探察。想看看那密道，究竟是联通着何处。这不，刚才那人回来禀报，说是一直通到了护城河！"

经二人一番梳理后，那"水鬼扑人"的真相，便慢慢开始明朗起来：

崇文门东侧，与漕运码头相临。歹人们为避开税关，定是背运了私货，先由护城河潜下，再经水底密道，暗暗转入城中。

转运的途中，难免会被个把路人窥见。为求万无一失，歹人必会杀人灭口。将路人谋害后，歹人们又散出风去，假托是水鬼索命。这样一来，闹水鬼之说便越传越凶。渐渐的，人们不太敢靠近护城河，使得歹人再做那般勾当时，着实便利了不少。

而那根长长的铁链，横贯整条水下密道。潜在水中，不便睁眼视物，有那铁链作指引，便可稳稳当当抵达。并且用手牵把着链身，还能提高游速，对歹人来讲，无异于一石二鸟。

二人正说着，又有兵丁来报。说是已将院里院外都搜查了一通，除去查获了大批私酒、火药外，在后院之中，还挖到一个埋有尸骨的土坑。

肃王面色一沉，招手道："走，去看看！"

冯慎闻言，忙快步随上。

数支熊熊火把，将后院映照的灯火通明。几名兵丁一面掩着鼻子，一面从掘开的土坑里抬着尸首。那些遗骸，大半已烂成白骨，仅有一具尸首，能勉强辨认出是个女童。

那童尸面目模糊，身上皮肉亦是青黑半腐。可冯慎只瞧了一眼，便猜到了这女童的身份。因为那童尸左脚上，挂着一只红布钉头的小绣鞋。

"王爷"，冯慎痛心疾首道，"这小姑娘……八成就是漕户家的女儿……"

"难怪在护城河里寻不见尸首，原来都被暗中拖到这里来了！"望着那累累尸骨，肃王满腔愤懑："这帮子杀千刀的畜生，究竟是什么来历？"

冯慎道："他们是粘杆处的残渣余孽！"

"粘杆处？"肃王一愣神，追问道，"冯慎啊，本王听说你入顺天府前，就曾跟粘杆处的残党交过手？"

"确是如此"，冯慎点了点头，"粘杆余党不单心狠手辣，行事亦如波谲云诡，诸般离奇手段，可谓是匪夷所思。就拿此番来说，光是那盛夏成冰的怪象……便令卑职大惑不解啊……"

"你说的是那井里吧？"肃王道，"哼哼，还真是巧了！他们那种把戏，本王恰好清楚。若揭穿戳破了，不过雕虫小技！"

见肃王安之若素，冯慎反有些讶异。"王爷，莫非您谙晓就里？"

"没错，"肃王反问道，"冯慎，你可知朝中有'颁冰'之俗？"

"卑职略有耳闻"，冯慎颔首道，"听说这是延续了前朝旧制。朝廷每年冬令，都贮冰于深窖，存至次年夏令取出，赐给王公重臣用以消暑。"

"事儿是这么个事儿"，肃王摆了摆手，"可你说的那种法子，已是老皇历了。现在非是存冰，而是造冰！"

冯慎大奇道："造冰？"

"对，正是造冰，"肃王道，"当下内务府广储司的掌库，曾为本王府中包衣。此种造冰之法，便是他告诉本王的。其实说来也简单，只需往水中加掷一物，立等片刻，寒冰即成。"

冯慎问道："不知是何物？"

"硝石！"肃王又道，"这硝石入水便溶，无论寒暑，皆可使水温骤减。若投放足量，纵是盛夏，亦能化水为冰！"

"竟是这样！"冯慎茅塞顿开，"在那密道之中，卑职曾见过几只空竹筐，想来那便是为盛倒硝石之用。"

"对"，肃王道，"只是本王想不通，那伙歹人存备下大量硝石，仅仅是为了装神弄鬼？"

"恐怕不是，"冯慎摇了摇头，"若真那样，便有点小题大做了。他们存硝，八成是想配入硫黄、木炭，研焙成火药！"

"这帮胆大妄为的余孽！"隐隐之中，肃王感到事态越发严峻，"可那硝石的采运贩卖，需凭朝廷的官引……他们又是从何处购来这些许？哦，本王听说那硝可入药……难道是在各处药铺中搜集的？"

"王爷有所不知，"冯慎苦笑一声，说道："除去那官家硝矿，民间亦有土法炼硝。"

肃王怔道："这也有土法？"

"不错，"冯慎道，"这硝与盐同母，在潮碱之地，可谓遍处都是。像那井下密道的两壁之上，便析生着此物。用时只需从壁上刮取，注水煎炼后，另置旁器中。经待一昼夜，即可结成硝石。器中上凝者，唤作'芒硝'，而晶长类齿者，唤作'马牙硝'。若再想提纯，则需混入莱菔同煮，制炼成'盆硝'。用盆硝所精调细配的火药，颇有那摧枯拉朽之威！"

肃王听罢，愁眉不展。"如此处心积虑……看来他们所图不浅啊！"

说话间，脚步之音纷至沓来，原来是前去追剿的官军，陆续地折回。

一见肃王，打头那将官便伏膝降跽。"末将无能，未能擒得逃匪……请王爷治罪！"

"什么？"肃王脸色一变，"你们这近百兵士去追，居然没能拿获一人？"

"末将该死，"将官叩首连连，"不瞒王爷说，这方圆几里内全都搜遍了……可……可惜是没寻到歹人的踪迹……"

"再去搜！"肃王喝道，"掘地三尺，也得将那伙暴徒擒住！本王还就不信了，他们能长翅飞了不成？"

"是，"那将官慌忙爬将起来，"末将这便去传令……"

"将军且慢！"冯慎叫住那将官，转身冲肃王道，"王爷，依卑职所见，即便再去搜寻，亦恐无功而返。"

"哦？"肃王蹙额道，"却是为何？"

冯慎道："歹人出逃后，为防官兵追捕，定会化整为零。眼下，他们怕已混入城内、藏身市井。然京中门户何止千万？纵使调齐五营巡捕，也无从寻起啊！"

"说的也是，"肃王喟然叹道，"唉！本王真有点……有点束手无策了！"

"王爷莫急，"冯慎道，"卑职感觉有一处地方，或许可觅到那伙歹人的行踪。"

肃王精神一振，"是何处？"

冯慎道："前门外曾家老宅！"

肃王又问道："曾家老宅？那是什么地方？"

"王爷"，冯慎一揖，道，"那诸般原委，容卑职路上细禀。此刻，亟应赶赴曾宅一探！"

第十章 不速之客

当大队官兵抵达曾家老宅时，宅子里却是四门大敞、人去院空。

屋舍内，书册笔笺扔得七零八散；厅堂上，桌椅几凳也是东倒西歪。整个曾宅，杂乱狼籍，像是刚被洗劫了一般。

见这情形，肃王不由得顿足悔叹："来晚了！又让这伙恶贼逃了！"

"是迟了一步，"冯慎道，"不过他们这一逃，倒也实证了那曾三爷，确与粘杆残党有关。王爷，既然这里是歹人巢穴，想必会留下些什么线索。"

"对！"肃王深以为然，转命兵士道，"再将这宅中上下仔细筛罗一遍。任何犄角旮旯都不可放过！"

"是！"众官军得令，四散布开。一个个穿房过屋，翻箱倒柜地寻找起来。

屋里虽乱，却未留下什么值钱物件。不单是金银细软，就连墙上字画、架间古玩也被席卷一空。最后，兵丁们搜至后园，这才发现了一个地窖。

这种地窖，在北方倒也常见。于地面下挖出一方坑洞，窖底撑以木棍，窖顶覆以秸秆，多为贮菜存酒之用。然寻常地窖，只需以碾盘盖封。可曾家这处，入口却铸成了铁门式样。

铁门上，挂一把黄铜大锁。两名兵丁将锁砸开后，便下得窖去。不一会儿，竟从里面拖上个五花大绑的汉子来。

那汉子被蒙着双目，身上衣衫虽然污秽破烂，但难掩其原本的上佳质地。

一个兵丁识货，张嘴便道："哟嗬？他这身行头可不赖啊？瞧那针脚，绝对是'瑞蚨祥'的手艺！"

"看他这样，"旁边一个也道，"八成是个被掳来的财主……"

"好汉饶命！好汉饶命啊！"那汉子突然高叫起来，"你们要多少钱我都给……只求诸位好汉莫害我性命啊……"

"什么乱七八糟的？"兵丁们正欲喝骂，却听身后靴声登然。原来是肃王与冯慎闻讯赶来。

"怎么回事？"冯慎低声问道，"这是何人？"

兵丁上前，朗声道："回冯巡检，这汉子被人绑在地窖里……"

"冯巡检！？"不及兵丁禀完，那汉子便一口打断。"莫非……莫非是我那冯慎冯兄弟！？太好了！真是苍天有眼啊！"

打方才起，冯慎便觉这汉子形貌眼熟，他几步上前，一把扯去汉子眼封。"曾三爷？"

"他就是曾三？"肃王也怔道，"这匪首怎么会被扔在地窖？"

"匪首？什么匪首？"曾三爷傻了眼，挣扎着胖身子朝冯慎爬了几步。"冯兄弟啊，你也不认老哥我了吗？老哥我遭了奸人陷害，差点就没了命哪！"

肃王没了头绪，"冯慎，这究竟怎么回事？"

冯慎皱眉道："王爷，待卑职再问问。"

"王爷？"曾三惊道，"您老就是肃王爷？哎呀！都把您老人家给惊动了？小的给王爷磕头了！"

"三爷"，冯慎赶紧上前扶住，"磕头先不忙，说说这是怎么回事吧！"

"唉！"曾三爷还没开口，眼泪却先掉了下来。"从根儿上算，这祸都起在海棠那个贱人身上！"

"海棠？"冯慎问道，"那又是何人？"

曾三爷脸一红，"说来也不怕你们笑话，那贱人是我的一个相好。冯兄弟你也知道，老哥那发妻死的早，也没留下个一儿半女的，为了传继香火，老哥便四下物色。最后认识了那个叫海棠的，就打算日后填房……"

肃王有些不耐，挥手道："拣要紧的说吧！"

"是是是，"曾三爷抹把泪，又哽咽道，"海棠到了曾家后，又领来个胖大汉子，说叫什么董大海，是她娘家兄弟。当时我也没细想，就匆匆认下了这个准舅子。谁知那董大海压根儿就不是正经人，而是海棠那贱人养的野男人，趁我不在时，这对狗男女便行那苟且之事。那天阴差阳错，恰巧被我撞见……唉……"

冯慎催促道："三爷，后来如何？"

"我哪里咽得下这口气？当即便与那董大海扭打起来，"曾三爷恨道，"可那董大海也真邪行，只打了一个呼哨，便从外头涌进来几名大汉。将我一通好打后，便关入了这不见天日的地窖之中！这一关，就是整整小半年哪！吃喝拉撒全在里头，冯兄弟，你说说老哥哥这不是受活罪吗？"

说罢，曾三爷悲从中来，咧着嘴痛哭不已。

冯慎沉默一阵，便欲上前，替曾三爷解开绳索。

"慢着，"肃王拦道，"冯慎啊，你焉知他说的不是假话？"

"回王爷"，冯慎道，"据卑职推测，那'曾三爷'，其实有两个！"

"有两个曾三？"肃王奇道，"还有这种事？"

"是的，"冯慎点点头，"回想起来，那匪首虽与曾三爷面目一致，可见到卑职后的反应，却大相径庭。再联系到曾三爷方才说的这番话，卑职更加能断定：这两名'曾三爷'，分为一真一假！"

"一真一假？"肃王又问道，"可哪个是真，哪个为假？"

"王爷且稍待，"冯慎转向曾三道，"三爷，那董大海怎生个模样，你还记得清吗？"

"烧成灰我也认得他！"曾三爷满腔恚怼，"那小子肥头大耳，身量跟我差不多……"

"等等，"冯慎打断道，"这么说，你二人的高矮胖瘦颇为相似？"

"是！"曾三爷忿道，"只恨我有眼无珠，那会儿不曾识破他的狼子野心，还常送些贴己衣物与他穿。唉！当初真是瞎了眼啊！"

"这便是了，"冯慎道，"想来那粘杆统领，就是曾三爷口中这个'董大海'了！"

肃王道："此话怎讲？"

冯慎道："王爷有所不知。那伙歹人工于心计，而最为拿手的，便是易容乔声。之前那恶贼青魅，将客栈掌柜杀死后又取而代之，假扮了数月，都无人察觉！这次那董大海，八成是故技重施，以易容术伴装成曾三爷，来掩人耳目！"

"我就说嘛！"曾三爷气道，"我一直就纳闷儿，手底下那么多家丁护院，可出事后竟没一个人来管！原来是那小子扮成了我，将我这偌大家业，生生给霸占了啊！王爷、冯兄弟，你们可得替我做主啊！一定要将那恶贼给碎尸万段啊！"

"三爷放心"，冯慎正色道，"那伙歹人还牵扯着几桩命案，就算逃至天涯海角，朝廷也会将他们缉捕归案！"

"那便好……那便好啊……"曾三爷好似记起了什么，突然恨得双眼通红。"对了！别忘了海棠那小贱人！等抓到那个淫毒乱纲的娼妇后，一定得将她浸了猪笼！"

"以后的事以后再说吧。"冯慎说着，俯下身来。"三爷，我先替你解了绳子。"

曾三爷身上一松，赶紧又冲着肃王叩头不迭。"劳动了王爷大驾，小的甚是惶恐啊！"

"免礼吧，"肃王摆了摆手，道，"本王这番，也不过是搂草打兔子。可惜啊……可惜那伙歹人的线索，算是全断了！哦，冯慎啊，既然你们是旧识，就先陪他说几句宽慰话吧，本王到前边等你！"

见肃王郁郁寡欢，冯慎也知他为追匪之事焦心。"王爷莫要急躁。有道是天网恢恢，疏而不漏。那伙歹人，迟早会被绳之以法！"

"但愿吧。"肃王长息一声，调头走远。

待肃王走后，曾三爷一把抱住冯慎，眼泪汪汪地说道："冯兄弟，老哥这心里头……窝囊啊！今天若不是你们找来，我就算臭在那地窖里头，怕都没人知道啊！"

"好了三爷，"冯慎道，"都过去了，咱不说这个……"

"不成！"曾三爷道，"兄弟你是不知道，这半年来，哥哥差点没憋屈死！好兄弟，你现在跟了肃王爷，又当帮委又兼巡检的，正是风生水起的好时候，老哥能不能报这个仇，可就全指望着你了！"

"追剿余孽，我自当不遗余力，"冯慎想了想，又道，"可是三爷，今后你打算怎么办？"

"什么怎么办？"曾三爷怔道。

冯慎道："方才我们清查了一遍，发觉宅中的家私古董，皆被洗劫一空……"

"啊？"曾三爷瞪大了两眼，"一样……一样也没给我留？"

"是的，"冯慎点点头，"一样也没留，偌大个曾宅，就只剩下空架子了。"

曾三爷急问道："那……那我原来那些用人伙计呢？"

"也都没见到，"冯慎道，"估计是歹人冒了你的名义，将无关人等，尽数遣散了吧。"

曾三爷腮帮子哆嗦了两下，从齿缝里迸出几个字。"这帮王八蛋！"

见曾三爷那裂眦嚼齿的模样，冯慎怕他气出个好歹来，便赶紧抚慰几句。

曾三爷余怒未平，正欲再骂，肚子却不争气地咕噜叫个不停。曾三爷一捂腹下，面上有几分尴尬。"呵……呵呵……冯兄弟，你身上有什么吃的没？"

"吃的？"冯慎摇了摇头，"我不曾带着。"

"要不你问问那些个兵吧……"曾三爷索性老起脸皮，央求道，"窝头干粮都成，老哥我不挑，管饱就行啊。在那地窖里缺衣少吃的，我这前胸，快要贴到后背上了！"

"官军此次追匪，随身也未带吃食，"冯慎抬头看了看夜色，又道，"天也快亮了，这样吧三爷，且忍上一忍，待会儿我请你好好吃上一顿。"

"别价啊！"曾三急道，"那还等什么？咱这就麻利儿去哪！你瞅瞅我现在这样，原来那身肥膘，都活活掉没了啊！"

冯慎扫了一眼，打趣道："肚子是瘪了些，身上其他的地方还是富态依旧嘛。三爷你先去沐浴更衣，我得找王爷禀一声。"

"瞧我这记性！"曾三一拍脑袋，"忘了肃王他老人家还在等着了。不过冯兄弟你可得紧着点，要真把老哥饿厥了，你也不落忍不是？"

冯慎笑道："三爷放宽心，我去去就来。"

趁着冯慎找肃王回话，曾三爷摸到井边，打水草草冲洗一通，又去屋内翻了件旧衫换上。身上是爽快了，可腹中依然饥肠辘辘，曾三爷等耐不住，又径自踅往前院。

没出几步，迎面便走来冯慎。"三爷。"

"冯兄弟"，曾三踮脚朝前探了探。"王爷他老人家呢？"

冯慎道："前脚刚带兵离开。"

曾三又问道："不去追那伙歹人了？"

"只好先缓一缓了，"冯慎摆手道，"王爷彻夜未眠，待他休息好了，我再与他商议。"

"嘿嘿"，曾三赧然笑笑，"冯兄弟啊，我知道你也是一宿没合过眼，按说不敢再劳你大驾……可……可老哥我这肚子……嘿嘿嘿……"

"三爷见外了，"冯慎亦笑道，"咱这就上街寻些吃的去！"

交晨时分，天光微明，街上大小菜馆皆未开门。二人转了许久，也没能寻到饭辙。

正犯着愁，曾三爷一拍大腿。"找什么馆子啊？走，去天桥看看！"

冯慎愣道："天桥？"

"是啊，"曾三爷道，"我记得天桥那儿有个卖卤煮的挑担摊，五更末就出摊，眼下这钟点过去，保管有的吃！"

冯慎眉头轻皱，"这大清早的吃卤煮，未免太过油腻……"

"哈哈，兄弟你这就多虑喽！"曾三爷道，"那家的卤煮，肠肥而不腻、肉烂而不糟，一碗小肠搭切上两个火烧，解馋又管饱！赶紧走吧！一说这个，我这哈喇子都快下来了！"

"好吧，"冯慎微微一笑，"既是三爷力荐，那就去尝尝。"

刚至天桥，一股浓郁的香气便扑面而来。冯慎抬眼望去，巷角墩着个泥炉，炉上煨着口吊锅，一名老者守在一旁，不时往炉中添些柴枝。边上一个半大小子，跑前忙后，摆凳抹桌。

"哟，您二位可真早，"见有客来，那半大小子将抹布往肩上一搭。"我们这刚出摊呢。"

"啊？"曾三爷一怔，"那还得等多久？"

"不用等，"半大小子笑道，"都现成的，煨热了就得。"

"那就成，"曾三爷说着，与冯慎拖过张条凳坐了。"一会使大海碗招呼，多搁份小肠，再配些肺片儿，钱差不了你的！冯兄弟，你呢？"

冯慎道："与三爷一样吧。"

"好嘞。"半大小子答应一声，扯起嗓子喊道，"足料肠肺两大海碗！"

"世荣"，老者两眼一瞪，低声责怪道，"瞎叫唤什么？当这练跑堂呢？出来跟个摊看把你给嘚瑟的。还不过来打下手！"

"来了哆，"半大小子挨了训，却仍嬉皮笑脸。"我来切火烧。"

说着，那半大小子便取了几只烙好的硬面火烧，下着井字刀，横竖各划两下。

火烧切好，装碗盛了。等吊锅里冒出团团白气时，老汉又捞出些熟烂的肠肺铺在碗中。码上麻油、腐乳、蒜泥、韭花等佐料后，再舀勺老汤一浇，两碗热气腾腾的卤煮，就算是齐了活。

"出锅喽，"半大小子把卤煮往桌上一送，"二位客官慢用。"

曾三爷也不嫌烫，扯双筷子就夹。吸溜一声，一截小肠便入了肚。"真香哪！冯兄弟，你赶紧尝尝！"

"好。"冯慎也夹起一块，递入口中。

"怎么样？"曾三爷追问道。

"嗯，"冯慎赞道，"这卤煮中浸足了汤汁，喉齿留香，回味无穷，确实是不错！"

"那是，老哥我还能诓你吗？"曾三爷笑道，"吃来吃去，我真就是得意这口儿！"

"关键是这汤头，"冯慎道，"没个十足的火候，出不了这种浓厚的滋味。"

"这位少爷，您是行家！"半大小子冲冯慎一挑大拇哥儿，"我们这老汤，是拿羊骨棒子熬的白卤。至于怎么调配嘛，嘿嘿……我就不能跟您多说了。"

冯慎笑道："小兄弟，你们手艺这么好，以后可以盘家店面，多设几副坐头。"

"听见没爹？"半大小子扭头朝老汉道，"人家这位少爷也说有间铺子好！"

老汉没搭理半大小子，冲冯慎赔笑道："客官哪，您就别逗我这傻儿子了。今年出了谷雨，我们爷俩儿才打老家过来。听人说京城码头大，就想着过来闯闯。开店设号没敢想，能在这扎住根、落下脚，我们就心满意足了。"

"爹，你就是眼光短！"半大小子不悦道，"咱陈家这卤煮，可是祖传的手艺。只要有个大门面，那生意保准儿红火！"

老汉哼了一声，"还大门面，本钱呢？"

半大小子胸脯一拍。"我来攒！"

"就你？"老汉撇撇嘴，"眼珠子长头顶上，指着你攒怕得到猴年马月了！"

"爹你别看不起人！"半大小子赌气道，"就算我做不到，我以后还有儿子呢！儿子再做不到，不还有孙子呢？你就等着吧！我早晚要把咱的卤煮分号，开遍这四九城！"

"越吹越没边了，也不怕风大闪了舌头？你讨媳妇的钱还没攒出来呢，想什么儿子孙子？别打扰客官吃饭，闪一边干活去！"骂完儿子，老汉又冲冯曾二人拱了拱手。"让二位爷看笑话了，吃好喝好啊。"

冯慎点点头，报之一笑。曾三爷浑然不觉，只吃的满嘴流油。没出一会儿，便将一大碗卤煮，扒拉的见了底儿。

"三爷，"冯慎道，"再叫一碗？"

"不用不用"，曾三爷打个饱嗝儿，"已撑得塞不下了！"

"那好，"冯慎左右一顾，压低声音，"三爷，有件事……我得请你帮忙。"

"帮忙？"曾三爷苦笑道，"老哥我现在落魄成这副样子，能帮上你什么忙？"

"是这样"，冯慎道，"王爷临走时，着我向你打听那伙余孽的相貌，日后描形绘影，好张贴海捕文书。"

"哎呀，"曾三爷作难道，"可除了那对狗男女，其他歹人什么模样，我都没见着啊！"

冯慎问道："三爷不是说，曾被那伙歹人群起殴打吗？"

"是啊"，曾三爷道，"可那会儿他们一拥而上，我早被打的头晕眼花，哪里能看清他们模样？后来将我关入地窖，他们送饭送水时，还都蒙着脸呢！"

"原来如此，"冯慎又道，"那董大海呢？他除去身量，原本样貌与三爷相似吗？"

"我比他白净多了！"曾三爷气道，"那小子皮糙肉厚，塌鼻子塌眼，一瞧就是个短命相！"

"三爷你小声点，"冯慎接着问道："那海棠又是怎生模样？"

"那贱人柳眉杏眼，倒还算标致……"曾三爷道，"哦，她眉角生颗红痣，极易辨认。唉……之前我听说这种面相的妇人水性杨花，可那贱人却偏说她那是'喜上眉梢'，现在想想，老哥当初鬼迷了心窍啊。还喜上眉梢呢，呸！就是个烂眼桃花痣！通奸不说，还引来歹人霸我家业，兄弟你说，这他娘的……叫个什么事啊？"

曾三爷说着，又触动了伤情处，不免唏嘘垂泪。冯慎见状，忙劝道："看开些吧三爷，留得青山在，不怕没柴烧！"

"对！"曾三爷猛地抹把脸。"兄弟你说得对！这次没被那狗男女害死，实属天大的造化。只要有命在，何愁赚不来银子？又何愁讨不来女人？"

冯慎点头道："三爷若能这样想，那我便放心了。"

"那是，"曾三爷神情一凛，"想我曾祖，可是那九帅曾国荃，我曾某人好歹也算那将门之后。在哪儿栽了，就得从哪儿爬起来！我要重整旗鼓，白手再创它份大家业！"

"单凭三爷这番魄力，重振家门定然是指日可待。"冯慎想了想，又道，"三爷，待会儿你随我回舍下，我取些银两与你救急吧。"

曾三爷忙辞道："这……这怎么好意思？"

冯慎摆了摆手，"你我之间何须见外？"

"好兄弟！"曾三爷热泪盈眶，"患难见真情啊！兄弟你放心，等哥哥缓过劲儿来，连本带息加倍还你！"

"三爷只管用，那个'还'字休也再提！"冯慎又愁道，"然我家资不厚，所能相助的余钱，也仅够三爷吃用。至于其他的，怕是爱莫能助了。"

"难时给一口，强似富时帮一斗！"曾三爷动情道，"且够吃用，已是大恩。剩下的事，就不劳兄弟挂心了。我之前有买卖，与不少富商也都交好。虽说是生意场上的杯酒相投，可我真要去开口，他们念着以往的情分，多少会给我几分薄面。行了，别的不多说，光冲兄弟这般雪中送炭的高义，老哥我就应给你做个大揖！"

"杯水车薪，愧不敢当！"冯慎赶紧拦住，揶揄道："三爷别客套了，早些兴复家宅、早些讨几房姨太太才是正经。"

"哈哈哈"，曾三爷乐道，"兄弟你这话，真说到老哥心坎上了。对！多讨上几房姨太太！没了她海棠，咱还有那杜鹃、腊梅、小石榴……"

"三爷"，冯慎哭笑不得，"你别好了伤疤忘了疼。你列出的这一串芳名，听着可都有点儿风月味啊。"

　　"可不就是那八条胡同里的吗，"曾三爷坏笑道，"老哥我就为遛遛嘴，兄弟你还当真了？哈哈……哈哈哈……"

　　曾三爷笑个不停，引得那对卖卤煮父子频频观望。冯慎见状，便摸出几个大子儿放在桌上。"店家，结账！"

　　吃饱喝足，曾三爷便随冯慎返至家中。设茶小坐了一阵，曾三爷又闹着要回宅归置。冯慎整宿未眠，正感倦怠，见状没多留，而是打发冯全取了些银钱过来。

　　"三爷，"冯慎道，"这些你先用着，若是不够，只管言语。"

　　"足够了，"曾三爷接来，"好兄弟，那老哥就不跟你客套了！"

　　"好说，"冯慎笑笑，转头道，"冯全，你伴送三爷回府，眼下曾府上正乱着，你顺道帮着收拾下。"

　　"放心吧少爷，"冯全答应着，朝曾三拱了拱手，"三爷，您请……"

　　"哎，"曾三爷摆摆手，冲冯慎一抱拳。"兄弟啊，拾掇家宅老哥一人就成，就不必劳动尊介了。"

　　"三爷哪里话，"冯慎让道，"还是让冯全去帮衬下吧。"

　　"是啊三爷，"冯全也道，"我手脚利索着呢，您可别跟我见外，想怎么使唤都成……"

　　"哈哈哈，"曾三爷将银钱往怀里一揣，拍了拍冯全肩膀。"这一宿，你家少爷也累得够呛，你还是好好伺候他吧。好了冯兄弟，老哥告辞了。"

　　冯慎道："那我送送三爷。"

　　"留步留步！"说话间，曾三爷已离了厅上。

　　曾三爷走后，冯慎将桌上残茶一饮而尽，刚放下茶盏，却见冯全还呆在门口。"冯全，愣着想什么呢？"

　　"哦哦，"冯全回过头，小声道："少爷，您瞅这曾三爷心多宽！摊上了那种事，还能乐得起来，若要换做我……"

　　"哦？"冯慎明知故问，"摊上哪种事？"

　　"嘻，您就甭瞒我了"，冯全道，"傍天明时，提督衙门的兵丁将香瓜姑娘送了回来，我听说了曾三爷的事……"

　　"耳朵真长"，冯慎笑骂一句，又问道，"香瓜现在怎么样了？"

　　"没什么大碍"，冯全回道，"有双杏和夏竹她们照看着，又喝了些王爷送来的补药，这会估计正睡得沉呢。"

　　"那就好，"冯慎打个哈欠，抻了抻腰身，"我也该歇歇了……"

转过天来，冯慎起个大早，用罢早膳，便欲去肃王府，刚跨出厅门，照面走来了香瓜。

"香瓜你起来了？"冯慎关切道，"身子大安了吧？"

"不就中了些蒙汗药嘛，早没事啦！"香瓜笑道，"冯大哥，你去哪呀？"

冯慎道："应王爷之约，今日过府回话。"

"去王府？"香瓜欢喜道，"那俺也去，有日子没见着绣娘姐姐啦。"

"也好，"冯慎点点头，"王爷为了你，专程着人送来些滋补之材，你去了正好面谢他老人家。然我有言在先，等到了王府，你得遵规守矩，不可任性胡言……"

"知道啦知道啦，冯大哥你等一下，俺换身衣裳就来！"香瓜说完，人已在几丈开外。

待二人赶至王府，肃王早候在花园中的凉亭内。

还没等冯慎提醒，香瓜便一个头磕在地上。"请王爷安。"

"哎哟哎哟，"肃王赶紧来搀，"你一个丫头家何须下跪？快快起来吧。"

"嘿嘿，"香瓜起身道，"王府中的规矩俺不大懂……想着磕头总归是大礼了吧？省得冯大哥骂俺没礼数。"

"哈哈，"肃王笑道，"你冯大哥那叫多此一举，本王府上的规矩，就是没有规矩。走，都进凉亭里坐吧。"

凉亭内设有石桌，桌上备着鲜果茶点。香瓜见那些点心精致，不由得想伸手去抓。冯慎见状，狠瞪了香瓜一眼，香瓜打个激灵儿，讪讪缩手回去。

肃王瞧个满眼，微微一笑。"香瓜啊，服了本王送去的补药，感觉如何啊？"

"王爷，"香瓜秀眉轻蹙道，"您老那药管用是管用，就是……"

肃王一怔，"就是怎么？"

"太苦！"香瓜道，"直到现在，俺嘴巴里的苦味都还没消呢！"

"哈哈哈，"肃王顺水推舟，将一碟点心往香瓜面前一送。"那就吃些芙蓉糕，去去苦味吧。"

"谢王爷，那俺不客气啦！"香瓜大喜，抓来便吃。

冯慎忙朝肃王赔笑道："香瓜生性顽劣，不成体统，王爷莫要见怪。"

"非也，"肃王摆了摆手，"这丫头活泼灿漫，很对本王脾胃。之前匆匆见过她几面，也没仔细端详……冯慎啊，本王现在看来，你与你这义妹一静一动，倒也真算一对啊……"

香瓜听了，赶紧咽下口中糕点。"王爷，您老人家可真是英明哪！"

"你瞧瞧，"肃王冲冯慎捧腹笑道："还敢说她憨？这丫头是大智若愚啊！哈哈哈哈……"

"嘿嘿嘿，"香瓜一抹嘴，又道，"对了王爷，绣娘姐姐呢？俺怎么没见着她？"

冯慎忙低声道："香瓜，得叫福晋。"

肃王笑道："你们与绣娘患难相交，不必依那俗称。哦，绣娘眼下待产，身子笨拙又贪觉，这会儿八成还在寝处歇着。"

香瓜点点头，"那等她醒了，俺再去看望吧。"

"也好，"肃王道，"这阵子绣娘总嫌待在屋里无趣，有你去陪着说说话，刚好给她解解闷儿……"

正说着，一个门房赶来通禀："回事。"

肃王道："说吧。"

门房道："王爷，川岛大人求见，您看这……"

"是他？"肃王喜道，"快快有请！"

"嗻"，门房打个千儿，转身去了。

冯慎见状，便拉香瓜起身。"王爷既有贵客，那我们便先告辞了。"

"哎，他不算外人，你们不须回避。正好借此机会，本王替你二人相互引荐一番"，肃王说着，朝亭外一指。"瞧，他来了。"

冯慎抬眼望去，花径上正走来一人。那人身着朝服，足踏官靴，补子上锦纹狮绣，摆明是位二品武官。

来至亭下，那人一揖。"不速而至，冒昧了。"

"哈哈哈，"肃王迎道，"风外贤弟，今个儿做什么来了？"

那人正欲开口，突然瞥见冯慎与香瓜。"王爷，这二位是？"

"哦"，肃王忙介绍道，"这位便是本王常跟你提及的冯慎，那位姑娘是他的义妹。冯慎啊，来见过川岛大人！"

听了这不满不汉的姓氏，冯慎虽觉奇怪，然还是上前参道："见过大人。"

"好好，少年英武，不愧是王爷的左膀右臂，"川岛笑笑，从身上摸出只小匣，"既然没外人，那我就照实说了。我这番前来，备了点薄礼，还望王爷笑纳。"

肃王眉头一拧，"风外贤弟，本王的为人，你又不是不知！"

"王爷多虑了，"川岛笑道，"匣内非金非银，而是我托友人，从原籍带来的一件玩物。"

"玩物？"肃王接来，打开一看。"嘿，好一把精致的短枪！"

川岛又道："王爷尚武，而此种手枪轻巧稳准，单击连发皆可，用它来防身、打猎，都十分便宜。"

"不错，着实不错！"肃王将枪拿在手上，来回翻看着。"冯慎你也来瞧瞧，这枪真是轻便的很哪！"

冯慎接过一试，不由得赞道："确实如此。卑职耳目闭塞，竟不知我朝已能产出这般精巧的短械。"

"唉，"肃王苦笑一声，"咱大清的械所若能产出这种枪炮，还至于叫别人欺负到家门口上来？"

冯慎心中一凛，愈发感觉有些不对。"敢问川岛大人仙乡何处？"

"呵呵，"川岛道，"诚如王爷所言。我并非大清子民，而生于东瀛长野……"

"东瀛？"香瓜突然道，"冯大哥，东瀛就是小日本吧？"

冯慎还未开口，川岛便插言道："不错，正是那日本国。不过这位姑娘，我们国土虽小，可实力却不容小觑，与大清也是一衣带水的友邦……"

"承认便好！"香瓜猛地撩起衣袖，"俺射死你这东洋鬼子！"

变生陡然，其他人猝不及防。冯慎眼疾手快，蓦地在香瓜臂下一托，唰唰几道寒光，险险从川岛头顶掠过。

香瓜一出手，便激射数枚钉箭，并且皆奔着头颅要害，显然是下了死手。若非冯慎那一托，现在的川岛，怕已然倒地气绝。

肃王惊出一身冷汗。"小丫头！胡闹不得！"

冯慎不由分说，一把擒住香瓜胳膊，几下卸去她腕上的甩手弩。

"还俺！冯大哥你快还俺！"香瓜发疯一样，哭着扑来争抢。"俺要杀了他！杀了这该死的东洋鬼子啊！"

川岛虽险些丧命，然却面色不改，整了整衣冠，说道："这位姑娘，你我素昧平生，更没什么深仇大恨，缘何初次见面，便要致我于死地？"

"是啊丫头"，肃王也问道，"你喊打喊杀，总该有个缘由吧？"

"王爷"，香瓜泪流满面，"俺与矮脚鬼不共戴天！俺不知有多少兄弟姐妹，都让他们给祸害了啊！"

"祸害？"肃王愣道，"这……这话怎么说？"

冯慎原也不解，听到这里，猛然反应过来。他唯恐香瓜说漏嘴暴露身份，赶紧出言喝止道："香瓜！不可胡说！"

"俺没胡说！"香瓜挣扎着，跪倒在肃王面前。"王爷，俺不瞒你啦，俺曾跟俺爷爷干过义和拳、打过洋鬼子！"

"义和拳？"肃王怔了怔，道，"怪不得你小小年纪，就有这身本事……"

冯慎心急如焚，"王爷，香瓜她年幼无知……"

肃王摆摆手，"丫头，你接着说。"

"嗯，"香瓜又道，"当年俺们从天津守到北京，一路过来，亲眼见到他们那帮畜生四处杀人放火！"

"小姑娘"，川岛开口道，"但凡战乱纷争，必然会杀戮流血，双方互有死伤，也在所难免。况且当年的联军中，十有八九是那西洋兵，把旧账全推到我们头上，恐怕不妥吧？"

　　"西洋鬼当然可恨，可就是没你们毒！"香瓜怒视着川岛，"你们矮脚鬼总爱避着坛兵，专挑红灯照去打。你们有枪有炮，可俺们红灯照里全都是女人啊！把俺姐妹们打垮了，你们这帮畜性还要轮番糟蹋，糟蹋完后不是豁肚子就是砍头……那西洋鬼子好歹还能给个痛快的啊！砍下脑袋来，你们便拎着头发踢来踢去，最后挂在城门楼子上扔泥巴！你说！你们还算是人吗！？王爷啊，该说的俺都说了，就算您老要砍俺的头，俺也得先把这矮脚鬼子杀了！"

　　香瓜说罢，又想跟川岛拼命，肃王、冯慎见了，赶忙死死拦住。正当这不可开交之时，亭外突然传来一声娇音："这大清早的，院子里可真是热闹呀。"

　　众人扭头看去，原来是绣娘在侍女扶持下，姗姗而来。

　　"你怎么出来了？"肃王迎道，"留神伤了胎气。"

　　"王爷放心"，绣娘笑笑，"我不要紧。"

　　川岛见状，连忙请安道："见过侧福晋。"

　　绣娘正眼也没瞧，绕过川岛不加理会。"王爷也真是的，冯相公和香瓜来了，怎么也不来跟我说一声？"

　　香瓜哭着扑去，"绣娘姐姐！"

　　"小冒失鬼，"绣娘佯嗔一声，将香瓜揽入怀中。"当心姐姐的肚子。"

　　香瓜双眼噙泪，"姐姐，你快劝劝王爷吧！别被那个矮脚鬼给骗了哇……"

　　"香瓜，"绣娘取出手帕，替香瓜擦了擦脸。"爷们儿之间的事，就让他们自个儿商量去吧。该怎么做，我想王爷与冯相公心里自有分寸……哦王爷，绣娘有一事相求。"

　　"嗯，"肃王道，"你说。"

　　"是这样，既然香瓜叫我一声姐姐，那我便想认下她这个妹妹。"绣娘说完，冲着肃王眨了眨眼。

　　"哦？哦！"肃王会意，继而抚掌大笑。"哈哈哈，如此甚好！如此甚好！"

　　"谢王爷，"绣娘瞥一眼川岛，像是自言自语，"我这妹妹不懂事，总爱说些疯癫之语、做些无端之行……可就算她说了什么、做了什么，也无非是些玩笑行径。谁要是跟她较真儿，我这个当姐姐的，头一个便不答应！"

　　"都瞧瞧绣娘，多有那福晋的架势啊？哈哈哈……"肃王打圆场道，"咱们大人大量，岂会与小孩子一般见识？风外贤弟，你说是不是啊？"

　　川岛讪然一笑，"这是自然……"

"那便好，"绣娘莞尔道，"王爷、冯相公，你们的家国大事，我们女人就不跟着掺和了。我不便久立，先领香瓜回房了。走吧好妹妹，陪姐姐说会儿话去！"

第十一章 分庭抗礼

众人好劝歹劝，香瓜这才哭哭啼啼的，跟着绣娘恨恨离开。

肃王松了口气，冲川岛道："叫风外贤弟受惊了。来来来，都坐下说。"

重新坐定后，川岛却跟没事人一样，径自端起茶杯，朝冯慎一举："冯巡检，久仰你的大名啊，借着王爷宝地，我川岛浪速以茶代酒，聊表敬意！"

"不劳屈尊，"冯慎动也未动，"在下有一事未明，川岛先生既非华夏子民，又为何着我大清朝服？"

听冯慎改了称呼，肃王知他心生芥蒂，忙说道："冯慎啊，你有所不知，风外贤弟现任京师警务学堂的总监督，亦隶属本王所主持的工巡局，你二人可谓是同僚为宦啊。哦，他那身补服顶戴，便是朝廷特赐'二品客卿'的礼遇。"

"原来如此，"冯慎淡淡一笑，"川岛先生，失敬了。"

"哪里哪里，"川岛放下茶杯，笑道，"徒有其表、尸位素餐啊，呵呵呵……"

冯慎亦晒道："川岛先生出口成章，这一嘴的汉话，说的也十分地道啊。"

"呵呵，"川岛得意道，"我少时便漂洋过海只身来华，掐指算来，已有二十个年头儿了。对于那汉学，虽不敢称是精通，但也算颇有涉猎。"

"难得，"冯慎讽道，"若贵国之人皆如川岛先生这样，多习些经卷、少动些刀兵，那这天下，多少就能太平些了。"

"我族既名'大和'，自然不喜穷兵黩武，"川岛冷笑道，"可冯巡检别忘了，那弱肉强食，亦是天道使然。想不沦为他人鱼肉，就得自己操起刀俎！"

"战无义战啊。"见二人暗自较劲，肃王有心从中周旋。"你们俩初次见面，总提那些打打杀杀的干吗？喝茶喝茶！"

冯慎与川岛各哼了一声，将眼前的茶水一饮而尽。

一时间，气氛变得有些尴尬。肃王无奈地挠挠脑袋，咳嗽两声，岔开了话头："风外贤弟，你今日前来，不单只为送把手枪给本王吧？"

"王爷英明，"川岛侧了侧身，瞅一眼冯慎。"我此番除了送枪，还另有要事相商……"

"就在这儿说吧，"肃王笑道，"冯慎心实口紧，风外贤弟不需顾虑。"

"那好吧，"川岛又道，"下个月，我在警务学堂的函期便要满了……"

"那差事要到期了？"肃王掰着指头数了数，"嘿，可不是嘛，你在那任上又干两年了。风外弟啊，从警务学堂承办的那年算起，你这总监，得当了五年了吧。"

"王爷好记性，"川岛道，"不多不少，正好五载。"

"嗯，"肃王摸了摸下巴，继续道，"这五年来，贤弟不辞劳苦，替我们大清国又是训练警备，又是维持治安，朝野之中，有目共睹，皆对贤弟你称赞有加啊。"

"多蒙贵国器重，也算是幸不辱命了，"川岛凑前道，"所以我才斗胆来找王爷商量，看能不能……呵呵……能不能续任下去。"

"啧……"肃王一龇牙花子，故做难色。"贤弟啊，经过你多年经办，眼下那警务学堂已俾臻完备，就依本王之见，就交还给朝廷接管吧。你想想，那差事操劳费神的，图什么许啊？这样吧，本王给你另谋个闲差，你也好轻快轻快。哦，你别觉得是卸磨杀驴，本王可都是替你着想啊，哈哈哈……"

"王爷，"川岛急道，"那警务学堂仅仅是初具规模，如若再承许可，我定然让它更上一层楼！"

肃王皱皱眉头，"可那军警要务，不便借外力长久操持啊……"

川岛噌的立起，"王爷，我帮办警务，只是为了两国共荣，一腔赤诚，天地可鉴！"

"风外贤弟多心了，坐下坐下，"肃王又道："不过这种事，本王一个人还真是做不了主啊。"

川岛还欲分说："可是这……"

"再议、再议。"肃王打个哈哈，从桌上抓起那把手枪。"冯慎啊，你在这儿陪陪川岛大人，本王去园里试试这枪去！"

见川岛碰了个软钉子，冯慎暗自好笑。"王爷放心，卑职知道了。"

"你二人多加亲近吧！"

肃王撂下这句，便一道烟跑个没影。川岛要拦没拦住，只得悻悻地返回亭中。

被肃王一番搪塞，川岛不免窝火，又见冯慎一副爱搭不理的样子，心里更加来气。"冯巡检，想来你也知书达礼，怎却不分品秩尊卑？"

"川岛先生此言差矣，"冯慎呷了口茶水，道，"你虽虚秩二品，可毕竟是客卿使节。在下食的是大清俸禄，即便要参谒，也仅对我大清的官员。"

"那好，这点先不提，"川岛又道，"可使节渡海，远来是客。你这般自斟自饮，也非待客之道吧？"

"远客而来，理当夹道相迎，"冯慎回道，"然以枪炮叩门者，则视为外寇。"

"呵呵，"川岛笑笑，"冯巡检，好一张伶牙俐嘴啊。"

"彼此、彼此，"冯慎亦是一笑，"川岛先生，这茶果都是现成，敬请自便吧。"

川岛言语上失了风头，正有些不悦，忽见石桌上凿刻着棋路，边上摆着棋盒，顿时心生暗喜。原来这川岛来华前，便热衷于东洋将棋。来华之后，又迷上了象棋，翻阅过不少名家棋谱。他自恃技高，便想在棋局上找补，好与冯慎争个短长。"冯巡检，闲着也是闲着，不如咱们弈局象棋？"

"哦？"冯慎问道，"川岛先生也会象棋？"

"现学现卖罢了"，川岛假意道，"在冯巡检面前，怕是要班门弄斧了。"

"说来惭愧，"冯慎笑道，"我知道'马走日'、'象走田'等浅显规矩，可要真论起棋艺，那就差得远了。"

川岛道："冯巡检不必自谦，请赐教！"

"赐教不敢当，"冯慎道，"不过川岛先生既然有雅兴，那我就陪着凑合走几步吧。"

二人说着，撤下茶点，在棋盒中一摸，各捏了颗棋子在手。

冯慎低头一瞧，掌中是枚红子。"红先黑后。这个先手，倒让在下占了。"

川岛不以为意，"那就请吧。"

待棋局码好，冯慎便将右炮横移，落在了九宫右角。

"炮二平四？"川岛冷笑一声，架起着中炮应对。"冯巡检果然深藏不露，开局便剑走偏锋。这一招'士角炮'，含攻兼守，当真凌厉得紧啊。"

"过虑了。只图上马出车而已，没想那么多花巧"，冯慎随手提了一子，"川岛先生，该你了。"

棋局一动，场面上顿时热闹起来。你来我往，落子如飞。冯慎车行马跳，川岛便象飞炮打，二人攻河过界，互不相让。

经一番角逐，双方各有损伤。见冯慎只顾着猛攻，川岛便设下几个虚套诱探。没承想冯慎不假思索，吃掉川岛几个兵卒，自己却让出了一马一炮。

"呵呵呵，将欲取之，必先予之。"看冯慎处了劣势，川岛便有心卖弄。"这棋谚有云：'布棋似布阵，点子如点兵。'像冯巡检这般横冲直撞的套路，可与那书谱中所载不符啊。"

"在下喜欢直来直去，最不愿拐弯抹角。"冯慎驱车直下，逼入川岛中宫。

川岛把士一歪，含针带刺道："不懂变通，只会碰个头破血流！"

冯慎微微一笑，拾边卒拱挺。"且走着看吧。"

川岛回马欲吃。"原来冯巡检打算拱卒。然你这颗过河小卒，距我将营甚远，况且有我各路劲子截杀，呵呵，道险且阻啊。"

冯慎横车一拦，别住了马腿。"犯我河界，虽远必诛！"

"那就让你顾此失彼！"川岛瞄定另一侧，架炮轰车。

冯慎将车一沉。"将军！"

"这种虚将有何用？"川岛刚想落象，突然记起冯慎当顶还插着颗巡河炮。"哎呀！大意了！"

"哈哈哈，"冯慎笑道，"看来川岛先生只能舍马保将了。"

将单马抽去后，冯慎全盘皆活，先借机破去川岛士、相，后又扫尽川岛兵卒。使得原本清晰的局路，渐渐变得扑朔迷离。

眼瞅着冯慎变守为攻，川岛慌忙应对。几个回合下来，双方各争了数子，却亦然难解难分。

突然，冯慎棋风一转，频使了几个怪招。川岛见状，急调单炮独马来护。

"炮莫轻发，马不躁进啊。"冯慎摇了摇头，抬起棋子，朝别处一安。

"哼哼，"川岛低头一看，不由得冷笑道，"冯巡检，你倒有些耍无赖的意思啊。"

"哦？"冯慎问道，"川岛先生何出此言？"

川岛哼道："你走这步棋，无非是想兑子、拼个两败俱伤！"

"非是两败俱伤，而是抵死相抗！"冯慎手不停歇，接连兑去川岛数子，又继续将残卒挺进。"再者说了，照眼下这局势来看，川岛先生就算想下成和棋，恐怕也难了。"

说完，冯慎将趟过的两个卒子齐头并进。川岛只剩枚孤炮，架无可架，只得眼睁睁看着冯慎步步紧逼。

川岛机关算尽，额角渗出细密的汗珠。

"善弈者，攻心为上。川岛先生这一慌，成败已然分晓。"冯慎双卒突镖，把川岛营盘牢牢围定。"拱手认输吧！"

望着那颗被钉死的老将，川岛纵是不甘，可也回天乏术。"唉……我每步都依谱拆解，不想还是败于区区两颗小卒。"

"川岛先生，枉你还看过棋谱啊，"冯慎道，"千古无同局，神机自巧生。若只会按图索骥、照本宣科，那一个'败'字，终也难逃。有道是乱拳打死老师傅，似这般粗浅的俗理，川岛先生想来是能明白的。"

"哼"，川岛将棋子一丢，"冯巡检，这局让你侥胜了又如何？象棋下得再好，也不过是纸上谈兵。就算你大清国手遍地，在列强面前，还不照样割地赔款？"

冯慎道："川岛先生所言不假，下象棋本就是个乐子。然这变幻的时局，又何尝不似方才那局棋？没到最后关头，结局殊难逆料啊。我朝有位剑臣先生，他曾撰过一联，不知川岛先生是否有兴趣听听？"

川岛道："愿闻其详。"

"那联是：有志者，事竟成。破釜沉舟，百二秦关终属楚；苦心人，天不负。卧薪尝胆，三千越甲可吞吴！"冯慎说着，捏起一枚小卒。"我泱泱华夏，豪杰辈出。锲而不舍，寸土必争。终有一日，会将列寇驱出国门。那怕，仅剩这一兵一卒！"

"呵呵，"川岛不屑地笑了，"冯巡检，你这番豪言壮语能否成真，我可要拭目以待喽。"

冯慎笑道："哈哈哈，骑驴看唱本，川岛先生，那咱们就走着瞧吧！"

二人一面笑，一面将棋子摆回棋盒。正收拾着，肃王拎着只死鹅回来。"哟？你俩还下过棋了？谁赢了？"

川岛一指冯慎，言不由衷道："冯巡检棋艺精湛，我是甘拜下风啊。"

"哈哈，"肃王将死鹅朝地下一抛，弹了弹身上衣衫。"吃瘪了吧风外贤弟？冯慎这小子可是个高手，他让出单马单炮，本王都干他不过啊，哈哈哈……"

川岛心里一惊，"起初那对马炮，是冯巡检有意相送？"

"承让"，冯慎笑而不答，扭头道，"王爷，您老怎么还拿只家禽试枪？"

"嘻！"肃王耳根子一红，"别提了！之前怕枪响惊着人，本王便骑马去了近郊。见一块菜地里，探出个灰不溜丢的大禽，本王还以为是只野雁，搂火便射了过去……"

冯慎低头看了看，笑道："王爷，这是只狮头鹅。"

"可那会儿不认得啊"，肃王尴尬道，"本王原想，家鹅都应是白羽……正要去拾，结果跑来个农户，说本王打死了他家的大鹅，最后赔了一两银子才算了事。"

"真是刁民"，川岛道，"莫说王爷不认得那鹅，就算认得，拿来试枪又如何？"

"话不是这么说，"肃王摆了摆手，"不管有心无心，毁物赔偿都是天经地义。风外贤弟啊，这枪的准头儿可真是不赖，一扣扳机，那雁便应声而倒……哦，是鹅、是鹅……哈哈哈……眼瞅着快晌午了，一会儿本王让厨下将这大鹅炖了，你俩一并尝尝？"

"岂敢劳烦，"川岛忙道，"王爷，那续任之事……"

"风外老弟"，肃王捶捶腰，打断了川岛，"本王有些乏了，咱们今日就不谈公事啦！"

冯慎会意，便道："王爷既然疲惫，那我等就不多扰了。"

"那成吧，"肃王赶紧借坡下驴，"对了冯慎，那件事就由你看着部署，本王等你消息。"

"是"，冯慎会心一笑，"卑职全力以赴。"

打从肃王府回来，冯慎就一直没去崇文门当职，将手头差事暂托他人打理，自己却走街串巷的闲逛起来。

这天，冯慎吃罢午饭，也不避烈日当顶，又溜出了家门。沿胡同走了一阵，耳听得身后传来脚步声音。冯慎回头一看，见是个头戴苇笠的矮小汉子。那汉子见有人瞧他，忙压低了笠檐，越过冯慎，快步朝前去了。

起初，冯慎并未在意。可稍加琢磨，便发觉有些不对劲。那汉子一身粗布汗褂，像个力巴儿打扮，可他细皮嫩肉的，与那套破旧行头又格格不入。尤其那只压着笠檐的手，一瞅就没出过苦力。指掌白皙，跟那种经年劳作的粗茧大手截然不同。

　　想到这儿，冯慎疾赶几步，追在那汉子身后，瞧他意欲何为。

　　那汉子很是警惕，每过一个路口，都要停下来四处张望。他愈是这样，冯慎便愈发觉得可疑，心里一急，步伐不禁迈得更快。

　　这么一来，二人距离便贴得太近。等那汉子再次回头时，冯慎闪避不及，躲慢了一拍。

　　显然，那汉子已察觉到身后有人追踪，自个儿也提快了脚步，故意找人多的地方挤。三下两下，便混入人群中没了踪影。

　　跟丢了那汉子，冯慎暗暗心焦，沿街盘桓良久，终未再寻得那汉子行迹。又找了好一阵，冯慎只觉口干舌燥，见一条僻静的巷中开着家茶水铺，便打算进去歇歇脚。

　　不想刚迈入铺中，迎面便疾疾过来一人，冯慎没躲开，与他撞个满怀。吃这一撞，那人身子一趔，头上苇笠没戴牢，"啪"的掉落在地。

　　待冯慎看清后，不由得大喜。所谓踏破铁鞋无觅处，得来全不费功夫。眼前这人，正是他苦苦找的那个矮小汉子。

　　那汉子嘴里"叽里咕噜"一声，也不知骂了句什么。可当他一抬头，认出了冯慎模样，脸色骤变，从地上拾起苇笠就想走。

　　"慢着！"冯慎将胳膊一横，阻住汉子去路。"你是什么人？"

　　"跟你的……关系没有，"那汉子面沉似水，说话极其生硬。"请让开！"

　　冯慎动也未动，"不讲清楚，便休想离开！"

　　"你不要敬酒不吃，罚酒吃，"那汉子目露凶光，手掌按在了腰间。"让开！"

　　冯慎冷笑道："我要是不让呢？"

　　那汉子没作声，猛地撩开汗褂，掏出支短枪来对准了冯慎。

　　"哼，"冯慎颜色未改，"你果然有古怪。"

　　茶铺里的小伙计见了这架式，早吓得两腿发软，傻在原地，不敢上来劝。就在这剑拔弩张之际，只听楼梯上"噔噔噔"几声，一个胖大的身影冲了下来。

　　"哎哟！这怎么话说的？放下枪放下枪，那小哥是我相识！"

　　"曾三爷？"冯慎一怔，"你怎么在这儿？"

　　"一言难尽啊"，曾三转朝那汉子道，"您冲我的面，先把枪放下吧！"

　　那汉子依言，垂下枪口，冷眼瞧着冯慎。

　　"三爷"，冯慎一指那汉子，"这人鬼鬼祟祟的，是个什么来历？"

　　曾三赶紧道："冯兄弟你放一百个心，他绝不是什么歹人！"

"是吗？"冯慎道，"可三爷你越是这样说，我越是感觉……"

曾三追问道："感觉什么？"

冯慎微微一笑，"感觉你们定是有事瞒我！"

"冯兄弟，你这理儿挑的对！"曾三一跺脚，"咱们是换命的交情，瞒谁我也不能瞒你啊。不过这里说话不方便，你先放他走，咱哥俩楼上说。"

冯慎头一摇，"事情没问明白，这人还不能放。"

"兄弟，你就信老哥一回！"曾三急道，"之后定会给你个满意的交代……要那会儿还说不清楚，老哥情愿让你拿下大狱！"

"三爷既然把话说到这份上了，我若再强拦，倒有些不通情理了"，冯慎身子一让，冲那汉子道，"罢了，你走吧。"

"哼"，那汉子收起枪，气呼呼地走了。

曾三摸了块碎银，扔给一旁小伙计。"这里没别人，就你小子在。要敢出去乱嚼舌头，仔细你的脑袋！"

"是是，"小伙计点头连连，"小的什么也没瞧见……什么也没瞧见……"

"知道就好，"曾三朝冯慎一邀，"兄弟，咱楼上请。"

刚进二楼雅间，曾三便将房门关闭。冯慎在桌前一坐，问道："三爷，现在你可以说了吧？"

"那人算是个新主顾吧……"曾三替冯慎斟杯茶，"与我有点……嘿嘿……有点生意上的交际。"

"佩服啊"，冯慎道，"才这几天，三爷的买卖就重新支起来了？"

"全靠朋友帮衬，"曾三笑道，"又多借了些本金，弄起个小本生意……"

"三爷谦虚了，"冯慎道，"你那生意应该不小。"

曾三反问道："冯兄弟何出此言？"

冯慎道："刚才那人苇笠掉了，我见他头蓄短发，脑后无辫，加上那怪里怪调的言语，我猜他应是个东洋人。三爷与东洋人都有买卖往来，那生意还能小得了吗？"

"哈哈哈……兄弟，你有双火眼金睛哪！不错，那人确是个东洋人，并且……"曾三说着，压低了声音，"并且还是他们日本领事馆的参赞。"

"还是个参赞？"冯慎奇道，"那他为何要做那副腌臜扮相？"

"这……"曾三犹豫一阵，才道，"得！老哥也不藏着掖着了。不过你知道后，千万别给外人透……这可关系着老哥的身家性命啊！"

冯慎道："三爷放心，我会守口如瓶。"

"有兄弟这话，老哥也没啥好顾忌的了。"曾三又道，"那参赞之所以扮成那样，是因为怀里揣着'宝贝'，怕被人盯上！"

冯慎一愣，"宝贝？什么宝贝？刚才我与他相撞，也未察觉他身上藏着东西啊。"

"那玩意儿不大，"曾三手指一比画："也就个两三寸长短。"

"三爷，"冯慎道，"那究竟是个什么？"

"一枚周朝的青铜带钩，"曾三道，"我卖给他的。"

"那可是个老物件啊，"冯慎问道，"三爷从哪儿弄来的？是祖传之物？"

"嘻"，曾三一咧嘴，"什么祖传之物，老哥我前几天上赶着铸的，假的！模子里一浇，再做点旧，要多不值钱就有多不值钱！"

冯慎道："三爷还有这手艺？"

"这不也是没辙了吗，"曾三苦笑道，"兄弟你不是问我现在做啥吗？这会儿该知道了吧？老哥我在造假呢！什么旧画、古玩、老把件……只要能混钱蒙人的，老哥我都做。"

"三爷，"冯慎一皱眉，"做买卖得讲诚信，你这……"

"兄弟啊，"曾三爷叹道，"老哥知道骗人要损阴德，可在这一行里，得另当别论哪。古玩这行，拼的就是个眼力。真真假假，全都在那摆着，自个儿眼力不济，能埋怨谁啊？再者说了，玩这个就是图个乐，好比买个元青花，你花再多银子，不也只能在宅子里摆着看吗？不当吃不当喝的，真假有什么两样？所以说啊，这真与伪只在内行眼中。行家识货，不可能在我这花冤枉银子。但凡从老哥手上买古玩的，都是些附庸风雅的半调子。既然不懂行，那这真品、赝品也就无所谓了。那本《石头记》里不是有句话嘛，'假作真时真亦假，无为有处有还无'啊。"

冯慎摇头笑道："三爷这通'高论'，还颇有几分禅机啊。"

"嘿嘿，"曾三道，"兄弟你这是在绕着弯儿损我吧？"

"岂敢岂敢，"冯慎道，"三爷，那日本人又是怎么找上门的？"

"是这样，"曾三道，"我造的那些假货，一部分送到琉璃厂去鱼目混珠，而另一部分，专为那些洋鬼子留着。我听说不少洋人都好搜集咱们的古董，可咱老祖宗代代传下来的真东西，能叫他们洋鬼子拿去吗？不能够啊！所以老哥就托关系跑领事馆，忽悠他们来买假货。就像今天这日本参赞，我用丁点儿大的小破烂，便狠宰了他两百两……嘿嘿，保全了咱们的真玩意儿，还能敲上几笔洋竹杠。多少且不说，把他们从咱大清国勒索的赔款，捞回一点儿是一点儿。嘿嘿嘿，兄弟你说，老哥这算不算为国效力？"

"能把'作假'说得这般冠冕堂皇，三爷可真是无古无来啊"，冯慎话锋一转，"然那东洋人中，不乏精通汉学者，三爷就不怕被他们识破？万一那参赞察觉那衣带钩不是周朝古物……"

"哼哼，小日本也配懂古玩？"曾三不屑道，"咱们周朝那会儿，他们那破岛上有没有人还两说呢。我估摸着啊，最多就几只海王八在趴着晒盖呢！"

"哈哈哈，"冯慎乐道，"三爷真是妙语连珠啊。"

"嘿嘿，"曾三又道，"不过兄弟，你可真得紧着点口。造假这事可大可小，万一走漏了风声，被洋人知道了，老哥这吃饭的家伙就保不住了。"

"三爷这就露怯了？"冯慎揶揄道，"前番那些慷慨激昂，可都算白说了啊，哈哈哈。"

"兄弟你就别拿老哥开涮了，"曾三道，"我这不也为了自保嘛，小心驶得万年船啊。那些个洋人，连朝廷都惧怕三分，老哥万一犯在他们手里，还能有个好？其实老哥开始时，心里头也直含糊，便提前备了两样玩意儿，让那东洋人自个挑。可那小鬼子不识货，偏偏相中了那假带钩……嘿嘿嘿，留下这对东西没要。来，兄弟你上上眼。"

曾三说着，从袖里摸出一对红彤彤、亮莹莹的大核桃，随手朝桌上一搁，便立的稳稳当当。

冯慎眼前一亮，"这对核桃纹路精奇、包浆润透，能配成这么一对，着实难得啊。"

"哟？"曾三道，"兄弟这话，可一点也不外行哪。"

"见笑了，"冯慎摇头道，"对于这类把件儿，我虽然颇感兴趣，奈何无人提点。正好三爷给说说，我好跟着长长见识。"

"那成，老哥就献丑了，"曾三一指那核桃，"这对玩意儿，唤作'闷尖狮子头'，矮桩大底，周正雍容。你瞅那筋儿多圆厚，那底儿多平稳，沉甸甸跟对小铁球似的，揉着都撞手！兄弟若不信，拿起来试试便知。"

冯慎取了一掂量，赞道："这分量果然不轻。"

"是吧，"曾三道，"这对稀罕物，还是十年前我亲自去平谷抓的，也不知择了多少颗才配出这么一对儿。揉了这么多年，皮都盘成琥珀色了。那话怎么说来着？贝勒爷三件宝，扳指儿、核桃、笼中鸟！这么上讲究的好东西，嘿嘿，小鬼子愣是不要！"

"没要也好，"冯慎把玩着那对闷尖，"省得明珠暗投了。"

"可说是呢"，曾三笑道，"好货卖识家。若真让那小鬼子买去，我还怕他砸了掏仁儿吃呢！冯兄弟，你也甭在那爱不释手了，要是喜欢，直接拿去！"

冯慎笑了笑，将闷尖放下。"我可没那么多闲钱。"

"骂我呢？"曾三道，"老哥白送你！"

"三爷，"冯慎辞道，"我也不是跟你客气。这东西我之前从没揉过，怕盘揉不当再给弄裂了。这样吧，就先存在三爷那里，等啥时候入门了，再去找三爷讨。"

"那行吧，我先替你盘着，"曾三摸了摸茶壶，"哟，这水都凉透了，我让他们换壶热的来？”

“不必麻烦，”冯慎起身告辞，“我还有事，恕不奉陪了。”

月上柳梢，洒下碎银一片。灯影幢幢下，曾宅内依旧热闹非凡。

有道是：贫居闹市无人问，富在深山有远亲。经曾三一番经营，举宅上下又重新兴旺起来，恢复了往昔的气派。短短时间内，曾三不单将家宅修葺一新，并且还添雇了十几号人手充当仆役护院。不晓得内情的，都以为他是撞了横运，捡到了狗头金。

与以往不同，如今这曾宅的大门，不管白天还是黑夜，都是紧紧地关闭着。里面人做什么，外头全然不晓。街坊在艳羡之余，不免猜疑纷纷，都传曾三在家里偷偷供着搬财狐仙，故能源源不断地聚敛钱财。有甚者还言辞凿凿，说亲眼瞧见过曾宅里有黑影飞进飞出，那定是狐仙在替曾三运钱。闲话传的一多，信的人还真不少。曾有几个破落户穷疯了，想去扒着墙头探个究竟，结果还没等摸着墙边，便被伏在暗处的护院发觉，拖到野地里打了个半死。这一通杀鸡儆猴，令那些是非之人，虽心犹觊觎，可也不舍得自家一身好皮肉。

是夜，阑意正浓。曾家紧闭的大门外，轻轻走来一人。那人一袭青衫，在黑暗中分外惹眼。还没待他靠近，斜刺里便冲出几个黑衣护院。

“站住！干什么的？”

来人不慌不急，“在下冯慎，是来找你们主子的。”

“冯慎？没听说过！”一个护院喝道，“当家的吩咐了，晚上一律不见客！你快走吧，别他娘的讨不自在！”

“哼，”冯慎冷笑道，“真是庙小妖风大，池浅王八多。几日没来，这曾宅里倒是添了不少看门狗啊。”

“嘿！还真有不怕死的？小子，一会儿有你受的！”那护院手一招，“哥几个，给我朝死里打！”

随着一声暴喝，几名杀气腾腾的护院便齐朝冯慎扑去。

见那些护院来的凶恶，冯慎出手也毫不留情。一个扫堂腿，当先两名护院便被放倒。再疾疾进招，冲在人群中攻撞截打。

眨眼工夫，方才那些不可一世的护院，便横七竖八地趴了一地，呻吟惨叫之声，此起彼伏，不绝于耳。

“你等凶残暴戾，也该尝尝苦头了！”冯慎掸了掸前襟，又欲上前叫门。

可刚踏上台阶，一名护院便踉跄爬起，悄悄摸出把短刀，照着冯慎后背便扎。

那护院只顾着扎刺，却不觉月光已将他影子投至冯慎脚底。冯慎余光一掠，便知有人偷袭。身子急忙侧让，避开身后杀机。

"好毒的心肠！"瞥见那寒利的刀锋，冯慎不由得大怒，一把扯过那护院，当胸便猛击数掌。

那护院口吐鲜血，身子直直朝后仰倒，后脑磕在门上，登时昏死过去。

经这么一撞，院门"砰"的发出一声巨响。片刻光景，院中便蹬音纷杂，紧接着大门一敞，跑出曾三一行人来。

"哎哟……"曾三迈步太急，被门槛下躺着那护院绊了一跤。

冯慎伸手一扶，"三爷小心。"

"冯兄弟？"曾三探头望了一眼，目瞪口呆。"哟？他们这都是怎么了？"

"给三爷赔罪了，"冯慎拱了拱手，歉然道，"适方才我来求见，岂料尊介阻着不让，几句话不投机，他们竟要来打。没奈何，我只得与之相抗。"

"这帮瞎眼的奴才！"曾三作势骂了句，低头看了看脚下那昏迷的护院。"哎，他不会没气了吧？"

"应该只是晕厥，没有什么大碍。"冯慎指了指地下短刀，"争斗之下，我发觉他持刀来刺，为求自保，出手便重了些。皆是无奈之举，三爷可别拿怪啊。"

"兄弟哪里话？你没伤着老哥就放心了"，曾三朝后吩咐道，"还愣着做什么？赶紧把这几块料弄进去！"

"是。"院内又跳出来几个大汉，七手八脚地将那些护院抬到里面。

"三爷，"冯慎又道，"好端端的，你为何在门前添了守卫？"

曾三小心地朝四面望望，扯着冯慎便往里拉。"走，先进去再说！"

刚入宅中，曾三就立即把大门闩牢。

冯慎见状，越发的不解。"三爷如此警惕，莫非在防避什么？"

"唉，"曾三轻叹一声，"可不就是吗？老哥我添设守卫、关门谢客，正是为了躲着旁人啊。我那造假的作坊，就置在后院里，若不慎重些，怕被官府一窝端啊！"

"难怪"，冯慎道，"不过三爷，你这种风险营生，怎么还选在了自家宅里？"

"还不是想省下些本钱吗？"曾三苦笑道，"在自个宅里，不需另赁场地，相对还隐蔽些，那些雇来的匠人吃喝都在里面，也能减下不少住宿花销。这人手一多，相应开支也就大了，若不精打细算，赚的还不够赔的哪。"

冯慎抬眼看去，见不少人三三两两的，聚在院廊下朝这边观望。"三爷是煞费苦心了，可你雇来的那些人，看上去却很悠闲啊。"

曾三虎起脸，冲对面吼道："看什么看？滚到后院干活去！"

那些人闻言，赶紧低头顺目，陆续散了。

"兄弟你瞅瞅，都是些属驴的，不催着不动弹"，曾三摇头道，"唉，没一个能让我省心的。"

"知足吧三爷"，冯慎抬头看了看夜色，"这个更次你还让他们做活，没埋怨你就算不错了。"

"可不是我心黑啊"，曾三赶忙解释道，"像我们这种营生，就得等夜深人静了才好下手。"

"夜深人静好下手的营生，可不止一种啊。"冯慎笑了笑，又道，"三爷，那作坊在后院是吧？带我去开开眼？"

"那里又脏又乱，有什么好瞧？"曾三一把拦住，岔开了话头，"哦，老哥忘记问了，兄弟今晚过来，可有要事吗？"

"也没甚大事"，冯慎道，"是这样。今日得见三爷那对'闷尖狮子头'，十分喜爱。虽蒙三爷相赠，可当时也没好意思拿……岂料回去之后，竟惦记的寝食难安。这不，便厚起脸皮儿来讨了，哈哈……"

"兄弟啊，叫我说你什么好啊？"曾三大笑道，"那对玩意儿就在屋里，临走时老哥给你捎上就是。走走走，院里备着酒菜，咱哥俩喝几杯去！"

"那就叨扰了"，冯慎笑笑，跟着曾三来到天井里。

天井正中，设着一张小桌，桌上杯盘满满，皆是肉食陈酿。

冯慎低头望了一眼，"三爷真是好胃口。"

"嘿嘿，"曾三笑道，"也就是见今晚月亮好，便随意弄些酒菜来独酌，恰好兄弟来了。还真别说，这一个人喝酒，着实闷得慌哪。"

"哈哈哈"，冯慎一撩后摆，靠桌坐定。"三爷，你这是在蒙我呢！"

第十二章 铩羽而归

月至中天，夜洁如水。听了冯慎的话，曾三的神情颇有些不自在。

"兄弟，"曾三皱了皱眉，问道，"老哥蒙你啥了？"

"太白虽有诗曰：举杯邀明月，对影成三人。"冯慎笑笑，朝桌上一指，"可若是独酌，又何需三只酒盏？莫非三爷真有广大神通，能将蟾宫仙子邀下凡尘？那盏中皆余残酒，该不是仙子见了我来，酒也不喝了，赶紧慌得躲起了吧？"

"兄弟又说笑了，"曾三颜面一松，嘘了口气。"老哥要真能把嫦娥请来，肯定得让她跳个舞给咱哥俩儿瞧瞧啊……是这样，方才有两个管事的匠作，见我在这喝的口滑，便嚷着来讨酒。我被缠得没法儿，就匀了他们几杯。正喝着，你就来了，我见状便赶紧打发他们离桌……嘿嘿，老哥之所以没实说，是怕兄弟你嫌弃啊。"

曾三一面说着，一面想撤下那两只多余酒盏。

"且慢，"冯慎一拦，道，"既然喜好这杯中之物，想来也是性情豪爽之人。酒逢知己千杯少，三爷不妨再将那两名匠作师傅叫出来。"

"我看就不必了吧？"曾三摆手道，"都是些上不了席面的粗人，叫他们做什么……"

"哈哈哈，"冯慎突然高声笑道，"三爷又在蒙我了！能跟你曾大统领同桌共饮的人，还能上不了席面？"

"什么统领？"曾三闻言，脸色骤然大变，"兄弟你说的话……老哥可是越来越听不明白了。"

冯慎道："既然三爷要装糊涂，那这层窗户纸，便由我来捅破吧。若我所料没错，方才在这里喝酒的，根本就不是什么匠作，而是你粘杆处的二位魔使！"

"嘿嘿，"曾三冷笑道，"兄弟你酒还没沾唇，怎么就开始说起了醉话？老哥受粘杆处那伙恶贼迫害，可是你亲眼瞧见的，那恶人统领，是那吃里扒外的董大海啊！"

"董大海？"冯慎反问道，"真的是他吗？"

"不是他还能是谁？"曾三急道，"是他假扮成我的模样，与海棠那贱人串通起来害我，你当初不也说了嘛，他们粘杆处有邪法，会制人皮面具……"

冯慎道："照三爷之意，我在城郊庄院见到的，应该是董大海了？"

"想来是他、想来是他……"曾三忙道，"我当时早被他们制服，囚在地窖里呢。"

冯慎又道："若董大海真是贼首，那他原本的相貌，手下人应该早已熟识。那夜庄院中并无外人，他为何不以真实示人，反要自找麻烦、戴上你曾三爷的面具？"

"这个……"曾三迟疑一阵，道，"他那会儿往来于曾宅和那庄院，或许……或许想图个出入方便吧。"

"那好，"冯慎道，"再请教三爷。那董大海既然掌控了曾宅，还留你何用？换作是我，定会将你除去以绝后患。并且那夜他们弃宅逃离，有闲暇卷走古董细软，却没空处置你这囚在地窖中的曾三爷？或杀或挟，都花不了太多工夫吧？"

"歹人的心思我哪知道？"曾三狡辩道，"许是他们觉得费事，想把我扔在地窖中慢慢饿死吧。"

"笑话！"冯慎道，"那地窖在后院中如此突兀，一眼就能察觉。只要稍加搜寻，便能救你出来。粘杆处行事滴水不漏，怎会那般疏忽大意？对了，三爷不提我还忘了问，那口地窖是怎么来的？"

"还能怎么来？"曾三道，"挖的呗！"

"我当然知道是挖的，"冯慎道，"我是问那地窖挖来何用。"

"自然是存菜贮酒，"曾三道，"我说冯兄弟，有地窖的人家多了去了，我凭啥就不能挖？"

"三爷不必顾而言他，"冯慎冷笑道，"你这仿苏州庭院的宅子，可不比那寻常百姓家。曲水池环绕，太湖石林立，又岂会大煞风景，挖一口不伦不类的地窖？"

曾三语塞半晌，道："兄弟认准了我是那统领？"

"不错！"冯慎笃定道，"那粘杆统领就是你曾三爷！而那口地窖，也无非是你们这伙恶贼提前备好，用以存赃密会！"

曾三面色愈加阴沉，"兄弟，话可不能乱说！该不是你们捉不到那董大海，便想拿老哥来抵罪吧？"

"哈哈，"冯慎笑道，"世间并无董大海这人，我又何须捉拿？不止如此，就连那海棠，也是三爷编排出来的人物，你杜撰了这么一出故事，不就是想瞒天过海，让我们不往你身上起疑吗？"

"这些都是你的猜测！"曾三忿然道，"你有什么凭证？"

"凭证当然有！"冯慎道，"我跟三爷挑明了吧，打你从地窖出来那天，我便看出你在演戏！之后种种，无非是将计就计，只待合适的时机，好将你们粘杆恶贼一网打尽！"

"嘿嘿嘿……原来你早知道了，"曾三阴笑道，"不知我哪里露了破绽？"

"破绽可谓是不少啊，"冯慎接着道，"依三爷那套说辞，应该是被恶人关了小半年吧？然半年前，我尚在顺天府任着司职经历，缘何你当时在双眼蒙蔽之下，仅凭一句'冯巡检'，便知道是我？还有，三爷被救出后，为让我相信你是久困，便装出饥肠辘辘的样子，带我去天桥，吃了顿卤煮小肠……"

曾三道："吃卤煮又怎么了？难道也露了马脚？"

"是啊，"冯慎道，"正是那陈氏父子的一番话，才让我对三爷的真实身份更加的确凿！那陈老汉曾说，他们是今年谷雨时节才到的京师，那会儿曾爷若真在地窖里关着，又怎会知道天桥附近来了家小肠陈！？"

曾三张了张嘴，无言以对。

冯慎继续道："至于董大海和海棠，正是你偷梁换柱的掩饰。你胡乱描述他们的模样、信口编排他们的身世，看似是提供线索，实则想混淆视听。利用两个并不存世的'假人'，将我们的视线完全转移，好让你那一伙残党，堂而皇之地隐在官府的眼皮子底下。不得不说，三爷这套以假充真的连环计，使得倒也算漂亮。可惜假的终归是假的，再怎么粉饰，也成不了真！"

"冯慎啊冯慎，你小子真是太可怕了！"曾三脸一仰，目透狠光。"没错！我便是尚虞备用处现任统领！"

"三爷总算认了，"冯慎道，"不过我有一点不明，当初在那庄院中，你为何不将我杀了灭口？"

曾三冷冷说道："之所以不杀你，用意有二。这其一正如你所说，是我那庄院暴露，兄弟们无处藏身。故而我灵机一动，设出了那局。我们先赶到曾宅，将钱财埋在那地窖的暗层中。而后让手下将我捆绑，反锁在里面。等官府发现后，我再用那套说辞蒙混过去。待风头一过，便以雇用人手为名，将我那帮兄弟，正大光明地'雇'回宅中。至于其二嘛，是想在你身上讨样东西。嘿嘿，你小子精明伶俐，应该知道我要的是什么吧？"

"我猜得到，"冯慎点了点头，"三爷想要的，是那'轩辕诀'！"

"知道便好，"曾三语调一软，道，"兄弟你自己想想，为藏那'轩辕诀'，你担了多少凶险？你留着反正也没用，不如换我代为保管。少了这份累赘，安心跟着肃亲王飞黄腾达岂不更好？"

冯慎苦笑道："三爷或许不信。那'轩辕诀'早被抢走了，至今为止，我都不知夺'轩辕诀'的是何人……"

"信！我怎么不信？"曾三道，"夺'轩辕诀'的，是个功夫极强的神秘人！"

冯慎一凛，"这事你也知道？"

"嘿嘿，"曾三道，"那夜你去悦来客栈取'轩辕诀'，我就一直在暗处悄悄跟着。怕被你发觉，我使用那训养的鹞哥引路。本想寻好机会再动手，谁知半路却杀出了程咬金。"

冯慎眉额紧拧，回想道："可据那神秘人所说，他与你们粘杆处并无瓜葛。"

"是的，"曾三道，"当时那神秘人夺去'轩辕诀'后，飞石击杀了我那鹞哥。他亮了那一手，我才知他早就察觉我躲在暗处，故没敢轻举妄动，任由他带着'轩辕诀'，如鬼魅般消失了……"

"三爷，"冯慎不解道："'轩辕诀'既然被抢，为何还来找我讨要？你应去寻那神秘人。"

"你当我没找吗？"曾三道，"可自那晚后，那个夺'轩辕诀'的神秘人便像泥牛入海，根本寻不到半点踪迹。我久思之下，还是将念头放回了你身上！"

"明知无果，仍图所欲。"冯慎笑道，"三爷这样，无异于缘木求鱼啊。"

"嘿嘿，"曾三也笑道，"冯慎啊，你小子鬼花肠子多。谁知那神秘人抢去的，是不是本假的？"

冯慎心中一颤，面上却不动声色，"三爷非要这么想，那我也无话可说。"

"兄弟，"曾三道："那'轩辕诀'要还在你手里的话，劝你还是交出来。要不你这后半辈子，可就别想安生了。实话告诉你，我这上头，通着天！"

"通着天？"冯慎冷笑道，"我倒想瞧瞧，三爷头顶那天，究竟有多高！"

"就怕你没命瞧！"曾三喝道，"冯慎，交出'轩辕诀'，咱们之后便井水不犯河水。如若不然，你就别想活着出这曾宅！来啊！都别藏着了！"

曾三话音刚落，后院里便涌出十几号人。假瓦匠与疤痢眼各带了人手，将冯慎前后围定。

"一窝蛇鼠都到齐了，这阵势着实令人心慌啊，"冯慎伸手取过酒盏，不紧不慢地呷了口酒，"容我先压压惊。"

"才知道害怕？"曾三道，"晚了！"

冯慎看一眼曾三，轻蔑道："三爷只距我几步之遥，我若挟持了你，你这帮手下还敢轻举妄动吗？"

"你能挟持我？哈哈……哈哈哈哈……"曾三狂笑道："小子，我承认你功夫不赖，可跟我比起来，还差着老大一截呢！"

"哦？"冯慎道，"三爷不是说笑吧？记得那夜在庄院中，我双手被缚，三爷仍是敌我不过啊。"

"那晚是有心放你，所以才故意卖了几个破绽。"曾三眉毛一挑，满脸倨傲。"你小子若不服气，大可来试试！"

"人贵自知。既然三爷有把握，那我何苦自讨没趣？算了，我也唤些帮手吧！"冯慎手一松，掌中酒盏在地上摔了个粉碎。

随着一声脆响，曾宅四面突然火光大起。曾三与院中众匪一愣神的工夫，墙头上便已趴满了荷枪实弹的火枪兵。

望着那一支支蓄势待发的火枪，曾三直接傻了眼。"官军什么时候来的？怎么……怎么没人发觉？"

"统领"，一名恶徒苦着脸道，"今晚盯梢的几个弟兄……都在屋里躺着呢……"

"好你个冯慎！"曾三回过神来，恨道，"怪不得你在门口下了重手，原来是早有预谋，想去了我的眼线！"

"哈哈哈"，冯慎笑道，"为把你们尽数拿获，肃王还特意从火器营调来人手。若不提前清掉三爷耳目，如何将你这曾宅团团围定？"

"冯巡检"，墙头跃上一名蓝翎长，"我们火器营的人马已部署就位，巡捕营的兄弟也候在外头，随时都能破门！"

"有劳，"冯慎冲墙头一拱手，"冯慎斗胆，请诸位兄弟再缓上一缓。"

"冯巡检不必客气"，那蓝翎长回道，"肃亲王有吩咐，让我们全力配合，那就等你号令了！"

蓝翎长说完，便按兵不动，一双虎眼，紧紧留意着院内动静。

"三爷，"冯慎转过头，"在这四面楚歌下，你还想负隅顽抗吗？"

"唉"，曾三长叹一声，"力拔山兮气盖世，时不利兮骓不逝……看来我尚虞备用处，气数将尽了……"

"哼哼，竟然自比那西楚霸王？"冯慎冷笑道，"那三爷是否想要自刎谢罪呢？"

"江东子弟多才俊，卷土重来未可知。我曾某人岂会束手就擒？"曾三从袖口暗捏一支长镖，趁冯慎不备，甩手掷去。"跟你们拼了吧！"

那长镖来势刁钻，宛若一道寒光，朝着冯慎心窝扎去。再想闪避，已然不及。情急之下，冯慎只得将身形疾转，以肉肩生受了这一镖。

"大胆凶徒！"墙上蓝翎长见状大怒，手中令旗就要挥下。"给我毙了这匪首……"

"慢！"冯慎抱臂急喝道，"兄弟们少安毋躁，先莫开枪！"

"可是这……"那蓝翎长切齿道，"罢！就听冯巡检的！"

一干火枪兵闻言，也都将瞄好的长枪慢慢放下。

"谢了，"冯慎一咬牙，将肩头长镖拔下。"嘶……三爷好俊的镖法……"

"小子，要攻便攻，"曾三阴起脸，"啰啰唆唆地废什么话？"

"三爷不畏死，可也得替你这帮手下着想吧？"冯慎道，"要真火拼起来，他们可要吃大亏！"

"我们尚虞备用处，就没有贪生怕死的孬种！"曾三冷冷地环视众匪，"兄弟们，你们说是吗？"

被官军一围，众匪早吓得噤若寒蝉，可在曾三淫威下，也只得硬着头皮道："我们……我们与统领共存亡。"

"共存亡？哼！"冯慎将手中长镖一仰，对众匪道，"你们瞧清楚了，这确是你们统领之物吧？"

"废话！"疤瘌眼喝道，"这是我们统领的独门暗器！"

"这便对了！"冯慎道，"这种尖长的'柳叶镖'，我曾见识过！你们粘杆处，是有个叫青魅的吧？"

"是又怎样？"假瓦匠两眼一瞪，"小子，你到底想说什么？"

冯慎淡然道："我要说的是，那青魅便是被这种暗器一镖穿喉。当时在顺天府大堂上，有目共睹！为了灭口，你们这统领不惜镖杀老兄弟，似他这种人，还值得你们为他卖命吗？"

乍闻此语，众匪一片哗然。疤瘌眼看着曾三，满面皆是惊诧。"统领，青魅使当真是你杀的！？"

"别信他！"曾三一慌，继而大喝道："青魅是死在那干衙役手上，你们休听这姓冯的挑拨！"

"挑拨？"冯慎道，"三爷既然敢做，又怎么不敢承认呢？青魅中镖身亡，顺天府里每一个差人都是亲眼所见！"

"放屁！"曾三恼羞成怒，"那会儿青魅已赚得衙役离堂，除去你们几个在大堂上的，其他差人怎么可能看到？"

"哈哈哈，"冯慎笑道，"三爷若不在场，又怎知青魅曾赚得衙役离堂？"

"我……我……"曾三心里一慌，登时方寸大乱，"我是后来才打听到的！"

冯慎哼道："这种蹩脚的鬼话，会有人相信吗？"

"姓冯的，你话太多了！"曾三阴着脸，又暗捏了一柄长镖。

还未等长镖离手，曾三便觉腕间一疼，低头一看，掌背上竟赫然扎着一枚钉箭。

"啊呀！"曾三怪叫一声，抱手滚在一边。

紧接着墙头上跃下一人，向着冯慎疾疾奔来。"冯大哥，俺来晚了！"

"香瓜，"冯慎大喊道，"这里危险，别过来！"

"都他娘别傻愣了！"曾三喝骂道，"快抓住这两人！官军投鼠忌器，不敢胡乱开枪！"

众匪反应过来，忙朝着二人扑杀而去。冯慎肩头负伤，自然难于招架，香瓜赶紧使出浑身解数，接连射伤数人。

混战之中，冯慎瞅个空隙，一把揽住香瓜，滚出了重围。

一见二人脱困，那蓝翎长再也按捺不住，不等冯慎开口，便下了开火号令。"给我打！"

火枪兵闻令，便想要拉栓搂火，可没等扣下扳机，身旁插着的火把，居然齐齐灭掉。

火把一熄，火枪兵顿时成了瞎子，未及重续上火种，便被人接二连三地踢下墙头。与此同时，曾宅屋顶瓦片碎响，几条黑影如鬼魅一般，疾疾穿梭在重檐之上。

"不好！恶贼还有帮手！"冯慎猛地将香瓜推入花丛。"先在这躲着，我去开门！"

说完，冯慎便飞身冲了出去。谁知刚抽下门闩，院外就闪起一团白光。那白光异常耀眼，隔着门缝透来，冯慎都觉刺目无比。

冯慎心中一沉，赶紧将院门开打。可映入眼帘的，竟是不可思议的一幕：门外巡捕营的兄弟，皆紧捂双眼，嗷嗷惨叫着，在地上痛苦的翻滚。冯慎仅一怔，当即便明白过来。定是方才那团白光，令他们双眼暴盲。

突然间，门檐上倒挂下一个人影。冯慎只觉眼前一花，胸口已多了数道血痕。

冯慎急急后纵几步，这才看清了突袭之人。那人遍体紧扎的黑衣，头戴一张赤红色的鬼脸面具。双手指掌间，环套着一对锋利的铁爪，冯慎胸前伤口，显然是受它所创。

"冯大哥！"香瓜惊呼一声，哪里还藏得住？唰唰射出几枚钉箭，赶向冯慎身旁。

见钉箭射来，那人上蹿下跳，灵巧的如一只狸猫。身法之敏捷，路数之诡异，令人匪夷所思。

待避过钉箭，那鬼面人又朝香瓜连连进招。香瓜不等他靠前，便拨转弩机，将所剩的钉箭，一股脑儿地打向他面门。

岂料那鬼面是精钢打制，钉箭击中后，面具上仅被扎了些浅坑，便尽数撞落在地。趁钉箭射罄，那鬼面人扑势不改，双爪一扬，朝着香瓜抓去。

"小心！"冯慎奋不顾身，飞奔来护。

鬼面人身形忽变，足尖在香瓜身上一蹬，反借力向冯慎抓去。冯慎没防他会使个骗招，登时眼花缭乱、措手不迭。

仗着指爪尖利，鬼面人频频逼击。冯慎赤手空拳，只好险险躲避。香瓜见状，心急似火，胡乱从地上摸了块碎石，便朝鬼面人狠狠掷去。

鬼面人正欲逼欺，忽察脑后破风声大作，赶紧撤招回身，挥爪将那飞石格开。

时机转瞬即逝，冯慎哪肯放过？身子猛地一突，将鬼面人左臂死死钳制。得手后，冯慎便双肘急绞，想要错骨分筋、废其一臂。可这么一用力，竟然牵带了肩头镖伤，冯慎疼的倒抽口凉气，劲道霎时骤减。

鬼面人大惊，忙使右臂来抓。冯慎步法稍滞，竟让他搭住了臂膀。鬼面人爪尖一收，一块血呼啦的皮肉便扯下。

冯慎暴喝一声，抬腿疾踢，鬼面人生受了几踹，跟跄倒退至一旁。

正对峙着，院外突然冲入一人，操着把火枪，便朝那鬼面人打去。"肏你奶奶的！老子毙了你！"

冯慎一瞧，原来是那名蓝翎长。几个灰头土脸的火枪兵，也紧随其后。

火枪兵被踢落墙头，跌了个七荤八素，待清醒过来，胸中自然窝火。一个个端着枪，噼里啪啦地向那鬼面人乱射。曾三等众匪慌了手脚，生怕被流弹击伤，皆抱头捂顶，俯在地上。

趁这工夫，香瓜冲向冯慎。从衣衫上扯了块布条，一面哭着，一面替冯慎包扎。

那鬼面人无心恋战，虚晃几下，后翻着跃到院中。随着一声呼哨，屋顶那几条黑影也直直跳下，与那鬼面人一起，把粘杆众匪围在当中。

那些人与鬼面人一样，皆为同样打扮。左手持着各种奇异兵器，右手却清一色的握把怪伞。

"当心有诈。"冯慎急忙提醒道。

"不妨，"蓝翎长恨道，"管他们什么企图，聚成一堆更好下手！兄弟们，把他们射成筛子！"

"要留活口……"冯慎话未说完，便被乱枪声淹没。

枪声刚响，那些鬼面人就已将手里怪伞撑开。那伞面皆由藤条编织，护在身前宛如一面面藤盾。一排枪过后，院中匪人竟毫发无损。

蓝翎长气不过，正要下令再打，藤伞后却同时抛出几只小球。

那些小球落地即裂，喷涌出阵阵米黄色的浓烟。浓烟见风而漫，茫茫滚滚，在院中笼罩成一片。

冯慎怕那烟雾有毒，拼命叫道："快！掩住口鼻，相互拢靠，各守自身门户！"

火枪兵如坠烟海，目不能视，哪里还敢乱动？都夹挤在一处，将枪口冲外，防备着有人偷袭。

众人提心吊胆地候了半晌，那浓烟才渐渐消散。冯慎抬眼一瞧，心里当场凉了半截。

院中除去满地狼藉，已无众匪踪影。

"唉！"蓝翎长将火枪一摔，垂头丧气道："一个也没逮住，真他娘的窝囊啊！"

冯慎怔了一会，突然道："香瓜，扶我去厢房看看。那些眼线为我所创，应该逃脱不便！"

香瓜二话没说，架起冯慎便朝厢房赶去。可刚推开房门，扑面就是一股血腥。那些重伤的眼线，居然都直挺挺地横在炕上，喉头皆被割裂，惨状触目惊心。

"功亏一篑……竟是功亏一篑啊……"冯慎受伤失血，本已是勉力撑持。心郁气结之下，再也硬支不住，颅内轰鸣一声，顿时晕厥。

得知冯慎伤重的消息，肃王慌得心急火燎，连夜从太医院请来太医，赶赴冯家救治。

冯慎伤处皮肉外翻，深可见骨。几名医官清理了半天，这才慢慢将血止住。包扎敷缠后，冯慎依旧牙关紧闭、昏迷不醒。医官们无法，只得下针去灸。待灸的喉舌稍弛，众人又撬开冯慎唇齿，灌了些清肝疗疡、养血生肌的汤药。

灌下汤药后，冯慎沉沉睡去。听他呼吸趋渐平稳，太医们皆松了口气，这才收拾了药匣，轻轻退出房去。

肃王正急煎煎的候在门外，一见太医出来，当即迎了上去。"怎么样？他没事吧？"

领头一名太医道："王爷放心，冯巡检伤不致命。至于昨夜昏厥，皆因他伤劳过度、五志过极，引得经气逆乱、清窍受扰所致。我等已开好了外敷内服的对症方剂，之后只需按方抓配、自行煎服即可。"

"如此便好，"肃王长舒一声，道，"有劳各位了。"

"王爷言重，"领头太医又道，"哦对了，还有一事得向王爷禀明。"

肃王一愣，"何事？"

领头太医道："是这样，方才替冯巡检包缠伤处时，我们发现他后背上，文着些奇怪的刺青。"

"刺青？"肃王皱了皱眉头，"本王倒是没听他说起过……行了，别管什么劳什子刺青了，只要冯慎无碍，其他的都无所谓！"

"王爷所言极是，"众医官辞道，"既如此，我等便告退了。"

肃王点了点头，又唤过冯全、香瓜。"你们悉心照料好冯慎，赶明儿等他醒了，本王再来看他。"

太医开的方剂着实管用。经过一夜的调养，冯慎终于睁开了双眼。

"冯大哥，你可算醒了，"香瓜喜极而泣，"这一宿你老说胡话，真把俺吓死了！"

"是啊少爷，"冯全也拭了拭眼角，"下回可不能这样拼命了，你要是有个好歹，咱这一大家子可怎么过啊？"

"放心吧，"冯慎笑笑，朝周围望了望。"就你俩在吗？双杏与夏竹呢？"

"哦，"冯全忙道，"前半夜还在这候着，傍明天时见她俩熬不住了，我便让她们先歇着去了。怎么少爷，你找她们有事？"

"没事，"冯慎摇了摇头，"我就是随口问问。"

香瓜从桌上端起一个粥碗，"冯大哥你饿了吧？俺喂你喝粥。"

"不必不必，"冯慎道，"我自己来就好。"

"少爷你就别逞强了，"冯全道，"你浑身上下裹成了那样，哪还端得了粥碗？"

"嗯？"冯慎急急低头一看，见自己胸前、臂上皆缠着绷带，不由得大惊失色。"是何人替我裹的伤！？"

"是肃王请来的太医，"冯全道，"少爷，昨个你重伤昏迷，可把肃王他老人家给急坏了……"

冯全话未说完，门外便传来爽朗大笑。"可不是吗？昨夜本王回府后，还是惴惴不安，这不刚下了早朝，就又跑你这里来了，哈哈哈。"

"王爷，"冯慎挣扎着要起身，"卑职没能擒得匪徒，有负王爷重托……"

"好好躺着吧，"肃王伸手一按，临床坐下。"只要你没事，让那些匪徒逍遥几日又何妨？刚才本王听你问裹伤之事，莫非是嫌那帮太医手艺不行？"

"岂敢，"冯慎忙道，"蒙王爷眷顾，卑职惶恐还来不及。"

"那就好，"肃王冲香瓜与冯全道，"本王与冯慎有事商议，你们先下去吧。"

香瓜、冯全答应一声，退出了屋中。

待二人走后，肃王问道："冯慎啊，现在这里清净了，跟本王说说你那后背是怎么回事吧！"

"后背？"冯慎心里咯噔一下，"卑职后背……怎么了？"

"装！"肃王道，"为你包扎的太医都告诉本王了，说你背上有刺青。你既非聚啸山林的草莽，又不是受罚黥墨的兵仆，怎么也如此轻浮，于身上胡文乱刺？"

冯慎斟酌了一会儿，这才说道："王爷容禀，卑职身后刺青，实为先父所文。"

"是令尊所文？"肃王道，"那想来必有深意……哎呀，越说本王越好奇了，你那背上究竟文着些什么？该不是'精忠报国'吧？"

"王爷取笑了，"冯慎稍加犹豫，便缓缓转过后背，"您老自己看看便知。"

冯慎虽身缠裹带，后心却露了出来。只见他背上有连有断，盘文着八组爻象，阵眼之中，还刺着四列细小的古篆。

肃王啧了一声，道："这是个八卦阵吧？"

"不错"，冯慎回道，"正是个伏羲八卦的阵位图。"

"四……这上面写的是什么？"肃王有些难为情，"本王对那篆书，却不怎么识得……"

冯慎道："回王爷，那所文字迹为：四象两仪，阴阳通极。天泽风水，火雷山地。"

肃王自念了一遍，惑道："这四句话并非诗诀，也不像爻辞，究竟是何意啊？"

"不瞒王爷说，卑职也不知道。"冯慎苦笑道，"当初刺背时，卑职年纪尚小。待长成后，自己对镜反照，才得知背上所文之物。至于那字图之意，卑职也曾问过先父，可每每，先父都含糊其辞，只道这刺青不可为外人窥见，而对其含意却只字不提。眼下先父故去多年，这刺青中的玄机，也已然随他长眠于地下了。"

肃王叹道："令尊此举，着实叫人揣测不透啊。"

冯慎点点头，又道："这刺青之事，恳请王爷为卑职保密。"

"这个自然，"肃王道，"太医那边，本王也已叮嘱他们不得乱讲。怎么说你也是朝廷官员，若被人知道身文刺青，传将出去，好说不好听啊。"

冯慎喜道："谢王爷体谅！"

肃王摆了摆手，"好了，刺青这茬儿就算是压下了，咱们聊聊那粘杆处的事吧。"

"卑职也刚想问，"冯慎忙道，"王爷，那伙粘杆恶党有消息吗？"

肃王摇摇头，又道："那曾宅也已经查抄了，后院里确无什么造假作坊。"

"这便是了！"冯慎道，"卑职就猜到那里面有鬼！"

"有鬼？"肃王不解道，"冯慎啊，那'造假作坊'本就是曾三扯的谎，你为何这么在意他那些谎言？"

"因为那些谎言中，暗含着蛛丝马迹，"冯慎道，"王爷，卑职请令调兵前，曾托您老打听过一个人……"

"有这事，"肃王道，"你是说那个'日本参赞'吧？本王去领事馆查过了，他们日本国的驻京参赞共有三人。可那三人皆年过半百，并没有你所描述的那个人啊。"

"这便是问题所在，"冯慎道，"既然曾三并没有造假作坊，那他哪来的'假带钩'去卖给那'假参赞'呢？"

"本王都听糊涂了，什么假带钩、假参赞的？"肃王一头雾水，"冯慎你慢些说。"

"是"，冯慎笑道，"那卑职就慢慢为王爷剖析。之前曾三私会那日本人，恰巧被卑职撞见，为了掩饰，曾三便信口雌黄，说那日本人买下了他的假带钩。当时曾三察言观色，已经看出卑职颇有怀疑，故拿出一对随身把玩的核桃东聊西扯，好让卑职相信他所言不虚。"

"你分析的不错，"肃王道，"可这又能说明什么呢？"

冯慎反问道："王爷您想，既然不是倒卖假古董，那他俩是因何目的而会面呢？"

肃王顿悟道："你是说那个日本人，是与曾三一伙的？"

"正是，"冯慎道，"在那茶水铺里，曾三与那日本人定是密谋了什么。王爷也应该知道了，昨晚官军围剿曾宅时，眼瞅着就要拿下，却被一群突然而至的鬼面人搅乱了计划。"

"是啊，"肃王道，"本王听说了，那伙鬼面人十分神秘，来历路数皆不可知啊。"

"不然，"冯慎道，"经方才那一番梳理，卑职倒是有点猜到那伙人的来历了。"

"哦？"肃王催促道，"快说说看！"

冯慎道："那伙鬼面人，应该是东瀛的忍者！"

"东瀛忍者？"肃王面上一紧，"冯慎，你拿得准吗？"

"八九不离十，"冯慎道，"对东瀛忍者的传闻，卑职也曾听人说起过。传言这类人受恩主豢养，专司刺探暗杀。由于行事特殊，他们所使的兵具也是千奇百怪。像什么破空回旋的'手里剑'、渡水跨河的'水蜘蛛'等等。昨晚与卑职相抗的那个鬼面人，使的就是一对如利爪般的古怪兵器。现在想来，那双怪爪应该就是忍者所用的'手甲钩'了。还有，那伙鬼面人身背藤制怪伞，既可抵挡铅丸流弹，又能漂浮于水面，恐怕就是那'水蜘蛛'。并且，他们攻撤之时，以闪光、烟幕为掩护，与那般传闻也颇为贴合。"

肃王道："可那些忍者缘何要救走粘杆残党？"

"应是有人在幕后指使，"冯慎接着道，"忍者从小受训，身法极佳，飞檐走壁、翻墙越屋都如履平地。之前曾宅附近的住户说，曾瞧见过曾宅里有运财狐仙在飞进飞出。依此理来看，那些高来高往的'狐仙'，定是那批忍者无疑。"

"照这么说……粘杆处与忍者早有勾结？"肃王忧心道，"他们在图谋些什么？"

"必然不是什么好事"，冯慎道，"然他们具体有何种密谋，这就不得而知了。"

肃王道："不成，本王越想这心里就越慌，一定要想法儿把他们揪出来，不然怕是得出大乱子！"

"王爷，"冯慎又道，"卑职以为，像寻常那种侨居的日本商旅，肯定调动不了那批忍者。能任意驱使这类人物的，应该非官即贵。"

"有理，"肃王颔首道，"在大清国不同于在他们本土，不露声息地养着这么一批忍者绝非易事。那幕后指使之人，必然是大有来头啊。客居京师的日本人里，最有势力的当属领事馆那帮子政要。看来本王得托川岛，好好查查此事了！"

"川岛浪速？"冯慎眉额一拧，"王爷，这个人……不可轻信吧？"

"冯慎啊，"肃王叹道，"本王知道你对川岛颇有成见，可眼下除了他，也没适合的人选了。对于涉外事宜，朝廷历来谨慎，就算是本王，也是有力无处使啊。川岛本身是日本人，托他调查有诸般好处。你想，这事若能查实与日本人有关，那本王自会据理力争。可要拿不到他们的把柄，不也正好避了咱们的嫌吗？要知道，那伙洋人最好滋衅闹事，得防着他们反咬一口啊！"

"话虽这么说，"冯慎道，"然非我族类，其心必异啊。他一个日本人，岂肯帮着大清去对付自己同族？卑职虽与那川岛只见过一面，可也能看出这人野心勃勃。"

"说川岛其志不小，这倒是真的。"肃王道，"可一样米养百样人，在他们日本国中，同样也是众生百态啊。像那川岛，就算是能真心帮着咱大清做事的。"

听肃王如是说，冯慎眉头皱得更紧了。"王爷，那川岛究竟有何过人之处，竟会让您老如此青睐？"

"那本王就说说吧"，肃王道，"算起来，就连咱们大清国，都欠着人家川岛一份大大的人情哪！"

冯慎怔道："人情？"

"可不是嘛，"肃王道，"庚子年间，八国联军攻占了京城。德国人因其公使被杀，便在景山上架起六门巨炮，扬言要炮轰紫禁城。那会儿老佛爷虽已携皇上西狩，可宫里头还留着至少六名皇妃，一旦皇宫被轰破，不光是殿毁人亡，就连祖宗留下的千秋社稷，都要连带着蒙羞啊。就在那千钧一发的关头，有个人孤身登上景山，经他一番苦苦交涉，德国人这才答应暂不轰城。"

冯慎问道："那人就是川岛？"

"是啊，"肃王继续道，"川岛那会儿正任着日本的随军翻译官。当时德国人给川岛提出条件，让他在两天内劝服皇宫守卫打开城门，如逾误了期限，照轰不误。事态岌岌可危，川岛即刻奔赴神武门，以自己作为人质，换得了禁守的信任，最终才开启了内城。等到联军入城后，川岛又调来日军把住各处宫门，对宫中财务清点登记，严防各国兵士劫掠哄抢。直至圣驾回京时，人家将一个完整的紫禁城又交还给朝廷，冯慎你说，他这不是保全了咱们大清的颜面吗？"

"王爷，"冯慎道，"川岛此番举动，未必不是表面文章，战后他们日本索要的款银，可不比别国少啊！"

"这点本王有数，"肃王道，"然不管怎么说，川岛在那批来华的洋人中，已算是难能可贵了。这几年来，川岛帮着咱训练警备、协持治安，总比那帮子只会作威作福的西洋鬼子强吧？"

"将欲废之，必固兴之。怕就怕他另有企图啊，"冯慎轻叹一声，"唉……但愿是卑职多心了。"

"冯慎啊，"肃王道，"其实你所担心的也不无道理，本王会去掂量的……哦，好像有点扯远了，不过本王还是那意思，调查忍者的事，就先暂时托给川岛吧。"

"王爷……"

"好了，你就安心歇养。其他的事情，等你身子痊愈了再说吧！"

第十三章 内忧外患

没出冯慎所料。川岛浪速接受了肃王委托后，虽表示要全力配合，可一连查了数月，依旧毫无进展。别说那批忍者，就连曾三等粘杆余孽也如泥牛入海，杳无踪迹。

在此期间，冯慎与肃王私底下亦曾暗暗寻访，然无一不是徒劳无获。久而久之，冯慎也只得暂时作罢，留待日后再图打算。

金菊初绽，丹桂飘香。转眼一晃，已到了秋高气爽的时节。

这天，冯慎从崇文门当职回来，刚行至半途，却发觉打街边药铺出来个熟悉的身影。

那人膀大腰圆，走起来虎虎生风，光瞧着背影，冯慎便知遇上了老熟人。想到这儿，冯慎赶紧快撵几步，高声叫道："班头请留步！"

那人果是鲁班头。听有人唤他，忙驻足回望。"冯巡检？"

"久违了，"冯慎刚想寒暄，突然见到鲁班头手上拎着两副药包，不由得出言相询："鲁班头，你这是……"

鲁班头晃了晃药包，"来抓了几副金创药。"

"金创药？"冯慎心里一紧，"难道府衙有弟兄受伤了？"

"嗐，别提了！"鲁班头叹口气，"咱那些老弟兄们倒没事，这药啊，是给个不相识的人抓的……"

冯慎越发不解。"不相识之人？"

"是啊，"鲁班头有点着急。"这事一半句也说不明白，要不咱俩还是边走边说吧。那人伤的很重，我怕他熬不过，得先回去给他上药！"

"对，救人要紧！"冯慎也迈开步子，"这样吧，我也随班头去瞧瞧！"

二人行色匆匆，直抄近路。片晌工夫，便已越过了两条胡同。

鲁班头紧了紧怀里药包，"冯巡检，我把这事从头跟你说下吧。今天下午，顺天府来了个汉子。那汉子浑身是血，几乎是一路跌爬过来的。刚到府衙门口，他便支撑不住，一头扎在台阶上昏迷不醒。"

冯慎道："听这情形，像是出了大事想要报案的。"

"我也这么想啊，"鲁班头道，"我一见人都那样了，就先让弟兄们把那汉子抬到签押房，然后又去找李希杰禀报。"

冯慎问道："李府尹如何说？"

"哼，"鲁班头恨道，"还能怎么说？凡遇上这等麻烦事，他巴不得一推六二五！"

冯慎眉额一拧，"人都在府衙里了，他难道还打算不管？"

"这话他倒没说，"鲁班头道，"那姓李的只道那汉子来历不知，昏迷之中也无法问询，让我们几个先在签押房守着，自个儿却出衙门赴宴去了。那汉子虽然昏着，伤处还是血流不止，这不，我就急冲冲地出来买药了！"

"真是难为班头了"，看着这面冷心热的鲁班头，冯慎颇为感动。"哦，那汉子是受了什么伤？"

"这个我还真说不上来，"鲁班头道，"他那前胸后背都是一道道血痕，皮肉跟犁过似的全朝外翻着……就好像被野兽撕抓挠烂了一般！"

听到这里，冯慎心里猛地一沉。"鲁班头，咱们再快些赶！"

说完，冯慎三步并作两步，索性撒腿疾奔起来。鲁班头也不及细想，忙把药包往腋下一夹，紧紧跟在后面。

一袋烟的工夫，二人便一前一后地奔到顺天府。冯慎脚不停歇，又直冲入签押房。

"冯巡检？"见冯慎过来，几名衙役忙起身招呼。

鲁班头大手一挥，"先别急着客套，都让一让，叫冯巡检瞧瞧那汉子。"

冯慎冲众衙役一抱拳，径直来在榻前。果如鲁班头所述，榻上那汉子皮开肉绽、遍体鳞伤，衣衫鞋袜上皆是半凝的血痂，若非胸口还微微伏动，看上去跟个死人无异。

"好重的伤！"冯慎一惊，在那汉子身上疾点了几个穴位，又赶紧俯身查探。只见那汉子年约三十，面皮倒还白净，手指修长无茧，应是个识文断字的。

"冯巡检"，鲁班头道，"要不要先给他上药？"

"暂且不必"，冯慎轻轻摸了下那汉子胸口，道，"我已替他封穴止血了。这人不但受了外伤，胸肋也是多处折断。要想救醒他，还得另请良医。这样吧鲁班头，让兄弟们将这人抬到我家，我这便去找肃王爷调派太医！"

"调派太医？"鲁班头奇道，"冯巡检，这动静是不是弄的有点大啊？"

"班头有所不知，"冯慎道，"这人恐怕关系着一宗大案，必须要将他救活！个中原委，待我日后再向班头说明吧，事不宜迟，请诸位速按我所说的办！"

"那成，"鲁班头冲衙役们道，"都听见没？把这汉子抬到冯巡检家里去，路上都小心着点，别粗手笨脚的！"

一个衙役看了看鲁班头，面有忧色。"头儿，把这汉子送到冯巡检府上是没问题，可回头李大人要是问起来……"

"甭操那个闲心！"鲁班头道，"你们还没瞧出来吗？在他姓李的看来，这汉子就是块烫手的山芋，有人接管，他高兴还来不及呢！"

"也是。"众衙役纷纷点头。

"还有，"冯慎又嘱咐道，"这人伤势太重，尽量不要触碰他的身体。为求万全，麻烦众兄弟将床板拆卸，连他一同送往舍下。到时跟冯全说明后，他自会去打理安排。"

"好，"众衙役齐声道，"就按冯巡检说的办。"

"有劳诸位兄弟了，"冯慎转朝鲁班头道，"班头，剩下的你就多费心，我先行一步。"

"只管忙你的去，"鲁班头胸脯一拍，"都包在我们身上了！"

待冯慎走后，众人也不耽搁，七手八脚地拆了床板，抬起那汉子便朝冯宅送去。

当汉子被送抵冯宅后，冯全等人全吓了一跳，就连在灶上忙活着的常妈也扔了铲勺，忐忑不安地出来打探。

鲁班头见状，忙将事情一说，冯府上下这才长松了一口气。而后冯全收拾出一间闲屋，将那汉子安置其中。

众人刚忙完，冯慎和肃王便领着太医到了。太医只朝那汉子伤处扫了一眼，便一口断定道："没错！这人身上的伤口，与之前冯巡检所受的抓痕是一模一样！"

"那准没跑儿了！"肃王双手一击，"冯慎啊，看来那伙贼人的下落，就要着落在此人身上！黄太医，这人至关紧要，无论如何也要将他救醒！"

"是，下官自当竭尽全力！"那太医打个拱，便打开药匣着手医治。

见太医开始诊治疗伤，其他人忙退出屋中。鲁班头正憋着满肚子疑问，趁这间隙问道："王爷、冯巡检，那汉子究竟是怎么个来历？你们所说的贼人又是怎么一回事？"

"说来话长啊，"肃王道，"就让冯慎跟你讲讲吧。"

冯慎闻言，便将那粘杆余孽勾结东洋忍者的事大体说了一遍。

鲁班头听罢，大眼圆睁。"这么说来……那汉子是被那名使爪钩的忍者所伤？"

"不错，"冯慎点点头，道，"我初见到那人的伤口时，就感觉分外眼熟，现在王爷与太医也证实了这点。所以我们才敢断定，那人必受过那伙忍者的追杀。"

"那帮小鬼子真是太猖狂了！"鲁班头浓眉一拧，"唉，我这人粗枝大叶的，竟不知冯巡检曾为歹徒重创过……得了，我也不放马后炮了！王爷、冯巡检，接下来追查那伙贼人，有没有我们顺天府能效力的地方？只要帮得上忙，我老鲁就算是赴汤蹈火，也绝不会皱一下眉毛！"

"哈哈哈，"肃王拍了拍鲁班头的肩膀，"本王就喜欢你这子股直爽劲儿！不过之后如何部署，得等那汉子醒来再说。放心吧，必要的时候，会有你们的用武之处的……"

正说着，屋门突然大开，那太医竟满头大汗跑了出来。"王爷，那人怕是要不行了！"

"什么！？"

乍闻此语，满院皆惊。肃王无暇细问，忙领着众人冲进房中。

只见那汉子口中咯血，气若游丝，脸上僵白一片，性命眼见就要不保。肃王一把扯过那太医，焦急问道："怎么回事？"

"王爷"，那太医回道，"这人不光受了严重外伤，就连肺脏的脉络都被震断，肺门一毁，气断血崩，无法宣发肃降……"

"本王不懂医理，别跟本王说这些！"肃王急道，"你就说这人还有没有救？"

那太医道："有个续命金方倒可一试，只是方中所需的几味珍药……民间等闲难见啊。"

"民间难寻，大内宫直的药库里总有吧？"肃王脱口道，"你身为太医院院判，还愁凑不齐几味药吗？"

"王爷！"那太医慌得"扑通"跪倒，"没有圣谕，谁敢妄取宫中的御药啊？那可是要掉脑袋的……"

"也是，"肃王道，"本王急糊涂了……唉，这该如何是好啊……"

"王爷，"一直没开口的冯慎突然道，"卑职记得，您老好像有瓶'血参仙蟾丸'。"

"是有，"肃王一怔，"那是一名调任南洋的流官所赠。对啊！当时那流官也说那瓶丸药有起死回生的续命之效！"

"血参仙蟾丸？"那太医忽地一喜，"仙蟾不就是南洋的蛤蚧吗？这血参与蛤蚧君臣佐使，皆是疗肺行血的奇药啊！王爷，只要有那血参仙蟾丸相辅，这人或许还有救！"

肃王眼睛一亮，"你有几成把握？"

"这个……"那太医作难道，"下官自当全力施救……然能不能将其救活，下官却不敢妄下断语啊。"

"唉，"肃王叹道，"也只好死马当成活马医了。"

"王爷，"冯慎看一眼那汉子，忧心道，"当务之急，应是速将那'血参仙蟾丸'取来，只是这一去一返，也不知来不来得及……"

"这点不必担心，"那太医道，"我即刻施下刀圭药石，至少能让他撑上半个时辰！"

"那好，本王这便着人去取！"肃王说完，急急吩咐扈从去取药。

救人如救火。那扈从知事关紧要，自然是马不停蹄。还不到一炷香的工夫，便捧着药瓶返回了冯宅。

见丸药取来，冯慎与鲁班头也齐齐下阵，将小丸研磨成粉，兑温水调了给那汉子灌下。

不得不说，这"血参仙蟾丸"确有奇效。那汉子服下后，伤情大有起色。那太医趁热打铁，一面继续地疾施针砭，一面指挥人手抓药熬煎。众人一连折腾了大半宿，这才算是勉强忙活完。

那太医累得头晕眼花，拭着额头晃悠悠地站了起来。"王爷，能做的下官都已经做了……可这人能不能保住性命，尚且难说……"

看着那满脸憔悴的太医，肃王也知他未遗余力。"辛苦了。谋事在人，成事在天。接下来，就看他的造化吧。"

"谢王爷体谅，"那太医又对冯慎道，"冯巡检，这里还有几服配好的方剂，留下来作为应急之用。若能熬过今晚，那这人还有活命之望。若是熬不过……唉……"

"行了，"肃王阻住了话头，"旁的也不必多说，静观其变吧。剩下的事就让冯慎多劳神，干耗在这也没用，咱们都先回吧！"

那太医点点头，又嘱咐道："对了冯巡检，此人伤情虽缓，但身体脏腑仍是极其虚弱，稍稍地碰触撞击，都可能令他丧命。在他醒来之前，绝不可再将其挪动，切记切记！"

冯慎答应一声，表示一一记下。

待肃王与太医离去后，鲁班头带着一干衙役也要告辞。"冯巡检，我先领兄弟们回去，赶明儿我再来帮衬。"

"诸位走好，恕我不远送了。"冯慎抱拳作别，回屋安排不提。

那重伤汉子离不得人，冯全等人便分更次看护。冯慎心神不宁，也无心睡眠，沏了一壶浓茶，于偏厅上静待消息。

月落星沉，晨曦微露。随着几声鸡啼，一线曙光映亮了东方天际。

且说鲁班头回去后，也没怎么合眼，在炕上辗转反侧，久久不能成眠。他暗想：那汉子的事本是顺天府揽下，现在却把担子全压到冯慎身上，心里总感觉过意不去。

见天一放晓，鲁班头索性不睡了，爬将起来套好公服，便想趁着当差前，再去冯家探望衷理。

秋露寒湿，街上早行之人自然寥寥无几。鲁班头朝着冯宅方向走了一阵，迎面缓缓走来一人。

那人低着头，身上披着件罩帽斗篷。鲁班头惦记着心事，对那人也未加在意。可就在二人相交错身之际，那人竟一个趔趄，撞进了鲁班头怀里。

"哎哎，"鲁班头忙将那人扶正，"地上也没金子吧？走路好生看着点道啊！"

"对不住，对不住，"那人将头埋得更低，慌得连连作揖。

"行啦行啦！"鲁班头急着往冯家赶，也不去计较。"走你的吧，别再撞着别人了！"

"是。"那人裹了裹斗篷，匆匆远去。

鲁班头笑骂一声，又继续赶路。

当鲁班头奔至冯宅时，冯慎恰好还在厅上，听见有拍门声，忙出来开了门。"鲁班头？"

"放心不下，过来瞧瞧。"鲁班头问道，"那汉子醒了没？"

冯慎摇了摇头，"还是不见动静。"

"唉，这事也急不来。"见冯慎满眼血丝，鲁班头知他也是一宿没睡。"冯巡检，你也别光耗着，该去歇息就去歇息。"

"我不打紧，"冯慎笑笑，指了指鲁班头前胸，"班头看来起的匆忙，连裆扣都未曾系好啊。"

鲁班头低头一看，胸前果然是门襟外翻。"哦……方才在路上无故被人撞了一下，许是那会儿碰散了扣……"

"撞了一下？"冯慎脸色一紧，"听说那荣行里的扒手，惯用这种无故撞人的伎俩……"

"还别说，"鲁班头一拍巴掌："那人鬼鬼祟祟的，还真有点像老荣！"

冯慎道："赶紧摸摸身上，看少了什么没有！"

鲁班头依言，急忙在怀里翻探。岂料所携的财物非但没少，怀中居然还多出一物。

"这是个什么？"

鲁班头一怔，忙将怀中之物掏出。定睛一看，原来是个揉得皱巴巴的纸团。

纸团展开后，一行字迹亮出。冯鲁二人凑近一瞧，只见那上面写道：平谷大疫，十万火急。

对于这平谷，二人皆不陌生。平谷县位处京东，为顺天府治下五州十九县之一。字团上的意思再清楚不过，摆明说那平谷县内，爆发了大瘟疫！

"坏喽！"鲁班头惊出一脑门儿的冷汗，"这下可出大乱子了！瘟疫一出，疠病横行，得死多少人哪！"

"班头先别慌，"冯慎蹙额道，"这消息还不知是真是假。若平谷县真遭了瘟，那知县必会着公人星夜呈报。未见着邸抄文书前，其他的流言蜚语不可轻信。"

"也是，反正府衙里是没听见一点风声。"鲁班头又道，"哎，你说撞我那人，会不会就是那来送信的官差？"

"不太像，"冯慎摇头道，"要是官差报信，应直接去顺天府呈送，何苦要花巧弄上这么一出？"

"对，这里头准有猫儿腻！"鲁班头心中稍宽，"他奶奶的，那人难不成是吃饱了撑的没事干，想拿着老子开涮？"

"究竟怎样还不好说，"冯慎依然凝眉不展，"按说寻常的百姓，哪有胆量与官家逗趣寻开心？就怕这里面另有隐情啊。"

鲁班头的心又提了起来。"冯巡检，你的意思是……或许那瘟疫已生，却被当地的县衙瞒住了疫情？"

"有这种可能，"冯慎道，"疫病一旦严重，县宰难逃其咎。为保住头上顶戴，秘而不宣的做法也是屡见不鲜。鲁班头，咱们光在这里猜测也没用。那平谷县亦属京畿重地，为求稳妥，亟应查实。不如派人去平谷走一趟，是真是伪，一查便知！"

"冯巡检说的没错，"鲁班头道，"没有瘟疫还则罢了，若是真如那字条上所说，那可就要了亲命了。贻误疫情的罪名，谁能担得起？事不宜迟，我这便回衙请命，亲自带人走上一遭！"

"好！"冯慎又嘱咐道，"不过班头此行切要小心。以防万一，随身备些苍术艾叶之类的驱瘟辟秽。还有在查实之前，绝不可声张，一旦流言散播出去，势必要闹得人心惶惶。"

"成，我都记下了。"鲁班头将那字团重新揣好，"冯巡检，那汉子的事就托给你了，老鲁先行别过！"

说完，鲁班头转身出门。望着他那急匆匆的背影，冯慎不由得长叹一声："唉，真乃多事之秋啊。"

愣神间，冯慎听身后有人唤他。回头一瞧，原来是冯全从厅上出来。

冯全哈欠连天，"少爷，您站在门口做什么啊？"

冯慎道："方才鲁班头过来，我刚刚将他送走。"

"鲁爷来过了？"冯全道，"您怎么不叫醒我呀？嘻，本想着眯眯眼，谁知还真睡过去了。"

"你陪我在厅上熬了一宿，不困才怪呢。"冯慎笑道，"现在是谁在看护着那汉子？"

"我想想啊……"冯全揉了揉眼，"前半夜是香瓜姑娘看着，再是夏竹，再是双杏……眼下得交辰时了吧？那应该轮到常妈了。"

"嗯。"冯慎点点头，"许久没听着动静，也不知那汉子怎么样了。"

"八成是还没醒，"冯全叹道，"要醒了常妈早就过来说了。"

"咱们先去瞧瞧吧。"冯慎说着，便往那汉子所在的偏房走去。冯全一见，也忙跟在后面。

不多时，二人来至偏房前，抬头一看，竟见屋门大敞。冯慎心道不好，一个箭步便冲入房中。

当看清了房中一幕，冯慎心里顿时寒了半截。

只见病榻上铺盖凌乱，而那汉子却斜脸歪脖地栽伏在地上，面色死青，嘴角淌血，显然已气绝多时。而本应在一旁照看的常妈，此刻也不知所踪。

"啊？"冯全傻了眼，扶着门框惊魂不定。"这……这是咋回事啊？"

"不要高声，"冯慎低喝一句，"速去找找常妈的下落！"

"是……是……"冯全抹把冷汗，刚要转身寻找，屋外却传来常妈的声音。

"少爷找我啊？"常妈腰里扎条灶裙，一边扑着双手，一边朝屋里瞧。"怎么了这是？那人醒了？"

"哎呀，"冯全一把将常妈拉住，"还醒什么啊？那人怕是没气了！"

"啥？"常妈大惊失色，跌跌撞撞地冲进屋。"怎么会这样啊？这人怎么还掉在地上了啊？"

"常妈，"冯慎二目似电，"方才你做什么去了？"

常妈赶紧道："我见天明了，想着大伙也该饿了，就去厨下熬上了一锅米粥……"

"熬粥？"冯全道，"这个点不该是你在这看着吗？怎么撇下这汉子不管跑去熬粥啊？"

"没不管啊，"常妈委屈道，"我本来是托双杏先帮我再盯会的……哎？怎么不见双杏呢？"

冯慎一皱眉头，"双杏？"

"是啊，"常妈接着道，"我本来是与双杏交班了。可她前脚刚出屋，我便寻思着不如先去熬锅粥，这样也不耽误大伙吃喝……于是我就追出门，见双杏走出不远，就冲她背影喊了几声，让她再替我盯会，我好腾出手来做事……"

冯慎又问道："那会儿双杏应了吗？"

"像是应了吧……"常妈回忆道，"当时我喊得挺大声的……应该听得见呀。喊完后我便匆匆去了厨下，谁知回来就发现已经这样了……"

"常妈啊常妈，"冯全急道，"让我说你什么好啊，这么大把年纪了办事还这么不牢靠……这下好了，这人一死，叫咱们少爷怎么跟王爷他们交待啊？"

常妈后悔的直掉眼泪，"扑通"就给冯慎跪下了。"少爷，我也没想到熬个粥能惹出这么大的祸来啊……现在可怎么办啊？老婆子我……是不是得给这汉子抵命啊？"

"快快请起，"冯慎赶忙去扶，"常妈你也别多心，这汉子的死，或许就是个意外，不会怪到你头上的。"

常妈颤巍巍站起，还是哭天抹泪。"可是……可是这……"

"好了，"冯慎扭头道，"冯全，你且扶着常妈让到一边。"

"少爷，"冯全道，"那这汉子的尸首怎么办？我找人帮着抬出去？"

"不忙!"冯慎道,"这屋里的任何事物都别乱碰,待我先验完再说!"

冯慎说完,便走到榻旁。只见榻上单斜枕横,一条被子也被带的半拖在地上。榻边矮桌上,歪着只白瓷碗,碗中所盛之水业已漏光,将桌面榻头濡湿了一大片。

冯慎瞧了瞧尸首倒伏的姿势,又比了比床榻与矮桌的距离,心里头开始琢磨:照这情形来看,可能是这汉子醒来口干,见不远处有水碗,就想挣扎着去喝。气虚体弱之下,刚摸到水碗,胳膊便支撑不住,使得整个人跌滚下床。这汉子本就命悬一线,禁不得半点碰撞,这一坠之下,焉能不亡?

莫非这汉子真是死于意外?

心念之间,冯慎俯身蹲下,又仔细去瞧那汉子尸首。那汉子身躯斜扭,右臂蜷伸在头边,嘴角渗出的鲜血,在地上也洇成一小摊。

冯慎刚欲起身,却发觉那汉子右手的食指外伸,并且指肚殷红,似沾有血迹。

冯慎心中一动,忙将那汉子右掌轻移。当尸体的右掌移开后,居然还露出来一个半干的血字。

那字上叉下竖,分明是一个"丫"字。

冯慎不动声色,暗暗忖度:这汉子临死时留下血字,定是有其用意。可这单单一个"丫"字,又是所指为何?

怀着满腔疑团,冯慎继续打量。当再次看到地上那血字时,较之初次发现,却有了些许不同。

原来那个血写的丫字下面,还有一条短横,缺笔少画、仓促无力。若不细看比对,会误以为是道溅染的血痕。

显然,那汉子想留的不止是一个字。这条短横,应该就是第二个字的起笔。只不过尚未写完,他却精气耗尽、一命呜呼。

一个"丫"字,一条短横,再加之前的所闻所见……一时间,冯慎千丝万绪,低下头默默地梳理。

陡然间,一个念头在冯慎脑中划闪而过。莫非那血字指的是……

仅仅一瞬,冯慎随即又摇头否定。在拿不到真凭实据之前,光靠着臆度揣测,根本就无法定论。在这局限的线索面前,应该如何着手,冯慎陷入了苦思。

见冯慎久蹲不动,冯全与常妈面面相觑。由于冯慎挡在了那汉子的尸身前,二人皆瞧不见地上所留的字迹。又过了一会儿,常妈忍不住开口问道:"少爷……您没事吧?"

"哦,没事!"冯慎赶忙起身。

常妈看了那尸首一眼,又问道:"少爷验了这半天,可是瞧出了什么异样?"

冯慎未道出实情,反而用脚悄悄踩住地上那血字。"也没什么可疑迹象。"

冯全道："少爷，接下来怎么办？"

冯慎稍加思量，道："这样吧冯全，你去把双杏找来，我有话要问她。"

"好，我这便去。"冯全答应着，转身离开。

趁着这工夫，冯慎鞋底一抹，脚下的血字，即刻变的模糊难辨。

冯全敲响了偏院的屋门时，房里双杏与夏竹睡得正香。听见动静，二人匆忙着衣起来。

夏竹揉着惺忪睡眼，走去开了门。"冯管家？这么早有事吗？"

"双杏呢？"冯全急道，"少爷正喊她过去呢！"

"少爷找我？"双杏说着也走了出来。"到底怎么了？"

"嘻！你就先别问了，赶紧跟我过去吧！"冯全不由分说，拉起双杏便走。

夏竹瞧着势头不对，也随在后面。

当发觉那汉子身亡后，双杏与夏竹吓得失口惊呼。

"他……他怎么死了？"双杏颤声道，"我走的时候……他还好好的呀！"

冯慎直盯着双杏面上，生怕错过一丝表情。"双杏，你是什么时候离开这里的？"

双杏道："常妈过来后，我就离开了……"

"是吗？"冯慎又道，"可我却听常妈说，在交接时，她曾央你帮着多照看一阵，可有这事？"

"啊？"双杏一怔，忙转向常妈。"常妈，你有跟我说过吗？"

"有啊，"常妈道，"那会儿你刚出屋没多久，我便追在后面喊了几下，许是离得太远，你没听见吧……"

"少爷"，双杏急得泪水在眼眶里打转，"我走的时候，压根儿就没听到常妈喊过我呀！"

"是啊少爷，"夏竹也帮腔道，"按说常妈有事托付，也应该讲在当面啊，哪有等人走远了才在背后喊一嗓子的？"

"夏竹说的没错，"常妈擦了擦眼角，嚅嗫道，"少爷，其实这事怨我……确实怪不得双杏哪……"

"孰是孰非，先姑且不论。"冯慎目光如电，从众人脸上依次扫过。"然这汉子的死因，无外乎有两种。其一是他意外坠床而亡，这其二嘛……"

说到这里，冯慎有意顿了顿。

冯全追问道："其二是什么啊？少爷您快些说呀。"

冯慎环视一周，将音调抬高了几分："这其二便是受人蓄意谋害！"

听了这话，屋中一阵哗然。

"少爷，"冯全缩了缩脖子，"您的意思是说……他是被人推下床的？"

154

"不排除这种假设，"冯慎点点头，"这汉子关系着那伙粘杆余孽的下落，只要他一醒来，便可能道出恶贼的窝身之处。歹人们为求自保，只有将其灭口了。"

"不对啊少爷，"冯全不解道，"那伙歹人不早逃得没影了吗？怎还能够跑回咱这里杀人啊？"

冯慎道："曾三等人诡计多端，在他们逃离之前，难保没安插下几颗'钉子'！"

冯全左右望了望，有些不寒而栗。"难不成……难不成咱们周围还潜伏着曾三的细作？"

还没待冯慎接茬，双杏脸色便忽然一僵。"少爷……莫非你是在怀疑我吗？"

"哦？"冯慎装傻充愣，"双杏你何出此言？"

双杏慢慢跪倒，眼泪簌簌而下。"双杏不是糊涂人，听得出少爷的弦外之音……我与夏竹都是由曾三爷送进冯府的……眼下曾三爷犯了事，我们就算浑身是嘴，也说不清楚啊……"

"少爷，"夏竹也跪在一旁，"我们虽是曾三爷买下的丫头，可对他私底下的所做所为真是半点不知。这些年来，我与双杏姐早把冯府当成了自个儿的家……无论别人如何猜忌，我们反正是问心无愧。"

"哎哟，"冯全哭笑不得道，"我说你俩儿就别跟着添乱啦！少爷几时说你们是细作了？"

双杏一怔，止住了抽泣，与夏竹对视一眼，默不作声。

"冯管家说的在理，"常妈弯腰来搀，"咱少爷是明眼人，要怀疑你们是歹人，不早就把你们这俩丫头逮起来了？行啦，地上凉，都快起来吧。"

"双杏、夏竹，你们确实是多虑了，"冯慎微微笑了笑，"方才我那番话，无非是一种推测。就算真有细作，也未必在咱们之间。况且，我已将这现场细细地勘察过一遍，种种迹象表明，这汉子的死因，更偏向于意外。"

听冯慎这般说，冯全长松了一口气。"不是歹人就好。不怕贼偷，就怕贼惦记着。要是附近真有细作暗伏，咱们可防不胜防哪。"

冯慎不置可否，又看了看双杏与常妈。"这汉子已死，说什么都于事无补。疏忽也好，纰漏也罢，俱不追究了。然而大伙今后要引以为鉴，莫再掉以轻心。要记住，哪怕是无心之过，都能轻易地断送掉一条性命！"

众人面色沉重，皆点头唯诺。

"冯全，"冯慎又道，"你带人把这里收拾一下，再订上口薄棺，将这汉子先殡殓在后院中。其余诸事，待我回来再说吧。"

冯全愣了愣，"少爷您要去哪儿？"

"肃王爷那边，我得去禀一声。"冯慎说完，抬脚出门。

得悉那汉子的死讯后，肃王凝额长思，良久无语。半晌，肃王才道："不对劲儿，这事不对劲儿！本王就纳了闷儿了，那汉子不早不晚的，偏偏就在这节骨眼儿上出了事？这也太过蹊跷了吧？冯慎你觉着呢？"

冯慎道："卑职也是这般认为！王爷有所不知，那汉子在跌下床后，并未当场断气，而是蘸着自己的鲜血，留下了些许信息。"

"哦？"肃王眼中一亮，"是什么信息？"

冯慎蘸着茶水，在桌面上一笔一画地写出。"王爷请过目。"

"啧……"肃王皱了皱眉头，不明就里。"丫一？这是怎么个意思？"

冯慎抬起手指，在桌面上轻轻一点。"这非是个'一'字，而是一条短横。应是那汉子临死时，所留第二字的起笔。"

"可他没写完哪，"肃王道，"仅凭着这条短横，根本猜不出他想要写下何字啊！"

"的确，"冯慎道，"然而卑职却有个大胆的假设。倘若那汉子真是被人谋害，那么从这未完成的血字上，倒可以做出个推论。"

肃王直了直腰，"说说看！"

"是，"冯慎继续道，"按常理来讲，受害者在死前留下信息，大抵都是一种用意。那就是……想要指出行凶之人！"

"不错！"肃王一拍大腿，"行啊冯慎，看来你心里头，已经有点谱了。"

冯慎道："王爷且少安，容卑职依次剖析。首先，卑职怀疑那凶手并非是从外面潜入，而是隐藏在冯宅之内！"

肃王一震，"这是为何？"

"王爷您想"，冯慎道，"若是专程赶来灭口的歹人，必会用一些干净利索的手段。或以利刀割喉，或使剧毒害命，断不会拖泥带水，将人推下床后一走了之。并且至关重要的一点，能清楚那汉子禁不得撞击，必然是知晓内情。所以卑职才怀疑，那凶手就伏在身边！"

"有道理。"肃王点头道。

冯慎接着说道："还有，那汉子死于看护者交接时的空当儿，而当时的两名交接人，分别为一个老妈和一个丫头。"

"等等！"肃王若有所悟，"丫头？"

"看来王爷已经想到了"，冯慎道，"无论是'丫头'还是'丫环'，那第二个字的起笔，都是一道短横！"

"没错没错！"肃王伸指空描了几下，"还真是这样。不过本王想不通，你冯家的丫环，怎么会成了粘杆处的细作？"

冯慎道："是不是细作卑职尚未断定，然那两名丫环，皆是由曾三送来的。"

"曾三送的？"肃王又是一惊，"这是怎么回事？"

冯慎见问，便简单将经过一说。

肃王听完，咂了咂嘴。"这么一来，那全都能对上了。不用说，那俩丫头肯定是曾三提早埋下的眼线，现在借着冯家丫环的幌子，暗中替那伙恶贼办事。没跑了，害死那汉子的凶手，定是那俩丫头无疑了！"

冯慎摇头苦笑道："可没有十足的铁证，所有的这些也仅是推测啊。眼下别说凶手是谁，就连那汉子是不是被人谋害，都难以定论。或许那汉子真是死于意外呢？或许他所留下的血字另有所指呢？所以，当时卑职虽心生疑窦，却隐忍未发。只是将那两名丫环唤来，随口问了几句。"

肃王又问道："那她们可曾露出什么破绽？"

冯慎道："卑职没有直接点破，只是旁敲侧击地询问了一番。她俩虽有些不太自然的地方，但是也无明显的马脚。"

肃王为难道："这可难办喽。要本王说，也别管那汉子是不是被害的，先把那俩丫头拿了再说。她们是曾三送去的，底细着实可疑！"

"王爷，"冯慎劝道，"卑职私以为，这事须从长计议。捉奸捉双，拿贼拿赃。无证擒人，有失偏颇啊。并且卑职此举，还出于另一种考虑。倘若她们真是歹人耳目，那迟早都会与同伙联络。死守住这条线，或许也能寻到那粘杆余孽的下落。"

"好吧"，肃王轻叹一声，"本王就依你。不过你可得多加防范，一见苗头不对，就要提早下手！"

冯慎一拱，"王爷放心，卑职谨记！"

第十四章 空村绝户

落叶聚还散，寒鸦栖复惊。晨钟刚鸣开东直门，顺天府的几骑人马，便驰入城中。

"他奶奶的，"鲁班头将缰绳一紧，放慢了马速。"可算是回来啦！"

见道边早摊上已摆出各色餐点，一名衙役耸了耸鼻子。"那边的肉包子刚出笼，闻着可真香哪。头儿，咱下去吃它几个？"

被那衙役一喊，其他人纷纷呼应，就连胯下骏马也都停蹄滞步，"扑哧扑哧"地喷起了响鼻。

"这主意好！摸黑赶了半宿道，肚子早都瘪啦！"

"就他娘的知道吃！"鲁班头笑骂一声，将马头一拨。"算了，念在咱这趟有惊无险的份儿上，老子就请次客。哎，两屉够不够？"

众衙役嬉皮笑脸，"弟兄们的饭量你最清楚，怎么着也得多加一屉吧？"

"这帮兔崽子！"鲁班头来到包子铺前，掏了一把大子儿扔在案上。"来上三屉！"

"好嘞！"店主答应着，便要启笼摆筷。

"别急着忙活他们，"鲁班头又道，"先给我包上俩！"

众衙役一怔，"头儿，你不在这儿吃？"

"不啦！"鲁班头接过裹好的包子，往怀里一揣。"老子去冯巡检那边看看，你们都别磨蹭啊，吃完了就赶紧回衙去！"

鲁班头撂下这话，便一夹马腹。那马长嘶一声，扬蹄疾奔开来。

驰了没多会儿，冯家的宅院已然出现在眼前。鲁班头下马拴牢后，便掏出包子来一面啃着，一面敲起了大门。

当冯全探出头时，鲁班头早已将两个包子塞下肚。"哟？是鲁爷呀。"

"嗯啊，"鲁班头抹了抹油嘴，"冯巡检可在？"

"在在，您里面请吧。"冯全说着，将鲁班头让进院中。

鲁班头也不客套，抬脚便往厅上闯。"冯巡检！冯巡检！"

听得是鲁班头声音，冯慎不由得一愣。"鲁班头？你不是去平谷了吗？怎么才两日就回来了？"

"哈哈哈"，鲁班头朗声笑道，"虚惊一场！"

"虚惊？"冯慎奇道，"难道不是瘟疫？"

"不是！"鲁班头咂了咂嘴，"待会儿我再给你细说，方才有些吃噎了，讨你杯茶水喝。"

"班头稍待。"冯慎忙沏茶呈上。

鲁班头接来喝下一口，又问道："对了，那汉子呢？他早该醒了吧？"

"唉……"冯慎长叹一声，"我也正想说与班头知道……在班头动身去平谷那日，他就已经咽气身亡了。"

"死啦！？"鲁班头手一抖，杯里茶汁四溢。"怎么死的？"

鲁班头生性憨直，冯慎自然不敢将疑窦和盘托出，犹豫了片刻，这才回道："伤重不治。"

鲁班头将茶杯一放，神色有些黯然。"老子好容易救来的……怎么说死就死了呢……"

冯慎歉然道："是我监护不力，有负班头重托了。"

"冯巡检说啥呢？这不能赖你！"鲁班头赶紧道，"唉，死了就死了吧！也只能怪他自己命太不济。你说说，连太医都给他使上了，咋还救不活呢……"

冯慎感慨道："一饮一啄，莫非前定。诸业因果，难逆难违啊……"

鲁班头似懂非懂地点了点头，又问道："冯巡检，那汉子尸身现在何处？回头我去叫几个兄弟过来，把他抬出去埋了吧。"

"班头不必费心了"，冯慎道，"肃王早已派了人来，将他运至义冢葬下了。"

鲁班头"哦"了一声，低头不语。

沉默了一阵，冯慎开口道："班头，平谷那边是怎么个情形？"

"瞧我这记性，"鲁班头道，"是这样，我跟弟兄们刚赶到那边时，平谷县城内倒没什么异样。于是我们又走乡串镇，终于在一个叫刘家店的地方，发觉了不对劲儿。在这个刘家店，不少村头都搭起了避瘟棚。"

"避瘟棚？"冯慎追问道，"不是说并非瘟疫吗？"

"别急，"鲁班头道，"我慢慢跟你说。开始时候，我们见那避瘟棚里的人一个个抖得跟打摆子似的，也以为是疫症。正想要回京禀报时，却被几个突然而至的大和尚拦下。"

冯慎奇道："被和尚拦下？"

"是啊，"鲁班头又道，"当时那伙大和尚都挡在马前，一个劲地念着阿弥陀佛。我被他们念叨的烦了，就下令将他们驱散。可还没等兄弟动手，打头一个和尚便闪身出来。见他们总算肯好好说话了，我也就没急着赶他们。"

冯慎问道："那些和尚怎么说？"

鲁班头道："他们说此番过来，一是为乡民度厄，二是替我们几个挡灾。"

"挡灾？"冯慎一愣，"挡什么灾？"

"牢狱之灾！"鲁班头道，"想想我都有些后怕哪。也多亏那伙大和尚拦着，要不现在，我跟兄弟们几个怕已在大牢中啦！"

冯慎更加不解，"班头，我越听越糊涂了。"

"是这样，"鲁班头道，"人家那伙大和尚，早就瞧出那不是瘟疫。若我们稀里糊涂回京上报，岂不就成了谎报疫情？那要追究下来，罪名可就大喽！"

冯慎皱眉道："然不是疫病，那又是什么呢？"

"劫数！"鲁班头道："据那伙和尚说，因刘家店的乡民重道轻禅，致使当地佛法不昌，佛祖怪罪下来，这才有此一劫。"

"荒谬啊，"冯慎苦笑着摇了摇头，"佛门中讲究慈悲为怀，即便是真有神明，也不会因门户之分而迁罪黎民百姓。班头，你该不是轻信了他们的鬼话吧？"

"嘿嘿"，鲁班头尴尬地笑了两下，"刚开始我也没信哪……可后来发现，那伙和尚确实有点神通啊。"

鲁班头颇信神鬼之事。对于这点，冯慎早就了然于胸。"那伙和尚八成在故弄玄虚，班头怕是又被蛊惑了。"

"这回绝对不是！"鲁班头道，"之前我也吃了不少这样的亏，哪能不长点记性？当时我就问他们，凭什么说乡民是受劫而不是遭瘟？"

冯慎问道："他们是如何回答？"

鲁班头道："那伙和尚说，他们的方丈于禅定时偶窥天机，算准了刘家店要罹大劫。老方丈不忍乡民受难，宁可自损半世修为，也要化解这场无妄之灾。他们正是奉了师命，前来解救苍生的。"

冯慎无奈地笑了笑，"后来又如何？"

鲁班头又道："后来他们就进棚忙活起来了。我与弟兄们不放心，也都跟着进去看。那伙和尚先是烧香焚纸，然后又掏出木鱼来梆梆梆地敲，再后来就围在地上念经，嘴里叽里咕噜地也不知念了些什么，反正跟魔咒似的，听得我脑子里都嗡嗡的……"

冯慎叹道："这都是些惯用的伎俩啊。"

"不止呢！"鲁班头道，"念完了经，那伙和尚便从褡裢里取出些大竹筒来。那些竹筒里都装着'圣水'，说是他们方丈用无根水炼的，专门化解劫数。"

冯慎道："接下来，他们是不是在'圣水'里撒上一把香灰，喂给那些病患喝下？"

"喂倒是喂了"，鲁班头道，"可也没撒香灰啊。反正那伙大和尚就这样，挨棚挨户地喂过去，不到半天工夫，就有人能自个儿爬起来了！我与弟兄们还不放心，索性又在刘家店等了一天。结果第二天一早，几乎所有避瘟棚里都活蹦乱跳了！"

冯慎大奇，"真治好了？"

"那还能有假？"鲁班头道，"我们都瞧得真真的！"

"这倒是有点蹊跷了，"冯慎稍顿，自语道，"难不成那伙和尚真有法术？"

"我觉得是！"鲁班头一扯领子，亮出个小桃木符来。"临走的时候，他们还送我个护身符呢，你瞧瞧，开过光的！"

冯慎只瞥了一眼，便淡然笑了笑。"确实不错，班头就好生戴着吧。哦对了，班头可知那伙和尚来自哪座庙宇？"

"说是摩崖寺的，"鲁班头小心地掖好桃符，又道，"他们回去的时候，我与弟兄们也跟着送了送。可送到山脚下时，人家大和尚就不让跟着上山了，说是怕打扰方丈清修……"

鲁班头话未说完，厅外便跑来香瓜。"冯大哥，都等你过去吃早饭哪……哎？鲁班头你咋来了？跟俺们一块吃点吧？"

"不了，"鲁班头摆摆手，"来时吃过了。"

"成吧，"香瓜点点头，"那冯大哥咱走啊？"

"先不忙，"冯慎又朝鲁班头询道，"这么说来，那寺在山上了？"

"没错，"鲁班头道，"那山挨着刘家店不远，名儿也怪，叫什么'丫髻山'。"

冯慎心中一凛，"什么山？"

"丫髻山啊，"鲁班头一指香瓜，"那山上显眼处有两座峰头，远远看过去，就跟她头顶上那俩发髻一个模样！"

"跟俺这一样？"香瓜摸了摸头顶，咧嘴一乐，"那山倒是怪会打扮的嘛。"

"丫髻山、丫髻山。"冯慎嘴里反复叨念了几遍，手指也跟着动了几动。

见冯慎有些出神，香瓜不解道："冯大哥，你在比画啥呢？"

"别吵他！"鲁班头低声拦道，"他这是寻思事呢，之前破案的时候他也是这个样子。"

冯慎思绪飞转，脑中几条线索不停地交汇碰撞。少顷，冯慎豁然醒悟：这丫髻的"髻"字，起笔不也是一道短横吗？联想到那汉子死前所留血字，再结合那伙行事怪异的和尚，冯慎没来由地断定，这两者之间，定有千丝万缕的关联。看来，有必要去平谷走一趟了。

打定主意，冯慎抱拳过胸，冲鲁班头一揖。"班头，在下有个不情之请。"

"哎哎？你我兄弟还客气什么？"鲁班头道，"有事开口便是！"

"是这样，"冯慎道，"我想邀班头一同，去那丫髻山瞧瞧。"

"去丫髻山？哦……冯巡检也想求个符？甭费那个劲儿，我这块给你得了！"鲁班头说着，便要把颈上桃符往下摘。

"班头误会了！"冯慎赶忙阻道："实不相瞒，那汉子死前，曾留下些许字迹。其中首字为'丫'，所以我便动了探察丫髻山的念头。"

"竟是这样？"鲁班头噌的立起，"那是得去查查！冯巡检你说吧，咱们何时动身？"

"事不宜迟，我想就定在明日，"冯慎歉然道，"只是让班头受累了……"

"没那事！"鲁班头又问道，"带多少弟兄合适？"

"此行不宜声张，仅你我二人去吧"，冯慎想了想，又嘱咐道，"对了，明日起程时，还请班头换下公服，作寻常打扮。"

"都记得了！"鲁班头点头道，"那我先回府衙禀一声，赶明儿一早，咱们东直门见！"

待鲁班头走后，冯慎心下唏嘘不已。多亏没有妄下结论，否则还真有可能冤枉了双杏她们。不过，那血字是否直指丫髻山，仍需考证。在水落石出前，一切俱无法定论。

心念之间，冯慎听得一声轻唤，回身一瞧，见香瓜眨着一双大眼望着自己。

"冯大哥……"

"我已猜到你要说什么，"冯慎笑了笑，"你也想跟去对不对？"

"嗯！"香瓜使劲儿点了点头，"老在宅子里头待着，俺都快憋出毛病来了。"

"这次不成，"冯慎正色道，"香瓜，你得留下来。冯全他们都不会功夫，万一出点差池，你在也好有个照应。”

“那好吧，”香瓜抓了抓头，神情有些沮丧，“冯大哥你要俺照应啥啊？”

冯慎四下一顾，悄声道，“多留意家宅内外，尤其是双杏与夏竹的一举一动。”

“啊？”香瓜一愣，“要俺盯着双杏姐和夏竹姐？俺听常妈说，咱身边可能有奸细……你该不是怀疑她们俩儿吧？”

冯慎不置可否，“无须多问，只管按我所说的去做。”

香瓜秀眉一蹙，“可俺还是觉得冯大哥你多心了，双杏姐与夏竹姐对俺很好，绝对不像坏人！”

“低声些！”冯慎虎脸喝道，“人心隔肚皮，小心点总没错的！”

“哦，”香瓜一吐舌头，拍了拍袖间机栝。“冯大哥你放心就好，俺能分出远近来。要她们真是奸细，俺这甩手弩也不是吃素的！”

翌日清晨，冯慎便跨上高头大马，轻装奔往东直门。待赶到那里时，鲁班头已早早地候在城楼之下。

冯慎勒住丝缰，抱拳打拱道：“姗姗来迟，让班头久候了。”

“我也是刚到。”鲁班头脑袋一偏，瞥见了冯慎胯下坐骑，眼睛顿时大亮。“嗬！蹄宽腿健、膘肥毛亮，好一匹骏马哪！”

那马似通人语，听得这番称道，昂头就是一声清越的嘶鸣。冯慎赶忙抚了抚马鬃，冲鲁班头笑道：“班头好眼力，这匹三河马堪称良驹神骏，奈何性子烈了些。”

“不赖！真是不赖！”鲁班头赞不绝口，“想不到冯巡检还养着这种宝马！”

“这哪里是我的，”冯慎哂然道，“此马名唤‘逾云’，为肃王爷的爱马，是他妹丈喀喇沁王所赠。昨日肃王得知我要去平谷查案，特意调来借我骑乘。”

鲁班头叹道：“让这逾云一比，我这匹黄骠都要不得了。一会儿上了官道，你可别让它撒猛了蹄子，窜得太急，我怕是追不上。”

冯慎道：“班头放心，我有分寸。”

“那成，咱这便走吧！”鲁班头催动黄骠，当先出了城关。

逾云扬了个欢蹄，奋然腾跃追出。

二骑疾奔齐驱，踏起滚滚烟尘，一路向东，破风而驰。

那平谷县距京师近两百里地。奔跑的时间一久，逾云尚还在疾驰不倦，可黄骠却汗出如浆、落了疲态。冯慎见状，也只得停马稍歇。

一路上歇歇行行，沿途俱不细表。约过了三个时辰，这才踏进了平谷地界。

见日已过午，二人也不便多耽，缓马稍事休息后，又绕过县城径直朝北，赶往刘家店镇。

又行了一阵，地势逐然高起。目力所及处，一条蜿蜒长河，由北至南，曲折流淌。

冯慎勒住马辔，回身问道："鲁班头，咱们快到丫髻山了吧？"

鲁班头纵马赶上来，放眼游目。"快了！再往前有个小村甸，唤作'凤落滩'。上回我们过来，就是在那看到的避瘟棚。哦，那村子就建在山脚下，村后面也有桥渡，过了这条错河，便能抵达丫髻山！"

"那好，就先去凤落滩瞧瞧吧。"冯慎一扬马鞭，逾云四蹄翻腾如飞。

鲁班头怜惜地拍了拍胯下黄骠，"老黄，再咬牙撑它一阵。待会儿到了村里，老子淘换些豆麸饼子给你当嚼谷。驾！"

黄骠抖了抖汗鬃，朝着前方逾云，奋起追逐。

凤落滩临水，依河划埂筑垄，栽植着成片的高粱、苞谷。红熟的高粱花压弯了禾株，沉甸甸的苞谷棒也须穗外吐、层稃翻绽，露出一颗颗金黄饱满的珠粒。穿过田间阡陌，村户的土墙青瓦，已近在眼前。

刚进入村头，冯慎便隐约察觉有些不对劲儿。村中既不见稚童逐嬉，也不闻鸡犬啼吠。偌大个村子空落死寂，感受不到半点儿活气。

"冯巡检，"鲁班头也觉出不正常，忙拍马赶上。"你发现没？这村就跟忽然荒了似的！"

冯慎神情凝重地点了点头，又道："不止如此，还有那陌上庄稼早已熟透，却未见有收割的迹象，确实是怪啊……班头，那日你过来时，村里也是这般冷清吗？"

"没啊！"鲁班头道，"所以我才觉着纳闷儿啊！那会儿光是在避瘟棚里躺着的病患，就有二三十号人呢。再说了，那些人都叫大和尚治好了，缓了这一两天，也该收庄稼了，劳神费力种出的粮食，怎舍得喂了家雀儿？"

冯慎蹙额道："莫非是没治好，累得阖家都闭门照料？"

"不能，"鲁班头摆手道，"我走的时候，他们就能活蹦乱跳了。嘻，咱俩也甭在这里猜，去找户人家瞧瞧不就知道了？"

"好，"冯慎又道，"对了班头，待会进了农家后，你我就以兄弟相称吧。班头较我年长，我尊班头为鲁大哥！"

"老早就想改口了，嘿嘿嘿。"鲁班头大嘴一咧，"走，冯老弟，哥哥我给你敲门去！"

说罢，鲁班头翻身下马，找了家农户刚要敲，却发觉那大门仅是半掩。轻轻一推，便应手而开。

"还真是没人？"鲁班头愣了愣，朝冯慎回望了一眼。

冯慎也从马上下来，"进去看看。"

鲁班头正要点头，院里突然传出一声急切的呼喊："可是我儿回来了！？是你吗满仓！？"

二人抬眼一瞧，见是个头发花白的老婆婆。那婆婆手里拄根拐棍儿，冲着门口急颠颠地奔来。

见她步子颤颤巍巍，鲁班头赶忙迎上前扶住。"大娘你这啥眼神啊？自个儿子还能认错了？"

老婆婆仰起脸来，将二人费劲儿地辨认了半天，这才长叹一声，满腔失落。"唉……确不是我家满仓……你们两个是什么人呢？"

"老人家，"冯慎接言道，"我们是过路的，途经此处，想讨口水喝。"

"哦……那边缸里还有些水，你们自己舀着喝吧。"老婆婆怔怔地说完，又慢慢折回到屋檐下坐着出神。

鲁班头取瓢舀了水，咕嘟咕嘟地喝了几口，又递与冯慎。冯慎趁着饮水工夫，偷眼将那老婆婆打量。那婆婆眼纹如錾，双目干瘪。左边眸子已是浑浊不堪，仅余右目还稍微有些光亮。

冯慎假意咳嗽两声，开口道："老人家，你们这村子有点静啊。"

"能不静吗？"老婆婆擦了擦眼，又是一声叹息，"人都没了……"

"没了！？"鲁班头大惊道，"该不是全死了吧？"

"倒也不是"，老婆婆道，"前些天村里出了大事。也不知惹了哪路瘟神，几个后生从田里回来，突然就口吐白沫、昏迷不醒，抬到炕上只熬了半宿，人就已经硬了……丧事还没来得及办，又有几个倒下了。才两天工夫，村里就接连死了十来号人哪……"

冯慎与鲁班头对视一眼，没有作声。

老婆婆接着道："村里人一看这样，就觉得是遭了瘟。那瘟疫能传染，哪个不害怕？那些没染上的，投亲的投亲、靠友的靠友，都逃出村躲瘟去了。剩下走不了的，就在村头胡乱搭了些草棚子，将那些染病的与村子隔开……"

冯慎插言道："老人家，我可是听说前两天来些僧人，已将染病的村民治好了。"

"是有这事，"老婆婆点了点头，"那伙和尚说村里不是闹瘟，而是摊上了大劫……开始大伙也不信，可谁知道他们真就给治好了。"

"那治好的村民呢？"鲁班头问道，"好像也没瞧见啊！"

"唉，"老婆婆叹道，"都上丫髻山了……"

"上山？"鲁班头浓眉一拧，"身子还没好利索，上山做什么？"

"还愿啊，"老婆婆无奈地摇了摇头，"那些和尚前脚治好人，转天便又到了村里。说什么这回历劫，是佛祖略施惩戒，全村人都得去庙里还愿。要是不去，就会招来更大的劫数。乡亲们没法儿，只得跟着去了。"

"那这愿还得也久了点吧？"鲁班头算了算日子，道，"这都快两天了，怎么还没回来？"

164

老婆婆垂下头，嗫嚅道："他们……怕是回不来了……"

冯慎与鲁班头俱是一怔。"回不来了！？"

"是啊，"老婆婆眼角一垂，掉下几滴浊泪。"他们八成要跟我儿一样，一去不回了……唉……不说了……跟你们这些过路的也说不着啊……"

冯慎听出话里有隐情，忙说道："还请老人家如实相告。"

"对！"鲁班头胸膛一挺，"有什么难处尽管说，在平谷这地界上，我老鲁说话还是管些用的……"

"鲁大哥！"怕鲁班头言多有失，冯慎赶紧使了个眼色。

鲁班头会意，忙闭了嘴，可老婆婆却起了疑心。"这位爷……难道是当官的？"

"老人家，"冯慎忙道，"我这大哥非官非宦，只是爱夸口罢了。不过我二人确与官面上有些交际，说不定有可以效劳的地方。"

老婆婆浑身一震，老泪纵横。"两位爷若真能帮我找回儿子，老婆子甘愿做牛做马。"

"哎呀，"鲁班头不耐道，"到底怎么回事，大娘你倒是快说哪！"

冯慎摆摆手，将老婆婆扶定。"老人家先莫悲戚，请翔实道来。"

"好，我说给你们听……"老婆婆抹了把泪，慢慢说道，"几个月前，丫髻山上来了伙和尚，在西峰顶占了个荒寺，说是要筑庙修禅。"

冯慎问道："可是那摩崖寺里的僧侣？"

老婆婆脸色忽然一沉，咬牙恨道："不是他们还能是谁？"

鲁班头看了冯慎一眼，不解道："大娘，你这口气不对劲儿啊，那伙和尚怎么了？"

"怎么了？哼！"老婆婆忿道，"两位爷有所不知，我们这里的乡亲，历来信的是道门、拜的是碧霞元君。那伙和尚上山后，打着弘扬佛法的旗号，四处打砸道观，逼的附近道士都逃了个光……"

冯慎不由得来气，"这帮恶僧凶妄嗔暴，哪还有半点儿出家人的样子？"

"是他娘的不像话！"鲁班头亦不平道，"信道信佛全凭自愿，哪有硬逼着人烧香的？"

"可说是啊，"老婆婆又道，"他们将道士赶跑后，便将丫髻山给封了，别说是打猎，就连砍柴拾草都不许。又过了一阵，有几个和尚进了村来，说是要选一批壮劳力，帮着他们翻修佛堂。"

鲁班头气极反笑，"他们脸皮还挺厚！"

"唉，"老婆婆叹道，"开始的时候，乡亲们是不愿意去。可那些和尚许出重诺后，便有好些个后生动了心思。我家满仓贪图工钱多，也要跟着上山。我苦劝不住，只得随他们去了。"

冯慎问道："他们这一去，便再没有回来？"

"是啊，"老婆婆抽泣道，"那伙和尚带走他们时，说庙里管吃管住，什么时候翻修完了，就什么时候让他们回村。可谁知过了两个月，都没接着满仓他们的音信。那么长的时间，就是重盖间寺院也该盖完了啊。村里人感觉出不对，便派人去摩崖寺问，可寺里的和尚却说满仓他们完工后，受到佛祖感化，全都剃度出家，早已下山云游去了。"

"这一听就是瞎话！"鲁班头气道，"大娘你们没信吧？"

"当然不信啊，"老婆婆道，"乡亲们疑心寺里把人扣住了，便去县衙里告了状。结果太爷派兵来寺里、山上搜了个遍，也没找着满仓他们。最后官差也恼了，说乡亲们报假案，要是再犯，就拿我们下监。等官差走后，乡亲们不死心，还想进寺找一遍。可那伙和尚登时就翻了脸，一个个舞棍操棒的，将我们统统打下了山去。"

冯慎强压着心头怒火，"之后又如何？"

老婆婆伤楚道："我们这种平头百姓，还能如何啊？几个后生活不见人、死不见尸，再也没露过面了。从那之后，我便老梦到满仓浑身是血地站在我面前，吓醒了我就难受的直哭……一双好眼，就这样生生哭成了半瞎……"

"大娘，"鲁班头宽慰道，"你也甭难受，没准儿你那儿子真去云游四方了。等他回来，你们娘俩就能团聚了！"

"要是那样就好了，"老婆婆双手捂面，呜咽道，"可我家满仓打小就是个孝顺孩子，就算有天大的事，也不会连招呼都不打，撇下我不声不响地走了……"

冯慎心中一颤，"老人家，所以你才说那第二批上山的乡亲回不来了？"

"是啊，"老婆婆道，"他们走了快两天了，估计也是凶多吉少。"

"我就不懂了，"鲁班头奇道，"村里人明知那寺有问题，为啥还要跟着上山呢？"

"不去又能怎么办呢？"老婆婆道，"乡亲们都吓破了胆，害怕佛爷再度降下劫数啊。"

"也是，"回想起初来此处的情形，鲁班头不禁道，"那伙和尚是他娘的邪性！哎大娘，你咋没跟去呢？"

老婆婆苦涩地说道："我一个土埋了半截的婆子，还怕什么劫数啊？那伙和尚见我又老又瞎，也便没强求，将我扔在村子里，自生自灭了。"

望着憔似枯槁、满鬓残霜的老婆婆，冯慎恻隐陡生。"老人家年事已高，孤居独守并非长久之计啊。"

"是啊大娘，"鲁班头也道，"你还有别的亲眷没？要有的话说个地名儿，我跟冯老弟送你过去……"

"不了，"老婆婆倔强地摇了摇头，"我哪都不去，就算是死，也要死在这儿。"

鲁班头道："这是何苦来？"

"好让两位爷知道，"老婆婆涕泗潸然，"其实老婆子一直没死心，总觉着我儿早晚能回来……我要是走了，满仓回家找不着娘啊！"

听得老婆婆这番念子衷肠，二人皆是百感交集。

"大娘你甭说了，"鲁班头清了清嗓，偷拭了下微红的眼眶。"你放心，这事我管定了。说句不好听的，就算你儿没了，老子刨山掘岭也要寻回他的尸骨来！"

乍闻"尸骨"二字，老婆婆猛打个寒战，不免又落出大把的浊泪。

见鲁班头拙嘴夯舌地越劝越糟，冯慎忙接过话头："老人家且宽心，我大哥之意是想帮您寻儿。"

"对对对，"鲁班头赶紧道，"这才是我的本意嘛！"

"这些……老婆子都晓得，"老婆婆道，"可那丫髻山凶险，你们又急着赶路……老婆子何德何能，敢让二位爷为我蹚这浑水啊……"

"老人家言重，"冯慎道，"实不相瞒，我们此行，便是想去那丫髻山上一探。"

"没错，捎带脚儿的事！"鲁班头道，"老子倒要瞧瞧，那帮妖和尚究竟修的什么野狐禅！"

"造化啊！"老婆婆颤声道，"能遇上你们这般急公好义的爷台，真是老婆子的造化啊……"

"客套话留着以后再说吧"，鲁班头大手一挥，"大娘，这村里哪儿能淘换着豆麸饼？我们的马奔波了半天，临行前得先喂饱它们！"

"我想想啊……"老婆婆稍顿了顿，道，"嘻，也甭找什么豆麸饼了，你们把马牵到地里就成啊。"

"牵地里去？"鲁班头一怔，"那它们不得糟蹋庄稼啊？"

"什么糟蹋不糟蹋？"老婆婆叹道，"庄稼没人收，过几天被霜一打，早晚要烂在地里。只管牵去吧，地里有高粱、苞米，大牲口都愿意吃。"

"这倒也是，"鲁班头点点头，"老黄它们有口福了。"

说着，鲁班头从怀里掏出把碎银，在手上掂了掂，皱起了眉头。"这他娘少了点……喷，冯老弟，你身上银子还富裕吗？先借我些。"

"不提这个'借'字！"冯慎心照，忙取了些银两出来。

鲁班头接来，一股脑儿地送到老婆婆面前。"大娘，这个你拿着！"

"使不得，"老婆婆连连摆手，"眼下庄稼跟野草没啥两样，值不得几个钱……"

"老人家误会了，"冯慎笑道，"这银子非是料钱，而是我们的一点心意。村民们都不在，您且用这银钱傍身。"

"那更不用了，"老婆婆道，"村子都空了，有钱也没地儿花啊。让两位爷台费心了，

167

其实老婆子暂时还饿不着。乡亲们上山前，送来好几袋澄面，足够吃用很久了。"

　　冯鲁二人又坚持一阵，奈何老婆婆执意不收，也只得罢了。

　　"那行吧，"鲁班头道，"留钱也不是长久之计，早些找回那些村民才是正经！"

　　"鲁大哥所言甚是，"冯慎亦道，"那我们这就去喂马，而后便直赴丫髻山。"

　　"好！"鲁班头朝老婆婆道，"大娘，我俩先走了啊！"

　　老婆婆道："我送送你们……"

　　"不用不用！"鲁班头一拦，"你眼神不好使，就老实待着吧！"

　　"老人家多保重！"冯慎一揖，与鲁班头转身向外走。

　　望着二人背影，老婆婆突然想起了什么，急急喊道："二位爷台，老婆子有话忘了说！"

　　经老婆婆一叫，冯慎与鲁班头双双停住脚步。"大娘你还有啥事？"

　　"是这样，"老婆婆道，"有两件事……老婆子得给爷台们提个醒。"

　　冯慎点点头，道："老人家您说。"

　　老婆婆道："这一来，是那摩崖寺里养着哑罗汉，你们上山后，可一定得多提防。"

　　"哑罗汉？"鲁班头不解道，"那是什么？"

　　老婆婆道："是十来号护寺的武僧。"

　　"嘿？"鲁班头乐道，"这有点儿意思啊，十八铜人吗？"

　　"没那么些个，"老婆婆又道，"不过那伙武僧心狠手辣，拳脚功夫也好生了得……哦，他们好像都不会说话，所以乡亲们便叫他们哑罗汉。之前村里去摩崖寺寻人时，就是被他们打得落荒而逃啊。"

　　"哼哼，"鲁班头捏了捏拳头，"大娘你放心就行，在我们哥俩儿身上，他们讨不了便宜。要敢放刁，老子连他们的破庙一块砸了！"

　　冯慎拽了拽鲁班头衣角，又道："多谢老人家提醒，那其二呢？"

　　"这第二点我也说不太好，"老婆婆道，"自打乡亲们离开后，我就老觉着村子里还有人在转悠……"

　　冯慎问道："或许是与我们一样的过路人？"

　　鲁班头亦道："也可能是趁着村里没人，想来翻墙入室的蟊贼！"

　　"摸不准，"老婆婆摇头道，"昨个好像还在我门前晃悠来着，一打眼就不见了。老婆子跟个睁眼瞎差不多，也瞧不真切……反正二位爷台多加小心吧！"

　　"好，我们俱已记下！"

　　辞别了老婆婆，二人便牵马来至地头。望着那连片的丰美庄稼，黄骠与逾云早已按捺不住，缰绳刚一撒开，便冲入田间尽情啃嚼。

　　"你瞅瞅，"鲁班头笑道，"倒便宜它们了！"

"是啊，"冯慎心中酸涩，有如五味杂陈。

鲁班头见状，知冯慎挂念着上山的村民，正要说些什么，不远处却传来一阵疾驰的马蹄声。

二人心头一凛，赶忙扭头看去。只见村头尘烟飞扬，急急奔来三骑。

三人中，一人长衫马褂，其余两个皆作衙差打扮。来人驰至丈余，突然拉缰勒马，将冯鲁左右围住。两名衙差手按刀柄，大声喝问道："你俩鬼鬼祟祟的，在这做什么？"

鲁班头脸色一变，刚想发作。冯慎眼疾手快，将他拦在了身后。"我们是过路的旅人，赶得累了，在此处歇马。"

"歇马？"那穿长衫的盯着冯慎，一瞬不瞬。"哼哼，分明是在纵马毁粮！给我拿下！"

"还拿下？"鲁班头忍不住骂道，"你们仨儿是打哪块石头缝里蹦出来的？"

一个衙差跳下马来，恶狠狠道："我看你是活腻歪了！"

"且慢动手，"冯慎忙问道，"不知三位是？"

"你瞎啊？"另一名衙差喝道，"爷们儿这身号衣瞧不见啊？让你俩死个明白，我们是平谷县衙的捕快！"

"失敬，"冯慎又一指穿长衫的，"那这位是？"

"那是我们师爷！"衙差扯出一条枷链，"你也甭在这废话，不想吃苦头，就自己戴上！"

鲁班头勃然大怒，"你们还讲不讲理？"

"在这地面上，我们就是理！"衙差抽出刀来，左右挥抢了两下。"拒捕是吧？嘿嘿……"

"怎么着？"鲁班头气得血贯瞳仁，"还想动手吗？"

衙差冷笑道："别说是动手，宰了你都不打紧！"

"谁敢放肆！？"冯慎不欲将动静闹大，赶紧指着鲁班头道，"你们可知他是何人？"

"我管他何人？拿了再说！"随着那师爷一声令下，两名衙差同时挥刀砍来。

"来得好！老子手正痒着！"鲁班头虎啸一声，迎着刀光扑去。

怕鲁班头有失，冯慎也不再多言，弓步疾冲，直取一名衙差。

"反了反了！"那师爷在马上大叫道，"胆敢对抗官府者，不用容情，格杀勿论！"

两名衙差闻言，面上杀气更盛，衣袂破风，腰刀狂舞，恨不得将冯鲁二人大卸八块。

仅走了几个照面，冯慎便发觉那两名衙差不过是些色厉内荏的脓包，又对了三招，便轻松夺下一名衙差的刀。

与此同时，另一名衙差的刀也到了鲁班头面门。鲁班头跨步低头，不慌不忙地让过刀锋。待这一刀走空，左手顺势带牢衙差右臂，右手抄住他脚踝猛地一掀，使了招"釜底抽薪"。

随着一声惨叫，那衙差直直翻了出去，连人带刀的摔在地上，跌了个四仰八叉。

"呸！"鲁班头走上前，在那衙差屁股上踢了一脚，"真他娘的不中用！"

冯慎正要说话，却瞥见那师爷竟从怀中掏出把短铳，大惊之下，急忙掉转夺来刀头，对准那师爷飞掷而去。

那师爷被刀柄击中，短铳登时脱手。鲁班头抢上前，一把将他扯下马来。

"还使上枪了？"鲁班头弯腰拾起短铳，又顺手牵羊，在师爷身上翻出些铅丸、火药。"嘿嘿嘿，刚好没带趁手家伙，这些玩意儿，就先借老子使使吧！"

"混账！"一名衙差灰头土脸地爬起来，兀自嘴硬。"你怎敢对我们师爷无礼？"

"哼"，鲁班头不屑道，"别说他一个小小的师爷，就算你们知县来了又能如何？"

听鲁班头这般口气，师爷与衙差全傻了。"你、你究竟是什么人？"

冯慎接言道："此乃顺天府四路厅司狱总班头——鲁官！"

"啊？"师爷惊道，"原来是鲁班头，您老怎么不早点说啊？"

鲁班头没好气道："老子倒是想说，可你们他娘的只顾打杀，给过我们开口机会吗？"

"小可糊涂、小可该死"，师爷一面赔罪，一面转向冯慎。"那……这位大人是？"

鲁班头刚要开口，冯慎却抢先道："鄙人姓马，为顺天府审簿照磨。"

"哎呀！"那师爷敛裾抱拳，赶紧唱了个肥喏："小可娄得召，见过二位上差。方才一番冲撞，实乃不虞之隙，还望上差多多包涵啊。"

"就没你们这样的！"鲁班头仍旧忿忿不已，"若换作寻常百姓，不早被你们砍杀在路旁了！？"

"是是……鲁班头教训的极是……"娄师爷唯唯诺诺，又冲衙差道，"还不快给二位上差赔不是？"

两名衙差一听，忙点头哈腰、作揖不迭。

"三位少礼，"冯慎道，"娄师爷，你们至此所为何事？"

"这个嘛……呵呵，"娄师爷尴尬地笑笑，"小可听说这凤落滩近来不太平……便带着人过来瞧瞧……"

"还有什么可瞧的？"鲁班头道，"这村都快荒了！我说你们这些个县吏怎么当的？都他娘的几天了你们这才得着信？"

"惭愧啊，"娄师爷避重就轻，"确有些后知后觉了。"

"娄师爷，"冯慎道，"凤落滩距县城也不是太远，闹出那么大的动静，你们竟然一无所知？"

娄师爷支吾半晌，道："不瞒上差说，小可其实也有苦衷啊。前阵子，我们太爷回原籍省亲拜墓，到现在还未归衙。太爷走后，县衙里大小公务全压在小可头上，所以也就没太留意乡坊下情……"

"你先等等！"鲁班头纳闷儿道，"就算知县不在，也还有县丞、主簿，轮不到你一

170

个师爷代为施政吧？"

冯慎亦点头道："鲁班头言之有理。娄师爷，这个中曲直，你就给讲讲吧！"

娄师爷眼珠一转，道："二位上差有所不知，我们平谷是个小县，哪里养得起恁多佐辅官？自打太爷聘我为幕宾，就未再设过县丞、主簿了。"

娄师爷所言，也算是实情。自朝廷颁下辛丑新政后，不少地方的县衙职位多有裁缺。

冯慎略加思索，又问道："按铨选旧制，县属衙门应有四名命官，你们连那典史一职也裁去了吗？"

"倒是有个典史，"娄师爷道，"小可去县衙入幕，便是由他引荐。我们这种当师爷的，不需朝廷拨俸禄工食，年终给点儿束脩就打发了。小可一人多兼，替县里打理着六房杂琐……"

"别忙着给自个儿脸上贴金，"鲁班头不耐道，"那典史人呢？"

"也陪同太爷归乡省亲了，"娄师爷讪笑一声，道，"临走之前，吩咐一应事宜皆由小可酌理，因此小可才疲于公务，一直未得脱身啊。"

"他俩儿倒挺逍遥，"鲁班头道，"这几年老子平谷来的少，许久没打过交道了。哎，你们知县是姓刘来着吧？"

娄师爷笑道："班头真是贵人多忘事，我们太爷姓陈。"

"哦哦……那就当姓陈吧！"鲁班头有些难堪，"好像七八年前见过他一面，眼下连他长什么模样，老子都记不清了……好了好了，不说这些。那依你之言，现在县中是你主事？"

"不敢不敢，"娄师爷谦道，"蒙东翁垂青，暂代而已，呵呵，暂代而已……"

"虚头巴脑的场面话就甭多说了，"鲁班头皱皱眉，指着身后的凤落滩道，"你就是这样暂代的？"

"这点确是疏漏"，娄师爷陪着笑脸，"方才小可也解释过了，奈何公务缠身，分身乏术啊。然而关于衙中诸事，小可虽不敢说面面俱到，可也算打理的井井有条。不若这样，就请二位上差随我们回县衙去瞧瞧吧。"

"去自是要去，但不急这一时半会儿，"冯慎道，"娄师爷，我听说这凤落滩数月前便有人口走失，这桩事你总该清楚吧？"

"小可有所耳闻，"娄师爷道，"当时县里派人来查过，见没甚大事，也就不了了之了……"

"荒唐！"冯慎怒道，"那些乡民至今仍下落不明，似这般离奇变故，也叫作'没甚大事'嘛！？"

"上差请息怒，"娄师爷忙道，"非是小可推诿扯皮，那事皆由我们太爷一力措置，

171

小可未曾经手，又岂会知晓内情？"

"好一个滑吏！"鲁班头气道，"有好处便往自个儿身上揽，遇到坏事就一问三不知！他娘的，能指望你们干点什么？"

受这一番诘责，娄师爷等人口头上敷衍了几句，可神情却有些不以为然。

见他们无动于衷，鲁班头更为光火。"不服气是吧？"

冯慎抬头看了看天色，强压住心绪。"算了吧班头，咱们还有要事，现在多说也无益。"

鲁班头虽不情愿，无奈也只能暂罢。刚想去田间唤马，突然心生一计。"哎，你们三个也不能白来一趟。这样吧，老子给你们安排个差事！"

"差事？"娄师爷满腹狐疑，"鲁班头有何差遣？"

鲁班头一指地头，"眼下村中无人，可庄稼却都熟透了。反正你们也闲着，就先帮着收割了吧！"

"啊？"娄师爷等人大张着嘴巴，一齐怔了。

"怎么？"鲁班头板起脸，"这点小事也推三阻四？"

"这么大片庄稼三个人也收不完哪，"娄师爷苦着脸道，"要不这样，班头容小可回衙拉些人手。"

"随你，"鲁班头道，"能把活儿干完就成！"

没想到鲁班头别出心裁，冯慎心下暗笑不已，正欲转身离开，又被娄师爷叫住。

"呵呵"，娄师爷满脸堆笑，"小可忘记问了，二位莅临平谷，是有何贵干啊？"

"瞎打听什么？"鲁班头喝道，"既是要事，能随便跟你说吗？"

一名衙差道："不说我们也能猜到，二位要去摩崖寺吧？"

"哦？"冯慎目光一凛，"何以见得？"

那衙差答非所问，自顾自道："摩崖寺最好是别去，那里可是有阴曹炼狱啊！"

第十五章 泥犁炼狱

乍闻那衙差之言，鲁班头惊得心中一颤，他一把攮住衙差领子，大声质问道："你这番鬼话想吓唬谁？当老子会信吗？"

"鲁班头明鉴，"那衙差急道，"小的万无此意啊！"

冯慎赶忙分开二人，转向那衙差道："你所说的'阴曹炼狱'，究竟是什么意思？"

那衙差看一眼娄师爷，这才说道："回上差话，数月前为凤落滩乡民走失一案，太爷曾派快班去摩崖寺里查过。那寺中有座'不佛殿'，里面全是地府里的恶鬼凶神哪。"

"对对对"，另一名衙差也道，"当时我也在场，光是往那殿中看一眼，后背都飕飕发凉啊。那些恶鬼张牙舞爪，感觉……"

"感觉什么？"鲁班头皱眉道。

衙差突然两手一抓，"随时都要扑出来！"

"哎呀，"鲁班头不禁打个哆嗦，继而怒道，"你他娘的成心是吧？说就好好说，再敢瞎比画，信不信老子把你那俩爪子剁了！？"

冯慎见状，对衙差冷笑道："不必在这危言耸听，你们所谓的'恶鬼凶神'，无非是些泥胎塑像吧？"

"嘿嘿嘿，"两名衙差挠头笑道，"这位上差机智过人，小的佩服……"

"竟敢消遣老子？"鲁班头气得吹胡子瞪眼，"还恶鬼、炼狱、弄什么玄虚？直说泥像不就成了！？"

娄师爷忙喝退了衙差，"班头大人大量，莫跟他们一般见识。不过依小可之见，那摩崖寺确有些不吉。寻常寺庙多塑佛祖金身，他们却偏偏要造些恶鬼罗刹……"

鲁班头道："你到底想说什么？"

"班头容禀，"娄师爷道，"因那些鬼像太过狰狞，上次县里入寺探查，不少捕快回来后便受惊卧床，险些一命呜呼……上差若不信，可以问问他俩。"

"没错，"两名衙差信誓旦旦道，"确是如此。"

娄师爷又道："那些鬼像邪气森森、可怖骇人，二位上差要因此有个闪失，我们哪里担待得起啊？"

"这他娘的……"鲁班头双唇翕张了几下，"没那么邪乎吧？"

"正所谓宁信其有，莫信其无啊"，娄师爷往前凑了凑，"再者说了，一座怪里怪气的和尚庙有什么好瞧？二位上差不如随我们回县衙，小可备上好酒好宴……"

"老子明白了！"鲁班头道，"你闹了半天是想献殷勤啊？甭来这套！老子此番是来办事的，不是让你灌迷魂汤的！"

娄师爷老起脸道："上差要办之事，可以让县衙里的捕快代劳嘛。他们虽比不得顺天府的公人，但也决计不会误事。二位只需稳坐衙署，运筹帷幄……"

"不必了！"冯慎出言打断，"鲁大哥，时不我待，咱们这便走吧！"

"嗯，"鲁班头点头道，"我也懒得与他们耗费口舌。娄师爷，庄稼可别忘了收。这事要办不好，我须饶你不得！"

娄师爷只得道："小可记下了。"

"那就好。"鲁班头说着，将黄骠、逾云从地里牵了出来。

二人骣马欲行，娄师爷又在后面追道："班头请留步。"

"又他娘的怎么了？"鲁班头烦道，"你说话就不能利索点？"

娄师爷指指鲁班头腰间，"小可那把短铳……呵呵，您老是不是……"

"瞅你那小气劲儿！老子又没说要昧下，等用完了自会还你！"

说完，鲁班头马鞭一挥，与冯慎并辔而驰。

转眼间，娄师爷三人便被甩在后面。又驰出一阵，冯慎将马速稍缓，叫了声"鲁大哥"。

鲁班头扭头问道："怎么了？"

冯慎反问道："那师爷屡屡邀咱们去县衙，大哥就不觉得蹊跷吗？"

"没啥大不了的，"鲁班头一副见怪不怪的模样，"那姓娄的定是想巴结咱俩呢！"

"巴结？"冯慎道，"这话怎么讲？"

鲁班头道："老弟你想，他未知咱俩身份前，一味地喊打喊杀，知道真相后，肯定怕咱拿怪啊。这种欺软怕硬、溜须拍马的货色，我算是见得多了。之前去别处公干时，那些个胥吏也是如此，上赶着请酒塞礼，拼了命地趋附奉承。"

冯慎叹道："若仅是想阿谀谄媚倒也罢了，就怕他们别有用心。"

"哼，借他两个胆子！"鲁班头刚要再骂几句，忽又记起了什么。"咳……那个冯老弟，你说那寺里泥像……真就那么邪乎吗？"

"鲁大哥无须多心，"冯慎微微一笑，"想来是他们夸大其词了。"

鲁班头仍有些忡忡不安，"可你没听他们说嘛，那寺里大殿唤作'不佛'，光这殿名就很不对劲哪！你寻思寻思，不是神佛，那不就是邪魔歪道了？"

冯慎笑道："不瞒大哥说，初闻那殿名时，我也曾怔了一下。然而稍加琢磨，心里便多少明白一些了。"

"哦？"鲁班头追问道，"却是为何？"

冯慎道："我于闲暇之时，尝翻阅过几部经卷，因而知晓些禅佛典故。昔时忉利天宫内，地藏菩萨曾对佛陀发下大愿，所谓'地狱未空，誓不成佛；众生度尽，方证菩提。'佛陀感其大慈诚心，弘其大悲愿力，故允地藏菩萨虽不以佛身现世，然功德却与诸佛齐等。"

鲁班头似有所悟，"这'不佛'二字，指的是地藏王？"

"正是"，冯慎点头道，"那摩崖寺中所供奉的神祇，想来便应是地藏菩萨了。地藏菩萨悯恤五浊恶世，以千体应身度化阎浮。入道地狱，为幽冥教主，辖宰十殿阎罗，布化阴司万鬼。故那不佛殿中塑着些鬼怪泥像，便也不足为奇。"

"真是这样吗？"鲁班头又道："可那大小寺院我进过不少，也没瞧着哪座庙里摆着恁多小鬼啊。"

"确是不常见"，冯慎亦道，"然无独有偶，在那巴蜀之地有座平都山，那山上有个酆都鬼城。那鬼城里的恶鬼塑像，恐怕比摩崖寺中的还要多出几倍。"

鲁班头咋舌道："那得多瘆人哪……老弟你去过那里吗？"

"我不曾去，"冯慎摇头道，"当初与唐氏兄妹闲聊之时，我曾听他们提及。"

"唐氏兄妹？"鲁班头道，"哦，是那唐门少主和他妹子吧？不错，他俩是当地人，所言多半不假……冯老弟你也真是，早这般说，我心里也就没那么慌了。"

冯慎道："酆都之事虽然不虚，然那摩崖寺内的境况却为我之揣测。究竟是否如此，还需入寺查证后方能知晓。"

鲁班头听罢，没再说话，从腰间摸出那把短铳，低头摆弄起来。

只见他先掏了些火药、铅丸，又混着油棉塞入前腔，最后拿根小细棍顺腔口一捅，弹药便被紧紧压实。

瞧着鲁班头装填得麻利，冯慎暗暗称奇。"不想大哥对于火器，竟也这般娴熟。"

"嘻，之前常跟兄弟们打野味，没少捣鼓土铳子。"鲁班头说着，摇了摇从娄师爷那抢来的弹药袋，"那姓娄的虽不济，家伙什儿倒是挺全，这些够打十来发了。"

"鲁大哥，"冯慎提醒道，"咱们此次上山，当以打探虚实为主。不到万不得以，莫与那寺中僧人生起冲突。"

"老弟放心，这点我有数！"鲁班头把短铳重新揣好，"那伙和尚若有歹意，咱凭着拳脚自能对付。这把短铳子，主要为了防邪物。"

冯慎怔道："邪物？"

"是啊，"鲁班头道，"对泥像之事，老弟不也是没拿准吗？我听说鬼怪最怕火器，到时候也甭管那些有的没的，只要瞧着不对，就他娘的一铳子轰过去。嘿嘿……先提前装好，省得用时来不及。"

不觉间，二人已横渡错水，再往前去，便是延绵起伏的丫髻群峰。鲁班头大致估了个方向，引着冯慎继续前行。

飞驰在山脚之下，冯慎不时往远处打量。只见那岭间青黛披盖，山腰云雾罩遮，烟树苍柏，浓凝一派。若非林中那簇簇红枫，势必让人错感秋霜未至。其时日渐西斜，山风拂掠，便闻松涛浩荡。千梢晚摇，万针萧瑟，隐约有数翼翔沉，是为飞鸟颉颃。

"好一处结庐潜修的佳境，只不知这幽幽峰岭中，蕴蓄着血泪几多。"冯慎暗叹一声，兀自驱马不提。

沿途奔来，二人也见得不少丘坳上修有道家宫观，然无一不是蛛结尘蔽、荒草姜芜。路旁荆丛里，偶尔能瞧着件污秽皱皱的道袍，几只鼬鼠争嬉其上，早将那偏衫饰襞，撕扯成绺绺条条。

冯慎又是一叹，记起了村中婆婆之言。如今亲见这道门凋敝，想来那和尚赶跑道士之事，也多半不假了。

正思量着，胯下逾云一纵，跃过了横生在道路中的一根粗藤。冯慎没防备，上身被带的往后一仰，险些跌下鞍去。

"冯老弟，"鲁班头道，"再往前走，山势就越发陡峭，你可得骑稳当些哪！"

"嗯。"冯慎忙夹紧马腹，目视前方，不敢再度分神。

果如鲁班头所说，愈朝前去，路便愈是崎岖。行到后来，山道陡然弯拐，延伸至迎头一座巍峨的孤峰。抬眼望去，那峰仿佛受过巨斧劈砍，自顶往下裂为一线，谷罅浑然，屏隘天成。两侧峻岩突兀，宛如犬齿相错，将原本丈余宽的路面，生生夹成了羊肠。

二骑见状，也只得首尾相接、缓速慢行，一前一后地由谷口进入。

好在这峡谷不深，约莫一盏茶的光景，前路又豁然开阔。走出谷后，冯慎仍感喟不已。从此处登顶，皆经由这峡堑而过。若置于通衢大邑，此峡定成一处兵家必争的险要雄关。

"冯老弟，"鲁班头勒住马道，"咱们到了！"

"到了？"冯慎怔道，"怎瞧不见寺院模样？"

"离寺还早"，鲁班头伸手一指，"那寺建在山巅上，之前那伙和尚也是领到这里就没叫我们再跟着了。骑着马没法子爬，咱俩下来慢慢登上去吧。"

冯慎向前一望，果见岭间有一道蜿蜒石径。"那好，咱们这便下马。"

话音甫落，冯慎双足已踏在了地面上。见那径旁有株大树，二人便将马匹并拴其下。

方要拾级而上，鲁班头突然道："哎，一会儿上去怎么说？咱就说是拜山的香客？"

"说香客恐怕是不成，"冯慎道，"上回在凤落滩，想必有不少僧人能记得大哥的相貌。"

"也是，"鲁班头苦笑着摸了摸下巴，"就算是换了打扮，我这满嘴胡子也还是扎眼啊。那怎生是好？这荒山野岭的，现刮也来不及啊！"

"有了，"冯慎指了指鲁班头颈下，"那些僧人不是送了一个桃符嘛，大哥索性就说是来还愿。至于剩下的，就由小弟来周旋，咱们相机行事，料想也能应付过去。"

"着哇，"鲁班头喜道，"那可都瞧你的了！"

冯慎一笑，"好说。"

二人议毕，便沿着节节石阶开始爬陟。这丫髻山虽称不上是耸天凌云的崇山绝岭，可身处其中，亦觉层峦叠嶂、巍巍遥遥。丹崖飞岩若泻，削壁怪石横突，斜径孤悬类架，宛胜空陌云梯。阶除累列，不计千余，仰观有如龙蛇初腾，环骧徐绕、曲隐盘升，似欲拔地冲霄。

快近峰顶时，二人已是颈背见汗。石径尽头，毗抵一座拱檐牌坊。那坊基为须弥石座，辟成大小三个券门。坊后坡阶高筑，遥达不远处的山门殿。

"好家伙……总算能瞧见山门了，"鲁班头扶着柱壁，好歹将气喘匀。"这一通攀爬，可真他娘的费劲哪！"

"确实不易，"冯慎见状道，"大哥若是累得紧，那就稍微歇会儿吧。"

"不用，"鲁班头抬袖抹了把汗，摆手道，"那庙就在眼前了，不差这么几步路，咱接着走！"

冯慎再待开口，却听得林樾间忽然传来"沙沙"的响声。紧接着叶动枝摇，二人只觉面前一花，几条人影倏地跃将出来。

来者头顶溜光，皆着青灰僧袍，方一站定，便排展开来，将冯鲁二人阻在了台阶之下。

"嘿，"鲁班头道，"身手都不赖啊，才眨眼工夫，就刺溜钻出这么些个……"

"鲁大哥，"见这些僧人不苟言笑，冯慎忙向鲁班头使个眼色。他跨前一步，冲僧人朗声道，"善男马某，与大哥专程来拜谒宝刹，劳诸位引路，我等好入寺上香。"

岂料冯慎说完，那伙僧人动也未动，依旧死死盯住二人，面目如僵。

"喂！"鲁班头有些不悦，"聋了吗？跟你们说话呢！"

一名僧人指指嘴巴，又摇了摇手。

哑罗汉！？

冯慎心中一动，与鲁班头对望一眼。

"不是吧？"鲁班头连说带比画，"你们这么多人，就连一个能说话的都没有？"

那伙僧人似明白了鲁班头的意思，皆将头微微一点。

"哼，果然是他们！"见诸僧身量不甚高大，鲁班头不由蔑道："还'罗汉'、'金刚'，名头倒叫得响亮，我还当是什么三头六臂的人物呢，就这模样的，也就能欺负下老实巴交的乡民了！"

"大哥无须多言，既然如此，那咱们自己进寺吧！"冯慎说完，又向着山门登了几阶。

几名哑罗汉身形一晃，呼啦围逼过来。打头僧人横臂一拦，又做了个请下山的手势。

冯慎料得会是这样，干脆昂头挺胸，与那僧人怒目相接。

那僧人双睛亦是不眨，一双毒辣的目光直扫冯慎。

"老弟，"正僵持着，鲁班头摩拳擦掌的顶了上来。"既然说不得，那咱就痛快闯他娘的！"

说罢，鲁班头便大手平推，想将打头那哑罗汉拨开。那哑罗汉冷哼一声，左掌倏出，朝着鲁班头颈间斫下。

冯慎见他掌缘似刃，知其手上造诣匪浅，不及鲁班头反应，当下运起两指，疾点那僧人臂弯。

那僧人一惊，赶紧撤回左掌，曲起右手五指，复向冯慎兜头抓来。冯慎位处下方，避闪不便，索性力贯拳腕，瞄着他爪心击去。

拳掌相抵，发出一声闷响。二人身子一振，各自退了半步。这一攻一退，皆在须臾之间。强敌环伺之下，冯慎出招哪里敢缓？刚拿桩站稳，足下便是一挺，扬拳游掌，照那僧人抢跃直攻。

呼呼掌风，将僧人衣衫激的鼓荡。那哑罗汉心下忌惮，连翻几个空心跟斗，后纵出数丈远近。

打头僧人方一避开，其余哑罗汉便于左右夹攻，出手狠辣刁钻，专挑冯慎空当。

"老弟别光顾着独斗，也分我几个耍耍！"鲁班头长啸一声，挥起如钵铁拳，冲入敌阵抢砸。

鲁班头一身横练，走的是刚猛路子，他仗着膂力强健，以攻代防，瞬息光景便打出了数拳。

似这般搏命打法，倒也登时奏效，围攻的几名哑罗汉招架不迭，被一一逼开。

僵局方解，鲁班头便面露得意。"瞧见没老弟？我说什么来着？这帮哑巴和尚，也不过尔尔。"

冯慎背靠着鲁班头，目光不离众僧。"不可大意，他们尚未使出全力。"

"如此更好。轻易便能打发了，那可无趣的紧！"说罢，鲁班头分胯沉裆，踏起铁马罡步，将一双拳掌舞得大开大合。

鲁班头这套拳掌，着实下过苦功。加上他连年捉凶剿寇，又在原本的招式上，融了些擒拿手法进去。乍施展开来，威力陡增，凭空打出，都挟带着一子劲风。

可没等鲁班头攻到切近，那伙哑罗汉却向四周疾散，围成了一个大圈。冯鲁攻到哪儿，哑罗汉便退到哪儿，始终将二人团团包裹。

"他娘的！"鲁班头破口大骂，"只逃不打，你们还要脸不要？不敢跟老子放对，就趁早直说，别学毛猴子蹦来蹿去！"

见哑罗汉迟迟不肯发招，冯慎心下也颇为纳闷儿。但瞧他们布列环聚，又唯恐是在摆什么生僻阵法。

果不其然。鲁班头方一骂毕，那伙哑罗汉便急速绕圈游走，身形忽进忽退，连带着圈阵也急张急合。

经这么一绕，二人顿觉眼前身影缭乱。与此同时，圈阵中唰唰抢出三僧。那三僧低伏高纵，分三路向垓心袭来。冯鲁见状，忙护住背心，各自引招蓄势，准备迎敌。

谁曾想那三僧脚尖竟不点实，隔空虚晃两下，随即弹开。紧接着，圈阵中又跃出两僧，绕场游斗数招后，复缩归回本位。如此接二连三，不啻于见缝插针，哑罗汉们无论打实与否，至多攻上一招，沾衣即退。

被这么一搅，鲁班头不免有些心焦气躁。一名哑罗汉瞅准空隙，双臂如灵蛇交替摆探，明攻冯慎双目，实取鲁班头腹裆。

鲁班头步法稍滞，险些被他抓中。那僧人一击未果，也没再继续进招，身子朝后急纵，迅速撤至圈阵之中。

"好个没脸没皮的狗贼秃！"鲁班头勃然大怒，"光躲也便罢了，居然还掏卵子？呸！真他娘的下三滥！"

冯慎冷眼相观，心下同样不解。这些哑罗汉身法固快，可出手全然不带章法。有时打出的几招，竟似拙劣蠢笨，活像市井间的地痞殴斗。然而无赖之争，自没道义可言，撩阴插眼、锁喉掰指，无所不用其极。故鲁班头虽稳扎稳打，却差点吃了大亏。

按说佛门功法，源出达摩一脉，无论分演成何支何派，皆是光明磊落、堂堂正正，又岂会如他们这般阴毒下作？

鲁班头余气未消，左一句下三滥、右一句不要脸，兀自骂个不休。冯慎有心提醒，奈何那伙哑罗汉复又频频出击。

见一名哑罗汉跃来，鲁班头便想伸手去抓，结果手臂才抬起一半，斜刺里又冷不防闪出一僧。鲁班头一慌，忙向来人招呼，却不想被最初那僧人寻着破绽，飞掌击在了胸前。

饶是鲁班头皮糙肉厚，挨了这下，也觉胸中一阵气窒。他急急吐纳调息，嘴上却不肯饶人："看来秃驴没吃饱，这软绵绵的娘们儿掌，简直是给老子挠痒痒！"

可骂归骂，哑罗汉们仍是四下游蹿，滑似泥鳅。渐渐的，冯慎倒瞧出些门道儿：他们摆这阵仗，并非为了立竿见影，而是意图先行扰敌心绪。等对手被扰得心慌意乱，势必会随他们的动作而动作，这样一来，自然是处处受制，被动的局面一久，难免会落入他们彀中。

心念间，冯慎脑中突然浮出八个字——避其锋锐、击其惰归，正是那日与中年文士拆招后，所得来的训示。

"避其锋锐、击其惰归……"冯慎默念了数遍，心中豁然开朗。哑罗汉此举，无非想耗人精气后再突施杀招，既然如此，何不反其道而行之？这阵法的维持，须哑罗汉不停地踏位补缺，只要己方沉定，于他们自身反而损力更多。

想到这儿，冯慎忙低声道："大哥，摒除浮嚣，好整以暇，咱们以不变应万变！"

经这一点拨，鲁班头顿时明白过来，当即收了骂声，守拙御巧。

二人四手，牢牢挡住了要害罩门。哑罗汉又屡番试招，却也奈何他们不得。

然这么一变，战况即刻胶着起来。哑罗汉虽攻不进去，冯鲁一时也攻不出来，攻守双方，都陷入了不尴不尬的境地。

冯慎扎实了下盘，一面全神戒备，一面思索克敌制胜的良策。可那伙哑罗汉惕然不懈，动辄便是一阵死缠烂打，冯慎没有十足把握，轻易也不敢突围。

正相峙着，山门外传来一声大喊："快快住手！"

哑罗汉们回头一望，齐齐止步停立。见他们收了手，冯鲁二人也便撤招，四目凝睨，打量着喊话之人。

但见那人亦是一僧，身着杏黄海青，脚踩缀帮禅履，袒肩披一条百衲袈裟，显然是寺中的主事僧人。

那僧人一手抓着念珠，一手提着下裾，急张拘诸地奔至众人面前。见这僧人到来，哑罗汉们皆退到一旁。

"罪过罪过，"那僧人前身微躬，双掌合十："贫僧管束不严，冲撞了两位施主，在这厢赔礼了。"

听他说得谦逊，鲁班头的敌意骤减了不少。"哼哼，总算出来个晓事的！"

冯慎单手立掌，算是回敬："敢问师父上下？"

"贫僧弘智，忝就敝寺监院，"那僧人说着，目光突然驻在了鲁班头脸上。"咦？这位施主莫不是……"

"哈哈，"鲁班头道，"大和尚，我也认出你来了！那天在村口化劫，就是你领的头！"

"难为鲁班头还记得贫僧，"弘智笑笑，转向冯慎，"未请教……"

冯慎见问，忙以假名通道。

弘智颔首道："原来是马施主，失敬失敬。二位驾临，不知所为何事？"

"你先别问我们，"鲁班头指着哑罗汉道，"他们几个上来便打，这又叫何事？"

弘智道："怪只怪贫僧教化无方，还望班头多多宽宥。这几名僧人，皆是敝寺护法。"

"护法？"鲁班头道，"这一个个都瘦不啦叽的，也能当护法？"

"班头小觑他们了"，弘智道，"他们虽不魁梧，却有着以一当十的身手。"

"你少替他们胡吹大气！"鲁班头道，"老子瞧他们的本事，实在是稀松平常。还以一当十？哼，方才他们齐上，也没见能把我俩怎么着！"

弘智道："二位神威过人，自然另当别论。"

听了这句，鲁班头十分受用，将脸得意地一仰，却发觉哑罗汉们眈眈怒向。

"不服吗？"鲁班头亮招喝道，"来来，咱再比画比画！"

见鲁班头叫阵，几名哑罗汉又跃跃欲试，未及冯慎相拦，弘智已挡在众人之间。

"阿弥陀佛，班头的能耐，他们已领教过了，还请高抬贵手。"弘智说完，朝后疾打了几个手势。那伙哑罗汉瞪一眼冯鲁二人，恨恨地退回寺中。

"弘智师父"，冯慎道，"宝刹护法无故围人，你尚未言明原因，仅凭几句'管束不严'、'教化无方'的场面话，恐怕遮不过去吧？"

"马施主见教的是，"弘智道，"依贫僧之见，应该是二位显露了功夫，这才引起了误会。"

"误会？"鲁班头道："这能误会什么？"

弘智道："想来是他们见二位武艺高强，便以为是乡民邀来助拳的好手，唯恐于寺不利，故而有所唐突。"

冯慎与鲁班头全愣了，"乡民邀人助拳？这又是怎么回事？"

"此事说来话长，"弘智道，"这样吧，不如二位先入寺小憩，再容贫僧慢慢道来。"

"也好，"见他主动相邀，冯慎便顺水推船。"我二人正欲拜殿礼佛。"

"善哉，"弘智转身肃客，"施主请！"

鲁班头急于探个究竟，三两步越过弘智，当先朝寺中奔去。可还没等他跨进庙门，半空中却突然坠下一物。

说来也巧，那物砸落后，不偏不倚，正中鲁班头顶门。脑袋上乍挨了这下，鲁班头只当是哑罗汉又来偷袭，猛打个激灵儿，跃开好远。

那物在地上弹了几弹，又顺着台阶骨碌骨碌滚到冯慎脚下。冯慎伸手一抄，将那物捡起。

见是枚卵状的青果，鲁班头好气又好笑，他打量一周，四下叫骂："兀那哑秃藏在何处？快些给老子滚出来！拿颗大圆枣子当暗器，亏你们想得出！"

"鲁班头莫慌"，弘智指了指庙前一株大树，道，"非是有人暗袭，乃因树上果熟蒂落，恰巧掉在了班头的头上。并且此果也不是什么枣子，而是一枚核桃。"

"核桃？"鲁班头不信，"这青皮厚肉的能是核桃？当我没吃过吗？"

"大哥你瞧，"冯慎笑笑，将掌中青果捏开。"这确是一枚生核桃。"

见果肉下露出凸筋凹壑的硬壳，鲁班头不禁闹了个大红脸。"敢情生核桃长这样，我只吃过盐焗的……也不对啊，我听那农歌里唱道：七打核桃八打梨，九月的柿子红了皮。这都什么月份了，还能有核桃？"

"班头有所不知"，弘智道，"这是株近百年的铁核桃树，本已不易结果，又加上山高气寒，自然要比平地上的晚熟数月。"

"铁核桃？难怪砸着还挺疼。"鲁班头揉着脑门儿，连呼晦气。

冯慎掂掂那核桃，随手扔了在道边。弘智大袖一扬，将二人引入寺中。

迈过高高的门槛，便是一条宽大的甬道，两侧莲池陈列，四面廊屋回环，迎面左钟右鼓，拱卫着一座大殿。

踏在甬道上，二人不免朝莲池内端详。可惜池中荷花早已开败，蓬枯叶卷、茎焦梗折，看上去好不凄凉。幸而水下尚有几尾肥鱼，往来翕忽，欢活游弋，给这颓景，添染了几分生气。

来在殿下，鲁班头不由得一怔。"天王殿？老弟，他们不说是叫'不佛殿'吗？"

"他们？"弘智抢先道，"敢问班头，这话是何人所说？"

"一个姓娄的师爷，还有俩捕快！"鲁班头恨道，"他们果然是在诓老子！他娘的，待会儿下山，非找他们算账不可！"

弘智又问道："可是娄得召娄师爷？"

"没错，就是那老小子！"鲁班头道，"怎么？你俩儿还认识？"

"谈不上相识，算是见过一两面。"弘智答道，"哦，那娄师爷也并非欺瞒，敝寺确有座不佛殿。"

鲁班头手指殿上匾额："难道我不识字？那上面分明写的是天王殿！"

"班头容禀，"弘智道，"自打禅净双修后，佛家庙宇皆立天王殿为首重大殿，遂成定式规格，着令后世严加恪守。敝寺向来笃佛循教，又岂敢违逆不遵？穿过这座天王殿，便是那不佛正殿了。"

鲁班头嗟然："只道当和尚戒律多，不想这规矩也不少啊。"

冯慎道："既然此为前殿，我等稍事参拜后，便直赴正殿吧。"

"可那不佛殿上正在……"弘智略一迟疑，道，"也罢，二位且随贫僧来。"

三人语毕，齐齐入了天王殿。殿中供奉的佛像不多，显得肃穆空旷。前首大肚弥勒，背面横杵韦驮，持国、增长、广目、多闻四天王各持法器，威风凛凛地于左右分侍。

弘智走到佛案前，燃烛引了几支线香，交与冯鲁二人。

冯慎拈香置胸前，复而齐眉高举，如此三番后，恭插退立，合掌默祝。鲁班头照葫芦画瓢，也学着冯慎样子将香上好。

二人敬罢香火，又朝四下拜了几拜，便同着弘智由殿后仪门转出。

刚出天王殿，照壁后便吹来一阵浓郁的梵烟，鲁班头被呛的一通咳嗽，差点熏了个趴。"大和尚……咳咳……你们这前殿冷冷清清，后殿的香火倒是挺旺啊。"

弘智道："此处为敝寺主殿，香烛供奉不敢懈怠。"

"是不佛殿到了？那可得赶紧瞧瞧！"鲁班头说着，与冯慎绕过了屏墙。

只见那不佛殿高逾数丈，端的气势恢弘。顶上歇山戗脊，通铺琉璃筒瓦，檐下撑着一排朱漆大柱，皆有合抱粗细。殿中烟雾缭绕，不知纵深几许，几名黄衣僧人搬泥堆沙，不停地进出忙碌。看有人来，那些僧人投来匆匆一瞥，又继续埋头做事。

鲁班头奇道："他们在干吗？"

弘智道："不佛殿内尚未修缮停当，诸位师弟正在赶工塑佛。眼下殿中凌乱不堪，二位不如移步客堂用茶……"

"不忙，"冯慎道，"既到了正殿，好歹也要瞻仰一番。"

弘智道："那……施主随意吧。"

冯慎点点头，来到不佛殿前。殿前两根明柱上，各挂一条楹联。上联是"手中金锡振开地狱之门"，下联为"掌上明珠光摄大千世界"，跋款落着"百里君陈晋元沐手恭书"几个小楷。

不佛殿上塑着神鬼，鲁班头不欲早些入内，踯躅逡巡，能拖延一刻算是一刻。见冯慎瞧那楹联，忙凑了过来。"这字不孬啊！"

"的确，"冯慎道，"这字饱中含筋，笔力浑厚雄健，想不到平谷正堂竟写得一手好颜字。"

"正堂？"鲁班头问道，"老弟，你怎知写字的是平谷知县？"

冯慎一点竖跋，"从这'百里君'三字可知。"

"施主好眼力"，弘智道，"这副楹联，正是本县父台陈大人的墨宝。"

鲁班头晃了晃脑袋，自语道："平谷知县原来叫陈晋元，老子这忘性……可是越来越大了……"

弘智听后，有些讶异。"怎么，班头不认得陈大人？这不应该啊，平谷为顺天府辖县，你们之间想必素有往来……"

"不认得就是不认得，我能骗你不成？"鲁班头烦道，"顺天府下辖州县那么些个，谁敢保全对上号？没错，我原先是来过一趟平谷，可那也是好几年前的事了。哎，我说大和尚，合着你们知县是金颜玉面，老子就非得认识他？"

见鲁班头老大不快，弘智只好道："班头别拿怪，是贫僧口不择言了。"

当着寺众面上，冯慎怕弘智难堪，忙将话头一转。"弘智师父，看样子陈知县也是时常造访了？"

"不错，"弘智道，"之前因一桩纠葛，县里曾派兵搜寺，待发觉是场误会后，陈大人好生过意不去，又亲临敝寺赔礼。陈大人平素虔诚向佛，与我们方丈一见如故，这一来二去的，也便熟络起来。只是最近他回籍省亲，久未谋面了。"

冯慎笑道："确是不巧。想来是我二人缘悭，难与陈知县一会啊。"

"也未必然"，弘智道，"陈大人尝许诺说，等他省亲归来，定要在敝寺办场隆重的斋会。马施主与鲁班头届时有暇，自可来此相会。"

"以后的事就留到以后再说，"鲁班头插口道，"大和尚，听说你们这不佛殿里，塑了不少小鬼？"

弘智微微皱眉，道："说小鬼未免有些不敬，我们所塑的，实为幽冥众生！"

"那有什么两样？"鲁班头道，"你们塑这些是何用意？"

"自然是以地府之苦厄，来警悟世人。"弘智说着，又将地藏菩萨和阴间的因缘宿业阐明陈述，竟与冯慎所测一辙无二。

鲁班头冲冯慎一挑大拇哥儿，心下佩服之至。"老弟，真有你的！"

弘智看看鲁班头，又看看冯慎："班头之意是？"

"没什么，"冯慎一语带过，"大哥，咱去瞧瞧吧。"

"哦。"鲁班头含含糊糊地应了一声，硬着头皮跟上。

值时日薄，昏黄的光线给不佛殿上蒙了一层暗影。殿中造像林立，有的业已塑完沥粉，有的尚还在着泥封漆。所造之貌，大多眦目咧口、凶狞狂煞，无外乎是些牛马无常、罗酆勾判。诸阴差上首，列塑秦广、楚江、宋帝、仵官、阎罗、卞城、泰山、都市、平等、转轮等十殿阎王，头戴冕旒，手持琰圭，或坐或立，栩栩如生。群像密布排列，如此观不胜观，宛若众星捧月，将宝相庄严的地藏菩萨围护在当中。

殿中散着些打好的胚泥，香支也是东一堆、西一簇地乱插乱摆，青烟升腾，物影幢幢，虽不乏活人生气，但仍觉寒意森森。

那些黄衣僧处在角落，正七手八脚地堆塑着一座糙泥素胚，见冯鲁入殿，都抛了压刀括片，朝着二人望来。

"诸师弟听了，"弘智忙朗声道，"这二位是马施主与鲁班头，来这殿上随便看看，尔等稍事施礼，便继续赶工吧。"

"是。"黄衣众僧齐竖手掌，向二人遥打个问讯，又转身忙活开来。

见众僧冗坌，冯慎也不便上前打扰，于两侧大略扫了几眼，又去瞧正中的那尊地藏菩萨像。

因是寺里所供奉的主神，这地藏像造得尤为精细。大乘中地藏菩萨怀千体变化，居越秽土，示现声闻，内秘菩萨行，外现沙门相。故而这尊造像未冠毗卢，光头露着比丘净顶，左掌拈珠，右手拄仗，前胸袒敞，缀吉祥云海卍字印；双股交盘，结跏趺端坐于莲花法台。

冯慎正瞧得仔细，可鲁班头却惴惴不宁。从一入殿起，他心下便怯了几分，眼见这些泥像太过逼真，不由得惕然惊心。被香雾一晃，泥像流光溢彩，特别是一双双黑白分明的大眼，仿佛活了一般，无论鲁班头转向何方，后背上都能感觉到凉飕飕的，如芒在脊，似冰贴触。

待的时间一久，鲁班头只觉胸口压抑，禁不住阵阵麻怵。他赶忙扭头转脸，不去看那些悚然塑像，而是将目光落在角落里几名忙碌的黄衣僧人身上。

几名黄衣僧手不得闲，正依着描摹粉本，给一尊初具粗型的泥像加泥补浆。鲁班头一并望去，便自然而然地留意起那糙胎泥像。那泥像的头脸尚未压光，表层糊得疙疙瘩瘩，也辨不出塑了个什么，只瞧那颅顶突隆、腹腰鼓罗的大貌，料想必不是什么善神。

打胚的胎泥中掺拌着草秸、棉絮，丝丝缕缕地混裹在深赭色泥层里，像极了腐烂肉糜上附挂着的残经断脉，使得整尊塑像如同是被剥了皮般骇目。

突然，那泥像的脖子似乎动了一下。鲁班头只当是自己眼花，可再定睛看时，泥像的头颈果真比方才时候斜转几寸，项间陡裂出一道缝隙，簌簌掉下不少半干的黏土细沙。

"啊呀！还真他娘的活了！"

鲁班头的寒毛登时倒竖，头皮"嗡"一声炸了，他一把摸出藏在怀中的短铳，当场便要搂枪开火。

见鲁班头将铳口冲了过来，几名黄衣僧人颜面大变。还未及他们反应，监院弘智便扑上前来。

"班头要做什么！？"弘智脸色惨白，死死握住鲁班头的手，"佛门乃清净之地，万不可动刀动枪啊！"

"还清净之地？"鲁班头冷汗不止，"没瞧见这殿上都他娘闹妖了？你快点撒手啊，老子得赶紧崩了那尊邪像！"

"哪来什么邪像哪？"弘智苦苦求道，"班头先放下枪吧，莫要亵渎了神明啊！"

冯慎见状，心知有异。"大哥先别着急，你瞧见什么了？"

"老弟你不知道，"鲁班头惊魂未定，手指仍不敢离开扳机。"那劳什子邪像活了！"

"活了！？"几名黄衣僧人同时打了个哆嗦，"官爷你可别吓唬我们……这塑像是泥堆土垒的，哪有转活的道理？"

"它能动弹！"鲁班头急道，"老子瞧得真切，刚才它绝对是扭头了！都别废话，你们几个也搭把手，趁这邪像没成气候，咱一块捣它个稀巴烂，省得受它祸害！"

"大哥不忙，"冯慎沉住气，"待小弟上前一探！"

"老弟你还探什么？"鲁班头道，"脖子上那道缝还在呢！定是出了鬼！"

冯慎未置可否，径自朝群像深处走去。鲁班头哪里肯放心？只得提着短铳跟上。担心鲁班头会不管不顾地一意孤行，弘智也亦步亦趋，唯恐瞠乎后矣。

三人怀着三种心思，前后脚地来到那尊泥像跟前。几名黄衣僧人不知所措，满脸惶恐地望向弘智。"监院师兄……你看这……"

"慌什么？"弘智冲黄衣僧喝道，"我佛法力无边，什么妖鬼胆敢出没在这庄严大殿之上？"

"光说嘴顶什么用？"鲁班头依然紧紧戒备道，"这不是？底座上都落满了土渣子，必是它转头时掉散下来的！"

"土渣儿？"弘智看看裂缝，继而醒悟道，"嘻！贫僧总算知道是怎么一回事了！"

"哦？"冯慎将信将疑，"却是为何？"

"马施主有所不知"，弘智道，"这造像前，先得立骨打桩，而后再一层层往上敷加泥料。许是这尊像的桩骨没立稳，有些头重身轻了。"

"头重身轻的话它为啥不倒？"鲁班头质问道，"偏偏只斜转了脖子？"

"班头且往这里看"，弘智指着泥像颈间道，"此像拟塑一尊'食水婆利兰'，其形宽头巨腹、圆臂粗肢，唯独脖颈处细短不堪。班头你想，这脖颈衔接头身，本已承力不小，再加上二位初入殿时，诸师弟停工稍歇了片刻，使得颈间补压不及、黏性渐失，这才项裂头歪，好似扭脸了一般。"

鲁班头瞧一眼泥像，心下信了几分。"倒……倒是我们的不是了？"

"不敢不敢，实因贫僧这些师弟们手艺欠精"，弘智转向黄衣僧众，"还不赶紧修补？力争在晚课前能压上一遍光。"

众僧刚要动，冯慎却不声不响地绕着泥像细瞧起来。他左戳一下、右敲一下，确定是泥胚无疑后，这才微微点了点头。"看来确是虚惊一场。"

听冯慎也如是说，诸黄衣僧皆舒了一口气，齐齐瞥了鲁班头一眼，又拾起括片接着加泥。他们嘴上虽不说，可眼神里俱带着些埋怨的意味，鲁班头知道僧众是赖自己大惊小怪，颇有些不好意思。

"咳咳，"鲁班头干咳几下，红着脸收了短铳。"那啥……老弟，这里头闷得慌，我到殿外等你！"

"好"，冯慎道，"我再看看，稍刻便来。"

弘智忙问道："那贫僧去唤个知客陪着班头？"

"不用不用！我就出去透透气，你在这待着就行！"鲁班头说完，便大跨步地离殿。

刚到殿外，鲁班头便觉头顶上有些发暗，只见殿前空地之上，正投着一道巨大的黑影。他吃了一惊，忙转身仰视。透过重重檐翘，发觉远处的偏院中，竟还矗立着一座杵天杵地的浮屠塔。

第十六章 地藏浮屠

冷不丁瞧见一幢高塔，鲁班头不由得注目眺望。只因离着尚远，又有重墙阻隔，塔之全貌不可得见。然纵是如此，其巍峨之气势，亦能得窥一斑。

经晚霞一映，塔身那挺拔的轮廓愈发分明。宝顶如盖，层刹相垒，古朴雄浑，傲昂云空。恍然间，好似得遇了一座可以揽月摘星的绛阙重楼。

鲁班头虽是个粗莽汉子，可面对如此景胜，也暗生观止之叹。他只觉身心一阵涤荡，渐渐看得有些发痴，方才在殿中的尴尬，全然抛在了脑后。

不多时，冯慎与弘智也出得殿来，见鲁班头兀自出神，二人不免好奇。

"班头？鲁班头？"弘智连唤数声，鲁班头这才如梦方醒。

"啊？哦，你俩儿出来了？"

冯慎道："大哥如此入神，是在瞧什么呢？"

"老弟你往那看，"鲁班头指道，"那塔好不气派哪！"

冯慎顺指望后，也少不得一番称道。

"大和尚，"鲁班头问弘智道，"那边是个什么去处？"

弘智回道："那里是敝寺塔院，其塔名为'地藏浮屠'。"

冯慎道："那地藏塔看上去颇有些年头儿，应该不是本朝所筑吧？"

"确是如此，"弘智道，"此塔始建于辽金时期，里面曾供奉过一枚地藏王菩萨的指骨舍利。"

"嘿！还有舍利子？"鲁班头欣喜道，"常听人说见舍利者如见真佛，那可是能增大功德哪！老弟快走，咱俩儿赶紧去瞅瞅，也好沾沾佛气！"

鲁班头说着，便想拉起冯慎走。

"大哥太心急了，"冯慎微微一笑，道，"方才弘智师父的话里，可是有个'曾'字。想必几经岁月更迭，那指骨舍利已不复存在了。"

弘智点头道："马施主所言不假。我等来寺之时，这里早荒废已久，那枚指骨舍利，也不知流落至何方了。"

"可惜，真是可惜啊！"鲁班头没口子喟叹一阵，又道，"要不咱们去登登那塔？从顶上往下瞧瞧也是好的。"

"班头见谅，"没曾想弘智竟一口回绝："这其间实有不便，恕贫僧难以从命！"

鲁班头怫然道："怎么？那塔里藏着宝贝，怕我们偷了去？"

"班头哪里话？"弘智道，"要是在平常，二位自然是但去无妨。可眼下，敝寺方丈正在那地藏塔内坐关参悟，我们若贸然前去，岂不扰他清修？"

"这么不巧？你们方丈倒挺会挑地方……"听弘智这般说，鲁班头怒气消了不少，加上冯慎从旁连使眼色，也便暂罢了登塔的念头。

见鲁班头不再强求，弘智又道："二位此番上山，算来也已饥乏，那客堂就在前面，不若随贫僧去用些清茶、斋点如何？"

"算了吧，"鲁班头道，"你们当和尚的喜好清汤寡水，那素果淡茶的想必也没甚滋味。"

冯慎冲弘智笑笑，"我这大哥心直口快，言语不周处，还望弘智师父不要介怀。"

弘智连连摆手，"岂敢岂敢。"

"那便好，"冯慎道，"茶斋之事就不必操劳了，弘智师父若有意，再领我们四下逛逛吧。"

弘智稍加犹豫，便点了点头。"既然二位有雅兴，那贫僧唯有遵从了，请！"

"有劳。"冯慎一拱手，迈步前行。

三人走走停停，依次过了法堂、斋殿和经坛。一路过来，弘智见冯慎总爱往偏僻处打量，心中不禁阵阵犯疑。

"二位且住，"弘智停下脚，道，"贫僧忽生一惑，也不知当问不当问……"

冯慎转头道："师父无须客气，但问不妨。"

"是啊，"鲁班头也道，"有话只管说，有事只管问！吞吞吐吐的做什么？"

"嘿嘿，"弘智略微一哂，又道："那贫僧可就直言不讳了。照贫僧看来，此次二位光驾敝寺，不单单是为了拜庙礼佛吧？"

被戳中了心事，鲁班头有些发慌，他看一眼冯慎，冲弘智道："大和尚，你甭多想……"

冯慎拍了拍鲁班头肩膀，淡笑着反问道："那依弘智师父之见，我们是意欲何为呢？"

弘智道："人心隔肚皮，二位若不如实相告，贫僧哪能够猜得出来？"

观弘智言语神态，冯慎知他心生猜忌，硬瞒下去恐将不美，倒不如拐弯抹角地试探一番。

于是冯慎笑了笑，不徐不急地说道："既是弘智师父相询，我等理应言无不尽。不过在此之前，马某这儿也有几点疑惑，想请弘智师父先行赐教。"

弘智一怔，道："马施主要问什么？"

"是这样，"冯慎道，"入寺前，我听说这丫髻山上历来笃道轻禅，不知是也不是？"

"唉，"弘智叹道，"诚如马施主所说，这附近山民确实痴迷玄道而难容佛法……"

"那再请教，"冯慎打断弘智，"我们上山时途经不少道观，然皆是殿毁坛弃、人去阁空。一处香火鼎盛的道家名胜，短短数月竟荒废如斯，这其中的因果，弘智师父可否知晓？"

弘智皱眉道："那道门猝然萧败之事，贫僧也是时常纳闷儿。至于缘由，就不甚清楚了。"

鲁班头插嘴道："你们都在一个山上，还能听不到半点风声？"

"鲁班头，"弘智道，"这一来，是出家人不喜挂问尘俗琐事；二来我等迁至此处也不过数月，可谓是初来乍到。平日里忙着修殿补庙、闭寺诵经，鲜与外界往来。对道家事虽有些耳闻，但也无暇究其因果啊。"

"是吗？"冯慎道，"可马某却听人说，正是宝刹的僧人，将这阖山的道士尽数驱散了！"

"岂有此理，"弘智脸色大变，"是什么人妄造口业，乱诽我佛门清誉？"

冯慎道："马某也没尽信，弘智师父切莫着急。"

弘智顿省道："阿弥陀佛，罪过罪过。马施主见教的是，贫僧一时性急，险些犯了嗔、痴二戒。不过事关敝寺声名，两位且容贫僧分说几句。"

冯慎道："师父请讲。"

弘智侧了侧身，"漫说我等与世无争，就算真想要伐除异己，那也是有心无力啊。正所谓'强龙难压地头蛇'，敝寺僧众不过二十几号，兼之迁来的时日也不长，又怎可能打跑久居此处的道人？"

"怎么不可能？"鲁班头道，"我瞧你们那些哑罗汉就凶恶的紧嘛！"

"哑罗汉？"弘智问道，"鲁班头是指敝寺护法？"

"不是他们还能是谁？"鲁班头道，"我跟你说大和尚，你们养的这批狗腿子可算是臭名昭著了！前番在山门那儿，我哥俩就已见识过了。说他们仗着拳脚欺负百姓的传闻，想来也应该不假！"

"断无此事！"弘智一口咬定道，"贫僧可以性命担保。班头须知，我们出家人从来不打诳语！"

"哼哼"，鲁班头冷笑道，"你们不打诳语，难道人家那老太太就会说谎话？"

"老太太？"弘智脸上的肉，不由自主地颤抖一下。"敢问班头那老太太姓甚名谁，为何年纪大把还这样不修口德？"

"怎么着？"鲁班头把脑袋一仰，"问出了名字，你们好去兴师问罪不成？"

"兴师问罪自是不敢"，弘智道，"可就算是泥人，也会有个土性儿，被如此恶言诬诟，还不许我们讨句说法吗？"

"弘智师父，"冯慎道，"且不论那些话是打哪儿来的，只要你们行得正、做的端，管它谣言还是诬蔑，就都不攻自破了。"

"马施主这话在理，"弘智点头道，"然自忖敝寺上下，人人遵守清规、严恪禅戒，未曾有过违心逆德之行。"

冯慎话锋一变："但那些护法是怎么回事？正如鲁大哥所说，他们乍见我俩，不问情由便大打出手，这也叫严守佛门戒律吗？"

"唉，实乃阴差阳错啊……"弘智嗟叹一声，面有疚色。"那贫僧就从头说起吧。听二位言语，想必已听说过我等初来此处、曾雇了十数乡民入寺帮工的事吧？"

关于乡民的下落，冯鲁正在盘算着如何提引，没想到弘智自己却讲了出来。二人相视一望，俱点头追问道："不错，后来呢？"

弘智接着道："那些乡民帮着翻修完几间佛堂后，贫僧便让衣钵执事结清钱粮，送他们下山去了。谁曾想他们这一走，便音讯全无。村里寻不见人，便闯到敝寺大闹，凭空捏造、杜撰流言，硬说我们把人给扣下了……"

鲁班头哼道："人是从你们这里失踪的，乡亲们自然要往你们这里来寻。"

"话是不错，"弘智道，"可贫僧着实不知他们究竟去了哪里啊。后来惊动了官府，县太爷派兵来彻查了一番，才证实敝寺确无藏匿乡民。"

冯慎未假辞色，"我们都有所耳闻。然这些事，与宝刹护法无故驱打来客又有什么关联？"

"施主容禀，"弘智道苦着脸道，"官家虽证实了敝寺清白，可那伙乡民还是不肯罢休，一有机会，便拉帮结伙聚众来闹。几句话不投机，他们就会砸人毁物……那不是？正因为如此，敝寺大殿至今还未修缮停当……唉，屡遭滋扰，我们当真是苦不堪言啊。没奈何，只得派了护法，日夜守护着山门……"

"怎么一人一个说法？"鲁班头抓头自语道，"老子到底该信谁的？"

冯慎又问道："弘智师父，据在下所知，除了少林等名刹外，其他诸寺并不怎么崇尚以武修禅。观摩崖寺僧人也不甚众多，何以有十几号武僧充当护法？"

"对啊！"鲁班头一拍巴掌，"光那伙哑罗汉，就差不多占了你们全寺和尚的一半，你们平白无故养了这么多打手，是不是想生事？"

"班头此言差矣"，弘智道，"敝寺的护法，原来皆是些无依无靠，又天生聋哑的苦人儿。方丈慈悲为怀，见他们实在可怜，便收留在原寺中，授衣食，传功夫，权作是护法。后来，原寺遭兵火毁弃，我等举寺迁移，直至寻到这丫髻山上，才总算有了个落脚之处。如今这世道不平，一路奔波至此，也多亏了有他们相护。所以贫僧斗胆，还请鲁班头莫再左一个'打手'、右一个'狗腿子'了！"

鲁班头听了这话，心里颇有些过意不去，支吾了一阵，才道："那啥……大和尚你也别拿怪，我原也不知那些哑和尚原来那么不容易……"

"善哉，"弘智合十为礼，"有班头如此体谅，实乃他们修来的福报，贫僧在这里替师弟们谢过班头了。"

冯慎清了清嗓子，皱眉道："照这么说，此地民风倒十分剽悍啊。"

"呵呵……"弘智苦笑一声，继而感慨道，"有道是天雨虽宽，不润无根之草；佛门虽广，难度不善之人。然方丈曾教谕我等：凡修行者，应常怀慈悲心，须谨记诸大德上师舍身饲虎、割肉贸鸽等故典。所以不日前山下乡民历厄，我等也不计前嫌，甘冒着风险为其化去劫数。"

"大和尚，你们是好样的！"鲁班头赞道，"我老鲁错看你们了！"

弘智忙道："济世度人，原是分内事。况且我等此举，也捎带着些私心……"

"私心？"鲁班头追问道，"什么私心？"

弘智道："本以为借此化劫，能多少改善下乡民对敝寺的看法，也好使我佛早受四方香火……可谁知……唉……谁知时至今日，他们尚还在造谣中伤啊……"

冯慎瞧一眼弘智，又道："恐怕弘智师父还不知，那流言蜚语可远不止如此。"

"还有别的闲话？"弘智急道，"请马施主速速相告！"

冯慎道："据那老人家说，凤落滩劫数刚过，宝刹的僧人便以还愿为由，将阖村老少'请'上山了。"

"越发的不着边际了！"弘智忿道，"那些乡民并不拜佛，敝寺请他们何用？"

鲁班头"啧"了一声，道："但那凤落滩确实是空了，我们可是亲眼瞧见的。"

"这倒奇了……"弘智皱了皱眉，"整个村子都没人了？"

"就那老太太还在，"鲁班头道，"她说是你们把乡民都拐进了寺里，将她一人留在村里自生自灭。"

"可笑，"弘智道，"若敝寺真有歹意，为何还单将那老太太留下？任由她独活着，岂不是授人口实、自掘坟墓？"

"也对，"鲁班头琢磨了一下，道，"养痈定遗害、斩草须除根。换作是我，要么一并掳来，要么将其灭口。那老太太虽年迈眼昏，可毕竟有腿有嘴，只要她跑出村去一说，什么事都包不住……老弟你说是不是？"

"有些道理，"冯慎道，"然仅凭双方的一面之词，怕是难以服众。这样吧，在下斗胆出个提议，说不定能为宝刹避去瓜李之嫌。"

"哦？"弘智喜道，"马施主有好主意？"

"实乃笨法子，"冯慎笑道，"就是由我等在寺内彻查一番，不知弘智师父意下如何？"

弘智面目一僵，"你们想要搜寺？"

"不敢，"冯慎道，"无非是打算充个见证。"

"看来马施主对敝寺尚不尽信啊，"弘智无奈地笑笑，"也罢，清者自清，二位请自便吧！"

"有僭了，"冯慎一抱拳，冲鲁班头道，"大哥，我们查的仔细些，好为这摩崖寺辩屈正名！"

"成嘞。"鲁班头答应着，便与冯慎开始排查。

有了弘智的许可，二人便不再有什么忌讳，穿廊过屋地挨间找寻开来。不仅是佛堂大殿，就连寮房僧舍也没放过。可到最后，能藏人的地方全找遍了，也没瞧见有什么异样之处。

"阿弥陀佛，"弘智上前道，"二位可寻出什么蛛丝马迹？"

"大和尚，你这样有意思没？"鲁班头抹把汗，发起了牢骚，"我俩找的时候，你就在后头跟着，这不明知故问吗？"

"呵呵，"弘智笑笑，"总要班头亲口说出，贫僧才好放心啊。既然没找到失踪的乡民，那敝寺的嫌疑是否该洗清了？"

鲁班头才待首肯，冯慎却道："不急着定论。弘智师父，还有一处地方，我们尚未搜过。"

弘智问道："是何处？"

冯慎遥手一指，"后首塔院！"

"那里就不必查了吧，"弘智为难道，"塔院中仅有座地藏浮屠，况且我们方丈还在其中闭关入定……"

"大和尚你听我说，"鲁班头拍了拍弘智肩膀，"都查到这份儿上了，还差那点地方？等我们瞧完了塔院，你们寺里的嫌疑那就算彻底撇干净了。到时候谁还敢乱嚼舌头，老子第一个不依！"

弘智迟疑不决，"可是……可是我们方丈他……"

冯慎笑道："禅云动静皆自在、内外俱修行，只要明心见性，又何分闭关出关？万物化相，无须拘泥，方丈大师乃有道高僧，不会悟不出这个道理。"

弘智闻听此语，神色陡然恭谨，他念了声佛，朝冯慎合掌一拜。"听了马施主这席话，贫僧有如醍醐灌顶、甘露洒心。诚然，禅法无门，证悟空性。方丈参禅多年，想来早已参透此理。贫僧之前的所作所为，真真叫多此一举了。"

冯慎道："弘智师父不必自谦，引我们去塔院一观吧！"

弘智点点头，将阔袖海青一摆，"那二位请吧！"

言讫，三人便越过后殿诸阁，径直朝塔院方向走去。

这塔院四周砌着高墙，有一条青砖铺就的小道与寺内连通。砖道尽处，是一扇月洞门，门隅后，植了一片小竹林，几块断裂的石碑胡乱堆积其间。

鲁班头拨开一条挡路的竹枝，道："这里还挺僻静。"

弘智道："因是方丈闭关之所，故寺中僧人轻易也不常来。"

冯慎感慨道："真是'身在山中，不识真面'啊。被这竹林一隔，那浮屠高塔竟全然瞧不见了。"

"马施主莫急，"弘智道，"要见那塔，还需再前行几步。"

诚如弘智所言，三人又走出十来丈，前方便豁然开朗。空旷的坡地上，筑起一处高台，而那座雄伟的地藏塔，便气象森严地屹立在高台之上。

"乖乖，这塔可真不小！"鲁班头赞叹一声，三两步登上了高台。

冯慎与弘智也顺阶而上，来到了地藏塔前。

这地藏塔端的雄壮，面阔进深，层层叠累，粗加估量，竟不下数百尺高矮。于塔底仰而观之，令人隐隐生畏。

此塔盖覆铁瓦，架设顶梁回柱；层分八面，每面均凿刻着佛龛。飞挑的翘檐下，各悬一颗硕大的铜铃，轻风徐卷，便是一阵叮叮当当的悦耳流音。

因年代久远，塔壁在风雨摧蚀下不免斑驳，可那塔基的白石垒墊，却是崭新如瓷。

"弘智师父，"冯慎问道，"这塔基修补过吧？"

"正是，"弘智道，"此塔年头太久，大有圮损之势，为求万全，便将这基台重新加固过了。"

"难怪，"冯慎点点头，又道，"怎不见入口？"

弘智道："我等现处于塔背，绕过去便是入口。二位请稍等，容贫僧先去入口处……"

"有甚好等？我们自去便是了！"鲁班头有些不耐烦，没等弘智说完，当先朝塔前转去。

"班头！班头！"弘智一瞧，赶紧慌里慌张地追出。

见弘智模样，冯慎颇为纳闷儿，正要开口相询，忽听得鲁班头在那头一声大喝。

冯慎不及思量，疾步奔至塔前。只见入口处，竟还守着几名灰袍僧人。观其眉眼相貌，分明就是山门外所遇的那伙哑罗汉。

"大和尚，"鲁班头扭头问弘智道，"他们这怎么回事？一声不吭地躲在这里，吓老子一大跳。"

弘智气喘吁吁道："贫僧都说让班头等等了……他们是敝寺护法，卫寺守塔也属职责所在啊。"

"还当他们有意埋伏着想找碴儿呢"，鲁班头自语一声，又冲哑罗汉挥了挥手，"那啥……你们的身世我多少也听说了，行了，老子也不愿再跟你们为难，都让开吧！"

哑罗汉们非但不散，反聚成一排将塔门堵得更严。

"嘿？"鲁班头恼道，"蹬鼻子上脸是吧？想打架老子奉陪到底！"

"班头、班头，"弘智忙上前道，"他们还不明状况，且让贫僧来知会一番。"

"赶紧去比画明白了！跟他们打交道，还真他娘的费劲……"鲁班头嘟囔着，与冯慎悻然让在一旁。

"二位多担待了，"弘智赔了个笑脸，便拉着那伙哑罗汉，疾疾打起了手势。

因弘智背侧着身子，具体比画些什么旁人也看不全，就见他不时指指塔门，又指指冯鲁二人。

弘智虽然卖力的比画，可那伙哑罗汉的脸色却是越来越重，他们一面满怀敌意地盯着冯鲁，一面斩钉截铁地摆手摇头。

见哑罗汉不允，弘智有点焦急，他用劲儿拍了拍自己胸脯，似乎许了什么重诺。

众哑罗汉见状，皆拧额斟酌起来，以目互视了半晌，这才不情不愿地点头离开。

待送走了哑罗汉，弘智拭拭额角，大舒了口气。

打遇到哑罗汉起，冯慎就未曾开口，而是一直偷眼观察。等哑罗汉们走远，冯慎才道："弘智师父，马某若没记错的话，这监院之职概领院门诸事、总揽一寺庶务，位列于八大执事之首吧？"

"话是没错，"弘智道，"然敝寺僧寡庙小，像那典座、寮元等职也不曾设。蒙同门见信，自方丈下，皆以贫僧马首是瞻……哦，马施主何故有此一问？"

"本因有些好奇，"冯慎道，"现闻师父之言，又越发的不解了。"

"此话怎讲？"

"恕马某直言，"冯慎道，"按说这监院有命，护寺的武僧应当即听循。可方才弘智师父直近乞求，那些护法才勉强答应……呵呵，这于情于理，都叫人想不通啊。"

"是不对，"鲁班头也道，"经老弟一提，我才蓦摸过味儿来。大和尚，除了你们方丈，这寺里头不就是你说的算吗？就刚才你冲他们那副模样，还真是有点低声下气了！"

"低声下气？"弘智怔了怔，继而道，"鲁班头这话，贫僧不敢苟同。出家者不比那公门官家，哪有什么尊卑贵贱之分？对这监院一职，贫僧自认不堪胜任，凡事自然要与大伙商量着些。刚才敝寺护法的那番举动，无非是出于对方丈的耿耿忠心，他们至诚如此，贫僧又岂忍厉言相向？"

"啧啧"，鲁班头打趣道，"老子就一句，却引出你这一大堆话来……大和尚，啥时候想还俗了就找我，光凭这张能说会道的利嘴，保你在府衙当个名讼师。"

弘智忙谦道："贫僧信口开河，让鲁班头见笑了。"

"行了行了，"鲁班头挥挥手，道，"快些将塔门打开，我还想会会那方丈老和尚呢！"

弘智应声，从袖中摸出一串铜钥匙，开启了塔门上的挂锁。冯鲁见状，便紧随弘智进了塔中。

刚入塔内，鲁班头不由得"咦"了一声。原来三人面前，仍阻着一道内门。

鲁班头抱怨道："这层层道道的，包得真够严实……"

"班头先莫高声，"弘智做了个噤音的手势，"待贫僧隔门问下方丈的意思。"

弘智说完，便转向内门恭礼。"弟子弘智，有要事向方丈禀报。"

话音落地，里面却无人应答。

弘智以为是自己声音太小，复又提高了嗓门儿，可连喊了三遍，门内始终是悄无声息。

弘智回头瞄了瞄冯鲁二人，正欲再唤，一声微弱叹息却从门缝里传了出来。"既然来了，自进便是，又何须问我？"

听得方丈动静，弘智顿然心安。"因有两位香客同来，弟子不敢擅专。"

"哦？"门内声音稍稍颤了颤，"你居然将香客……引到此处了？"

"方丈恕罪，弟子也是多有无奈。"弘智道，"按说不该打扰方丈修禅，可是这二位施主……"

"不碍，让他们进来吧。"

弘智清咳一声，朗声道："方丈若是不便，弟子再与二位施主商量商量……闭关紧要之际，稍有个不慎，便会让半世的修为，毁于一旦啊。方丈最好考虑清楚，别生出什么差池，要不弟子这错，可就铸大了！"

门内静了半晌，又道："放心，我心有分寸。"

"好，弟子这便请他们进来。"弘智说完，将内门缓缓打开。

只见里面四壁萧然，空落落的没甚摆设，仅一架木梯盘旋搭叠。梯承下铺着个大蒲团，上面盘坐着一名瘦骨伶仃的老僧。

那老僧面容清癯，僧袍罩在身上有些松垮，许是闭关日久，头顶、额下皆生出了一层花白的发楂儿短须。他眉头紧锁，目带凄愁，饱经风霜的脸上，布满了岁月的沧桑。

冯慎施了一礼，便拣紧择要的自报起来意，那老僧默然听着，似有些事不关己。

见老僧不出声，冯慎又道："还未请教大师法讳……"

"方丈法号上觉下忍！"弘智代而答后，又冲老僧道，"师父，人家大老远上山，您倒是说句话啊！"

"哦"，老僧慢吞吞地打个问讯，"老衲觉忍，见过两位檀越……久闭塔中，难免昏聩，怠慢之处，还请勿怪。"

"不敢，"冯慎道，"搅扰大师修行，我等深感负疚。"

"是啊，"鲁班头也抱了抱拳，"老和尚，对不住了啊。我哥俩儿先给你赔不是啦！"

鲁班头嗓门儿大，老僧被震得耳朵跳了一跳，他抬起头，费力地辨认着眼前之人。"这位檀越是？"

"什么檀越不檀越？"鲁班头大剌剌道："我在顺天府任着司狱班头，叫我老鲁就成！"

"原来是鲁班头"，老僧失神的眼中闪过一星光亮，"久违了！"

"呵呵，"弘智尴尬地笑笑，提醒老僧道，"方丈闭关太久，连句客套话都不会讲了。您与鲁班头未曾谋过面，又如何谈得上久违啊？"

老僧顿了顿，马上省悟来："确是老衲糊涂了，该说'久仰'才是。"

对二僧的咬文嚼字，鲁班头却漫不经心，他撇了撇嘴，暗自好笑："这老和尚当真有趣，偏学穷酸拽些花里胡哨的场面词。嘿嘿，咱可是有自知之明，想我老鲁既没尊贵的爵禄，也无响亮的名号，说'久违'不当，难道'久仰'就妥吗？"

冯慎仰头看了看，道："觉忍大师，你看这登塔查看一事？"

"檀越随意就好"，老僧直了直腰，道，"老衲双腿有疾，行动不便，就不同两位上去了。弘智，你代为师相陪吧。"

"谨遵方丈法旨"，弘智躬身后，转朝冯鲁道，"这塔梯又陡又旧，现已不甚牢固，二位多要留神，当心脚底打滑。"

冯鲁点点头，与弘智抬腿上楼。

这梯磴皆是木制，踩在上面吱呀作响。鲁班头身粗体重，走起来尤为艰难，他只手扶墙，双足轻放，唯恐一个疏忽，将那薄板踏折，登塔前的兴致，也一荡而无。

塔梯螺旋而升，沿心柱发发伸向塔顶。每上一层，塔室内便收上一圈。相应的，盘梯也自然缩减上几分。

见阶面越来越窄，鲁班头也越来越心慌，勉强又登了几步，终于支撑不过。他将身子一侧，拿后背死死贴壁。"不行了不行了，这楼梯太不结实，弄得我腿肚子有些转筋！"

弘智为难道："这上不上、下不下的……班头待怎样啊？"

"你俩儿接着上吧"，鲁班头脸色苍白，"我……我在这等着。"

弘智看看冯慎，"马施主的意思呢？"

冯慎见状，便知鲁班头惧高，他探身往头上瞧了瞧，已能望到顶部的藻井。"弘智师父，快到塔顶了吧？"

弘智道："应是快了，至多还有个三两层。"

冯慎点头道："这塔愈登愈狭，上面那点地方，料想也藏不住人……罢了，咱们这便下去吧！"

"别啊"，弘智拦道，"都到这儿了，索性就查到底吧，省得下塔后，马施主疑虑犹存……"

"大和尚你少拿话挤对人"，鲁班头气道，"我老弟一口唾沫一个坑，还能赖你不成？"

冯慎也道："弘智师父，之前确是我等多心了。言语冲撞处，还望海涵。"

"哪里哪里，"听冯慎如是说，弘智便借坡下驴。"二位毕竟是差命所在嘛。呵呵，鲁班头许是累了，如若不嫌弃，便由贫僧搀扶着……"

"不用！老子自个儿能走！"鲁班头说完，赌气下楼。

不多会儿，三人便陆续降至底层。那老僧依旧盘在蒲团上，动也未动。"可曾查得什么？"

鲁班头瓮声瓮气地回道："啥也没有，白累出这满头满脸的臭汗！"

老僧微然一哂，"看来本寺的嫌疑，算是摆脱有望了。"

冯慎长揖及地，"大师言重，在下这厢致歉了。"

老僧轻轻摆了摆手，"出家人六根清净，些许小事，檀越不必放在心上。"

冯慎又是一揖，"谢大师不咎，我等不敢多扰，这便出塔了。"

弘智赶忙陪道："贫僧替施主开门……"

"慢！"老僧突然叫住三人。

冯鲁停步回身，"大师还有指教？"

"指教不敢当"，老僧道，"佛门讲缘法，今日有此一会，即是有缘。故在临别前，老衲有几句话想赠与两位。"

弘智眉宇一紧，"无关紧要的话不说也罢，再耽误方丈入定，却是弟子的罪过！"

"阿弥陀佛"，老僧缓缓说道，"入定是修行，弘法不亦是修行？因观两位檀越有些气躁，老衲这才想要开解一番。弘智你且宽心，如何区处，为师自会斟酌。"

"想来方丈应是有数的"，弘智点点头，侍立在一边。"那弟子就不多口了！"

觉站立不恭，冯慎与鲁班头干脆席地而坐。"我等敬听方丈法偈。"

"好说"，老僧道，"对于卜相之术，老衲略通些皮毛。若没瞧错，二位印堂之中皆有浊气郁结。"

"浊气郁结？"冯慎问道，"不知主何凶吉？"

老僧笑道："明镜积尘而秽，灵台积浊而愚。这其中利害，还需老衲赘言吗？"

鲁班头摸了摸前额，皱眉道："遮莫犯了疑心病？经你一说，是觉得有些糊里糊涂……老和尚，这是怎么一回事？"

老僧道："二位昕夕事公，刻无暇暑，难免心力交瘁。体倦则神虚，焉有不浊之理？"

冯慎道："大师所言甚是。可公干在身，不由得我等自在闲适。"

"阿弥陀佛，"老僧道，"静坐知气浮，守默觉言躁。檀越对于那缥缈外物，未免太过执着。当放下时，便应放下……"

"说的轻巧"，鲁班头道："我俩又不似你们当和尚的，指着念念经、说几句莫名其妙的话就能破案吗？"

老僧不以为忤，又自顾自道："佛祖云：若以色见我，以音声求我，是人行邪道，不能见如来。是故大乘本无经，经本菩提心。花开见佛性，性见道自明。世间所有虚妄，皆是因执而生。执可障目，执可迷心。有时候舍便是得，得亦是舍，法性无照，虚诳无实，放下并非真为了放下，而是为了摒除杂念，摄心入善……如是我闻，本师地藏菩萨摩诃萨，智慧音里，吉祥云中，为阎浮提苦众生，作大证明功德主……大悲大愿，大圣大慈……南无地藏王菩萨，南无释迦牟尼佛……"

老僧只顾着口吐莲花，鲁班头却好悬没睡着。见冯慎也是一脸茫然，弘智忙上前道："方丈怕是累着了，贫僧先带二位施主出去吧！"

"善哉。"老僧微笑着合上二目，当下不再言语。

鲁班头像得了特赦，从地上爬起来，飞也似地奔将出去。冯慎见状，也冲老僧一礼，同弘智出得塔来。

站在塔外，鲁班头拼命地晃着脑袋。"要了亲命了！被那老和尚聒噪得头更晕了！他到底说了些什么？老弟你听懂了没？"

"惭愧，"冯慎摇头道，"方丈禅语精深玄妙，究竟所指何意，我一时也无法参透。"

"大和尚你呢？"鲁班头转头道，"你是他徒弟，总该听得明白吧？"

"呵呵，"弘智窘然笑了笑，"其实二位施主俱为多虑了……"

冯鲁一怔，同问道："这话怎么讲？"

弘智朝身后看了看，欲言又止："事关方丈……贫僧按理是不该说……"

"你这和尚好不爽利，"鲁班头急道，"总说些半截话教人焦躁！"

"好好，贫僧直说就是，"弘智赔笑道，"想必二位也能瞧得出来，我们方丈酷嗜佛法，平素里但逢闲暇，便会一头扎进藏经阁中痴研经卷。赶上有说经论典机会，更是一发不可收，若不拦着，能自言自语个没完。唉……说他是走火入魔，也不为过啊。"

"还有这等症候？"鲁班头道："怪不得总感觉他讲话云山雾罩的……你们没给他找个大夫瞧瞧吗？"

弘智摇手道："方丈非是患疾，实因精诚过甚，何须用什么大夫？以他的自身修为，再假以时日，想来足可化解心魔。"

鲁班头道："难怪他要闭关潜修，原来是要静养啊。"

"呵呵"，弘智笑笑，又道，"那接下来二位如何打算？"

冯慎接言道："我等叨扰多时，是该告辞了。"

"那好，"弘智点点头，"贫僧也不留二位施主用膳了，省得鲁班头嫌那斋饭寡淡。"

"嘿，"鲁班头笑骂道，"你这和尚还挺记仇，临了也不忘挤对老子一把。"

"呵呵，"弘智亦笑道，"开个玩笑罢了，班头可别拿怪。哦，那贫僧送送二位吧，请！"

弘智说完，便引着冯鲁沿来路返回。

待回到不佛殿前，殿中已空无一人，那些修塑的黄衣僧人，想必是停工用斋去了。其时残阳仅余一线，遥将塔影拖得更为细长，影尖处凹凸层环，应是塔刹上的相轮所致。

见天色不早，冯慎也不欲逗留，只低头瞄了一眼，复又前行。

约杯茶光景，三人已至庙门。冯慎回身一拱，道："弘智师父请留步，我等就此别过。"

弘智关切道："这天色已晚，山道愈发的难行，要不贫僧再送上一程？"

"不必了，"鲁班头大手一挥，"我们有马拴在半山，仗着马匹脚力，能在天黑透前下得山去。"

弘智又问道："二位不欲夤夜回京吧？落脚之处找好了吗？"

"夜路是不赶了，"鲁班头看了看冯慎，笑道，"姓娄的他们八成还在地里收着庄稼，实在不行，我们哥俩儿就去县衙打上顿秋风！"

"阿弥陀佛，"弘智道，"既有娄师爷接应，那贫僧也便放心了。"

"多承师父挂怀，"冯慎再揖致谢，"鲁大哥，我们这便走吧？"

鲁班头一拍脑袋，"老弟你再稍等片刻，走之前我还得办件事！"

冯慎与弘智俱是一愣，"何事？"

鲁班头二话不说，径自走到门口那株铁核桃树下，铆足力气，向那树干使劲儿踹去。

第十七章　横天虎疫

经鲁班头奋力一踹，那树冠也跟着晃颤起来，随着啪啪几声轻响，又震下两三枚青核桃。

弘智大惑不解，"班头何苦跟这株老树过不去？莫非是恼它之前曾落果砸人？"

"老子才没那么闲"，鲁班头将青核桃一一拾起，入怀中揣好。"带几个回去诓诓我那伙手下，嘿嘿，看他们瞧不瞧得出这是核桃。"

弘智哭笑不得，"班头还真是个烂漫脾性啊。"

冯慎深知鲁班头为人，当下也不多话，只是会心一哂。

"行了，"鲁班头扑了扑手，道："大和尚你回吧，我们哥俩儿这便下山去！"

"恕贫僧不远送了，山路崎岖，二位施主多加小心。"

冯鲁点点头，转身离去。弘智目送良久，直至瞧不见二人身影，这才慢慢回到寺中。

约几炷香的工夫，冯慎和鲁班头下至半山腰，见天边已升起一弯新月，二人忙解马骑了，继续赶路。

晚风拂面，带来丝丝凉意。待行过险要地段，鲁班头这才揉了揉酸软的脖子。"今儿算是白忙活喽。原以为能从那摩崖寺查出些什么来，谁知人家那庙里也毫无异常嘛……"

"毫无异常？"冯慎反问道，"大哥就没发觉半点不对劲儿的地方吗？"

"怎么？"鲁班头神色一紧，"老弟瞧出什么来了？"

冯慎道："大哥不妨从那些哑罗汉身上想想。"

"哑罗汉？"鲁班头极力思索道，"他们除了蛮横些也没啥两样吧……哎？不对！是不对！"

冯慎笑道："看来大哥也想到了。"

"嗯"，鲁班头道，"他们头顶上溜光一片，唯独缺少了那几个点！"

"点？"冯慎怔道，"什么点？"

"就是那几个小点啊"，鲁班头在脑袋上比画，"叫什么来着？哦，香疤！他们头顶上没有香疤，定然不是真和尚！"

"原来大哥是说这个"，冯慎摇头道，"然而只凭这点，尚无法定论。烧那种香疤，仅是受戒与否的辨识，原非禅家的金科玉律，如今的寺庙中，不灼而皈的僧侣也屡见不鲜。况且就算是受戒，也未必点在头顶位置。依楞严、法华诸经中所载，爇身、烫臂、燃指等俱可为戒。若那伙哑罗汉的受戒处被衣物所隔，外人自然也瞧它不见。"

鲁班头挠头道："那我可真寻不出毛病了……"

冯慎提示道："有句老话，叫作'十聋九哑'。"

"十聋九哑？"鲁班头催促道，"哎呀老弟，你就别卖关子了，竹筒倒豆赶紧说吧！"

冯慎道："似那种天生失语者，十之八九是因为耳聋，而并非是口不能发声。他们打小听不见声音，自然也学不会言语。"

鲁班头忙道："然后呢？老弟你接着说。"

冯慎又道："在山门前，那伙哑罗汉正与咱们放对，结果被弘智在背后喝止一声，他们便齐齐停手回望。若他们真的双耳失聪，又岂能听到身后的动静？"

鲁班头皱眉道："那他们是在装聋作哑了？"

"怕是如此，"冯慎道，"并且对于他们的身世，弘智的解释也未免牵强。就算是再凑巧，一时也找不齐十几个年纪相若、又都流离失所的聋哑之人吧？别说是全部收留，等闲也难遇见啊。"

"没错！"鲁班头道，"确实是巧的离谱。唉，我只当一切如常，不想还有这般疏漏。"

"疑点不止这一处"，冯慎再道，"记得入地藏塔之前，是由弘智持钥匙从外头开的门，再从入塔后那二人的言行举止来看，我感觉那方丈不似闭关，倒有些像受人拘禁。"

"不能吧？"鲁班头道，"那老和尚要真是被人关在塔中，见到咱们为何不求救？听他说话的口气，还处处维护着摩崖寺呢。"

"这也是我不解的地方"，冯慎顿了顿，道，"总之那寺中虽有这两处异样，可也说明不了什么。细思之下，反是村里那名老妪更加令我在意。"

鲁班头道："那老太太？"

冯慎点头道："弘智所说不无道理。若真要将乡民捉入寺中，为何偏偏留她一个？"

"嗯"，鲁班头也道，"咱们也搜过寺了，根本没寻见什么乡民嘛。看来那老太太是有问题！"

冯慎道："为今之计，唯有再去凤落滩一探。"

"好，"鲁班头道，"谅她一个半瞎的婆子，也闹不出什么妖蛾子来！"

"不可轻心，"冯慎面色严峻。"像那伙粘杆乱党，便会使些易容之法。我们须要留神，那老妪是歹人假扮！"

二人议毕，当下疾夹马腹，逾云、黄骠齐嘶一声，奋蹄奔驰。

愈往下行，山道便愈加宽阔，可毕竟是夜间纵马，二人不免受些颠簸。冯慎牢牢把控着缰绳，一颗心却跟着马身起伏不定。此次来平谷，原是追查那名垂死汉子留下的线索，不想一波未平，一波又起，各种扑朔迷离的事件接二连三，直教人疲于招架……

待二骑越过错河，天已完全黑透。看着河畔田中乌压压的一片庄稼，鲁班头大为光火。"他娘的，这庄稼明显是动也未动，瞧我不收拾那姓娄的！"

冯慎左右一顾，道："附近没见他们的影子，应该是离开了。"

"跑了和尚跑不了庙"，鲁班头气得一拨马头，"老子这便去县衙打他一顿出气！"

"大哥！"冯慎赶紧挡下，"出气事小，咱们先得去村中查探。"

"我给气糊涂了，"鲁班头恨道，"不过这顿拳脚，那姓娄的定逃不掉！走吧老弟，进村瞧瞧。"

说完，二人又恐马蹄声惹耳，便寻了处地方将马匹拴了，悄悄摸入了村子。

借着月光，二人找到了那老妪所居的小院。立在门外，鲁班头突然"咦"了声，"院中怎没个光亮？这更次也不到睡觉的时候啊……嗐，我这破脑袋真是不转弯，她一个半瞎婆子还点什么灯？"

冯慎悄声道："相貌可以假扮，眼盲自然也容易假装。待会儿进院后，咱们要小心为上。"

鲁班头也压低声音："那干脆别叫门了，我从外头把门闩拨开，咱们偷偷潜进去？"

冯慎想了想，将头一点。"也好。"

见墙角堆着些枯枝干柴，鲁班头便去掰了根细长的过来，他刚想推出条缝隙好将细枝探进，不想那紧闭的院门，居然又是应手而开。

二人心中一紧，继续朝院中走去。小院中漆黑压抑，静的有些怕人。鲁班头极力辨认着方位，又轻手轻脚地向屋内探去。

方推开屋门，鲁班头便觉脚下一绊，他以为有什么埋伏，惊得后纵出老远。

听着动静不对，冯慎忙问道："大哥，怎么？"

鲁班头喘着气道："屋门口有东西，踩着还肉乎乎的。"

事态有变，冯慎也顾不上些许，从怀中急取了火折吹亮，移近屋门照去。

一照之下，二人全傻了眼。横在门口的，正是那名半瞎老妪。她脖子被人扭断，脸歪在一边，浑浊的眼睛怒睁着，显然死不瞑目。

冯鲁面面相觑，脑中一片茫然。过了良久，冯慎这才平静下来，他找了些引灶的灯油，拿只粗盏点了，开始在屋中仔细验看。

屋中摆设如常，除去破旧些倒也不显凌乱。摸了摸那老妪的面皮，发觉亦是货真价实。想来那凶手应该身怀武艺，趁那老妪不备，以擒拿手法轻松拧断了她的颈骨。一招内便致人死命，是以屋中没留下打斗、挣扎的痕迹。

心念之间，冯慎闪过几个假设。可思来想去，那摩崖寺的嫌疑，又变的最大。

"还想什么？"鲁班头恨道，"这老太太之前说的必是真话，定是那伙贼秃恼她多嘴，这才赶来灭口。是了，咱两入塔后那伙哑罗汉便不见了，这么久的时间，足够他们行凶杀人！"

"怕是不然"，冯慎摇头道，"这凤落滩是下山的必经之路，就算他们真想下手，也起码会等我们离开村子。况且进那七层宝塔前，那帮哑罗汉……"

"老弟你先等等"，鲁班头打断道，"什么七层宝塔？我数过的，就六层！"

冯慎奇道："大哥没记错？"

"错不了！"鲁班头笃定道，"前后我数过两回，定是六层无疑！"

"这倒怪了"，冯慎眉头紧皱，"为何我数的却是七层？"

"统共就那么几层，掰着手指头也能算过来啊。"鲁班头道，"老弟你怎么数的？"

冯慎道："我数的不是塔，而是影子。"

"影子？"鲁班头怔了怔，"影子怎么数？"

"大哥听我说"，冯慎道，"咱们离寺时，那地藏塔的阴影刚好投在了不佛殿前，使得塔刹的轮廓清晰可辨。我曾留意过，刹影中一共有七处凸显，这便说明，那顶上必有相轮七盘。如此布置，也与地藏王菩萨的规制暗合。"

见鲁班头还是满脸迷惑，冯慎只得择要解说。

原来这塔刹之上，多竖着一根幢杆。幢杆上环贯有数枚圆盘，便唤作相轮。相轮并计，乃称露盘，是为浮屠表相，下应着塔层之数。

依禅制果位，转轮王享相轮一盘，须陀洹受两盘，斯陀含为三，阿那含为四，阿罗汉为五，至于缘觉、菩萨、如来等上乘圣证，则各用六、七、八盘。

地藏王位列菩萨阶，自然以七级浮屠供奉。故而冯慎单凭着刹顶轮影，便认定那寺中塔层有七。

鲁班头听完，道："照这么说，菩萨塔是该有七层，可他们怎么偏偏漏掉一层？修塔时疏忽了吗？"

"不像"，冯慎沉吟半晌，"大哥你且容我想想……"

见冯慎沉思，鲁班头也不好打搅，索性走到屋角，找了把椅子坐了。

话声一停，屋里顿时鸦雀无声。油灯滋滋燃着，将门口老妪的尸体映的有些瘆人。鲁班头不敢再看，干待着也无聊，便掏出怀中青核桃，低头揉捻着解闷儿。

又等了一阵，冯慎还是望着尸体怔怔出神。鲁班头心下焦躁，手里不由得加了劲。那青核桃生脆，经这一捏，难免会皮裂汁流。感觉到掌心黏腻，鲁班头忙扔了核桃，撩起前摆揩手。

听到响动，冯慎回过头来。"大哥怎么了？"

"捏破个核桃"，鲁班头歉然笑笑，"吵着你了吧？"

"反正也没想出什么来……"冯慎才摇了摇头，突然一凛，"大哥刚说什么？"

"啊？"鲁班头道，"我问是不是吵到你了。"

"上句！"

"捏破个核桃啊。"

"核桃？对！就是核桃！"冯慎叫道，"大哥，快将那些核桃给我瞧瞧！"

鲁班头虽不明他用意，可还是拾了送来。"就拿了这仁儿，还被我捏烂了皮……"

冯慎不搭话，抓过一个几下剥去厚皮。待那硬壳露出，冯慎心中猛地一沉，他手未停歇，又将剩下两枚剥净。

见冯慎脸色越来越暗，鲁班头道："这核桃有问题？"

"唉！"冯慎一拳捶在门框上。"我早该想到的……这是'闷尖狮子头'啊！"

"焖……狮子头？"鲁班头咂了咂嘴，咽了口口水。"别说，还真是有点像。不过不像干焖的，倒更像红烧的……嗯，个头也小了些……"

瞧鲁班头垂涎欲滴，冯慎知他想歪了。"大哥，此'狮子头'非彼'狮子头'，是一种供人把玩的核桃，只因这种核桃筋圆尖钝、形似狮首，故而得了那么个雅号。"

"原来是这样，"鲁班头道，"可那又怎么了？"

"大哥有所不知"，冯慎道，"这种闷尖狮子头，现已鲜见的很。可那粘杆匪首曾三手里却有这么一对。他曾跟我说过，那对核桃是十年之前，他亲自来平谷抓的！"

鲁班头惊道："该不是摩崖寺那株吧？"

"极有可能！"冯慎道，"听弘智说，山门后的那株是百年老树，恐怕整个平谷境内，也仅存一株。所以我才隐约感觉：摩崖寺与粘杆余孽之间，必有什么牵连。还有，大哥还记得临别前，觉忍方丈所说的那些偈语吗？"

"我怎会记得？"鲁班头道，"听都听不懂啊。"

冯慎道："当时听了那些'明心见性'的禅论后，我虽然不解，可总觉得觉忍方丈是意有所指。现今想来，那'智慧音里'、'吉祥云中'等语，很可能是他给出的暗示。云居高处，相轮又代表智慧，合在一起，不正是要咱们留意高处的相轮吗？"

鲁班头道："可这也太绕了点吧？要不是误打误撞，谁能察觉那破轮子跟塔层不符？"

"的确"，冯慎道，"或许那觉忍方丈真的是受制于人，当着弘智面上不敢点的太明显，只得寄托希望于一线了。"

鲁班头道："那咱杀回寺里瞧瞧吧？"

冯慎道："寺中好手不少，若说僵了动起手来，对咱们大为不利。回京调人也来不及……这样吧，咱们去平谷县衙借兵围寺！"

"就这么着！"

二人刚欲动身，院门外突然闪过一个黑影。

"什么人！？"

冯鲁齐喝一声，双双追出门去。

见有人追来，那人没头便跑，冯慎与鲁班头哪肯放过？当即跟在后面穷追不舍。

村中巷路错纵，那人也怕闯进死胡同，便绕了几绕，朝河滩边的林子奔去。一路上跟跄狼狈，有几次还险些摔倒。

见那人步伐笨重，全然不似会武，冯鲁心下好生纳闷儿。可在这关门，二人也无暇细想，憋足了力气，直追到河滩。

河滩上沙石遍布，坑洼难行，那人又奔了一阵，终于力尽精疲。只见他双手撑膝，喘的上气不接下气。

"跑啊！有能耐你倒是再跑啊！"鲁班头叫骂着欲上前。

冯慎刚要开口，忽见那人脸上闪过两道寒光，他以为那人藏奸耍诈，忙将鲁班头一把推开。"大哥小心了！"

不想等了良久，仍未见有暗器袭来，冯慎定睛一看，不禁哑然失笑。原来那人戴着副圆边眼镜，被月辉一映，镜片反出光来。并且，他身穿燕尾洋服，脚着尖头皮鞋，原本紧抿在脑后的短发，这会儿也不免有些凌乱。

"魔鬼！你们这两个害人的魔鬼！"那人刚缓过劲儿来，便拾起脚边的小石头乱扔。只是他出手无力，即便打在身上，也不觉有什么痛楚。

鲁班头避也不避，迎着那人走去。"就冲那副不三不四的打扮，老子瞧你倒像是鬼！怎么着？辫子剪了，洋服穿了，就翻脸不认祖宗了？呸，你这假洋鬼子！"

那人怔了，"我……我……"

"你什么你？"鲁班头说着，一把逮住那人。"乖乖让老子绑了，你也少吃些苦头！"

那人挣扎了几下，眼睛突然大亮。"怎么是你？"

"啊？"鲁班头也愣了，"你……你认得老子？"

那人使劲儿点了点头，"你是顺天府的鲁班头，我认得你！"

"哟嗬，"鲁班头道，"看来你小子还是个惯犯啊，不过老子抓过的泼皮太多，倒不记得有你这号人物……"

"不，"那人正色道，"鲁班头误会了。我不是坏人，几天前，我曾给你送过一条字条。"

"字条？"鲁班头看看冯慎，"什么字条？"

冯慎接言道："那字条上可是写着'平谷大疫，十万火急'？"

"是的"，那人点点头，松了口气，"既然你们是官府的人，那位老夫人，想必也不是你们杀害的了。"

"嘿？"鲁班头道，"你小子还倒打一耙啊？那老太太不是你杀的吗？"

"当然不是"，那人整了整衣领，伸出一只手来。"先自我介绍一下，我叫伍连德，很荣幸认识两位官差先生。"

见伍连德探手，鲁班头还以为他要耍江湖上考校膂力那套，当下想也不想，握起伍连德右手狠命一捏。

鲁班头铁掌似钳，直捏的伍连德呼痛不迭。冯慎见状，忙将二人分开。

伍连德揉着右手，冲冯慎勉强笑了笑。"鲁班头真是位大力士……多谢这位先生解围了。"

"无须客气，"冯慎摆了摆手，冷冷道，"听阁下口音有些奇怪，就算是留过洋的，汉话也应该说得利落。由此观之，阁下应该是个东洋人吧？"

"什么？"鲁班头惊道，"他还是个小日本？"

"说来惭愧，"伍连德叹口气，摘下眼镜擦了擦。"我虽不是大清子民，但确实是炎黄子孙。我伍家祖籍广东新宁，后因行商便定居了南洋。我生于南洋槟榔屿，自小以英文与当地人交流。就这点汉话，还是家族中老辈人教的。长久不说，发音吐字难免有些怪里怪调。"

鲁班头将信将疑，"那你不好好在南洋待着，跑这里来做什么？走亲戚吗？"

伍连德摇头道："前几年，我在英国剑桥大学攻读医学博士。学成返回的途中，突然萌生了看看祖国的念头，所以到南洋后我没上岸，而是转搭一条货船绕道北上。"

"博士是个什么？"鲁班头道，"又弄剑又修桥的，你学的玩意儿倒是不少啊。"

伍连德道："剑桥是英国一所学堂的译名，不是修桥弄剑的地方，我在那里，只学习医术。"

"学医？"鲁班头恍然道，"原来你还是个治病的大夫啊。"

伍连德想了想，道："也可以这么理解。不过我研究的方向是西方的病毒与细菌学，与中医大不相同。"

冯慎见伍连德年纪轻轻，对他之言颇有些不信。"伍兄方才说什么菌……病？"

伍连德更正道："是细菌和病毒。"

"毒？"鲁班头惊道，"好哇！人家大夫都是治病救人，哪有琢磨着炼毒的？看来你这厮定不是什么好人！"

伍连德急忙分说，可他口中皆是洋派新词，冯鲁一时间哪听得明白？解释了半天，伍连德直累得口干舌燥，二人还是一头雾水。

突然，伍连德心中一动。"我带两位去个地方，你们见了应该会弄清楚的。"

"去就去，"鲁班头哼了一声，"不过你可别妄想着耍什么花招！"

"不会的，两位放心就好。"

说罢，伍连德便引着冯鲁二人，转朝村尾走去。

走了好一阵，三人停在一处老旧的院宅前。

冯慎问道："这是何处？"

"里面是凤落滩的宗祠，"伍连德边说，边将院门推开。"这里平时应没什么人来，村中出事后，更如荒弃了一般。我这几天，就在里头落脚。"

待二人入院，伍连德又将院门反掩，从内墙上摘下只气死风灯点亮，快步跨进祠厅。

厅上一条宽大的供桌，桌上摆满了密密麻麻的灵位，鲁班头只瞧了一眼，不禁踞踏起来，瞅了瞅伍连德，心中暗道："这小子胆量倒不小。"

伍连德招了招手，往供屏后转去。冯鲁二人见状，忙紧紧跟上。

原来这供屏后有半厢矮堂，堂中横着张破案，案上胡乱堆着些器皿，散发着一股股浓烈的药气。

"嚯，"鲁班头一捏鼻子，"这他娘什么怪味？怎么还有股死鱼烂虾的腥臭？"

伍连德道："这是我做实验的地方。"

"做实验？"冯慎心中不解，见那些器皿中盛着几条剖开的河鱼，便欲上前瞧个究竟。

"别碰它们！"伍连德急忙阻止，"这些鱼都是实验体，曾染上过病毒！"

冯慎一惊，缩回手来。"这鱼有毒？"

"就……就当是毒吧，"伍连德道，"若将这鱼身所携的病毒提炼精制，仅用一点，便可使整村人畜死绝！"

冯鲁舌抉不下，"这么厉害？这是什么毒？"

伍连德面色严峻，"虎烈拉！"

冯慎目光似刃，直逼伍连德双眼。"凤落滩横遭大难，想必就是受这虎烈拉所害吧？"

伍连德脱口道："不错。"

"承认就好！"鲁班头勃然大怒，挥拳砸向伍连德。"老子毙了你这害人精！"

"大哥慢来，"冯慎架开鲁班头的拳头，"且听听他怎么说。"

伍连德愣了愣，道："二位以为那虎烈拉是我下的？恰恰相反，我研究这种病毒，正是为了救人。"

鲁班头犹疑不决道："事情到底如何，你从头至尾的讲一遍，可不许有半句虚话。"

"好，"伍连德道，"我前几天路过此地，却发现这村里有不少人染上了传染性的疾病。我意识到事态严重，当即去平谷县衙报信。岂料县衙中的官员得知消息后，竟说我是在危言耸听，不但不采取任何措施，反而派人跟踪我。"

冯慎道："所以你才会越级上报？"

"对，"伍连德道，"当时我不明白他们的意图，但毕竟人命关天，我不能不管。于是我一面与追踪之人周旋，一面急急北上。到了京城一打听，才知顺天府有位鲁官鲁班头。我刚想去面见详陈，那跟踪我的人又出现了。为了躲避他们的视线，我只好写了张纸条，匆匆塞到鲁班头怀中。将疫情上报后，我又回到了凤落滩。那时村里染病者已死掉不少。可经我查探后，却发觉一个共性，那就是同样的疫情，村西头却比村东头严重的多。"

冯鲁齐问道："这又是何故？"

伍连德道："水源！村西临河，居民多汲取河水饮用。而村东距河较远，故而多使井水。我随身备着些器具和药剂，便急忙抽取河水检验，一验之下，却发现那根本不是普通的疫菌，而是变异的虎烈拉病毒。弄清了症结所在，我便躲在这个祠堂里，开始研制杀灭虎烈拉的疫苗。可由于药剂不全，一时也无法成功。正当我一筹莫展的时候，丫髻山上下来几个僧人，给那些病患喝了些东西后，竟将他们医好了。"

"没错"，鲁班头道，"那会儿我在场，那伙和尚给他们喂的是圣水。"

伍连德摇头道："并不是什么圣水，那正是抑制虎烈拉的疫苗。"

"伍兄拿得准吗？"冯慎道，"僧人们怎可能有那种东西？"

"不会有错，"伍连德道，"那些僧人临走时，将竹筒随手丢弃，我偷偷捡来，发现里面还有一些残余。我连夜化验过，那确是疫苗无疑。"

鲁班头奇道："那伙和尚有点神通啊，连这类洋玩意儿都懂？"

伍连德道："当时我也弄不清楚，但想到他们毕竟救了村民，应该不是坏人。可谁知第二天，他们又回到了村中，连骗带拐，将村民全带上了山。"

鲁班头道："不是还剩下个老太太吗？就是今晚被杀的那个。"

"嗯，"伍连德道，"记得那名老夫人很执拗，无论那伙僧人如何利诱恫吓，她都不肯离开村子。后来，几名僧人商量了一下，这才单将她留了下来。"

鲁班头一拍巴掌，"这就对上了！那老太太说的果是真话。只是那伙贼秃留了活口，不怕她张扬出去吗？"

"当然不怕，"伍连德道，"他们走之前，已偷偷在老夫人家的水缸里，投入了虎烈拉。"

"啊？"鲁班头蓦然失色，"那口水缸上是不是铜着块锡皮？"

伍连德想了想，道·"好像是的。"

"完了老弟，"鲁班头惊道，"咱俩可都喝过那缸里的水哪！"

"鲁班头放心吧，"伍连德笑道，"那水里的病毒，早已被我解了。"

冯慎道："伍兄现能化解那毒了？"

"是的"，伍连德道，"有那些僧人所留下的残液作参考，研制起疫苗来便大为省力。不过在当时，我并不确定是否能成功，又担心那老夫人会对我产生误解，便学那些僧人做法，背着她偷偷把疫苗投在水缸里。"

鲁班头喜道："怪不得那老太太怀疑有人在她家附近转悠，原来是你小子啊！"

"唉，"伍连德叹道，"可惜那老夫人最终还是难逃厄运。"

"伍兄，"冯慎又道，"若再有人染上虎烈拉，你有把握医得好吗？"

伍连德道："问题不大，相关的分子式我已掌握，只需条件齐全后我再进一步改良……"

鲁班头打断道："你说这些我们也听不懂，只要能救人就成了。"

"这倒是实话，"伍连德道，"只是我不解的是，研制这类病毒，在西方尚属先驱范畴，那寺中的僧人为何能运用自如？"

冯慎道："他们不过是按命行事，研制病毒的，应另有其人。"

伍连德问道："这话怎讲？"

此时冯慎对伍连德已无戒心，当下把之前的经历，连同自己的推断说了一遍。

听到粘杆处与东洋人勾结时，伍连德道："这就是了。如若有日本人参与在内，研制病毒之事便不足为奇了。冯先生，那接下来我们怎么打算？"

"我看这样"，冯慎冲鲁班头道，"大哥你持腰牌去县衙调兵，我与伍兄再去那老妪家瞧瞧，说不定找出些线索。"

"成，"鲁班头道，"我这便动身！"

冯慎又嘱咐道："大哥到了县衙后，多挑些好手来，那伙忍者可不好对付。"

"忍者？"鲁班头愣道，"哪里来的忍者？"

"大哥还没想到吗？"冯慎道，"那寺中的'哑罗汉'，就是那东瀛的忍者啊。"

"啊？"鲁班头傻了眼，"这话怎么说的？"

冯慎道："那伙忍者曾跟我打过照面，当时他们头戴鬼脸面具，我瞧不到他们模样，可他们却能记得我。在摩崖寺前，他们可能是怕我认出，便有意变了招式。联系到寺里种种，再加上那重伤汉子身上所受的爪击，我这才断定那伙哑罗汉便是忍者假扮。"

鲁班头又道："可他们扮什么不好，为何偏要充和尚？"

冯慎道："一来是因他们在要寺中藏身，扮成僧人自然方便些。这二来嘛，是因他们除此身份，也扮不成别的。"

"不能啊"，鲁班头道，"庙里有俗家弟子也是常事。"

冯慎指了指伍连德，"与伍兄一样，他们日本人并无蓄辫之风，若顶着满头短发，岂不是更惹眼？"

"也是"，鲁班头道，"剃光了头发才都一样。"

冯慎又道："还有他们装聋作哑的真正原因，就是不会汉话。既听不懂，也说不得，只好缄口不言了。"

"着哇！"鲁班头摩拳擦掌道，"那正好把他们一窝端！还等什么？咱们赶紧的吧！"

说罢，鲁班头催促连连。伍连德见状，从案底拖了只皮箱拎在手上，同冯慎等人一同出了祠堂。

三人刚走到老妪家，便发现村头影影绰绰的围了一群人。鲁班头以为是寺中恶僧，当即便欲上前拼命。

"大哥慢来，"冯慎一把拦住，"那打头的，好像是下午与娄师爷同来的一名捕快。"

"哦？还真是官差。"鲁班头定睛一瞧，心下大喜，"哈哈，这下可好，省得老子跑趟腿了！"

听得动静，众官差齐齐瞧来。

鲁班头放声大喊道："喂！兀那捕快，快给老子滚过来！"

谁知话音刚落地，竟"嗖"的一声，射来一支利箭。

冯慎当机立断，夺过伍连德皮箱将箭支格开。"你们做什么？"

那捕快话也不搭，冲身后高喊道："兄弟们，快将这伙害命的恶徒拿了！"

"作死吗？"鲁班头大怒，一把扯出腰牌，"你他娘的说谁是恶徒？都瞧清楚了，老子是顺天府的人！"

那捕快冷笑道："你这厮伪造腰牌、冒充公差，本已犯下重罪，现还勾结同党残害村中老妪，更是罪不容诛！"

"放屁！"鲁班头骂道，"你让那姓娄的出来说话！"

那捕快道："娄师爷公务倥偬，哪有工夫理你？兄弟们，别听恶徒啰唆，给我上啊！"

鲁班头还欲喝骂，却被冯慎止住："大哥别费口舌了，他们与寺中恶人怕是一路的！"

鲁班头恨道："他娘的，我瞧也是！老弟，这下可真麻烦了！"

冯慎将皮箱朝伍连德怀中一塞，急道："伍兄，你身负重任，绝不能有半点闪失！这里有我们顶着，你自己快快逃命吧！"

伍连德道："两位先生有难，我岂能独自逃走？我……我来给你们帮忙！"

"别添乱了！"鲁班头气道，"就你这样的连个鸡也杀不死！赶紧逃吧！一会儿打起来，我俩可顾不上你！"

伍连德涨得满脸通红，"逃跑不是绅士的做派，我也要战斗！"

说完，伍连德从地上捡起石头，不住朝前投打。

眼见官差冲到切近，冯鲁二人也无暇管他，双双大喝一声，出招迎敌。

走了几合，冲在前面的几名官差便被冯鲁打倒，可二人怕伍连德出什么意外，始终不敢离他左近。

然官差人多势大，马上变换阵型排布围夹。冯鲁二人招架不迭，只好护着伍连德且战且退。最后，三人退至一堵院墙下，这才稍解了腹背受敌之势。

见有官差背着铁胎弓，冯慎恐他们放箭，便冲上去近身黏打，不给官差可乘之机。鲁班头久经阵战，当下心领神会，依着冯慎模样，赶至另一侧抵挡。

二人使出浑身解数，一人守住一端。官差多半用的是长兵刃，被他俩靠近逼欺，一时也施展不得。

激斗间，冯慎飞脚踢开一名官差，步法陡变，又将搠来的两杆缨枪并夹在肋下。

使枪的两名官差大惊，忙急抽回夺。冯慎挥臂向缨枪上一击，枪杆骤然大震，二差拿捏不住，齐齐撒手。

冯慎双枪虚刺，周围官差急急后跃，趁这工夫，冯慎分其一梃，朝着鲁班头投去。"大哥，接家伙！"

"好咧！"鲁班头一抄，紧紧接牢。缨枪在手，鲁班头豪气大生，把枪杆舞动成一圈圆环，奋力抢砸。兵刃相接，一通"噼里啪啦"的乱响，几名官差被撞得踉跄倒退，只觉虎口生疼。

见二人勇猛，伍连德也不甘人后，从墙壁上抠了些残砖硬泥，又向人堆里打去。

谁知伍连德又慌又急，投出的三块里，倒有两块砸在了鲁班头身上。挨了几下，鲁班头疼得龇牙咧嘴，一面苦苦拒敌，一面回身大骂："老伍你他娘是哪儿头的？怎么净往老子身上招呼？"

伍连德赔笑道："对……对不住……"

"瞅准些再打！"鲁班头大吼一声，复向官差杀去。

伍连德又抠下两块砖，瞄了半晌这才投出一块。说来也巧，那砖块一脱手，居然又朝着鲁班头后脑飞去。

砖块棱角分明，击在颅后少不得要头破血流。可鲁班头只顾着对敌，于身后凶险全然无觉。万幸冯慎察觉到不妙，急忙横枪纵跃，及时将那砖块截打在地上。

鲁班头回头一瞧，立即明白了什么事。"老伍，你跟老子扛上了是吧？快老实待着，别他娘的总帮倒忙！"

"哦……好……"伍连德喏喏连声，攥着剩下的砖块不敢再动。

伍连德的目光隐在镜片后，冯慎心头却划过一丝不安。然不等他细想，官差们又拥了过来。冯慎与鲁班头忙抖擞精神，专心与官差周旋。

众官差功夫虽不济，却皆是锲而不舍，被冯鲁二人打散数次，还是不肯退缩。渐渐的，冯慎心生疑窦：粘杆余孽多行暗杀刺探之举，他们拳脚上虽有高低，但练的皆是轻巧灵便的路数。而这些官差步法沉重，出招又奋不顾身，明显是受过行伍操训。

虑其此处，冯慎出手便暗留了分寸，只将枪攥倒转，避开头胸要害，专攻官差下盘。鲁班头粗枝大叶，于酣战之时哪会虑及细微？只是甩开膀子，一味地猛攻猛打。

见鲁班头难缠，众官差便合力攻他。几条长枪凌空一挑，齐齐向鲁班头砸压。鲁班头扎个铁马，忙横枪去格。不想那缨枪被他又抡又敲，木杆上早已裂出一条缝隙，这会儿拼受了数枪之力，没撑多久，便"咔嚓"一声断成两截。

有道是一寸短一寸险，鲁班头兵刃一断，即刻相形失色。他一手握着一截短杆，将压来的数条枪头勉力拨开，可劲道、招式却大不如前。而官差仗着枪长，频频突刺，鲁班头左支右绌，险些被他们扎中。

冯慎见状，急抖个枪花，忙猱身来助。可这样一来，虽暂解了鲁班头之危，却使得阵圈骤缩。二人拼命拆挡，奈何众官差还是步步逼来，用时一久，慢慢陷入了鏖战。

正当这难解难分之际，村头突然传来一声洪亮的马嘶。那声音有如龙吟虎啸，直听得众官差打了个激灵儿。黑暗之中，一匹神骏昂首扬蹄，宛若一团疾风，破尘奔来。

"是逾云！"

冯慎与鲁班头瞧清了那马模样，不由得大喜。心知定是逾云听到动静，挣断了缰绳驰来救主。

211

见逾云冲来，众官差所乘的坐骑纷纷躲避。逾云径直腾跃，如踏无人之境。发觉冯鲁被围，逾云猛甩红鬃，照着众官差便横冲直撞。

众官差大惊，发喊逃散，逾云来回冲了两趟，这才在冯慎身旁停下，不住舔蹭以示亲昵。

冯慎拍了拍马头，心中有了计议。"大哥，你先骑着逾云走！"

"什么？"鲁班头气道，"老弟你这么说，可是把我给小瞧了！"

"不是"，冯慎急道，"我前番用的是假名，这些官差应该认我不出。只要没捉到你，他们暂时不会拿我怎么样。"

鲁班头道："万一他们就是粘杆余孽呢？"

冯慎道："那也不打紧。粘杆处有图于我，我亦无性命之忧。眼下情急，大哥莫再推辞了，去搬救兵要紧！"

"好，我听你的！"鲁班头刚要上马，又朝伍连德一指，"那他呢？"

冯慎原想让鲁班头负了伍连德同走，可突然想起方才那幕，一时踌躇难决。伍连德身份未明，冯慎实不敢去冒这个风险。

犹豫间，伍连德道："二位不需担心我。到时候，我或有脱身之计。"

听他要主动留下，冯慎稍感歉仄。"难为伍兄了……大哥，快走吧！"

"保重！"鲁班头说完，翻身上马。逾云又是一声长嘶，越众而出。

见鲁班头要逃，众官差连声呼叱，可他们脚步再快，又岂能追上飞驰的逾云？方才激斗时，只有那捕快还骑在马上指挥，这时他也没奈何，只得要过一张铁弓，纵马追出。

那捕快引弓搭箭，瞄着鲁班头射去。鲁班头脑袋一偏，来箭擦鬓而过。

鲁班头暗道惭愧，忙将手中半截枪杆回掷，那捕快在马背上一伏，矮身躲开，又嗖嗖回了两箭。

逾云颇具灵性，故意左驰右跃，使得箭支落空。那捕快大怒，拉满了弓弦，反朝逾云射去。

待利箭射来，逾云后蹄扬镫，箭头撞在蹄铁上，竟被生生踢飞。可就这么一停一踹，那捕快又追近了几丈。

逾云虽踢开了来箭，可马背上的鲁班头却被剧烈一颠。他身子急振，怀中露出了一个铁疙瘩。

"怎将这短铳忘了？"鲁班头一把抄出，对准身后。

与此同时，那捕快也搭箭欲放。鲁班头想也不想，狠狠扣下扳机。

"轰"一声巨响，那铳口喷出的铅丸，尽数打在那捕快胸前。那捕快惨呼一声，坠下马去，不想左足嵌进了马镫里，被头下脚上地拖曳在地。

那捕快坐骑受了惊，吓得调头回奔。鲁班头趁机拨马，加鞭趱程。

等那坐骑狼狈奔回，众官差赶紧截住，将那捕快七手八脚地解将下来。

被鲁班头当胸一铳，那捕快登时身亡，又在地上拖了半天，尸首上尽是血污，已然没了人样。

见众官差恨恨相视，大有敌忾之意，冯慎心下不禁一凛。这种神情，若出现在舍身报国的将士身上，自是顺理成章。可换成那伙粘杆余孽，断不会如此决然划一。

正思量间，一名官差指着捕快尸身道："弟兄们，这王兄弟虽入咱们快班不久，可大伙也拿他当生死之交对不对？"

众差齐喝道："不错！只要进了快班，都是一样的好兄弟！"

那官差又道："现今歹人已逃走一个，咱这么多人，要连剩下的同党还拿不住，能对得起死去的王兄弟吗？"

众差红着眼道："纵豁出性命不要，也得将他们缉拿归案！"

听到这里，冯慎再忍不住，他避开几名官差的攻势，将枪头向地上一插。"大伙且住！我有话说！"

见了冯慎此举，众差敌意稍减。"你们若束手就擒，我们也不来为难。可要想耍什么诡计，那却万万不能！"

冯慎朗声道："之前我们一再声明，杀害老妪的另有其人。你们无凭无据，为何诬陷我等为歹？至于我们是否为顺天府的公人，更是一查便知，又为何上来便痛下杀手？"

"这……"众差一时语塞，"我们只管拿人，哪知道那许多？傍晚娄师爷回到县衙，说凤落滩有歹人行凶，这才让王兄弟引我们过来。我们刚到村里，便发现那老妇人被杀，而你们正鬼鬼祟祟地躲在附近！"

冯慎道："这么说，诸位并没有亲见我等行凶了？"

官差道："杀老妇时我们确是没见，可害我王兄弟须不是假的！跟你没甚好说，乖乖与我们回去，自有娄师爷发落！"

冯慎暗忖：那娄师爷必与粘杆处有瓜葛，若依言就范到了县衙，只怕要凶险无幸。可眼下官差众多，硬生生拖耗下去也会迟早不敌……

冯慎正权衡着，身后伍连德突然道："我来跟他们解释清楚。"

"伍兄快回来！"

冯慎大惊，赶忙去拉。可伍连德脚步甚快，早越己而出。

伍连德方待开口，众差便一拥而上，捂嘴锁喉，将他死死擒住。

冯慎急道："他只是个文弱书生，你们将他放了！"

众差以此为挟，只是冷笑不答。

到了这地步，冯慎也别无他选，长息了一声，将缨枪掷在地上。"罢了，陪你们走一遭就是！"

几名官差取了绳索，将二人绑了个结结实实，连同伍连德那只皮箱，一起缚于马上。

一路上，那些官差对冯伍二人倒没打骂，只是不住地催马回奔。也不知颠簸了多久，终于抵至平谷县衙。

众差一入衙，一名公人便急急来问："怎么样？拿住几个？"

一差回道："拿了两个……"

"好好，回头少不了你们的赏！"那公人喜滋滋地拨开众差后，笑意突然大僵。"那姓鲁的呢！？"

"让那恶徒给逃了……"那差说完，又指了指马上那捕快的尸首，"王兄弟去追，也被他害了……"

"老王死了？"那公人一怔，又向众差怒骂不迭。

冯慎冷眼相观，已认出他便是下午在娄师爷身旁的另一名捕快。然听他骂来骂去的意思，倒不是因同袍身死，反是怪众差漏抓了一人。

又骂了一阵，那公人这才罢休。他踢了伍连德一脚，哼道："我当是谁？原来你这假洋鬼子跟他们混在一处，哼哼，也好，省得再去寻你了！"

"我也猜出你是谁了，"伍连德挺了挺腰，眼带寒意，"这一脚，你绝对会后悔的！"

"是吗？"那公人冷笑着提过绳索，将冯伍二人一拉。"走吧，待会儿老子上些手段，瞧你还是不是这般嘴硬！"

官差追问道："王兄弟的尸首怎么处置？"

"随便刨个坑埋了就是，你们去看着弄吧，我和娄师爷还有要事！"公人言毕，拿刀抵住冯伍后心，持二人朝西首走去。

冯慎一言不发，暗筹应对之计。伍连德神色自若，倒似是胸有成竹。

三人绕过仪门后，又沿刑房后的一条甬道走。走出一段，迎头赫然一座砖石壁垒。

见门侧雕着两只狰狞的狴犴，冯慎知是内监到了，还未及多想，已被那公人推进监去。

不知为何，这内监没关囚犯，就连那禁子狱卒也没见一个。狭窄的过道里潮湿阴冷，只听些虫鼠窸窸窣窣。

过道尽头，是一间大监室，油灯昏黄，牢门大开，门口立着一人，正是那师爷娄得召。

得知鲁班头逃走的消息，娄得召叹道："万幸统领有先见之明啊。"

听到此处，冯慎心已了然，他佯作不知，开口道："不知我马某人何处得罪了娄师爷？"

"马某人？"娄得召冷哼一声，"都这个时候了，冯巡检还要跟我装模作样吗？方九，把他俩儿推进监里，先在刑凳上绑了！"

"是"，那方九答应着，将二人按在刑凳上捆牢。

那凳上索套皆是牛皮扣，冯慎挣了几下反将手脚箍得更紧，没奈何，只好作罢。"看来二位果是粘杆处的人了。曾三爷呢？何不出来一会？"

"哈哈哈，"娄得召狞笑道，"冯巡检神通广大，我们统领得知你来，也只好先行避开了。"

冯慎苦笑道："阶下之囚，还说什么神通广大？唉，此番我们来平谷，原是藏踪蹑迹，不想还是被你们给碰上了。"

"你当那是巧合？"娄得召道，"实话告诉你也不打紧，从你们踏入平谷的那刻起，我们便接到了线报。姓冯的，在凤落滩初遇时，我们就认出了你。只是当时打你们不过，索性卖个乖罢了。"

冯慎道："那会儿若你们多带些人手，这便没有晚上这番周折了。"

"说得轻巧"，娄得召又道，"除了我们几个，县衙其他差役皆是正经吃饷的，万一出了什么马脚，我们的身份岂不要暴露？"

冯慎恍然道："难怪我总感觉衙役们不是你们一路……看来那老妪也是受你们所害，故意栽赃我等，才好名正言顺地带人去'捉凶'。"

"没错"，娄得召道，"只可惜让那姓鲁的逃了。"

冯慎道："这么说来，本县陈知县也并非回籍省亲了？"

"陈晋元吗？"娄得召皮笑肉不笑道，"那摩崖寺里有个老和尚，不知你们瞧没瞧见？"

冯慎惊道："觉忍大师？他竟是陈知县？"

"哈哈哈哈"，娄得召大笑道，"姚七他们装得倒像，居然连你冯大巡检都瞒过了。哦，说姚七怕你不知，法号弘智的便是。"

"我能猜个十之八九"，冯慎道，"那摩崖寺里一半是你们粘杆余孽，一半是些日本人，而所谓的瘟疫，其实是你等恶徒研制的'虎烈拉'病毒！"

"哟？"娄得召与方九相视一怔，"怪不得统领常说你可怕，你连这些都查出来了？"

听得二人自认，冯慎不禁怒道："你等勾结外寇残害同胞，还有何颜面存于这皇天后土之间？"

"哼哼"，娄得召两眼一眯，嘲讽道，"咱又不是你冯巡检，要那么大颜面做甚？不过老实说，开始那毒，还真不是我们有意下的。"

"一派胡言！"冯慎斥道，"那病毒只有你们有，不是你们还能有谁？"

"算了，"娄得召道，"冯慎，我敬你是个人物，这才跟你啰唆了这么久。你一个将死之人，问那么多有什么用？"

"怎么？"冯慎反诘道，"这就想杀人灭口？那'轩辕诀'你们统领不想要了？"

"要又怎样？"娄得召道，"你会乖乖交出来吗？说真的，我们现在怕你怕得紧啊。一听说你到了凤落滩，我们统领恐生差池，当即带了二魔使远避。统领临走时说了，宁可'轩辕诀'不要，也要先除了你这大患！"

"不错！"方九也恨道，"若不是那姓鲁的逃掉，我们还有得周旋。"

"周旋？"冯慎哼道，"就算将我们尽除，上面追查下来，你们又作何解释？"

娄得召道："自然是推在'瘟疫'身上。就说你们染上急疫，连同整村人全部暴毙，谁还能验出什么？行了，时候也差不多了，打发你上路后，咱们还得连夜转移呢。方九，拿'加官贴'来！"

方九在怀里一摸，掏了叠厚纸递给娄得召。

娄得召抽出一张，屈指轻弹，纸上竟铮铮有声。"冯巡检久在公门，认得这东西吧？"

冯慎点点头，"那是桑皮纸。"

"不错不错，"娄得召邪笑道，"将这桑皮纸浸水后，一层层覆住头脸，只待一时半刻，便要'加棺进绝'、呜呼哀哉了。哈哈哈，用这加官贴，死后验不出半点痕迹，原是给你和姓鲁的准备的，现在就让你独享了吧！"

娄得召说罢，把桑皮纸在备得的水桶里浸湿。方九怕冯慎挣扎，将他手脚死死摁牢。

冯慎拼命反抗，可身体哪还动得了半分？面红气短，眼睁睁瞧着那桑皮纸贴来。

就在这时，角落里忽然发出一声厉喝："好大胆子！这姓冯的还有大用，谁准你们杀他的！？"

冷不丁吃了这一喝，娄方二人登时愣了。回头一瞧，才知说话之人是伍连德。

娄得召走上前，扬了扬手中湿漉漉的桑皮纸。"你这假洋鬼子瞎叫唤什么？上赶着投胎吗？"

伍连德傲然道："曾三养的好废物！你们可知我是何人？"

娄得召怒道："当我认不出吗？那日就是你这假洋鬼子来县衙报疫，哼哼，那会儿没能截下你小子，今天你可是逃不掉了！待解决了姓冯的，也让你尝尝'加官贴'的滋味，你俩儿黄泉路上搭个伴吧！"

"饭桶！猪猡！"伍连德骂道，"我是大日本军部的防疫专家，你们这两只支那猪居然敢绑我！？"

"什么？"不止娄方二人，就连冯慎也惊诧万分。"伍兄你……你当真是日本人？"

"哈哈"，伍连德大笑道，"冯先生的才智，可与那传闻中大不相符啊。我原是随口乱编，不想你竟深信不疑，真应了你们那句老话：盛名之下，其实难副啊……哈哈哈……"

冯慎沮然长叹，"今夜对敌之时，我曾对你起过疑心……唉，只恨我当时寡断不决，上了你这小人的恶当！"

伍连德道："冯先生不必妄自菲薄，你还是有些妇人之仁的。见我被官差擒住，你居然放弃了抵抗，哈哈哈，单凭这一点，我也是感激的很哪。"

冯慎闭上双眼，怅然道："冯某没能识破你的把戏，真可谓是有眼无珠，罢了罢了，你们快动手吧！"

"我说过，你还有用，先不急着杀。"伍连德转朝娄方喝道，"支那猪！还不快给我解了绳子？"

"是是。"方九满头冷汗，慌不迭地要去解。

"急什么？"娄得召一把拉住，将伍连德从头至脚，又自脚而头地打量了不知几遍。"他红口白牙的胡诌几句，就成了东洋人吗？"

"八嘎！"伍连德舌头一卷，突然叽里咕噜地嚷了起来。语调激昂，抑扬顿挫，似乎是在厉声叱喝。

方九蒙了半晌，朝娄得召道："他说了些什么？"

"我哪里知道？"娄得召紧皱双眉，低声道，"不过听起来……是跟姚七那边的东洋人说话腔调差不多……"

"我听着也像，"方九道，"哎呀，他会说东洋话，那定是东洋人了，咱给他解了吧……"

"慢来"，娄得召拦道，"你我都不懂东洋话，怎知他说的是真是假？"

"怎么？"伍连德斜睨道："还不信吗？"

娄得召虽拿捏不准，可言语中也不禁客气起来。"阁下若真是我们一伙……为何定要将'疫情'上报顺天府？这里的事一旦遮掩不住，对你们东洋人也大为不利吧？"

"这都想不明白？"伍连德面露不耐，"那凤落滩的事闹得太大，透出风声也是迟早的事。与其等上面来查，还不如主动去报，设个障眼法蒙混过去。让顺天府的人亲眼见了'化劫'，他们还能疑心什么？"

"原是这样……"娄得召又问道，"那方九他们跟踪拦截时，阁下又为何不将身份说个清楚？"

"糊涂！"伍连德道，"我若不那样做，如何引得那冯慎过来？就凭你们这群草包，能这么顺利拿住他吗？我之所以不透露身份，就是为了让你们'追杀'的逼真些，冯慎何其警觉，那种蹩脚的苦肉计诓得住他？"

冯慎叹道："为了对付冯某，你伍兄可真算是挖空心思啊！"

"承让了，"伍连德笑道，"冯先生，还有一件事要让你知道，'伍连德'是我的化名，我其实叫作星联五郎！"

217

冯慎冷哼一声，不再言语。

见娄得召尚在半信半疑，伍连德又道："光靠我说你们看来是不能尽信，这样吧，将我那皮箱取来！"

"皮箱？"娄得召怔道，"什么皮箱？"

方九忙道："我知道在哪儿，我这便去拿。"

伍连德道："那里面有要紧物什，要是磕了碰了，我唯你是问！"

方九缩了缩脖子，唯诺去了。

娄得召眼珠转了几转，口气也软了下来。"我等身负要任，不敢不小心行事……委屈星联阁下再等个片刻，待查明之后，我等定会赔罪。"

第十八章 泾渭殊途

顷刻工夫，那方九便转了回来，他将皮箱小心翼翼地放在地上，只待伍连德吩咐。

伍连德清了清嗓，道："把皮箱放稳，慢慢打开。"

方九刚要动手，娄得召抢先一步。"我来！"

娄得召将箱口对准了伍连德，自己却躲在背侧去拨那锁扣。

伍连德见状，知他疑心箱中有销器机关，故而冷笑几下，也不作声。

两只锁扣拨下后，娄得召看无甚异样，这才放心把皮箱打开。箱盖一启，露出了一堆散发着药味的玻璃瓶罐，瓶罐之中，有的盛着些粉末，有的装着些溶液，皆被一条条的小皮扣箍紧在箱内。

见瓶罐边上还散着些棉絮、纱布、针管、镊夹等物，娄方二人如避蛇蝎。"不错，姚七那边的东洋人研制虎烈拉时，用的也是这类物什……"

"怕什么？"伍连德哂道，"那些器皿都是密封着的，毒不死你们。"

"呵……呵呵"，娄得召讪笑道，"除了这些，星联阁下还想让我们看什么？"

伍连德道："往器皿上瞧瞧，那上面有我私人的标记。"

娄方二人低头一看，发现那些瓶身上俱贴有字条。"星联阁下，这弯弯曲曲的，像是西洋字啊。"

"标签上是罗马字"，伍连德道，"我让你们看瓶底！"

二人依言瞧去，见瓶底果然写着"星联"二字。

伍连德又道："我们大日本的文字，有不少与支那的写法相同，想来你们是知道的。"

"知道知道"，娄得召忙道，"我虽不懂，但也能依稀认出日本字的大致模样。不过星联阁下……呵呵……单凭这两个字……是不是……呵呵呵……"

"不用支支吾吾，我明白你的意思！"伍连德道，"那箱中还有些衣物，衣物下面有本册子，你将它取出来！"

"如此有僭了"，娄得召在箱内探了探，摸出了那本册子。

伍连德道："你瞧瞧第一页。"

"好"，娄得召翻了翻，道，"首页上的应该是日本字，但后面密密麻麻的，怕是些西洋文吧？"

伍连德忿道："这册子是我的研究笔记，后面的自然也是我们帝国的文字！"

娄得召两相比对，眉头蹙了起来。"可这前后的写法，却是全然不同。"

"井底之蛙！"伍连德面溢高傲，"我们的明治天皇英明神武，维新开化后，引入了罗马字来拼写我们日文。我那本研究笔记所载皆是机要，万一丢失后患无穷。用此种写法，自然也是为了加密。"

听到这儿，娄得召也便全然无疑。"星联大人行事果然缜密，我等前番不明真相，诸般冒犯之处，大人千万恕罪。"

"口改的好快，"伍连德扭了扭身子，冷哼道，"光赔罪就成了吗？"

"小可糊涂"，娄得召一拍脑袋，"方九，快给星联大人松绑。"

方九哪敢怠慢？当即一面解着绳索，一面冲伍连德奴颜婢膝。

待除去绳索，伍连德活动起酸麻的腰肢。方儿凑上前，趁机示好："星联大人……呵呵……小的帮您老捏捏肩……"

话未说完，伍连德突然猛挥一拳，方九只觉鼻梁一阵剧痛，两行鼻血簌簌流下。

"你做什么？"娄得召吃了一惊，大声质问。

"哼，"伍连德瞥了眼方九，"我被这小子踢过一脚，打他一拳，已算是便宜他了！"

娄得召狐疑道："方九，是这样吗？"

方九捂着鼻子，恨恨地点了点头。

"该死该死，"娄得召立马换了张脸，"这方九当真糊涂的紧，小可替他给星联大人赔罪了。"

说完，娄得召上前两步，冲着伍连德一揖到地。

伍连德一声不吭，趁他弯腰低头，又是一拳击出。这一拳去势更狠，结实砸在娄得召唇齿上，连伍连德自己都被硌破了手皮。

娄得召满嘴血腥，不由得怒道："接二连三的，你待怎样！？"

"你们将我又踢又捆，一人赏一拳，我才能多少消些气。"伍连德揉着手背，冷笑道，

"怎么，一副咬牙切齿的模样，是想着打还回来？"

娄方忌他身份，皆敢怒不敢言。"不敢！"

"料你们也不敢！"伍连德走到皮箱边，俯身翻找。

娄得召怕他又要要花招，忙急道："星联大人找什么？还想……还想变着法儿拿我们出气吗？"

伍连德一抬手臂，道："刚才被你牙齿一硌，这拳头也破皮了，我找些药水涂抹下伤口。"说着，伍连德择出一个小瓶，将瓶中的透明药液倾在一团棉絮上。

方九忍不住道："星联大人……你倒的是药酒吗？怎闻不见酒味？"

伍连德回头，见他俩儿一个鼻歪，一个唇肿，面上似乎也有些不忍。"这药水消肿止痛的功效，可比你们那种治跌打的药酒强得多。唉，方才我正在气头上，下手便重了些……算了，你们先拿这个擦擦吧。"

伍连德说罢，将那蘸药的棉絮扯成两份，递给娄方二人。

方九闻了闻，喜道："嘿，还有股甜味。"

"快些用"，伍连德提醒道，"这药水易挥发，耗久便不灵了。"

方九鼻痛难耐，赶紧在鼻底上抹个遍。"味还挺冲……啊啾……啊啾……"

娄得召刚欲抹，见方九突然打起喷嚏，心下陡然警觉。"星联大人，他这是怎么了？"

"毛手毛脚的乱抹一气，自然要打喷嚏，"伍连德笑着走近娄得召，"拿过来，瞧我怎生用法！"

娄得召不虞有他，当即伸手递出。

就在这时，那方九摇了几摇，竟然一头扎倒在地。娄得召稍一愣神，却被伍连德用棉絮死死按住了口鼻。

娄得召大愕，照着伍连德当胸一掌。伍连德踉跄倒退几步，一屁股跌在地下。好在惊惧间，娄得召出掌不甚有力，伍连德心口虽一阵翻涌，但也没受什么内伤。

娄得召甩掉满嘴棉絮，还欲再度追打，忽觉天旋地转，才迈出了两步，便头重脚轻地栽地昏死。

伍连德爬起来，掸了掸衣上尘土，又从他那箱中拣了把小刀出来。那小刀刀柄很长，短短的刀头上寒光四耀，显然是异常锋利。

待跨过地上的娄方，伍连德便将那小刀朝冯慎虚划一下。"哼哼，他们已被我解决，现在轮到你冯先生了！"

冯慎没搭话，直直地瞪住伍连德双眼。伍连德也不多言，只是笑眯眯地望着他。四目相对了半响，二人同时放声大笑起来。

等笑声歇止，冯慎面色不改。"伍兄还犹豫什么？动手吧。"

"好，请冯先生别乱动，我下手也能利落些！"

伍连德说完，手里小刀陡然割下。

那小刀似能吹毛断发，霜刃所及处，无不寸寸裂除。但听"唰唰"几声，箍绑冯慎手脚的牛皮扣和绳索，俱被割挑开来。

冯慎起身一抖，断绳碎皮纷纷落地。"伍兄这刀虽小，刃口倒快。"

"这是解剖用的手术刀，我随身还携带着几把。"伍连德收好小刀，又笑道，"不过冯先生当真好胆识，我原想再吓你一吓，岂料冯先生依旧视死如归。"

"惭愧，"冯慎亦笑道，"伍兄这场戏演得太真，开始的时候，在下也误信了伍兄是东洋人。"

"哈哈"，伍连德道，"难怪对付他二人时你便不言不语，原来冯先生早就识破了。哦，方才为了骗过歹人，我说话颇有不敬，这里向冯先生致歉了。"

"哪里，"冯慎忙道，"此番在下料事不周、躁妄冒进，若非伍兄大智大勇，在下绝难逃脱恶徒毒手。实不相瞒，在下先前对伍兄尚怀猜忌……"

"是因扔砖那事吧？"伍连德赧然道，"这也不赖冯先生疑心。说来也真当奇怪，那会儿明明是瞄着敌手，可砖头掷出后，却全飞向了鲁班头，到现在我都没弄明白。"

其实投砖掷石的手法，与使那暗器大同小异。要是靶子不动，只需瞄定投打便可。然若以活人为的，则要预估出那人下步的落脚动向。当时众官差将鲁班头包在核心，必会游走寻机。而鲁班头要拒守门户，桩马自然稳扎如磐。这动静相殊下，鲁班头难免多挨上几块。

念及伍连德不懂武学，这通道理冯慎便不欲详说。他目光一瞥，又指着箱中器皿道："有道是大恩不言谢，在下也不多空腔虚套了。那瓶底'星联'二字，想必是伍兄台甫吧？"

"不错"，伍连德点头道，"我表字正是星联。"

"失敬了"，看着地上的娄方二人，冯慎又感慨道，"也合该如此。幸而他俩不懂东洋话，否则只凭伍兄随口诌凑的几句奇腔异调，只怕还骗他们不过……"

"哈哈哈"，伍连德笑道，"冯先生有所不知，我这'东洋人'虽不真，可说的'东洋话'却是不假！"

"哦？"冯慎怔道，"那真是东洋话吗？"

"是啊，"伍连德道，"在英国求学时，我有个同窗是日本人。在那金发碧眼的国度，我们两个黄种人倍感亲近。相处的那几年间，我时常听他谈论起故乡风物，渐渐的，我也跟着学了些东洋话，发音吐字虽然不大地道，言谈交流倒是不成问题。"

冯慎恍然道："难怪，难怪。"

伍连德拾起箱中笔记，似有所思。"那同窗长我几岁，去年学成后便返回了本土。这册子是他临行前赠我的，那扉页上的几行日文，也正是出自他的手笔。"

说罢，伍连德摩挲着册子怔怔出神。冯慎见状，道："看来伍兄与这人的交情匪浅。"

伍连德将头一点，"他与我志向相若、惺惺相惜，后来我二人便结为了挚友。他回国后，我也曾往日本寄过几封书信，可皆无回复。唉，也不知他现今如何了……"

听出伍连德语带感伤，冯慎忙把话头引过："伍兄莫愁，有缘自会有相见的一天。眼下我们身处险地，应当暂摒旁骛。"

"说的是，"伍连德回过神来，开始收拾他那只皮箱。"瞧我这人，这当口上还在想七想八的。"

见娄方兀自昏厥，冯慎又问道："伍兄给这二人下的是什么迷药？"

"迷药？"伍连德一愣，继而反应过来。"那是乙醚，西方拿来作麻醉之用。"

听说是西洋药剂，冯慎也不再细问，只是道："中了这药如何解救？冷水激淋能管用吗？"

"怕是不能，"伍连德摇摇头，"只有等药力慢慢消退。"

冯慎追问道："那他们多久才能醒来？"

"不好说，"伍连德道，"当时太过仓促，我无暇控制剂量。为求快速起效，不免多倒了一些。"

"那是等不及逼问他俩了"，冯慎稍加踟蹰，又道："听他们话里意思，摩崖寺那帮歹人大有撤离之意。在下打算急赴丫髻山，以防他们转移。"

伍连德作难道："可歹徒人多势众，我们才两个人……"

"这点在下知道"，冯慎道，"此去不为逞那匹夫之勇，而是躲在山脚暗中盯梢。即便他们离寺，也能摸清他们的去态动向。"

伍连德将箱盖一合，"既然如此，我也同去。可是冯先生，这两名歹徒该怎么处治？"

冯慎思量一阵，道："若挟带此二人怕有诸多不便，只好将他俩先绑在这里，等摩崖寺事毕后再图计较了。瞧这监里情形，他二人之前定是密谋过，没有他俩儿号令，县中衙役轻易不会过来。"

"对，就这么办！"

冯伍议定，便将娄方二人抽了腰带，抬到刑凳上捆牢。恐他们醒来发声，冯慎又取了桑皮纸揉成两团，分别把二人口中塞实。

待出得内监，夜已过半。见四下无人，冯慎便欲逾墙而出。

伍连德望着高高的围墙，心下犯起了嘀咕。"眼下没有梯架，这墙我可爬不上去啊。"

"伍兄不必担心"，冯慎微微一笑，"在下自会助你。"

话音未落，冯慎几步起纵，已翻身攀上墙头。伍连德刚揉了揉眼，冯慎又压低声音道："先将皮箱抛上来。"

伍连德抛出皮箱，冯慎稳稳接过。

伍连德抬头道："冯先生，那现在我怎么办？"

冯慎道："伍兄你将手臂伸举，贴着墙根往上跳！"

"好！"

伍连德依言而为，才拔起尺余，腕间忽受一股提拉之力。眨眼工夫，身子已伏在了墙脊上。

冯慎左手持箱，右手一托一放，拽着伍连德臂腕将其绺下。这提拉、越墙、托坠皆是一气呵成，等伍连德明白过来，双脚已踏着了墙外实地。

待伍连德立稳，冯慎一撩前摆，从高处轻轻纵下。这一下兔起鹘落，衣袂翩然，宛如御风凌虚。

伍连德见了，心中大为折服。"早就听说神州有那种能飞檐走壁的侠客，我原本不信，可亲眼看到冯先生这般，才知那绝非夸大其词啊。"

"伍兄过誉了，"冯慎把皮箱递还，笑道，"我这点'鼓上蚤'的能耐，就连入室行窃的蟊贼都会，实在不值一哂。"

伍连德愣道："鼓上蚤是什么？"

"他算是飞贼的祖宗，"冯慎左右环顾，"被擒至县衙时，我曾发现附近有个马厩，走吧伍兄，我们不妨再效一效'鼓上蚤'，去盗它几匹脚力代足。"

说罢，冯慎引着伍连德绕墙转去。走出没多久，便见一排低矮的茅棚，茅棚边围着一圈栅栏，隐约传出几声"咴咴"的骒马低鸣。

这个更次，衙役已多半卸差返家，马厩里仅留了个老役看马。那老役拎着料桶，正慢吞吞地往马槽里添着夜草，龙钟昏聩，丝毫未察觉到有人渐渐摸近。

冯慎将伍连德拉在阴影里，悄声问道："伍兄可会骑马？"

伍连德红脸摇了摇头，"不大会骑……"

冯慎道："那抢上一匹也便够了。伍兄在此稍待，我去去便来。"

"冯先生多加小心。"

"放心，我理会得！"

眨眼光景，冯慎已凭借轻身功夫纵过栅栏。接连几个起落，来到那老役身后。

那老役感到背后有异，方欲回头，却被冯慎轻轻一指，点中了昏睡穴位。

"得罪了。"冯慎将老役躺置在厩旁角落，恐他受风着凉，又在其身上堆盖了些草料。随后进得厩去，挑了匹健壮的官马牵出。

官马同驿马一般，并无固定骑主，即便有生人来牵，也不会乱叫乱挣。

见冯慎得手，伍连德也凑了过来。二人在马背上前后骑定，便朝凤落滩回驰而去。

那官马虽非神骏，可也远胜于寻常农户所养的粗笨牲口，经一番长涉，已驮着二人抵达丫髻山脚。

来到凤落滩村口，庄稼田里忽又传出一阵马嘶。冯慎仅是一怔，蓦地记起鲁班头那匹黄骠还拴在地头。他唯恐马叫声惹人耳目，忙将黄骠与那官马双双卸了缰辔。黄骠似通人意，冯慎在它臀上一拍，它便四蹄一扬，同着那官马远远驰开。

二人过河后，又在山下小径上仔细查探。发现并无大队人马迁移的痕迹，冯慎松了口气："看这样子，寺中恶徒尚未离开，得先找处地方藏了，以待援手。"

伍连德朝四周望了望："可这里很是空旷，咱们躲哪里呢？要么去村中暂避？"

"村中虽说隐蔽，却无法及时察觉这里的动静……"冯慎突然喜道，"有了！去那木桥下面的桩洞里躲着！"

伍连德犹豫道："行是行，就怕那水流太急……"

冯慎道："伍兄放心，咱们不是去下河心。白日过桥时我曾留意到，那桥为了加固，涵桩处都堆砌着大青石条，加上岸边苇丛浓密，足以用来掩身。"

见冯慎虑设周密，伍连德便不复言。二人方摸至桥下，岸上忽传马蹄笃速。冯伍探头回望，只见一人一骏由远而近。

冯慎目之所及，已将来人辨清。"是鲁大哥！"

"救兵终于到了！"伍连德心中方宽，遽尔又紧。"冯先生，怎么……怎么只有鲁班头一人赶来？"

"我也不知，问问再说！"冯慎起身，朝鲁班头迎去。"大哥，我们在这儿。"

三人相见，自有一番悲喜。看冯伍无恙，鲁班头原本紧绷的颜面这才舒展开来。"你俩儿没事就好！"

"大哥"，冯慎问道，"是没借到兵吗？"

"借是借到了"，鲁班头道，"不过是从三河调来的。当时我从村里逃出后，便转去了三河县衙。去京城来回太耗费工夫，我怕赶不及。那知县与我相熟，一听有紧急公事，立马点了捕快供我驱使。我先让讯差持腰牌入京给肃王报信，这才领着人手向平谷急奔。"

伍连德奇道："怎么没看见其他人呢？"

"嘿嘿"，鲁班头挠头道，"我本以为你俩儿已经被那伙衙役给抓了，所以一进平谷县，就直接去把他们衙门给端了。在县衙没找到你们，于是我便让三河的捕快留守，自个儿骑了逾云来凤落滩瞧瞧，不想还真撞上了……"

冯慎道："其实大哥所料无差，我们确曾被衙役抓走，后又逃了出来。"

"啊？"鲁班头不禁指了指伍连德，"老弟你脱身应该不难，可这老伍笨手笨脚的，没少拖累你吧？"

"大哥恰好说反了，"冯慎笑道，"我们能全身而退，全仰仗了伍兄的胆智。"

鲁班头连呼不信："老伍还能有这本事？可真瞧不出来……"

伍连德也谦道："是冯先生夸我太过了。"

"我可没有半点虚言，"冯慎道，"不过这里不是说话处，大哥，你也随我们去桥下躲着吧。"

鲁班头怔道："去桥下躲谁？"

"自然是寺中恶徒，"冯慎道，"我们得知歹人有弃逃之意，便特地伏在此处留心他们动向。"

"那也不必躲着藏着的啊"，鲁班头一撸袖口，"他们要敢下山来，咱们就干他娘的！白天跟他们那伙贼秃才斗了一阵，还没分出输赢来呢！"

冯慎道："那些忍者皆非易与之辈，不可凭借一时意气用事。为图大局，大哥还是耐心权宜吧。"

"不错，"伍连德也道，"既然寺中藏着东洋人，想必也配备有枪械。仅凭着刀剑拳脚与其蛮拼，难免要吃亏。"

"那行吧，"鲁班头道，"反正已派人知会了肃王，等京城的官军赶来，老子再痛快地杀他一场！"

三人如法将逾云驱开，复又下岸伏好。

眼见着月亮偏了又偏，山道上始终悄无声响。夜露渐浓，秋蛉愈噪，鲁班头在苇丛里挪了挪窝，哈欠连连。

冯慎见他疲惫，道："大哥若是乏了，就睡一忽吧，这里有我盯着。"

"确有些扛不住了，那我眯眯眼。老伍，把你那皮箱借我枕枕。"

鲁班头说完，径自拖箱仰下。可能是真累了，后脑勺刚靠上皮箱，呼噜便打得此起彼伏。

伍连德原本也有些迷糊，可被呼声一搅，倦意顿时全无。

二人又候了一阵，伍连德忍不住问道："冯先生，怎么这么久了还是不见动静？"

冯慎才待开口，忽觉身后有些异样。他忙俯下身去，将耳朵贴至地面。"像是来了不少人！"

"是从村子方向来的？"伍连德精神一振，赶紧把鲁班头摇醒。"别睡了，这下咱们的救兵真到了！"

"啊？"鲁班头抹着睡眼爬起，果见几排火把朝桥边靠近。

二人正欲现身相迎，却被冯慎猛然压住。"别出声！那不似本朝官军的服色！"

冯慎所料不错，这行人实为日本在华的驻屯军。等来人离得近了，伍鲁也瞧出了古怪。

225

那伙人头戴红围短檐帽，周身着茶褐军装，两侧肩章竖缀，不少人胁下还配着把弯细的腰刀，不过却是柄后鞘前，与中土的持法大不相同。

来人似乎对此处道路十分熟稔，行至桥头，队伍忽变呈一列，分为前后渡河。

三人匿在桥下苇荡中动也不动，六只眼睛却不停朝桥上打量。正默默瞧着，突然一个身影映入眼帘。那人脑后垂一条粗油大辫，在人行中格外惹眼。

冯慎心下一凛，暗道：“那不是川岛浪速嘛！？”

只见川岛浪速骑在马上，与两个军官模样的并辔而行。身后护卫之属脚步虽密，却皆是秩序井然。

等他们过桥上山后，鲁班头不由得低声赞叹：“好家伙，这帮硬点子什么来头？行军渡河跄跄济济的没半点拖泥带水，怕是不好对付啊。”

冯慎道：“他们应该是日本兵士，当中一人我还认得，名叫川岛浪速。”

鲁班头道：“是不是那个跟肃王走得挺近的东洋人？”

“正是，”冯慎点头道，“不知大哥留意没，刚才那骑马蓄辫者就是他。”

鲁班头一拍脑门儿，“我就说哪里瞅着怪别扭呢！”

伍连德道：“想不到除了忍者，他们日本人竟连军队都派来了。”

“是啊，”冯慎忧道，“但凡异国军队介入，必是邦交大事……然除恶务尽，若他们官方真的与粘杆恶徒为伍，咱堂堂中华，也决不能让番邦小域欺负到头上来！”

“说得好！”鲁班头道，“朝廷这几年没少受那洋气，再一味忍让，那帮孙子就要骑咱脖子上屙屎了！”

“诚然，”冯慎道，“洋人作威作福也便罢了，鸩害百姓却是罪无可恕。不过此事牵涉非小，咱们等肃王来后再定区处。”

“肃王爷赤胆侠肝，定不能轻饶了他们！”鲁班头一攥腰刀，“到时候他老人家一声令下，老子第一个上去冲砍！哼哼，这口刀，还没尝过洋血的滋味呢！”

冯慎叹道：“肃王对那川岛素来赏识，但愿经此一役，能让王爷看透他的真实嘴脸吧……”

三人在桥下商酌候援，川岛一行却慢慢向山顶摩崖寺靠近。离山门尚有一程，寺外暗哨已然警觉。两名扮成哑罗汉的忍者方欲出袭，突然认出了来人。“川岛大人？末次大人也来了！？”

“你们辛苦了，”川岛点点头，又指着一名军官道，“这位是驻屯军中的菅原少佐，亲率其麾下步兵卫队来护送你们转移。”

两名忍者双膝一并，弯腰深躬道：“多谢少佐阁下！”

菅原上身微倾，算是还礼。“都做好离开的准备了吗？”

忍者道："其他人都已筹划完毕，只是坂本博士他……"

川岛一惊，"坂本君怎么了？"

忍者回道："坂本博士说实验已到了最后的关口，只差一步便可研制出最完美的病毒，所以直到现在他还在研究室中，没有要离开的打算。"

"都什么时候了，坂本君还不分轻重缓急！"川岛冲末次、菅原道："一起去寺里看看！"

待入得寺中，弘智也率着黄衣僧众迎将出来。一行东洋人里，仅川岛与末次懂得汉话，菅原等日本兵索性对其迎奉不予理睬。

弘智在人群里望了望，问川岛道："川岛大人，怎么不见我们统领和两位魔使？"

川岛道："他们本是与我们同来，半途中曾三爷说放心不下，便与那两名手下转道平谷县衙了。为坂本博士的安全起见，我们也无暇等他，就直接赶到这里接应。"

弘智忙道："是当如此，是当如此……"

川岛又问道："冯慎等人已经抓住了吧？"

"川岛大人放心"，弘智道，"我们当时没在寺中动手，是因知道山下自有兄弟会对付。现在这时候，那姓冯的怕早已'上路'了。我们统领转去县衙，想必也是为了善后。"

川岛"嗯"了一声，刚欲举步，弘智又急忙追了上去。"川岛大人、川岛大人！"

"怎么？"川岛皱眉停脚。

"嘿嘿"，弘智诡道，"川岛大人，你看眼下我们统领不在，一会儿你们转移时，是不是也护着我们这些兄弟们平安离开？"

川岛还未答话，那菅原少佐便怒气冲冲地将弘智猛的推开。"你这支那猪废话什么！？"

弘智踉跄几下，差点被其推倒，虽听不懂菅原说什么，但瞧他满脸凶相，料定也不是什么好话。

见弘智受辱，众黄衣僧一阵哗然。菅原大手一招，日本兵立即齐齐拉动枪栓。

"慢！"川岛拦道，"菅原少佐，这伙支那人蠢笨的很，操纵起来却十分便宜。现在事态紧急，没必要跟他们置气。"

"那川岛君看着办吧。"菅原听罢点了点头，将手掌向下一压，众日本兵这才把枪口上竖。

川岛换上笑脸，以汉话对僧众道："方才是场误会，我已向少佐解释清楚了，少佐也表示说：咱们都是自家兄弟，岂有不带你们之理？"

僧众听了，当即坦然欢呼。川岛又走到弘智身边，假意关切道："这位兄弟无碍吧？"

"好说好说，"弘智讪笑道，"咱身上多少有点功夫，受个一推一攘的，也不打紧。"

"那便好，"川岛道，"我们要见坂本博士，兄弟引下路吧。"

弘智点头哈腰，"几位大人这边请。"

川岛让日本兵与黄衣僧留在了殿前，只带了末次、菅原随弘智前往塔院。几名忍者差命所在，也寸步不离川岛左右。

浮屠塔内，那老僧已不知被另囚何处。川岛等人方一入塔，便命忍者唤坂本出来。

那忍者走到梯承边，将老僧盘坐用的大蒲团揭开后，地面上露出个圆径数尺的铁盖。铁盖拉起，洞口出现一排向下的斜阶。那忍者伏下身去，朝地洞中大喊道："坂本博士、坂本博士……"

喊了没几下，地下突然传来一声愠恚的回应："该死！我不是说过吗？别来打扰我！"

那忍者不知所措，只得抬头看着川岛。

川岛干咳一声，道："你就说我与菅原少佐来了。"

忍者依言转述，岂料地下的声音愈加怒不可遏："谁来也不行！出去！全都给我出去！"

菅原恼道："这坂本是越发不像话了！下去几个人，把他给我拖上来！"

几名忍者望向川岛，"这……"

"也唯有如此了"，川岛示意道，"尽量别动粗，不要伤到坂本博士。"

诸忍者齐应，顺斜阶鱼贯跃入地下，没多一会儿，便架着骂骂咧咧的坂本返了回来。

那坂本头发杂乱，眼白中布满血丝，显然是经宿未眠。川岛与末次知他为研究殚精竭虑，忙上前寒暄问候。

"川岛君、末次君"，坂本摆手道，"为了天皇和帝国，我甘愿奉献出一切。你们若懂我的心意，那就请不要来干涉！"

见坂本正眼也不瞧自己，菅原不由得来气。"坂本哲也，这不是你恣意妄为的时候！我现以少佐的身份，命令你马上停止实验！"

"命令我？"坂本冷笑道，"我现任军医所一等司药正，要以军衔来论，还要比你这步兵少佐高出两级吧？"

菅原怒道："你们这类相当官，怎能与我们作战部队相提并论？"

"当然不能相提并论！"坂本傲然道，"若我最终的研究成果投入到战争中，起码能抵得上一个师团的杀伤力！告诉你，我早就拟出了'生化作战'的提案设想，并已托大岛司令转呈至陆军省，倘使参谋本部决议通过，帝国马上就会拥有第一支细菌部队了！"

菅原还欲争执，川岛与末次已分别将二人隔开。"好了好了，都一样是为天皇效力，何争什么彼此？"

"川岛君，你说的都对。"坂本平复下心情，低头看了眼腕表。"可我的实验正进行到关键处，胜败在此一举啊，这样吧，再给我一个小时，要逾期还不能成，我便不再坚持！"

"那好吧"，川岛与末次相视一望，叹了口气。"坂本博士，我们的时间所剩无几，一小时后无论成败与否，你都要随我们离开！"

坂本将头用力一点，"一定！"

说完，坂本便扭头返回地下。菅原刚想说什么，川岛却挥了挥手，示意众人退出塔中等待。

风雨欲来，凶吉无兆。寺内诸人坐立不安，山下冯慎等人也同样是心急如焚。眼瞅着东方逐渐泛晓，村径上骤然腾起滚滚烟尘。铁蹄声中，马嘶人沸，小小的凤落滩，登时屯街塞巷。

冯慎精神一振，"终于等来了！"

只见一队队精甲在村头集列，皂纛风扬、悬旌蔽目，阵前大小将官，拱卫着一身戎装的肃亲王。

这种万马千军的阵仗，伍连德难得一遇，兴奋赞叹之余，情不自禁地从桥下爬出，当先朝官兵迎去。

"什么人！？"乍见有人冒冒失失地闯来，众官军齐声呼喝。一阵嘈杂声后，无数火枪、锋镝对准了伍连德。

"莫伤了朋友！"冯慎与鲁班头急呼追出，赶紧护在伍连德身前。

"哈哈，你们原来在这儿！"肃王大喜，"可让本王一番好找啊！来来！快近前说话！"

三人依命，快步朝阵前走去。冯慎抬眼一扫，见同行将校中也多有熟脸。除去乌勒登等几名旗汉协镇，火器营那名蓝翎长亦在其间。

冯慎先向肃王请了安，后冲诸将环揖。马上诸将不少与冯慎交好，纷纷用马鞭轻叩前胸以示答礼。

肃王下马，指着伍连德道："冯慎啊，这是何人？"

冯慎方要引见，伍连德已递出手去。"我叫伍连德，幸会亲王大人。"

肃王稍怔，继而笑着在伍连德手掌上一握。"哈哈，这是西洋礼节。小伙子，瞧你这身打扮，怕是留过洋的吧？"

"王爷好眼力，"鲁班头插口道，"老伍说他在外国当过茶博士！"

伍连德更正道："是医学博士，英国剑桥大学。"

"你这老粗儿"，肃王对鲁班头笑骂道，"人家那博士相当于咱大清国的贡院翰林，你当是茶馆里沏水跑堂的？嗯，眼下朝廷中正需洋派贤良，小伙子，你若有意，待这场风波过后，本王帮你谋份差事！"

见肃王对伍施以青眼，冯鲁也为之高兴。又说了一阵，肃王提及正章："那伙粘杆余孽还在山上？"

"是的，"冯慎道，"不过他们已邀了数十名帮手……"

"哈哈哈，"肃王一指身后，大笑道，"他们帮手再多，还能敌得住这群精锐雄兵？这次本王兴师动众，专以牛刀阔斧，来宰杀那批瘟鸡！放心吧冯慎，他们逃不掉的！"

"卑职所虑倒不是这些"，冯慎道，"王爷，您可知他们的帮手是谁？"

肃王笑意一敛，"是那伙东洋忍者？"

"不止，"冯慎又道，"看服色应是日本兵，并且带队之人为川岛浪速。"

"风外弟！？"肃王惊道，"冯慎你没走眼？"

冯慎道："卑职瞧得真切，定是川岛无疑。"

"王爷，"鲁班头道，"我老鲁是个粗人，不会说什么拐弯抹角的场面话。我就问一句：要那个川岛真在寺中，您老抓是不抓！？"

"抓！"肃王语调不高，但一字一句众人都听得清清楚楚。"若他真与恶贼沆瀣一气、害我子民，本王必会亲手擒他！"

"好！"鲁班头豪气万千，"有您老这句话，我老鲁死也值了！"

肃王点点头，又道："那伙日本兵想来是驻屯军了，他们操练有素，倒是不可小觑……冯慎，这丫髻山山势如何？可有险要？"

冯慎道："上山之路唯有一条，然半山腰有处屏隘，拒截类堑，易守难攻。"

"知道了，"肃王回身喝道，"众将听本王分派：少时攻山，以牌甲刀枪挡护索敌、火器弓矢掠边遥击，健锐营架梯开道，武毅营增补压替。巡捕营马步兵围住山前山后，不得有一只漏网之鱼！"

诸将闻言，各自部署不提。

待秣厉停当，冯慎道："此去胜券在握，王爷且于此处静候捷音。"

"不！"肃王大手一挥，"本王要当阵督师！"

见肃王要亲去，冯鲁不免贴随护卫。念及刀枪无眼，冯慎便打算让伍连德留在山下。

伍连德不肯，执意要随军攻寺。

"好！"肃王赞道，"胆量不错，是我辈中人。去吧，年青人多见见大风大浪也是好的！"

大军一经开拔，山道上人行马啸，顿时挤满了黑压压的人头。此时寺中群恶正提心等待，早觉草木成兵，山下如此动静，岂有不察之理？

川岛等出寺一望，心中凉了半截。"我们已经被清军包围了。"

"啊？"弘智这惊也不小，"怎么……怎么会成这样？"

"别慌！"川岛强定住心神，问弘智道："可有别的途径下山？"

弘智股栗道："就……就那一条路……从别的地方下去，除非生了翅膀……"

川岛看了看腕表，吩咐忍者道："去把现在的状况如实告诉坂本，没时间等他了！"

230

诸忍急急去后，菅原道："川岛君，我的手下们已做好了战斗准备。支那军虽然人多，但咱们守住险要，也起码能坚持半天。拖的时间一久，本部便会猜到咱们出了事，自然会派来援军接应！"

川岛摇了摇头，"别说是敌众我寡，就算是旗鼓相当，都不可与他们开战。"

"川岛君！"菅原不悦道，"你这样说，是长支那人志气，灭自己的威风！在死亡面前，我们帝国军人绝不退缩！"

"我川岛孤身事敌，难道是怕死的？"川岛愠道，"东北的战事刚停，虽然我们胜了俄国人，可也是元气大损。清国是块肥肉，哪个不想来啃上一口？若衅自我开，俄国人必会趁虚反扑，到那时，旅顺、朝鲜等地的驻兵权还保不保得住？那可是牺牲了帝国九万条英魂换来的，菅原少佐不会不清楚吧？"

菅原面有疚色，"那……那怎么办？难不成要束手就擒吗……"

川岛道："清国历来惧外，对咱们应该还有所忌惮，先瞧瞧情况再说吧……末次君，拿望远镜来！"

末次递过望远镜，川岛忙接来远眺。值时晨光大亮，山下面孔依稀可见。然每看一眼，川岛的面色便沉上一分。"领兵的竟是肃亲王？冯慎也在旁边！"

弘智急问道："川岛大人……我们统领被抓了吗？"

川岛又辨认一阵，"没有，曾三并不在其中。"

弘智刚想说些什么，坂本已在忍者的簇拥下赶了过来。坂本使了个眼色，诸忍便各自在黄衣僧身后站定。

川岛上前道："坂本君，非是我不守约定……"

"我已知道了"，坂本摆了摆手，"川岛君、末次君、菅原少佐，都怪我固执自用，才累得你们身陷重围。"

菅原哼道："事到临头，说这些还有什么用？"

"我会做出一个交代"，坂本说完，从身上掏出几页纸张。"末次君，这是从我笔记上撕下的核心部分，请你记牢后毁掉，然后把所载内容转述给军医所。"

"好"，末次知这几页纸的重要，当下接来熟记硬背。这末次全名唤作末次政太郎，有过目不忘之能，现混迹驻屯军中，专为日军特务部收集清国情报。其人之后于北京东城栖凤楼七号成立所谓的"研究所"，共搜罗整理资料字数两亿有余，这便是情报史上著名的"末次资料"。

趁末次速记，坂本又向川岛、菅原密嘱。川岛越听，越觉他像是在交代后事。"坂本君，你究竟怎生打算？"

坂本淡然笑笑，忽以日语喝道："动手！"

话音甫落，忍者突然暴起，一干黄衣僧众还没明白过什么事来，便呼啦倒下一片。

弘智身中数刀，一时还没断气。"你们……你们怎么？"

坂本森然一笑，挤出了几个生硬的汉话："狡兔死，走狗烹。你们的血……大大的有用！"

弘智怒骂道："肏……肏你们小鬼子的姥姥……"

一名忍者短刀挥过，弘智一颗光脑袋便脱离了身子，骨碌骨碌滚在地上。

事起突兀，川岛等人无不耸然动容。"坂本君，就算杀了这伙人……也于事无补啊！"

坂本朝诸忍回望一眼，"过来之前，我们便已经决定了。川岛君，只有我和寺中忍者全部玉碎，才能保障你们的平安！"

"不可！"川岛已然猜到了坂本的用意，"坂本博士，你是帝国的精英！无论如何，我也不会让你担这样的风险！"

"川岛君！"坂本高声道，"像我这样的细菌学专家，帝国之后还可以培养出许多！可能卧底清廷而又备受器重的，近二十年来却唯你一人！川岛君，想让华夏分崩离析，最快的方法便是把内部的梁柱蛀空瓦解，当下你不该顾及我等安危，而应权衡下大局利弊。难道你想让天皇陛下的雄图霸业付之东流吗！？"

川岛怔道："可是……可是……"

"不要犹豫了！"坂本冲诸忍道，"勇士们，表明我们的心迹！"

众忍齐喝道："为了天皇陛下，为了帝国，我等甘愿赴死！"

菅原与坂本虽小有龃龉，然看到他们视死如归，心中也感敬不已。他上前几步，朝坂本等人深鞠一躬。"你们都是帝国的英雄，请允许我代表军部向你们致敬！"

"且慢！"正在记诵的末次突然道，"现在还没到山穷水尽的时候，特别是坂本博士，更不需如此悲观。"

众人心头一动。"末次君，不妨说得明白些！"

末次道："忍者为扮僧侣剃了光头，可坂本博士尚有一头短发。"

"没错！"川岛向随行的驻屯军一扫，喜道："让一名士兵与坂本君调换了衣服，清军定分辨不出来！"

"不妥"，坂本摇了摇头，眼睛倏地一亮："要么咱全员都用刀剃光了头发？"

川岛摆手道："那样更会引得清军犯疑，所有人都会搭进去。"

"确实！坂本君，别再耽搁了！"菅原对手下道，"都有了！家中独子的原地不动，有兄弟的出列！"

话刚说完，队伍中跨出四五名士兵。

菅原又道："有妻室者再上前一步！"

又有两名士兵闪出。

"很好"，菅原打量着二人道："你俩都有子嗣了吗？"

左首那人道："报告少佐，我与未婚妻尚未圆房，便随军开赴了支那。"

菅原朝右一瞥，"那你呢？"

那人回道："有个两岁的儿子。"

菅原拍拍那人肩头，长叹道："长谷川君，回国后我定会联系上你的家人。从今而后，你的儿子便如我菅原己出！"

"多谢少佐！"长谷川解着领扣，毅然朝坂本走去。"坂本博士，请速与我换衣！"

"不"，坂本后退几步，"这不行！"

长谷川道："坂本博士，你比我一个小小的军曹有用得多，我若有不测，替我向帝国尽忠！"

川岛也劝道："坂本君，这不是辞让的时候。先解了这燃眉之急，我再向清军力争移交事宜，他们未必有性命之忧！"

坂本双膝跪倒，以头杵地。"长谷川君的高义，坂本永生铭记！"

二人易服后，末次也将那几页笔记熟背于心。待焚化了纸张，川岛又问道："对了，研究室内还有活口吗？剩下的药剂又是如何处理？"

坂本道："放心，离开的时候，我已毁去了所有的实验药剂，那些'马路大'也被悉数注入了病毒。眼下他们都陷入高度昏迷状态，绝对熬不到今日下午！"

"好！"川岛下令道，"将士们，朝地上死尸胡乱开上几枪，做成咱们剿匪的假象！"

日本兵在尸身前围成个大圈，噼里啪啦地放了阵枪。

此时清军已登至寺外券门牌坊下，乍闻枪响，皆以为是暴徒反击。

众军陡滞，变前阵为守势。冯鲁二人也急急挡在肃王身前，生恐冷箭来袭。

"本王没事！"肃王喝道，"快派人护住伍连德，别让他有个闪失！"

肃王声音本就嘹亮，于人众前恐传达不清，更是提高了嗓门。话甫出口，便顺风传入寺内。

"来的好快！"

诸倭吃了一惊，才知清军已近在咫尺。

站在队列中的坂本打个激灵儿，拉住川岛问道："伍……什么？刚才寺外在叫伍什么？"

"我也没听真切"，川岛道，"好像是让护着个叫伍什么德的……"

"伍连德？"坂本身子一颤，忙躲在庙门边朝外看去。

"快回去站好！"川岛低喝一声，急将坂本拉还。"清军疑心有埋伏，这才按兵未动。他们随时都可能攻进来！"

"天意啊天意……"坂本如离魂一般，边脱着身上军装，边朝那长谷川走去。"我们再换回来吧。"

"你疯了！？"菅原攥住坂本衣领，想将他揉回队中。

坂本摆脱菅原，拼命抢过自己的白大褂。"没用了……一切都没用了……"

川岛与末次也急道："坂本君，我们不已商量好了吗？你为何突然这样？"

"世事难料啊"，坂本苦笑道，"寺外一人，竟是我留学时的同窗老友……咱们这场戏，焉能瞒得过他？"

"什么？"群倭目瞪口呆，一时无措。

坂本换好自身衣裤，怔怔吟道："绝海行军归国日，铁衣袖里裹芳芽。风流千古余清操，几岁闲看异域花……这一首《归舟》，是战国时伊达政宗大人征朝失利后所作，诗中悒怏抱憾之情，坂本今日方能彻底体会啊……此后，愿诸君匡弼天皇陛下，助我帝国开边扩土，再无鸣梁之耻！"

"坂本君……"诸倭齐齐行礼，胸生激荡，目欲泫然。

"哦对了，那伍连德听得懂日语，他们入寺后，诸君言辞上多加小心！"坂本说完，缓缓走入众忍之中。

外头清军自恃势众，一时倒也不急着攻寺。等了一阵，见寺内还无动静，这才派兵高声喊话。

川岛拭干了眼角，迈步出了庙门。见清军剑拔弩张，他故作讶异。"哎呀！王爷怎么来了？"

肃王一脸阴沉，"你能来，本王难道就不能来吗？"

"王爷乃千金之躯，岂可亲临险地？"川岛边说边上前，"这里自有我等料理……"

"站住！"鲁班头喝道，"你这厮勾连粘杆余孽，还有脸来见王爷？"

"这位英雄怎还信口开河？"川岛拉脸道，"我等接到密报，当即抽调人马前来剿匪。"

鲁班头道："这是我大清地界，有匪我们不会自己来剿？你们东洋人乱掺和什么？"

川岛道："之前有传闻说，那伙粘杆恶党勾结了东洋忍者。为此事，王爷曾托我调查。现如今查到了线索，我们岂可坐视不理？英雄若还不信，不妨问问肃王爷。"

"倒是有这档子事，"肃王面色稍缓，"风外贤弟，这么说你们驻屯军是来擒拿匪人的？"

"正是，"川岛拱手道，"托王爷洪威，寺中恶徒已悉数被我等控制！"

冯慎与鲁班头相视一望，皆猜不透川岛葫芦里要卖什么药。

"你们下手倒快！"肃王盯着川岛，"口说无凭，本王要亲眼见了才算数！"

"那是自然，"川岛向道旁一让，"王爷请！"

待入寺后，菅原等也假模假样的过来参见。那末次本欲上前，突见冯慎面貌，心中一阵惶恐。"怎会是他？"

原来，那日与曾三茶楼密会的东洋人，正是这末次政太郎。他怕冯慎认出，忙拉低了帽檐。好在寺中正乱，加上末次又是一身军装，吵吵嚷嚷的，冯慎也没去仔细端量。

殿前尸横遍处，血污狼藉，一干驻屯军持着长枪，将坂本与众忍另押一旁。

肃王指着地上死僧，皱眉道："这些是什么人？"

川岛忙道："此便是那粘杆余孽，他们穷凶极恶，宁死不降，故而被我们全部击毙。"

肃王又一指，"那他呢？"

"说来惭愧"，川岛叹道，"这些亦是恶人同党，并且……确是我们东洋人。"

听川岛招认，肃王等皆有些出乎意料。冯慎冷笑道："这么讲来，川岛先生是在大义灭亲了？"

"冯巡检此言差矣"，川岛摆手道，"他们实则私渡来华的闲散浪人，受曾三所雇成为帮凶，与我们并非一路，怎可冠个'亲'字？"

然死的皆是粘杆恶徒，东洋忍者却毫发无伤，就连鲁班头，也瞧出了其中蹊跷。"哼！还敢说不亲？这边他娘的没一个挂彩，那头倒是一个活口也没留！"

"这个嘛……"川岛道，"是因这伙浪人见我们同是东洋人，故而放弃了抵抗……"

听这话有些不尽不实，肃王对川岛戒备又生。"去审审那伙浪人或知一二，只可惜此番没带通译。"

冯慎心中一动，"王爷，咱这里通译可是现成。伍兄！伍兄！"

连叫几声，都无人应答。冯慎扭头一看，见伍连德正盯着众忍中一名穿白褂的出神。

那穿白褂的低头跪着，乱发遮住了前额。可伍连德越瞧，身子便颤抖得越厉害。

"伍兄，你怎么了？"冯慎走上前，接过他手中皮箱。

伍连德似乎没听见，突然冲到众忍中，将那穿白褂的一把拉起。

"哲也……真的是你！？"

坂本哲也嘴角咧了一咧，"星联，好久不见……"

第十九章　代马依风

见伍连德与坂本抱在一处，除去众倭，余人自是难猜就里。

"伍兄"，冯慎望一眼坂本，"你认得这人？"

伍连德紧紧拉住坂本的手，已是哽咽难言："冯先生……他……他便是我那朝思暮念的挚友啊！冯先生、亲王殿下，别的事能不能缓上一缓，容我二人寒暄片刻啊？"

看伍连德目带祈求，肃王也不忍心拂其意。"去吧！"

伍连德大喜过望，要过皮箱，拉着坂本到台阶上坐定。众人见他俩重逢情切，也都不去打扰。趁这工夫，冯慎将所经前事，一并诉于肃王。

"哲也，没想到能在这里见到你。"伍连德摘下眼镜擦了擦，打开了皮箱。"这次从英国回来，我便有去日本寻你的打算，你瞧，礼物我都备好了！"

"是吗？"坂本微微一笑，"倒省得你空跑一趟了。星联，你给我带了什么？"

伍连德取出一只烟盒，"记得留学的时候，你最嗜烟草。这次途经南洋，我特地选了吕宋产的淡巴菰。哲也，你快尝尝吧！"

望着盒中皱巴巴的几根烟草，坂本鼻头一酸。"星联……我已经戒了……"

"戒了好……戒了好……"伍连德喃喃几句，突然又在箱中掏出根黄里透红的竹管。"哦！哲也，你送我的那支尺八我也随身带着！"

坂本接过那尺八，轻抚了几遍。"能吹曲子了吗？"

"我又不是你，哪里会吹？"伍连德笑笑，又道，"只不过这是你赠我的，我一直日夜不离……还有那本笔记簿，我也有在用。虽然快写满了，但我也不舍得丢弃，粘上些纸条便签，还能再录不少资料呢。就是贴得七零八落，有些像打了补丁……"

坂本将脸埋在双膝间，肩头不住耸动。

伍连德又取出那册子，"哲也你瞧，好好一个簿子让我给补成这副模样……你瞧……你瞧丑是不丑……"

"我不瞧！"坂本突然站起，哭着吼道，"伍连德你是瞎子吗！？如今你我已然冰炭不容！谁跟你来套交情？谁跟你来论旧谊！？"

见坂本遽然歇斯底里，肃王等还当他要对伍连德不利。冯慎与鲁班头刚要赶来制止，伍连德却摆手示意无事。

"唉……"伍连德长息一声，道，"哲也，其实从再见你的那刻起，我便知道有些事……已如覆水难收了……可现在，我不想考虑别的，只想趁这片刻的重聚，来与你一道别后衷肠……"

坂本摇头道："星联，你还是那么幼稚……时过境迁之后，没有什么是一成不变的。大势如此，非你我能够左右。过去的事，我不想再提了……隔了这么久，也差不多都忘干净了……"

"那好，不提旧事了！"伍连德红着眼眶道，"研制虎烈拉的，是哲也你吧？"

"不错"，坂本道，"若不是你们闯来，我说不定已培养出最完美的病毒了！星联你知道吗？仅是用粗制的病毒，便可使那些马路大纷纷毙命，若是变异到终极形态，那威力

236

该有多么惊人啊！"

"马路大？"看坂本如痴如迷的样子，伍连德倒吸一口凉气。"你竟拿活人做实验！？哲也你变了，变得又残忍又冷酷……变得我都不敢认你了！想想那些被你害死的无辜百姓，你的良心哪里去了！？我们在英国留洋，学的是救死扶伤，不是杀人害命！"

坂本冷冷道："我比你更了解支那！他们的朝廷横征暴敛、剥夺无度，逼得平民照样没有活路！他们在苛政下是个死，被我用来做实验也是个死，反正是迟早的事，还不如让他们'死得其所'！"

伍连德绝望道："哲也，你真的已经无可救药了……"

坂本打断道："你有你的道义，我有我的立场。咱们的口舌之争，就到此为止吧！"

"不错，多说也无益！"伍连德痛心疾首，"道不同不相为谋，这支尺八原物奉还，从今往后，你我恩断义绝！"

"恩断……义绝？"坂本身子微微一颤，喃喃自念道，"也好……也唯有这样了……"

伍连德愣了一会，又道："坂本君，你若还稍稍念及些旧情，请告诉我剩下的村民在哪里，这寺中应该还有些幸存者吧？"

坂本叹道："有是有，不过他们的一只脚，已踏进了鬼门关了。"

伍连德急问道："你什么意思？"

坂本幽幽地回道："在逃离实验室前，你那个'残忍'、'冷酷'的旧友，给他们感染了虎烈拉……"

伍连德大惊，"你……你好狠的心！"

坂本道："赶尽杀绝非我本意，可为了大计，不得不斩草除根！"

伍连德面上抽搐了几下，冲着坂本深鞠躬。"阁下要还残存着一丁点儿人性，就请告诉我那些村民因在何处，若蒙相告，伍连德感激不尽！"

听他改用了敬语，坂本惨然笑了笑。"好吧，我告诉你便是……我有言在先，眼睁睁看着他们死去却无能为力的滋味，恐怕不大好受。"

伍连德抱紧皮箱，"尽人事，听天命。我之后如何，不劳阁下挂怀！"

"难不成……你还想医好他们？"坂本怔了一怔，继而狂笑道，"哈哈……星联，真不是我小瞧你……哈哈哈哈……那伙马路大最多也只有三四个小时的性命了，这么短的时间内，你能培育出疫苗来对抗我坂本哲也研制的病毒？哈哈哈哈……他们就在塔院那边，你试试吧，尽情地去试试吧！"

伍连德道："阁下在细菌学方面的天赋，我在英国时便已领会过了。伍连德不敢与阁下争先，但照本宣科、借风使船的把戏，倒也是会的！"

坂本笑得更厉害了，"想分析我的解毒剂吗？哈哈哈，你认为我会留下药液来等你们参照研究？"

伍连德道："你那疫苗的取样我早就拿到了，并且也初步做出了成剂。"

"不可能！"坂本满脸的不可思议，"你怎会有我疫苗的取样？你从哪里找到的？"

"我说过，之后的事，就不劳阁下挂怀了！"伍连德说完，当即把囚困村民之所告诉了肃王和冯慎等人。

鲁班头奇道："塔院除去那浮屠塔，并没有藏人的地方啊。塔里面我跟冯老弟也寻过，没见着什么。"

记起那相轮与塔层数目不符，冯慎眉额猛然一蹙。"歹徒诡计百出，许是咱们哪里漏查了。"

"有这可能"，肃王点头道，"你们多带些人手过去，将那塔院彻底搜上一搜！"

"王爷"，川岛上前道，"我们也去协助……"

"不！"肃王果断回道，"你们驻屯军杀贼辛苦，风外弟就跟本王留在这里听消息吧。诸将听令，尔等守好了寺内大小出口！没有本王的允准，一只老鼠都不能放出去！"

听出肃王话中带着防范之意，川岛也不再强求，任冯慎等人点好兵丁，转朝塔院去了。

待进得浮屠塔，地面上的暗道口豁然映入众人眼帘。冯慎与鲁班头对视一眼，心下已然明了。

原来这地藏浮屠确是有七层，粘杆余孽为了掩人耳目，用砖堆土垒之法埋盖，而后在外面砌了石台，把第二层硬生生充装成首层模样。至于那地道入口，则置了个大蒲团予以遮挡，那会儿老僧正坐于其上，故而冯鲁未能察觉。

一名兵丁奋勇当先，顺入口跃进地道内，没出多久，便在下面喊道："底下好多乡民！"

"别碰任何东西，我立刻下来！"伍连德说完，急急沿阶而下，几名兵丁也与冯鲁二人随后跟入。

冯慎见这浮屠塔算不上宽阔，还道地底必然拥窄，可一到下面，方知与自己所料大相径庭。底下为原塔首层不假，然恶徒们早把四壁扩挖，并立以桩柱支撑，筑成个厅堂式样。

地厅中几盏气灯尚未熄灭，隐约将里面的情况照出个大概。东侧设着数张条台，台上零七碎八地散着些器皿瓶罐；西首一排栅子围笼，十来个人躺在其中不知死活。

十来人中，男女老少皆有，那名老僧亦在其间。兵丁砸开牢笼后，伍连德径直奔入，翻翻这个眼睑，探探那个鼻息。

"怎么样老伍？"鲁班头急切问道，"还有的救吧？"

"现在还难说，我尽力而为！"伍连德从皮箱中取出几支针管，配以药剂依次给诸患注下。余人搭不上手，唯有在一旁默默暗祝。

冯慎在地厅内来回踱了几步，幡然醒觉。"不对！"

鲁班头问道："怎么了老弟？"

冯慎道："那凤落滩村户逾百，可这里仅有十数人，剩下的乡民去哪里了？"

鲁班头怅然道："说不定都让恶徒给害了……"

"那也应该见到尸首"，冯慎道，"这寺地处高险，歹人断不会大费周折下山去抛尸。这样吧大哥，让伍兄留在这里医治，我们带人再去别处搜寻一下！"

出得塔院，兵丁便于各殿各堂内大肆翻找。此一番不比先前，一来是人手众多，二来是不再顾及，索觅起来大加便宜。然行伍中人急暴粗莽，东罗西闯的，难免将庙内物什砸毁不少，冯慎寻人心切，也没过多制止。

正搜着，不远处忽听得"哗啦"一声，紧接着人声嘈杂、众口哗然。

冯鲁转头一瞧，出事的正是那不佛殿。二人刚赶至殿前滴水檐下，几个兵丁叫嚷着出来。"冯巡检，你快去看看吧，里头可不大对劲儿！"

鲁班头心中一颤，冯慎却已快步入殿，没奈何，只得硬着头皮跟上。

殿内散着一股怪味，闻起来好似腐肉混杂着药气。鲁班头皱皱眉头，暗道："这不佛殿果真蹊跷之极，昨个儿香烟呛鼻，今日竟变得臭气熏天。"

再抬眼看去，地上歪着一尊泥像。那泥像摔得裂成几截，右膀的碎胎下，居然探出一只筋骨黏连的人手。

冯慎拨开众人，"这怎么回事？"

诸兵七嘴八舌，说是方才无心撞倒了泥像，结果便见了这一幕。

冯慎心中一沉，命人道："快将这尊泥像的表层敲开！"

诸兵依言剥去胎泥，一具烂瘟的腐尸，慢慢露了出来。

尸首一现，满殿惊呼。冯慎一言不发，调头往殿角寻去。众兵丁不知他意欲何为，只是呆呆望着。只见冯慎来到一尊泥像前，举掌用力撼摇。

鲁班头瞧得真切，冯慎所撼的泥像，正是那尊"食水婆利兰"，昨日来探时，自己还被它着实吓了一跳。

愣神间，冯慎已把泥像推倒在地，众人围去一瞧，碎胎中又赫然裹着一具尸首。

鲁班头目瞪口呆，"老弟……这……这……"

冯慎又悔又恨，"大哥，咱们又给弘智的鬼话骗了……昨日这泥像忽动，并非是因泥料干裂，而是这像中之人尚未死透，蓦然挣扎所致啊！"

鲁班头俯脸一瞥，但见那尸首肤色灰里透青，肌体虽已僵硬，可鼻眼却未凹陷，果真是新亡不久。

鲁班头打个寒战，朝四下一顾。"难不成……这殿中所有的泥像里……"

冯慎缓缓地点了点头，切齿道："怕是如此……居然将害死的乡民制成泥像，那伙贼人当真是丧心病狂！当时殿中大量焚香，应是为了遮盖药气腐味，眼下香烛已熄，故而便掩饰不住了。唉……乡民无辜被残害，尸身还惨遭这般作践……弟兄们，快把阖殿的泥像毁去！"

"是！"

兵丁们悲愤填膺，动手敲剥众像，殿中呼喝喧阗，登时泥溅尘扬。一尊尊塑像倒下，一具具尸骸露出。有的窍溢黑血、皮现紫斑，还有的肉烂若糜，面目糊然难辨。更有甚者，早已朽成了骨架，只存一团如糠枯发，胡乱黏附在蜡黄的颅顶。

在场的官兵，不少都亲历过砍杀恶战，眼前的触目惊心，使得他们的脑海中，顿时浮现出昔日那流血漂橹、伏尸遍野的残酷场面。

绕殿粗点了一遍，泥像竟逾百余。众人衔悲茹恨，俱颤抖着双手，清理着面前狼藉。

此时塔底地厅内，幸存民众虽无人醒觉，但呼吸皆趋平稳。唯恐药力不及，伍连德又写张字条，着人火速下山购备所需之物。好在官军采办便利，又加之厅中仪器现成，没到半个时辰，伍连德便配出了疗辅药剂。

伍连德心有挂念，待万无一失后，便让几名兵士守着诸患，自己又急冲冲赶往前殿。

刚出塔院，正遇上抬尸的兵丁，伍连德打了个突，忙去找冯慎等会合。

死尸陆续从不佛殿里运出，没一会儿便将前殿的空地停满。望着这堆垛般的尸骸，肃王眼中似要冒出火来。他胸口剧烈起伏，牙齿咬得咯咯作响。"川岛！你说怎么办！？"

川岛拭了拭额前冷汗，强颜道："惨绝人寰……这伙粘杆余孽当真是该死……"

"该死的现在也没活着！"肃王怒指众忍，"本王问的是他们！"

事情到了这步，川岛也知众忍绝无幸理，可他不甘就此放弃，妄图争得一线转机。"王爷请息怒，这群浪人贪图富贵，这才被那粘杆恶徒蛊惑……似这般不成器的宵小之辈，何须王爷劳神发落？一会儿我将他们押回驻地，该上刑上刑，该拷问拷问，绝不偏袒姑息！"

"哼哼，那倒也不必！"肃王冷笑道，"本王闲着也是闲着，就替你们代劳了吧，省得让你们落个'同族相残'的恶名！"

"王爷……"

川岛还欲说，冯慎打断道："届时将这伙浪人正法，川岛先生若有兴趣，大可一同来监斩。"

川岛恨道："得饶人处且饶人，冯巡检何苦咄咄相逼？"

"真是大言不惭！"冯慎斥道，"他们残害我无辜百姓时，可曾想过一个饶字？可曾念到一个恕字？还有川岛先生说是'相逼'，在下可有些不大明白！究竟是指逼你呢还是逼这伙浪人？这口气，听着倒像是一伙！"

"血口喷人！"川岛已觉失言，恼羞成怒道，"谁与他们是一伙！？我的意思是说，王爷豁略大量，或许能给他们一个改过自新的机会……"

"哈哈哈"，肃王仰天笑罢，目光一寒。"风外贤弟，这番你却猜错了！本王今天，偏要小肚鸡肠！来啊，把这伙浪人统统押回京城，鞫审之后，一律枭首弃市，以告亡灵！"

话音一落，官军便拥上前抓人。众忍拼命挣扎，齐朝着肃王竭声大叫。

"且慢！"肃王瞧着不对，问道，"他们鬼叫什么？"

川岛刚想转译，肃王却把脸扭向伍连德。"你来告诉本王。"

伍连德见问，便道："他们说……就算要死，也不死在支那人手中……"

"他娘的！想痛快点死都没那么便宜，非教这伙恶贼零碎受苦！"鲁班头气极，没口子大骂。其余兵士按剑旁观，面上也皆有怒色。

肃王摆摆手，道："杀人不过头点地，死囚临刑前还得喂顿酒肉呢。这样吧风外弟，本王就卖你个面子！"

川岛还当肃王要通融，心下又惊又喜："王爷之意，是把他们交给我等处治？"

"不错，就交给你了！"肃王道，"这伙浪人不愿受我大清刑罚，那是再好没有！杀他们这般禽兽不如的东西，本王还嫌污了双手！风外贤弟，恰好你们驻屯军在，由你们就地行刑，不也正好满足了他们的心愿吗？"

"就地？"川岛心中一寒，"王爷是说……要我们当场杀人？"

"是啊，"肃王道，"你当本王会让他们竖着出寺？风外贤弟，这是本王最后的让步。将他们正法后，剩下的事，本王便不再追究了！"

"王爷，"冯慎急道，"恶徒还未加审问……"

"不必说了，"肃王道，"本王自有打算。"

其实肃王明白，这伙浪人背后，肯定另有主使。可担心再审下去牵连大众，易酿成邦交剧变。而逼着东洋人自己出手，就算追查盘道起来，也赖不到朝廷头上。只是当着川岛面上，这层念头不便与冯慎明说。

见川岛怔立不动，肃王又催促道："风外贤弟迟迟不决，难道是不忍下手吗？"

川岛把心一横，"王爷有命，不敢不遵，我这便着手安排！"

待走回本队，川岛将肃王之意转述给诸倭。菅原面上一拧，险些当场发作。

"不可鲁莽！"川岛小声喝道，"现在与清军冲突，无疑是以卵击石！"

菅原强忍道："那……那怎么办？"

"我去跟坂本他们谈谈吧……"川岛长叹一声，朝围守众忍的清兵走去。"请几位兄弟暂避一旁，我有话要对这伙浪人说！"

兵丁齐望肃王，见他缓缓地点了点头，这才四下散开。

川岛压低嗓音，哽咽道："坂本博士、诸位兄弟……川岛无能，此番怕是救你们不成了……"

坂本惨然笑笑，"川岛君不必自责，我们本就有殉国的打算了。"

川岛道："诸君舍身取义，川岛定会如实上奏军部，天皇念及你们的忠勇，必会追谥你们为武士！"

"武士"的资格，在东洋可谓殊荣。诸忍脸上露出一丝欣喜，都颤声问道："川岛君，那我等能以……能以'切腹'赴义吗？"

"当然可以"，川岛正色道，"武士们，帝国以你们为傲！"

见诸忍神情怪异，鲁班头捅了捅伍连德。"哎老伍，他们在说什么？瞧着模样不对啊，别是想要花招吧？"

伍连德摇头道："离得太远，我也听不清楚……"

鲁班头还欲问，川岛已沉着脸返了回来。

"王爷，都安排妥了！"

"好，"肃王道，"那就别耽搁了，让他们早死早托生！"

"然而盗亦有道"，川岛央道，"请王爷允准，依照我们东洋的风俗，给他们一个体面的死法！"

"成！"肃王道，"本王只要他们留下脑袋，其他的随便就是！"

听肃王应下，川岛立马派人去购备所需。一队清兵相随下山，明着是帮协，暗里实则监视。

一行人此去用时甚久，直过了两个时辰，这才回寺。见日本人搬着些白绫、素色衣物等，肃王问那押护小校道："他们去哪里置来那怪里怪气的丧服？"

小校道："回王爷，东洋人去镇上招集了裁缝，连说带比画，这才匆匆赶制出来。也不叫丧服，好像叫什么'羽织袴'。"

"死到临头还要摆臭谱！"鲁班头哼道，"王爷，要我说，咱就直接咧咧几刀，省得陪他们瞎折腾！"

"算了，"肃王挥手道，"就由着他们去吧。"

只见日本兵打扫了块空地出来，将白绫裁成几尺见方，在殿前依序铺平。

诸忍洗净了头脸，用白巾绕腹裹紧，又罩上那素色袴衣，这才在绫块上各自跪定。

坂本跪在当先，一头乱发格外突兀。川岛吩咐手下解下随身怀纸、短刀，分别置于诸忍面前。"坂本君、武士们，仓促间备不得祭刀仪扇，权用这胁差尽忠吧。稍后，我等亲自为诸位英雄介错！"

"拜托了！"坂本伏首一拜，朝伍连德遥望一眼。"星联！与君匆聚，不舍良多，你我之谊，来世赓续吧！"

"哲也……"伍连德身子晃了几晃，早已泪眼模糊。张绪当年，往事如烟，昔日里的一幕幕，历历浮现。

"星联，临终前为你再吹奏一曲吧，就当是我的辞世之音了！"坂本说完，从袴衣下取出那根尺八，将吹口搭在唇下。

曲声一起，入耳悲凉。抚孔沉浮间，气韵怆然清远，戚悒幽咽，闻之神伤。

诸忍听了一阵，皆是默然垂泪，情不自禁的，随曲怅怅而歌。

肃王叹口气，问伍连德道："他们唱些什么？怎这般凄惨？"

伍连德哽咽道："这歌……叫作《竹田子守呗》，是旧时流传于京都的一首民谣……因词真意切，在佣女役妇中广为传唱……"

"佣女役妇？"鲁班头不解道，"那他们大老爷们儿的唱个什么劲儿？"

伍连德道："我从坂本那里听说，那种从小便充当忍者的，多半是贫苦小户的孩子。他们的母亲，也往往靠给有钱人家当奶娘为生。许是听母亲唱得多了，自己也跟着学会了……"

"唉"，肃王喟息道，"狐死首丘，代马依风。他们这是想家了……"

伍连德缄然不语，任那如泣的歌声在耳边萦绕：

咿咿稚童，夙夜涕嚷。

守哺劬劳，减我丰颜；

踽踽负褓，执炊菽粮。

采补列肆，兼爨寺坊；

菜蔬烹黍，竹田馔飨。

可祛余殃，久世吉祥；

盂兰盆至，卒岁何长？

矜人凄楚，无添束裳；

颠沛异乡，惟念家邦，

遥祈高堂，万福金康……

曲终歌罢，坂本凝滞了片晌，将手中尺八猛然拗断。"星联，支那人有割袍断义的典故，今日我就折竹诀离吧，永别了！勿念！"

伍连德泣不成声，坂本却不再向他看上一眼。把两截尺八管扔掉后，坂本神色虔诚地抽出短刀，以怀纸小心擦拭。身后诸忍也纷纷褪下袴衣，俱将胸腹袒露。

川岛哀痛如割，低声命道："都做好介错的准备！"

说完，川岛拔出腰刀，走到坂本斜背后立住。其余日本兵也双手执刀，分别去诸忍身侧站定。

坂本与诸忍心无旁骛，各持了素色绫条，将短刀刀刃全神贯注地缠裹。层层包绕到最后，只露出个一寸长短的刃尖。

收拾停当，坂本等倒握刃身，用刀尖抵至自己的小腹之上。

见他们毅然就死，肃王也大为感慨，拍了拍伍连德肩膀，道："那个坂本的本事，跟你也应是一时瑜亮。只可惜他没走正道，唉……这怨他自己，怪不得旁人，别太难过了……"

伍连德痛不欲生，哪里还听得到肃王说些什么？头脑中混沌一片，恨不能捶地恸呼。

川岛含泪轻语："坂本君，武士们……待会儿就用'拟腹'吧，只要你们刃尖一触，我等即刻挥刀抱首……也好使你们不受那剖肠裂腹的苦楚……"

"不必了"，坂本缓缓道，"切腹是至高无上的死法，因怕疼便用'拟腹'，那无异于亵渎！当着支那人的面上，我们要让他们知道什么是武士道！什么是舍身成仁的觉悟！"

"坂本博士说的没错！"，诸忍也庄重点头，"我等愿以碧血化生为红莲，为帝国焚尽前方的一切苦厄！川岛大人，请成全吧！"

"川岛虑事欠周、言语失当，多有冒犯了！"川岛狠狠抹了把脸，将锋利的腰刀高高扬起。"我知道该怎么做了，请诸位英雄宣颂辞世之句！"

坂本神情浩凛，带头朗声念道："神至尊者，天照月读，日夜轮替，共佑大和。吾人为君辞命，甘作光影，视身晞露，缥缈随风。此心观不尽花月，此骨长掩于黄尘，醉醒无二道，忠勇一如初。恭祝天皇陛下武运长久，率我帝国八纮一宇，凯歌早奏……"

诸忍众口同声，跟着坂本颂完后，齐齐倒握短刀，将刃尖对准自己小腹刺下。

刃尖入腹，坂本等皆痛得冷汗长流。只见他们死死咬住牙关，由左至右的横着一划。趁着血未喷涌，又将刃口朝上一挑。

紧接着，皮肉外翻，肠脏流溢。为了不失仪态，坂本等拼命地保持着意识。他们双睛爆血，身躯剧颤，可无一不是两膝紧紧并拢，不肯发出一丝呻吟。

"原来死亡……竟是如此的痛苦……"坂本望一眼堆积在旁的乡民尸首，用尽最后的力气，把短刀勉强摆正。

川岛哀呼一声，挥刀朝坂本后颈斫去。坂本项间溅出几道血柱，身子缓缓地向前俯倒。

"哲也啊！"

伍连德只觉脑中炸起一声霹雳，胸口顿窒，骤然晕厥。余下诸忍也陆续完成了仪式，负责介错的日本兵含泪挥斩，接二连三地把他们头颅砍下。

愁云惨淡，草木凄然。不少清兵也纷纷转头别视，不忍观睹。

川岛高举腰刀，任刀间鲜血在自己脸上滴落。"王爷！这些……这些歹徒已授首伏诛……您老还有什么吩咐？"

肃王不知介错是切腹中的一环，只道川岛等当真单为了处斩恶人。"他们落个死无全尸的下场，着实是咎由自取。风外贤弟，你们驻屯军的所作所为，也算表明了心迹。罢了，就这样吧！"

"谢王爷体谅，"川岛收刀行礼，"那我等去收厝尸首了……"

肃王挥挥手，"去吧。"

待川岛回身分派，众倭便动手包殓诸忍尸身。其时伍连德仍未醒转，冯慎也不顾其他，守在旁边为其捋胸掐穴。

收尸的日本兵面色沉重，轻搬轻抬，生恐磕碰撞击。川岛也慢慢蹲下身，小心翼翼将坂本的尸首扶正。

见诸倭模样，鲁班头再也按捺不住，突然冲到川岛面前，将那坂本的尸身一脚踢倒。

尸身的头颈虽然被斩，但尚有一块皮肉连接。鲁班头这一脚下去，坂本的一颗头颅登时被震离了身躯。

"干什么！？"川岛怒极，手掌直接按在了腰刀上。"你这厮没来由地侮辱尸体，不知道人死为大吗！？"

"他娘的！想比画是吧？"鲁班头唰的抽出刀来，"老子虽不是什么达官显贵，可照样不买你这倭脚鬼子的账！学了俩破词儿还不够你显摆的！还他娘'人死为大'？呸！那得分是谁！就他们这种丧尽天良的畜生，死了也得掘墓鞭尸、锉骨扬灰！"

"你……"川岛等瞋目嚼齿，可当着阖寺清军面上，毕竟心虚理屈。"涉案浪人理当处决，可他们的遗体却不该被凌辱作践！王爷，您来评评这个理……"

肃王还未开口，鲁班头便须髯如戟地喝道："这种歪理哪用得着王爷他老人家来评？老子给你掰扯掰扯就足够了。怎么着？这臭尸被踢了一脚就受不了？你他娘的怎么不想想，这帮孙子作践的可是大活人！难道你们倭脚鬼的狗命金贵，我们老百姓的性命就不值钱？睁大你的狗眼瞧瞧，那是近一个村子的人命啊！若不是他们害人在先，怎会有如此报应！？这帮孙子临死时，还他娘的有脸又吹又唱的，哼！早干什么去了！？想娘想家了，滚回你们那破岛上去不就成了！？告诉你川岛，我老鲁是个没财没势的糙汉，可也豁得出自个儿这七斤半的脑袋！下回你们东洋鬼子再敢害人，老子见一个杀一个，遇两个宰一双！"

鲁班头言语粗俗，一腔话却说得豪宕激昂，在场清兵多是直爽汉子，当即轰然叫好、纷应称快。

清兵这么一应，有如山呼海啸，川岛恐犯了众怒，急急奔至肃王面前跪倒。"求王爷高抬贵手，让我们把尸首收殓了吧。"

肃王道："风外贤弟，方才你也听见了，那老鲁话糙理可不糙。不管怎么着，总是那伙浪人恶贯满盈，别说踢个几脚，就算将他们的头留下祭奠乡民也是天经地义！风外贤弟，本王瞧着你反应有些怪哪，难不成你与那伙浪人真有瓜葛？"

川岛心中一颤，"王爷明鉴！自打朝廷赐下顶戴花翎的那刻起，川岛便誓对大清效忠！"

肃王道："那很好啊，浪人害我大清百姓，可谓死有余辜，你缘何心生怜悯？"

川岛道："他们确是罪有应得……然王爷别忘了，川岛也同是东洋人啊。这伙浪人在大清为非作歹，给我们日本抹黑，驻华使者为保颜面，定然不会把实情昭告于众。可这事闹得不小，想必不日便会传到日本。届时知道内情的，会说我们秉公执法；可不知道的，就会骂我川岛只顾着巴结大清，而变得数典忘祖啊！王爷，说句不知进退的话，我在大清，唯有王爷可以仰仗……可现在我感觉您老……已经不需要川岛了……若真到了那步，川岛只好归国……然而我这么个'忘本'的人，回国后可就受尽千夫所指了……王爷，将心比心，川岛不想做得太绝的原因……其实是打算给自己留一条退路啊……"

说着，川岛不觉声泪俱下。肃王见他哭得货真价实，哪知他是在为诸忍之死悲戚？

"唉"，肃王叹口气，道，"也是，你夹在中间是不好做人……起来吧风外贤弟，只要你能忠于大清，本王就不会亏待于你。行了，本王让兵士散了，你们收尸去吧！"

既听肃王发了话，一干人等也不好再拦着。诸倭皆暗松了口气，埋头接着忙活。

怕伍连德醒后睹景伤绝，肃王又安排了兵士，将他先行抬下山去歇养。

刚送走伍连德，塔院方向便过来三个人影。走在中间的，是名老僧，左右两侧各有兵丁搀扶。那老僧一跛一踮，双腿似有残疾。

认出是那觉忍方丈，冯鲁二人快步迎上。

"冯巡检"，陪同兵丁道，"这老和尚一醒过来，便执意要出塔，没奈何，我们只好带他过来。"

冯慎道："其余的乡亲们怎么样？"

兵丁回道："还有几个没醒，不过瞧着也应该快了。那个姓伍的大夫，可真是个神医啊！"

言者无意，听者有心。从瞧见老僧起，川岛心中便"咯噔"一下，他赶紧背向诸人，装作无所容心，暗里却使劲竖起耳朵，远远地偷听起来。待听到兵丁说塔中乡民悉数获救时，川岛不免大惊。心道那伍连德当真了得，日后若不多加留意，必成己方大患。

冯慎把觉忍接扶过来，对兵丁道："你们回塔照料吧，那边离不得人。"

"是！"兵丁齐应，转身离开。

鲁班头冲觉忍道："老和尚，你好容易保住条性命，怎么不多歇息一阵？"

觉忍道：“班头还叫我老和尚……难道真的认我不出了吗？”

冯慎道：“忘记跟大哥说了，这位觉忍大师，其实是平谷知县陈晋元。”

“啊？他竟是陈知县？”

鲁班头数年未来平谷，对陈晋元的样貌早已模糊。并且，陈晋元原来养尊处优、红光满面，现如今却变得脸颊深陷、双目无神。就算鲁班头依稀记得他之前的面目，此番也断不会与眼前这瘸脚“老僧”联系起来。

见鲁班头还怔着，陈知县又问道：“维业呢？是他引你们过来救人的吧？怎不见他人？”

“维业？”鲁班头嘴巴张得更大了，“老弟，你知他说的是谁吗？”

冯慎摇头道：“我并不知……”

陈知县急道：“他也姓陈，是我本家一个子侄。我们同县为吏，维业任着平谷典史一职……几天前他从这寺里逃出，说是要去京师报案……”

“报案？”冯慎心中一动，忙问那陈维业年纪、相貌。

陈知县一一道了，冯鲁这才对上了号。“原来是他！”

鲁班头叹道：“你那个本家侄……已经死了。”

陈知县在平谷无子嗣家眷，对这个侄儿视若己出，得知他身死，焉能不恸？“维业……维业他怎么死的？”

冯慎宽慰几句，便把如何在顺天府发现重伤汉子、众人如何为他救治等事简说一遍。提到那汉子死因时，却只道他伤重垂危，不治而亡。

“唉”，陈知县道，“生死有命啊……维业舍己报信，保全了风落滩大多百姓的性命，也算是无上功德了……剩下的村民现在何处？我见那塔底也才寥寥数人……”

“怎么，你还不知？”鲁班头道，“幸存的就是塔里那几个，其余的乡亲早让恶贼给害了！”

“什么！？”陈知县难以置信，“这不可能！”

冯慎举手一指，凄然道：“那边盖有白单的百余具尸首，便是风落滩遇难的村民……”

陈知县方至此处时，便已发觉空地上陈有众多尸首。可他见弘智、坂本等皆以受戮，还当另外的尸体也是众恶同党。这时听冯鲁说出实情，只感觉双腿绵软，踬顿在地。“他们原是骗我……罪孽……真是罪孽啊……”

冯慎见状，知定有别情，赶紧与鲁班头搀起了陈知县。“眼下肃亲王也在寺中，咱们先去面见详陈，再请他老人家示下。”

陈知县闻言，忙随二人来在肃王面前，哆嗦着跪倒，颤声道：“犯官陈晋元……叩见王爷……”

“犯官？”见是名老僧，肃王不解道，“冯慎，这又是何人？”

冯慎将因果转述后，肃王这才明了几分。

肃王喟道："恶人当真是无法无天，连朝廷命官都敢拘禁！起来吧平谷知县，将你所知，与本王翔实道来！"

"是。"陈晋元缓缓站起，吐诉前情。

原来，那弘智之前所说，倒不全是假话，只不过避重就轻，于紧要之处才混淆谎捏。凤落滩初有乡民失踪后，县衙便派兵来搜，奈何弘智等恶徒撒诈捣虚，县兵并没查出什么线索。

陈晋元原本就笃禅奉佛，只当是场误会，心下愧疚，便亲自来摩崖寺赔礼致歉。当时寺中除去弘智等人，还有一位姓曾的员外。

说到这里，冯慎等便猜到那员外定是曾三假扮。果不其然，待陈晋元描述那员外面目身量后，心下已然确凿。

其时，陈晋元不知曾三实为匪首，加上弘智又从旁极力称赞"曾员外"乐善好施，愿出巨资助摩崖寺重修殿宇。一来二去，陈晋元便与曾三厚相结纳。闲来无事时，陈晋元便来与曾三讨论些佛法，兴起之余，还题下过楹联。

一次，陈晋元又带了陈维业来寺。那天与以往不同，山门外既无哑僧守护，也无知客出迎。因自己是常客，陈晋元也不待通禀，径自进入寺中。

二人连穿两殿，都没瞧见一个僧人。正纳闷儿间，忽听得塔院那边隐隐传来人语。

对那塔院浮屠，陈晋元甚是好奇。之前几次想登塔观瞻，皆被弘智借故推托。见机会现成，陈晋元便朝塔院走去。

塔院中诸阁穿梭忙碌，可一瞧二陈进来，俱有些不知所措。陈晋元受地藏浮屠吸引，只顾着抬头仰望，倒也没在意余人。

陈晋元虽不是出家比丘，然他数十年如一日地参研佛法，也称得上禅经耆宿。他既通晓释学，自然能瞧出那塔顶相轮与层数不符。正满腹不解时，曾三与弘智却急急从塔中奔来。

得知仅有二陈来寺，曾三等如释重负。陈晋元心挂着相轮之事，当时也未多想，只顾着向曾三相询。

曾三眼珠一转，便说塔内另有乾坤，当下邀二人进浮屠一观。

二陈一听，欣然入内。刚进塔中，陈晋元就觉气氛不对，待要回身，退路却被众僧堵死。

等把二陈制住，曾三也算直截了当，说他们假扮了僧侣，为的是在这寺中图谋一桩勾当。既然被二陈撞见，那就索性撕破面皮。

然陈晋元毕竟为一县之宰，他若久不归衙，差役早晚会寻到这摩崖寺来。再看到陈维业时，曾三却心头一亮。因前番交际，曾三知陈晋元视这侄儿如同亲生子，只要以陈维业的性命为要挟，陈晋元必会老实就范。

虑及此节，曾三越想越畅，不消多时，竟生出个一石二鸟的狡计。

曾三先点了三名能说会道的手下，便是那娄、方、王三人。让娄得召充成县衙新聘的师爷，方、王则扮作差役捕快。准备完毕，歹人将陈维业扣在寺中，由曾三与二魔使一同，亲自押着陈晋元返回县衙。

因侄儿命悬贼手，陈晋元对曾三的安排不敢不遵。回衙后，陈晋元召齐诸吏，将娄、方等三人当众任命。并言自己与典史即刻便要开往原籍省亲，在回来之前，县里一应公务，皆由娄师爷全权代署。

听是县宰亲口吩咐，众差诸吏虽觉事起仓促，但也无人疑心。待把印信交接后，曾三等人又暗中胁迫，将陈晋元复押至寺中囚禁。

如此一来，众匪不单不怕二陈道出所见，并还使得平谷一县尽落己手。有了"县衙"这面旗号，日后行事自然会便利不少。

欺下者，仍要瞒上。县中差役好蒙混，可若有朝廷邸报公文分派下来，却需知县亲笔签押回呈。故匪人也不急着害二陈性命，假使上头有紧要文书，便由娄得召带到寺中，让陈晋元签了再盖印发出。

被囚期间，陈晋元逃意未减。奈何众匪看守严密，陈晋元屡试不成，反被打断了双腿。怕再生差池，曾三命手下将陈晋元头发剃去，并将他与陈维业一同锁在了浮屠塔中。

那浮屠塔连通着暗厅，没过多久，二陈便察觉地下有异。陈晋元数次以绝食相逼，曾三这才把"实情"告之。

据曾三说，他们躲在寺中，实则是为了研制一种西洋药剂。此种药剂虽被朝廷列为舶来禁药，但在民间却私下交易的火热。曾三表示，他们只为牟利，并不想害人，等到东洋专家将药剂研制成后，便会放了二陈，然后再远走高飞。

陈晋元暗忖：那鸦片最初传到中土时，就曾作以药用。众匪所图谋的，想必也是类似的东西。陈晋元又问起失踪的村民，曾三却指天咒地的发誓说并没有扣留。

为让二陈相信，曾三特意押他们在寺内看了一圈，就连那地厅也未漏掉。其时首批上山的村民早已被坂本害死，尸首也封砌在不佛殿的泥像里，二陈自然瞧不到什么异样。又见那地厅中仅有些活禽家畜，陈晋元对曾三的话，也便信了几分。

被囚期间，二陈时常想寻找机会逃走，无奈塔内塔外皆有匪人把守，要脱离魔掌，难似登天。

直到了前几天晚上，轮值的匪人不知何故未至，塔中地厅内只剩坂本一人。见机会难得，陈维业便想铤而走险。他悄悄磨断绳子，轻手轻脚地摸进了地厅。

陈维业一到地下，坂本立即发觉。二人各不退让，当即扭打成一团。陈维业才脱桎梏，手脚不甚灵便，没多久便落了下风。

见坂本难缠，陈维业心中焦灼，从案上乱摸到一只药瓶，便要向坂本砸去。

岂料坂本一见陈维业手中药瓶，惊得骇然失色，他身形急退，双手连摆，嘴中以生硬的汉话大叫着"不要"。原来陈维业所持，正是那虎烈拉病毒。

陈维业虽不识得虎烈拉，但也瞧得出坂本对自己手中药瓶颇为忌惮。于是以此胁迫坂本，救起陈晋元，并且打开了上层浮屠的入口。

三人一出塔，便有忍者、凶僧围来。诸匪认得那瓶中之剂，虽捏扣了暗器在手，倒也不敢轻举妄动。

然陈晋元双腿折损，行走不便，陈维业一手扶他，一手执瓶，又要防着诸匪突袭，等勉强挨到寺门外，已陷入进退维谷的境地。

一名忍者趁陈维业跋胡疐尾，疾身上前，先将坂本抢出，复朝陈维业手腕抓来。见再拖下去二人都会逃脱无望，陈晋元便拼死抱住那忍者，让陈维业先行逃命。

危机关头，陈维业权衡利害，只得放开陈晋元，跌跌撞撞地沿山道奔下。

诸忍随后追阻，其余众匪又将陈晋元拖回寺中。整整一宿，陈晋元都是提心吊胆，待到天明，曾三亲至塔内，大骂陈维业痴心妄想，已被忍者追上杀掉。并且为示惩戒，他们已在凤落滩种下祸根，若陈晋元再敢生出逃意，就要赔上整村人的性命。

因没见到陈维业尸首，陈晋元心道定是侄儿已然逃脱，曾三恼羞成怒，这才危言恫吓。至于要对凤落滩如何云云，故也没怎么放在心上。

可转过天来，山下凤落滩果真爆发重疫，陈晋元亲眼见后，这才知曾三确实做下了手脚。陈晋元爱民如子，当即求众匪放过村民。曾三借机与陈晋元"约法三章"，说饶了村民可以，但日后陈晋元要对诸匪唯命是从。

而后，众匪便下山消灾，隔日又将剩下村民尽数带入寺里。那时已不见曾三身影，陈晋元只得向弘智相询。弘智道，村民体内余毒未清，故而带入寺内让坂本继续治疗。

陈晋元不信，弘智便发下毒誓，说若有欺瞒，定会不得好死。像弘智这干亡命之徒，胡诌几句谎话本是家常便饭，只是他想不到，随口赌咒，居然不日便应验。那时弘智还道，要再有人入寺，陈晋元须得帮着诸匪遮掩，如若不然，便要拉着阖村乡民陪葬。

再后来，冯鲁入寺查探，陈晋元认出了鲁班头，只当是陈维业去京师上报了顺天府。然见来人似是不知情，陈晋元心下不免踟蹰。

其时有弘智在侧，冯鲁又仅是两人，陈晋元不敢拿村民性命犯险，便顺着诸匪意思行事。但毕竟机会难遇，陈晋元故意说了些暗语提示，盼望冯鲁能察觉异样，带来一线转机……

听到这里，众人这才对整件事了解个大概。然而另有一桩隐情，除去曾三、二使以及受戮的恶徒等，旁人怕是再无知晓之日了。

原来那夜，诸忍刚追到山下凤落滩，便发现了陈维业的踪迹。仓皇中，陈维业被忍者的手甲钩抓得遍体鳞伤。好在忍者忌惮他所携的虎烈拉，没敢过分逼欺。可其时陈维业受伤颇重，诸忍又在身后紧追不舍，他步履维艰地逃到渡口处，竟体力不支，失足跌进了错河中。

错河水势不小，陈维业未及挣扎，便被卷入了河底，始终没再浮上来。诸忍皆想：陈维业伤重溺水，必是九死一生，若怀中药瓶一破，他纵有几条性命，也要俱数交代了。

担心河中已染上虎烈拉，诸忍皆不肯下水，沿着岸边又寻出一阵，这才无功而返。

得知详情，曾三放心不下，一面让坂本赶制解药，一面急急往县衙附近安插了杀手。

曾三的顾虑，不无道理。也当陈维业那时命不该绝，待他醒来后，已让水流冲到了下游石滩，想去县衙搬兵，却见前路有匪人截阻，陈维业无计可施，只得从小路入京上告。而那只药瓶，在他落水那时，便顿然沉至水底，几经撞击，瓶塞松动，里面的虎烈拉受浸溢透出来，最终酿成了巨祸。

对于村民的性命，众匪视若草芥，然祸变一起，摩崖寺难免暴露。其后虽以坂本研制的疫苗压住了疫情，可还是引起了顺天府的注意。曾三知道，那鲁班头好诓，冯慎却非易与之辈，故而对陈晋元谎言威逼后，便带着二魔使先行远避。

曾三走后，留守的匪众愈发肆无忌惮。连月来，坂本只用禽畜研究，进展不快。眼见寺内勾当朝不虑夕，便起了拿活人实验的歹念。

于是，坂本命诸匪把凤落滩村民全掳至寺中。起初掳害村民，是为了杀人灭口。这回坂本单为了注菌比对，自然不可同日而语。他一面观察着毒效，一面就症调配。村民虽一批接一批地死去，而坂本的研制速度，却大大提高……

冯慎等人对此节虽不知晓，但光听陈晋元所述，已足以气断肝肠。

"他奶奶的！"鲁班头一腔怒火无处可泻，兀自将手中钢刀在地上砍得刃口翻卷。

陈晋元原当自己忍辱就敌，便可换得乡民活命，不想曾三等诸恶轻诺寡信，反累得全村几近绝户，心下不免黯然魂伤。

肃王叹道："和曾三等匪类商约条件，岂不似与虎谋皮吗？平谷知县，你当真是糊涂的紧啊……"

"犯官知罪，"陈晋元痛不欲生道，"犯官治县不严，令毒患生于肘腋，甘愿一死谢咎！"

"这也怪不得你……"肃王刚要接着说，却见川岛朝这边走来。

"王爷，"川岛躬身道，"驻屯军已将尸首包厝完毕，求王爷放行。"

"这就想拍屁股走人？"鲁班头怒道，"天底下哪有这么便宜的事！？"

川岛冷冷道："冤有头、债有主，英雄有火有气，请不要迁怒旁人！"

"他娘的！老子还冤枉你了？"

鲁班头又欲上前，却被冯慎一把按住。

冯慎环顾众倭，手指一人。"你们要走不妨，先把他留下！"

第二十章 诸业空相

驻屯军方欲辞行，冯慎却朝其中一人戟指怒目。川岛随势瞧去，但见冯慎所指那人，正是末次。

川岛暗暗叫苦，一颗心怦怦跳动。末次也不敢抬头，只是死死压低了帽檐。

肃王斜睨一眼末次，问冯慎道："那人看上去瘦小畏葸，不像个会家子，冯慎你何故留他？"

冯慎道："王爷还记得吗？卑职曾托您老打听一个'东洋参赞'……"

肃王一凛，"莫非正是此人？"

冯慎点点头，道："卑职跟他打过几次照面，应该错不了。他此番换了装束，开始时候卑职并未留意，然方才一瞧他背影，便觉有些眼熟。要知道，那次从小巷到他与曾三密会的茶馆，卑职可是跟了整整一路！哼哼，川岛先生！王爷命你查访的人，却一直躲在你眼皮子底下，此时此刻，你就不想说些什么？"

川岛没接腔，突然仰头大笑。

鲁班头怒道："你笑什么？"

川岛道："我笑王爷手下，总有些造谋布穽的'能人'。像你鲁大英雄恨匪徒不得，便来迁怒于我们驻屯军。而他冯大巡检捉不到曾三，又妄图胡乱拿我们的人抵罪。哈哈哈……我听说冯巡检破过不少大案，那些所谓的'凶犯'，不会也似这般'擒获'的吧？有道是欲加之罪，何患无辞？天晓得那刑典案簿上，写了多少替死鬼的名字……"

"放你娘的狗臭屁！"鲁班头疾言喝道，"你再敢冤枉我冯老弟一句试试看！？"

川岛哼道："你也知被冤的滋味不好受？那冯巡检污指我们通匪是什么道理？那人实为军属奏任书记官，在驻屯军中归列文职，又怎会跟匪首曾三密会？"

鲁班头还要骂，冯慎摆手道："大哥不需跟他缠夹不清，是非自有公论，只凭他一言两语的，还能颠倒了黑白吗？川岛先生，那人与曾三密会，被我亲身撞见，这点可做不得假！"

川岛道："冯巡检所说，怕仅是一面之词吧？你如此言之凿凿，又有谁见来？"

冯慎道："当时除了我与曾三，在场的还有那茶楼的小二。"

川岛道："那找那小二来对质！"

冯慎冷笑道："后来我又去那茶楼查访，却发现那小二早已被辞退，哼哼，也不知是何人暗中做的手脚！"

川岛讥道："暗中做手脚的固然可恨，睁着眼睛说瞎话的也好不到哪里去！冯巡检，你说你认得他，那应该知道他叫什么名字吧？"

冯慎道："我只记下了他的相貌，至于他姓甚名谁，倒没来得及问。然就算是问了，他若信口编个假名，那终归也是白饶。"

"哈哈，好一张巧言令色的利嘴！"川岛又道，"那再请教冯巡检，当时你既然撞了个现行，为何没将他当场拿下？"

冯慎反问道："其间另有别情，想必川岛先生早就知道了吧？"

"我编不出冯巡检那样的故事，又怎么会知？"川岛说着，冲肃王道，"王爷，究竟孰是孰非，还请您老给我们做主！"

肃王道："冯慎的为人，本王信得过，他既说见过那人，那自然就是见过！"

川岛双眉紧皱，"那王爷之意，是信不过川岛了？"

"风外贤弟言重了，本王可没么说！"肃王似是漫不经心道，"有话你跟冯慎去辩，本王两不相帮！万事抬不过一个'理'字，只要风外贤弟能把事讲明白了，冯慎还能硬留你们不成？"

"好"，川岛指着末次道，"那名书记官，唤作末次政太郎，他的身份在册，驻屯军中的军籍簿上有据可查。诸位若不信，去我们驻地一查便知！"

冯慎道："川岛先生说他在军籍，这话我当然信。可我也并不怀疑自己这双眼睛！"

"万一冯巡检是认错了人呢？"川岛又道，"我听说，曾三等匪徒会使什么易容之术……"

"哼哼"，冯慎道："使用易容术无非是两个企图，一个是为改变己貌、掩人耳目；另一个便是要假扮成他人，混淆视听。若匪徒没见过末次，便能随意充成他的模样，川岛先生不觉得太过巧合了吗？"

川岛道："那世间容貌相近的，也大有人在，说不定是天生长得像……"

"这话也不假"，冯慎道，"然川岛先生别忘了，我大清子民皆是蓄辫！模样相似原已难得，又同为短发者，更是难上加难！并且我记得他说话时的腔调，必是个东洋人无疑！"

"也未必就是我们东洋人！"川岛道，"那伍连德不也是剪短了头发？听着他说起汉话来，倒不见得比我利索多少！"

"川岛先生过谦了"，冯慎道，"若那天是你假扮了去会曾三，不认识的，定然瞧不出是个东洋人！"

川岛愠道："你这话什么意思？"

"几句戏言，别放在心上！"冯慎说完，心想川岛要是死活不认，倒也奈何他们不得，不如直接去试探末次，逼他露出马脚。

想到这儿，冯慎大步跨至末次面前。"还要装多久你才肯认？"

末次嘴巴一动，一句辩解之语正要脱口而出，却发现冯慎的神情有些意味深长。他久事刺风探秘，心思岂不玲珑？当即硬生生收住了嘴，一脸迷茫地看着冯慎，装作浑然不解。

"听不懂吗？"冯慎冷笑道，"我可记得，你是能说上几句汉话的！"

末次嗫嚅着倒退了一步，扮成害怕的样子，转头看向川岛。

川岛见状，赶紧上前道："冯巡检，末次不懂汉话，他只是个舞文弄墨的书记官，你别吓唬他！"

冯慎哼了一声，绕着末次踱来踱去。末次缩着脑袋，越发的两股战战。冯慎明知他是假装，却又一筹莫展。

再耗下去也没甚进展，冯慎唯有把希望寄托于陈晋元身上。"陈知县，请你来辨认一下，当初匪人盘踞寺中时，你是否见过此人？"

陈晋元将末次打量许久，缓缓地摇了摇头。"不曾见过……"

川岛长舒口气，"这下冯巡检总没话说了吧？"

冯慎又指向其他众倭，"那他们呢？"

陈晋元依次看过去，仍旧摆首道："也都是些生脸……"

鲁班头急道："老陈你别怕，照实了说！眼下不比以往，这里都是咱们的人，没的替歹人包庇遮袒！"

"班头哪里话"，陈晋元叹道，"对那伙残暴的凶徒，我同样是恨之入骨，如今就算钢刀架颈，我也断不会再去瞻前顾后地委曲求全。可关于他们这一行人，实在是素未谋面……不过话又说回来，我被歹人长期囚在塔中，所能见到的人，少之又少啊……"

"对！"鲁班头一拍巴掌，"老陈一直被关着，外头出了啥事他也不知道，说不定就有猫腻儿呢？这个末什么乱七八糟郎的，还是难脱嫌疑！"

川岛怒道："空口无凭的话，与污谤何异！？"

"哼！"鲁班头道，"那没法子。要么就先将他扣下，等捉到了曾三，两相对质后要是不干他事，我们再放人也不迟！"

"荒唐！你们要是一辈子都捉不到曾三，难不成还要扣押末次一辈子！？"川岛转朝肃王道，"王爷，现在无半点凭证来坐实末次有通匪的迹象，若冯巡检他们还是硬要留人，我等宁死不服！"

肃王拉过冯慎，悄声问道："对于那个末次，就连一丝把柄都拿不到吗？"

"眼下是难，"冯慎愁眉不展道，"然而卑职决计不会认错人！"

肃王点点头，"这点本王自然相信，可……唉，算了……风外贤弟！"

川岛忙道："敬候王爷公断！"

肃王道："既然没什么证据，本王就先不扣人了……"

川岛喜道："幸有王爷明察秋毫，使末次免受不白之冤！"

"别高兴太早，"肃王正色道，"想要带他走，你还得答应本王一个条件！"

川岛怔道："条件？"

"没错"，肃王道，"方才你与冯慎的争辩，本王也都听到了。冯慎虽无凭据来证明那末次通匪，可你也不能证实末次当真就是无辜！"

川岛急道："可是这……"

"听本王说完！"肃王不容川岛置喙，"之前本王两不相帮，现在也得不偏不厚。风外贤弟，你带末次离开可以，但在拿到曾三之前，这个末次却不得擅离我大清！他若敢私自出境，则视作畏罪潜逃，一经发现，就地格杀！"

"那……"川岛稍加犹豫，道，"唉，依王爷就是……"

肃王一字一顿道："风外贤弟你记牢了，本王这话绝不是玩笑，要届时找不到末次，那就唯你是问！真到了那一步，你可别怪本王不念旧日情面！"

"是、是……"川岛打个激灵儿，冷汗直下。

冯慎蹙额道："王爷，真要放那末次离开？"

"你就先别管了，"肃王摆摆手，冲川岛道，"此时不走，还等什么？"

川岛长揖道："那我等这便辞行……哦，待回到驻地，川岛就去军中申报一笔银款，来抚恤幸存的村民、安葬遇难的死者……作恶的有东洋浪人，不管怎么说，我们都难逃那失察之过……"

"少他娘猫哭耗子了！"鲁班头啐道，"快滚你们的吧！"

川岛哼了一声，隐忍不发，朝肃王又抱了抱拳，这才领着众倭头也不回地出了寺。

诸倭走后，在场清军开始清理起乡民尸首。因伍连德吩咐过，尸首上或还存着余着虎烈拉病毒，所以众兵士也不去盛殓，将尸体堆拢在一处，弄来几桶火油打算焚化。

陈晋元长跪合掌，诵念了一段往生咒后，几名兵丁便将火油淋浇在尸首上。

一支火把扔入，陡然燃起冲天烈焰。尸首受高温炙烤，四肢手脚慢慢变得焦糊、弯曲，好似死者在火光中痛苦地挣扎一般。

众人静立在侧，心下皆是凄然。殿前空地上鸦雀无声，唯有火苗在兀自烧得哔剥作响。

"阿弥陀佛"，陈晋元宣声佛号，复又盘膝坐地。只见他痴痴地望着火光，起初面现悲苦，渐渐的，戚色转为平和。到了后来，陈晋元嘴角舒展，露出了慈祥的笑意，被火色一映，周身竟似笼罩上了一层圣光。

鲁班头捅了捅冯慎，"老弟你瞧，老陈是不是受刺激了？他怎么在笑？"

冯慎望去，见陈晋元神情安宁，倒不像是失心疯的样子。但恐他有变，仍上前关切道："陈知县，你不要紧吧？"

"不要紧，"陈晋元微微一笑，缓缓说道，"方才眼观生死、心受悲欢，反使我顿悟了禅门正道。正所谓诸行无常，一切皆苦；诸法无我，寂灭为乐。由此而知：色无常，无常即苦，苦即非我，非我者亦非我所。众生万相，五蕴轮回，色不异空，空不异色，不生不灭，不垢不净，不增不减。村民累劫修是幻，匪人造恶业也是幻，幻而无实，不如俱舍，皆往生于清凉极乐。我参悟到此理，大有拨云见日之感，故而心中不胜欢喜，善哉我佛，善哉善哉……"

冯慎轻轻点了点头，便不再说话。烈火越烧越炽，众多尸首也慢慢地焚成了灰烬。陈晋元心如止水，一面参悟空相，一面坦然诵经。

待得火势渐熄，陈晋元缓缓起身，从殿角取了把扫帚，以帚柄做杖，徐步挂到肃王面前："王爷，此时诸事已毕，犯官特来领罪。"

"你领什么罪？"肃王道，"平谷知县，一会儿本王着人送你回县衙，今后县治要务，可得悉心打理！"

陈晋元淡然一笑，"王爷不怪，实属慈悲。然这知县一职，就请另委贤明吧。晋元历此际遇，深感因果天定，如若朝廷宽赦，我便打算皈依三宝、遁入空门了……"

"怎么？"鲁班头惊道，"老陈你还真想当和尚啊？"

"阿弥陀佛"，陈晋元道，"班头且看，我被剃去了头发、换上了淄衣，无论是否出我本愿，皆不失为一番缘法。思来想去，这摩崖寺总归与我有缘，故而晋元要弃俗出家，涤心礼佛，求菩萨发下大圣愿力，来化解寺中的血光戾气、超度逝者亡灵。"

"唉，"肃王叹道，"你既然心意已定，那本王就遂了你的愿吧！"

"南无阿弥陀佛，多谢王爷成全。"陈晋元合十后，便欲去扫那殿前的骨殖灰烬。

冯慎快赶了几步，拦道："陈知县，请先等一等！"

陈晋元停脚问道："冯巡检还有什么吩咐？"

"不敢，"冯慎道，"尸首上染着虎烈拉，虽经焚烧，余毒怕也一时无法祛尽。为保万全，不如先下山暂避些时日，若到了那会儿，陈知县出家之心还是不改，再来这摩崖寺中驻锡也不迟啊。"

"有劳冯巡检挂心了"，陈晋元道，"而生亦何欢？死亦何苦？万物到头，皆归于尘土。此刻，我心中已然无挂无碍，岂还放下自己这副臭皮囊？"

见陈晋元留意执着，冯慎急道："可是陈知县……"

"冯巡检差矣"，陈晋元摆手微笑道，"从今往后，这世间再无什么陈知县，唯有一名法号觉忍的老僧罢了。儒经云：朝闻道，夕死可矣，修禅者不亦如是？眼下我一帚在手，不去扫地又待何时？"

鲁班头道："地有什么可扫的？先收掩了村民的骨灰才是正经。"

陈晋元道："尘埃是垢，骨灰也是垢。这扫地事小，却有五德。一者自除心垢，二者亦除他垢，三去憍慢，四调伏心，五增长功德，得生善处。阿弥陀佛，剩下的事情，就不必劳烦诸位将士，我自忖凭借一己之力，尚可还寺中一个清净。"

鲁班头望着满地骨灰道："你一个人得弄到什么时候？趁着这会儿人多，一并收拾了吧！"

"如此生受班头。然还是方才之念，诸位无须替我操劳，老僧一人足以堪当。"陈晋元说完，便提帚去扫那余烬。"菩提无树，明镜非台。本来无物，何染尘埃？扫地扫心地，心地不扫空扫地……"

鲁班头怔了一阵，自语道："这老陈变得疯疯癫癫的……八成是坏了脑袋……"

"不然，"冯慎摇头道，"陈知县顿悟正法，此举大合禅意。这摩崖寺，或许是他最好的归宿了。"

肃王颔首道："嗯，这样也好，就由他去吧！传本王将令：众军列队，准备返京！"

兵士应了，开始清点行装。此时塔中幸存的村民也都转醒，来到殿前哭祭了一番后，皆跟着队伍下山。

回行的路上，冯慎心中五味杂陈，刚过了错水，便听肃王忽道："哎？咱们是不是先得去平谷县衙一趟？"

诸人勒马问道："去平谷县衙？"

"是啊，"肃王道，"之前陈晋元被掳，官符信印皆落在了歹人手中。在下任知县就职前，须得找到县印、妥善保管。"

经肃王一提，冯慎这才记起县牢中还绑着娄方二匪。"王爷，歹人安插在县衙中的眼线已被拿获，想要揪出曾三的踪迹，或许就着落在他们身上！"

"是假扮师爷什么的那俩人吧？"肃王道，"没错，有他俩儿在，还愁拷问不出那曾三的下落？"

"正是此理"，冯慎道，"这会儿那平谷县衙中，仅有从三河县抽调来的捕快把守，卑职放心不下，打算先行一步。"

鲁班头请缨道："我也同去！"

"好！大军入城不便，那等你们办完事后，再押着二匪回京会合！"肃王说完，又拨了数十名精锐军健，俱乘快马随冯鲁奔赴县衙。

驰在路上，冯慎心中却另有一番计较。既然曾三放心让娄、方等在县衙中独当一面，想必他们也算得上是粘杆处里的得力臂膀。核心人物，往往掌握着不少内情，他们非但是摸清曾三动向的契机，并且也可能是倭匪勾结的重要人证。

然当时从牢中脱困后，冯慎急赶着回寺勘查，仅将二匪草草捆绑。后来虽有鲁班头搬兵围衙，可现下那伙三河捕快无人领率，一个疏于监护，二匪或许便能趁乱脱逃。此去是否擒住娄、方，竟变的殊难逆料。

想到这里，冯慎疾疾挥鞭、连连催马，恨不得背后生翼，登时就能飞至县衙。鲁班头等人见状，也皆不多言，猛夹几下马腹，紧紧随上。

一行人急如星火，没出半个时辰便堪堪抵至平谷县城。来到县衙门口，冯慎未及停稳，一个飞身提纵，从马上跃下。

刚冲进门去，几名三河捕快就提刀围了上来。"什么人乱闯衙门？"

"不用大惊小怪，"鲁班头快步跟进，"都是自己人！"

捕快们认出他的模样，都把腰刀收起。"原来是鲁班头。"

鲁班头环顾众捕快，奇道："记得围攻县衙时，你们也没怎么负伤，这会儿反倒个个挂彩了？"

"别提了，"一名捕快捂着胳膊上的伤口，苦着脸道，"那会儿把县衙中的差吏全制住后，班头便离开了。没想到班头前脚刚走，后脚就来了三个身穿公服的汉子。弟兄们一瞧他们是平谷衙役的打扮，哪还有什么废话？自然是一拥而上，将他们五花大绑……"

冯慎一皱眉，问道："那三人中，可有一个高胖大耳的？"

那捕快点头道："正是。"

冯慎接着道："另外两人，一个眼角生着花疤、一个颔下蓄有短须？"

"一点也不错！"那捕快打量眼冯慎，警觉道，"怎么？你跟那三人有什么关系？"

"别他娘的瞎寻思！"鲁班头喝道，"这是我老弟，冯慎冯巡检！"

众捕快都听过冯慎名头，皆拜道："久闻冯巡检大名……"

冯慎急于知道后情，打断道："诸位兄弟不必客气，那三人之后如何？"

那捕快忙道："将那三人捆后，便与那些衙役押在一处。岂料那三人也真是邪门儿，竟不知怎么割断了绳子，并且还给其他人全松了绑。结果平谷这帮子衙役又是一通反抗，好在仓促中，他们手上没甚兵刃，弟兄们经过一番苦战，这才把他们制服。"

冯慎追问道："那三人呢？他们也被捉住了吗？"

"说来惭愧"，捕快摇头道，"当时没见着他们三个，弟兄们便在县衙内逐屋排查，最后搜到牢房附近，终于瞧见他三人的身影。那打头的胖子也当真了得，几把暗器撒来，竟伤了不少弟兄。将我们逼退后，那三人便奔至院墙下，好家伙，一丈多高的墙头，噌噌两个飞腿就攀上去了。等我们出衙再找时，早就瞧不见人影了……"

冯慎又道："他们三人逃时，没救走旁人吗？"

"没有"，众捕快笃定道，"只跑了他们三个。"

冯慎道："那牢房内搜过没？"

捕快面上一红，道："倒是进去过……可里面又潮又湿，几排囚室里也没关着犯人，兄弟们猜，那八成是个空牢……所以随意瞧了几眼，便都退了出来……"

冯慎心头一紧，暗道不妙，拨开众捕快，拔脚便朝县牢方向赶去。

"你们在这继续守着！"鲁班头冲捕快说完，转朝身后军健道，"走！跟上去瞧瞧！"

进得狱门，冯慎直奔内监，凭着之前记忆，找到了那间大监房。

狱中阴闷昏暗，监内物什不免模糊难辨。有军健在过壁墙上摸到了火镰油盏，忙点燃了照亮。

火光摇曳，众人的身影也跟着不停飘摆。透过根根狱栅，娄得召和方九正好端端绑在那刑凳之上。

"没说的！"鲁班头长舒了口气，道，"老伍的洋迷药着实管用，你们瞧，那俩孙子到现在还睡的跟死猪似的，哈哈哈……老弟，这下你该放心了吧？"

"万幸曾三没寻到这里……"冯慎朝监房又迈近了几步，忽然嗅到一股淡淡的血腥。"不好！快！取灯来！"

话未落地，冯慎已踢开监门冲了进去，军健移灯一照，只见娄方二匪眼珠凸鼓、肢体僵挺，颈间血迹未干，皆插着一柄寒森森的柳叶长镖。

冯慎拔下那柳叶镖，恨道："一镖穿喉，这是曾三的伎俩。唉！咱们又迟了一步！"

鲁班头瞥一眼娄方死尸，道："这姓曾的下手真毒，他那劳什子粘杆处现在也没几个人了吧？居然连这俩能卖力的都不肯放过……老弟你甭上火，让他们自相残杀不也挺好？还省得咱们去逮！"

冯慎道："曾三最初未必想杀人，定是见他们昏迷不醒，自忖无法救二人出去，这才出此下策灭口。不过大哥说得对！咱们此次虽未能拿获匪首，但毕竟将粘杆余孽近乎全歼，剩下曾三和那二魔使，正如……"

"哈哈"，鲁班头抢着道，"正如那秋后的蚂蚱，蹦跶不了多久了！行啦老弟，论起大道理，你远比我懂，就别再唉声叹气的了！"

"好"，冯慎苦笑一声，向诸军健道，"劳烦众位将尸首解了，运回京城以填存验状尸格。"

"是！"军健们齐声应了，依言而行。

出得监牢，冯慎等在内衙找出了县印，妥善收存后，又命衙中老吏持考功册清点，确保平谷差役中再无歹人混迹。待查考明白，冯慎通阐原委。众差役听罢，俱都面面相觑，有的舌挢不下，有的追悔无及，直到三河捕快上前给他们松了绑，不少人还是恍恍如梦。

县宰出家，典史罹难，眼下平谷可谓是群龙无首。冯慎安抚众吏后，让差役各守其职，在新知县就任前，公事就先由六房共同打理。

吩咐完毕，冯慎也没有多耽，与鲁班头纠起众军健，怅然返京复命。

回到京城，天色已晚，将公事交接后，冯鲁记挂着伍连德，又同去探望。

自打坂本哲也亡故，伍连德便痛贯心脊、几度晕厥，肃王担心他的身体，特意将他安置在王府中，并请来良医诊治调养。

伍连德醒后，一言不发，只是空瞪着眼躺在床上，双目黯然失神。冯鲁见状，也不好说些什么，闷坐了一阵，便各自回宅安歇。

连日的奔波，使得冯慎积劳积疲，纵然沉沉睡了一觉，亦觉倦意未消。可冯慎心事耿耿，待得天一放亮，便再也躺不住，趁着顿困稍解，用冷水激面后，又赶赴了肃亲王府。

来到王府前，还没等门房进去通禀，肃王竟急赤白脸地冲了出来。

冯慎一怔，急忙迎上。"王爷，您老这是？"

"你来的正好！"肃王道，"快帮着寻人！"

"寻人？"冯慎问道，"是谁不见了？"

肃王道："还能有谁？伍连德啊！刚才侍女来报，说是房中不见了伍相公的身影。本王赶去一瞧，还真是那样！眼下王府内外都找遍了，皆没找到人，你说他能到哪里去？"

"王爷别急，"冯慎道，"伍兄那只形影不离的皮箱还在房里吗？"

肃王想了一会儿，道："这倒没在意……"

冯慎道："那再去他房里瞧瞧吧。"

"好，"肃王将头一点，又折回府中。

来至昨晚伍连德留宿的厢房内，只见床榻收拾的十分整齐，而一条圆枕下，却露出了一角书笺。

"王爷，你瞧！"冯慎将枕头翻起，发现还有几页纸张，一并拾起，递给肃王过目。

肃王接来，匆匆阅了一遍，又交与冯慎。"唉，这是伍连德的留书，你也看看吧。"

冯慎持笺读完，这才知道了缘由。伍连德在信中言及，自己历经摩崖寺之事，感怀颇巨。虽知坂本是咎由自取，可毕竟是多年老友，一时也无法释怀。对于坂本，伍连德爱恨交加，思量了整宿，仍然是心如乱麻、无所适从。伍连德分得清善恶，却忘不了与坂本的结交之义，自感无颜面对肃王、冯慎，故而不辞而别。信笺之后，还附上了化解虎烈拉的疫苗配方，嘱托肃王转呈专人保存。

冯慎叹道："伍兄重义，却遇到这种事……真是难为他了。"

"是啊，"肃王道，"不过这样也好，这种刻骨铭心的历练，对他今后定有裨益。放心吧，本王瞧他是块好材料，等他自己想明白了，必会以他之能，造福我大清百姓！"

肃王此番话，日后尽数应验。光绪三十三年，伍连德受清廷之聘，出任天津陆军军医学堂副监督。宣统二年九月，东北爆发大鼠疫，伍连德以防疫全权总医官的身份，亲赴哈尔滨指挥平疫，其时伍年仅三十一岁，是为清代最年轻的钦差。伍到东北后，通过隔离疫区、焚化染疫尸首等举措，苦战四个月，一举将瘟疫弭消。而他于疫时发明的"伍氏口罩"，至今仍被医务人员延用。伍连德穷其所学，拯救了万千性命，在中国检疫史上，立下了不朽丰碑。至于他主持万国鼠疫研究会、以医学成就名扬中外，此则皆为后话。

冯慎与肃王唏嘘一阵，转至书房用茶。

几盏雪片饮罢，冯慎又提起倭匪交通之事。肃王放下茶杯，道："冯慎啊，你说东洋人别有用心，本王又何尝不知？可如今查无实据，咱们能怎么办？唯有日后多多留心罢了……"

冯慎道："卑职认为，那川岛就是幕后黑手，王爷对他，可不能再大意轻心！"

"不至于吧？"肃王道，"他手刃浪人，也算是表明了对朝廷的忠心。再者说了，川岛与本王相交甚久，单凭着本王这几分薄面，他好意思做出对我大清不利的事来？"

冯慎道："狼子野心，本性使然。一旦等他们爪牙锋利，后果必将不堪！"

"哈哈哈，"肃王笑道，"就算真到了那地步，咱大清也不怵他们！冯慎你来，本王让你瞧个玩意儿！"

说着，肃王移开屏风，屏风后露出个用木架托着的大球，上面花花绿绿，描满了文字图形。

冯慎道："王爷，这是何物？"

肃王信手一拨，那大球缓缓旋转起来。"这是造办处打制的万国坤舆仪，西洋人管它叫什么地球仪，这世上大大小小的国家，在上面都能找的到。"

冯慎眼睛一亮，"大清在哪儿？"

肃王指尖轻按，将大球止住。"这便是了。你看，咱大清的版图幅员辽阔，像不像一只振翼欲翔的海东青？"

冯慎笑道："王爷之言不虚，果真是像极！"

"哈哈"，肃王手指移点，"你再瞧，这里就是日本国了。跟个小鲫条儿似的，就任着他们折腾，能翻起多大风浪？"

冯慎摇头道："人心不足蛇吞象。蚁穴虽小，决堤破坝；虫蠹虽微，毁栋蚀梁。甲午、庚子之挫犹在目前，王爷不可不鉴啊！"

"本王理会得。可如今大清操练新军、广备枪炮，也不再是昔时模样，只要不与西洋人勾结，他们日本便不足为惧，真要火拼起来，只需这么一叼……"肃王捏指做喙，空啄了一下，"他们那'小鲫条儿'，便会成为咱们'海东青'的腹中之物了！哈哈哈……"

冯慎苦笑一声，刚想说些什么，窗户外头却突然传来一阵叫骂。

"善耆！善耆！你还不给我滚出来！？"

听来者骂得不堪入耳，肃王脸色大变。冯慎走出书房刚要喝止，却见门外居然是个年近古稀、须发皆白的老翁。

这老翁年纪虽大，目光却十分阴鸷，他头顶朝冠无翎，簪缀着十一颗东珠；补服上龙绣四团，胸前后背是正龙，双肩各为行龙，摆明了他与肃王爵位相若，同样是执政亲王。

冯慎暗自思量，瞧这老翁的岁数和服冠，难道是庆亲王奕劻？

老翁瞥了眼冯慎，没好气道："我找的是善耆，要你这奴才出来做甚？"

冯慎心下愠怒，正欲别头不理，肃王从房中走了出来。"哈哈哈，本王还当是谁呢？原来是庆亲王吃饱了没事，跑这儿吊嗓子来了。老爷子，眼下这里站的一个是本王，一个是朝廷命官，您就算喊破了大天儿，也叫不出一个奴才来吧？"

听了这话，冯慎知肃王是为自己找补脸面，他胸中一热，冲肃王长揖。"王爷的厚意……卑职永生铭记！"

肃王笑着摆摆手，"冯慎啊，你且站到本王身后，庆亲王老眼昏花的要找奴才，咱俩儿先闪一边，别让他老人家找差喽！"

奕劻气的一顿脚，指着肃王鼻子道："善耆，你小子少跟我嬉皮笑脸！"

"哟哟"，肃王下阶来扶，"老爷子您可别动肝火，万一您老禁不住气，再咯噔一下……"

奕劻怒道："浑小子，你敢诅我死吗！？"

肃王打个哈哈，"您老活得好好的，还能说没就没了？那'咯噔一下'，是怕您背过气去……来来，冯慎你也别傻站着了！快搭把手，把庆亲王搀进屋去！"

"不用你们扶！"奕劻使劲儿甩开手，忿忿闯进了书房。

见肃王的言语中含讥带讽，冯慎暗自好笑，心道那外界坊间"肃庆不和"的传闻，倒还真不是捕风捉影。原来，这庆亲王奕劻虽然位高权重，但处政无能、庸碌好贿，在朝野之中素有贪名。他卖官鬻爵，巴结外洋，兼之在戊戌政变、乙亥建储中的拥后行径，深为肃王等"帝党"所不齿。

二人跟着进屋后，奕劻早已大剌剌地占了居中主位。肃王也不计较，兀自在旁坐了，冯慎随立于一边。

看桌上有茶水，奕劻也不客气，拾起来对嘴灌了几口，将茶壶重重一墩。"善耆，我今天为何而来，你小子心里应该有数吧？"

肃王懒洋洋地抻了抻腰，"本王不是哑巴，又没吃饺子，心里头哪来的数？"

听肃王连称"本王"，奕劻火气又蹿了上来。"小子，你口口声声'本王'、'本王'，是想抖搂威风吗？论官秩，我现是总理衙门兼军机处首领大臣；论爵位，我与你同为铁帽子王，你我面前，有什么好显摆的！？"

"哈哈哈"，肃王笑道，"老爷子言重了，本王头上这顶'铁帽子'，是祖宗一刀一枪舍命换来的，本王只不过是世袭罔替，沾了祖上余荫，哪里比得上老爷子啊？您老不用拼军功，光替太后老佛爷办办差事、动动嘴皮子就能混上这等殊荣，普天之下，可找不出第二人啊！"

肃王的弦外之音，是在讽自己靠攀附慈禧才得到的尊爵，奕劻不糊涂，又岂会不知？只是肃王说的都是实情，奕劻虽听着窝火，可也无法辩驳。"哼！我不跟你扯那些个没用的，善耆，要真论起辈分，你小子可得叫我一声'玛发'……"

"嘿"，肃王连连摆手，"老爷子，您甭倚老卖老。本王是镶白旗，您老人家是镶蓝旗，这种没滋没味的排资论辈，不提也罢！"

"不提就不提！"奕劻道，"既然你小子不念宗族情面，那我也就用不着跟你客气了！"

肃王笑道："您老啥时候客气过？老爷子，本王细想了想，最近也没阻谁的财路啊，您老怎么还一副兴师问罪的模样？"

"少东拉西扯！"奕劻叫道，"善耆，我来问你，平谷之事你作何解释？"

肃王与冯慎相视一眼，这才明白了奕劻此行之意。肃王轻咳一声，反问道："平谷之事怎么了？"

"还怎么了？"奕劻拍桌喝道，"没有军机处与总理衙门的首肯，谁准你擅自调兵？善耆啊善耆，你小子真是吃了熊心豹子胆，竟敢捅出这么大的娄子！"

肃王笑意一敛，道："老爷子还没到糊涂的年纪，怎么反将糊涂话提早说了？本王兼领着步军五营巡捕，除了戍卫京畿，外城郊县也归划并治。调遣麾下开赴平谷诛恶，那是本王的职权所在，用得着谁首肯了！？"

奕劻怔了怔，又道："好好好，你小子总是有些歪理。可调兵就调兵，为何还要剿杀了十多个东洋人？"

"老爷子此言差矣"，肃王正色道，"这一来，斩杀那伙浪人的非是本王，而是他们日本国的驻屯军；这二来，那伙浪人勾结粘杆余孽，丧尽天良、戕害无辜。似那等恶徒，人人得而诛之，就算是本王下令剿杀了，那也是惩恶扬善、替天行道，何过之有？"

263

奕劻气道："你小子口出狂言，真是不知天高地厚！那东洋人……岂是能随便杀得的？"

冯慎听到这里，再也按捺不住，他上前一步，朗声道："庆王爷，有道是王子犯法，与庶民同罪，更何况东洋流寇乎？倭人在我大清作威作福也就罢了，可若是杀人放火、作奸犯科，咱们难道也要听之任之，不管不问吗？"

奕劻脸色铁青，冲着冯慎骂道："聒噪什么？这里哪有你说话的份儿？"

肃王反唇讥道："老爷子的脾气是越来越大了，您老管天管地，还能管得着别人说话喘气？"

见肃王处处回护冯慎，奕劻心中更是不怿。"善者，你小子是成心跟我过不去是吧？"

"可别价儿"，肃王道，"咱们就事论事，又不是针对谁。您老年纪胡子一大把，说不过人家，就拿身份压人？嘿，换成是本王，这张脸怕是要着臊得没地儿搁喽。"

奕劻指着冯慎鼻尖，"咱俩在这商讨大事，他这黄口小儿却目无尊上，在一边妄加置评，哼，他如此的出言不逊，究竟是仗了谁的势？"

肃王道："他所仗的不是熊心豹子胆，而是一颗爱民之心、一副侠义的肝胆！老爷子，这有志不在年高，冯慎年纪是不大，可在本王看来，他却比您老有见地的多，有骨气的多！"

"冯慎，哼！"奕劻不屑道，"近来这名头闹得倒不小，听说查案查得鸡飞狗跳，也不知是不是浪得虚名？"

"哈哈，"肃王笑道，"连您庆亲王都听说了？看来冯慎这名头，自然是不算小了！"

冯慎逊道："浮名寸功，不足挂齿。庆王爷，对那平谷摩崖寺一案，在下窃以为实无偏颇。不论是剿匪还是诛倭，都旨在忠君恤民、树我国威！"

奕劻怒道："查案查案，你就知道查案！真要论起邦国大政，你这黄口小儿还差得老远！"

"庆王爷见教的是，"冯慎不卑不亢，"在下管窥蠡测，与庆王爷所筹谋的大局还相去甚远。然天下兴亡，匹夫有责，在下虽说不才，也愿以这区区能耐，来保境安民、报效皇恩！"

"呸！"奕劻啐道，"漂亮话谁不会讲？指着脑瓜子一热、杀几个东洋人就能报效了皇恩？满嘴的忠君、满嘴的侠义，哼！不知那'儒以文乱法，侠以武犯禁'吗？咱大清国，败就败在你这等迂腐书呆子身上！真要打起仗来，你那些刑名验要、四书五经能顶个屁用？你们在平谷乱闹一气，万一激怒了东洋人，发兵来打大清怎么办？什么是忠君？啊？别给太后老佛爷惹事那就叫忠君！"

冯慎尚未开口，肃王却噌一声立起。"老爷子，本王敬你是长辈，也不来与你计较。

264

不过您老可别忘了，能坐这江山的，只姓爱新觉罗！"

奕劻也气冲冲地站起："善耆你大胆！你小子眼里……还有没有老佛爷？"

肃王向北虚拱一下，道："太后老佛爷母仪天下，那自然是万民景仰，谁敢不敬？然她老人家念及皇上龙体欠安，这才力挽狂澜、暂训朝政。等到万岁大安后，老佛爷必会归政天子，颐养天年。这社稷如山，压在肩头有如千钧之担，庆王爷不顾惜老佛爷凤体，又是何种居心？难道看着老佛爷耽于佺偬、夙夜操劳，您老就满意了！？"

"你……你这浑小子……"肃王这番话说得滴水不漏，奕劻嘴唇抬了又抬，始终无法辩驳。

肃王道："哼，老爷子您也甭恼，咱这叫一报还一报！"

奕劻捂着胸口坐回座中，"你小子什么意思？"

"本王与冯慎原在这喝茶喝得好好的，却被老爷子吆五喝六地坏了兴致。眼下您老理屈词穷，又怪得谁来？算了算了，左右也无事，本王就唱段小曲儿，再来助助兴吧！"说完，肃王走到门口高喝，"来啊！"

一个小厮见唤，匆匆赶来问安。"王爷有什么吩咐？"

肃王道："去，将本王那面八角鼓取来！"

"喳。"小厮答应一声，依命去了。

冯慎揣摩不透肃王的用意，"王爷，您老这是？"

肃王将冯慎按在椅子上，扯起嗓子咿呀道了句念白："哇呀呀呀，休得好奇，少要再问，你二位且宽坐于此，待本王弹鼓展喉，与尔等吟唱！"

少时，小厮取得鼓来，继而叩头告退。肃王接鼓一摇，便发出"哗哗"的响声。

八角鼓原是满族的击节乐器，市井间常有旗人持鼓演唱，故而冯慎对其并不陌生。这种鼓体呈八棱，单面蒙块蟒皮，下缀一条流苏穗子，几个边框上，夹嵌着数枚小铜钹。

肃王清了清嗓子，当即弹鼓而歌："为人没坐过东洋车，可算一世都白活。此车出于东洋造，支起那篷来，嘿呀，好像个大鸡窝……"

歌声甫一出口，冯慎便深感奇怪，肃王虽不是梨园名角，可他在曲艺上的造诣却着实不低。善唱者，除去对自身腔韵精益求精外，于那选曲配词上也更为讲究。然肃王所唱之词句，入耳粗俗、鄙陋不堪，实与那酸曲俚调无异。

肃王浑然不觉，又摇又弹，时而抑扬顿挫，时而千回百转，唱得十分忘我。"拉车的，跑得快，见车开车。怕只怕哪，拉车的一撒把，摔了妞儿的后脑壳呀，摔了妞儿的后脑壳……"

冯慎越听，心中便越是不解，抬眼瞧了瞧奕劻，却见他竟然面红耳赤，大有羞惭之貌。

正当疑惑时，肃王曲终唱罢，将八角鼓往桌上一丢，笑嘻嘻地问道："冯慎啊，本王所唱的小曲，你觉得怎么样啊？"

冯慎一愣，面露难色，"这……这个……"

肃王哈哈一笑，"不管好与不好，你都得照实了说！"

"那恕卑职斗胆了"，冯慎道，"依卑职之见，王爷嗓音嘹亮、唱功扎实，这自不必说。只是……只是这曲词……"

肃王逼问道："曲词怎么了？有一说一，有二说二，不必吞吞吐吐！"

"是"，冯慎实言道，"这曲词庸俗，未免不雅，并且那歌崇洋媚外、屡赞倭车，与王爷的身份，亦不相称！"

"哈哈哈哈"，肃王不怒反喜，"说得好！冯慎啊，你可知这词是何人所填？"

冯慎摇头道："卑职不知。"

肃王望向奕劻，笑道："这填词之人嘛……远在天边，近在眼前！"

冯慎讶然，"是……是庆王爷？"

"不信吗？"肃王道，"不信你自个儿去问问庆王爷啊，老爷子，本王可没冤枉您吧？记得这词编好后，您老还拿着八角鼓四处唱来着……"

奕劻的脸色红了绿，绿了红，胡子都气得哆嗦。"是又怎样？我就是愿意写！我就是愿意唱！你们管得着吗！？"

听到这里，冯慎再也憋不住，"扑哧"乐出声来。

见肃王与冯慎一个肆意嘲笑，一个忍俊不禁，奕劻怒不可遏，拾起桌上那八角鼓往地上一摔，便夺门欲走。

"哟，老爷子您不多坐会儿了？"肃王幸灾乐祸道，"冯慎你也没个眼力见儿，赶紧去搀着点啊！那门坎儿太高，可别摔了庆王爷他老人家的后脑壳……哈哈……哈哈哈哈……"

"卑职这便去，"冯慎忍住笑，来到奕劻身边。"在下送送庆王爷。"

奕劻哼了一声，与冯慎同出房去。刚来到外头，奕劻满脸的怒气突然荡然无踪，嘴角却露出一个意味深长的笑意。

趁冯慎一愣神的工夫，奕劻在他耳旁低声道："生前个个说恩深，死后人人欲扇坟，画龙画虎难画骨，知人知面不知心。小子，那什么'轩辕诀'你可得藏好喽，打它主意的人不少，保不齐那善者啊，就是其中之一！"

冯慎浑身一颤，只觉一股寒气从脚底生出。"庆王爷……你这话什么意思？"

奕劻尚未回答，屋中肃王已然喊道："老爷子您怎么又赖着不走了？在本王那屋檐下瞎嘀咕什么呢？"

　　"善耆，你这没大没小的兔崽子，以后给我等着吧！"奕劻冲屋里高声骂完，又看了眼冯慎，装痴扮傻地喃喃道，"是啊，我刚才说什么来着？怎么一转头就忘得干干净净了？唉……这记性，真是愈发的不成喽……算了，不想了！回我的庆王府睡个回笼觉去！"

（卷二终）